MIL SOLES ESPLÉNDIDOS

Sobre el autor

Khaled Hosseini nació en Kabul, Afganistán, y se trasladó a Estados Unidos en 1980. Estudió Medicina en la Universidad de California y mientras ejercía como médico empezó a escribir *Cometas en el cielo*. En 2006 fue nombrado embajador de buena voluntad del ACNUR (Alto Comisionado de Naciones Unidas para los Refugiados). Tanto su primera novela como la posterior, *Mil soles espléndidos*, se convirtieron pronto en superventas internacionales y han sido publicadas en más de setenta países. En 2007, Khaled puso en marcha la Fundación Khaled Hosseini, destinada a proporcionar ayuda humanitaria al pueblo de Afganistán para intentar aliviar su sufrimiento y contribuir a crear comunidades prósperas. Actualmente reside en el norte de California. Más información en khaledhosseini.com y www.khaledhosseinifoundation.org.

Títulos publicados

Cometas en el cielo – Mil soles espléndidos
Y las montañas hablaron – Súplica a la mar

Khaled Hosseini

MIL SOLES ESPLÉNDIDOS

Traducción del inglés de
Gema Moral Bartolomé

Penguin
Random House
Grupo Editorial

Título original: *A Thousand Splendid Suns*
Vigesimoctava edición en este formato: septiembre de 2019
Segunda reimpresión: diciembre de 2020

© 2007, ATSS Publications, LLC
© 2007, Penguin Random House Grupo Editorial, S. A. U.
Travessera de Gràcia, 47-49, 08021 Barcelona
© 2007, Gema Moral Bartolomé, por la traducción
Ilustración de la cubierta: Getty Images

Impreso en Colombia - *Printed in Colombia*

ISBN: 978-84-9838-232-7
Depósito legal: B-14.391-2020

Este libro está dedicado a Haris y Fará,
ambos la nur de mis ojos, y a las mujeres afganas.

Primera Parte

1

Mariam tenía cinco años la primera vez que oyó la palabra *harami*.

Fue un jueves. Tenía que ser un jueves, porque Mariam recordaba que había estado nerviosa y preocupada ese día, como sólo le ocurría los jueves, cuando Yalil la visitaba en el *kolba*. Para pasar el rato hasta que por fin llegara el momento de verlo cruzando el claro de hierba que le llegaba hasta la rodilla y agitando la mano, Mariam se había encaramado a una silla y había bajado el juego de té chino de su madre. El juego de té era la única reliquia que la madre de Mariam, Nana, conservaba de su propia madre, muerta cuando Nana tenía dos años. Nana adoraba cada una de las piezas de porcelana azul y blanca, la grácil curva del pitorro de la tetera, los pinzones y los crisantemos pintados a mano, el dragón del azucarero, que protegía de todo mal.

Fue esta última pieza la que le resbaló de los dedos a Mariam, cayó al suelo de madera del *kolba* y se hizo añicos.

Cuando Nana vio el azucarero, enrojeció y el labio superior empezó a temblarle, y sus ojos, tanto el perezoso como el bueno, se clavaron en Mariam, fijos, sin pestañear. Parecía tan furiosa que Mariam temió que el *yinn* volviera a apoderarse del cuerpo de su madre. Pero el *yinn* no apareció esa vez. Nana agarró a Mariam por las muñecas, la atrajo hacia sí, y con los dientes apretados le dijo:

—Eres una *harami* torpe. Ésta es mi recompensa por todo lo que he tenido que soportar. Una *harami* torpe que rompe reliquias.

Mariam no lo entendió entonces. No sabía lo que significaba la palabra *harami*, «bastarda». Tampoco tenía edad suficiente para reconocer la injusticia, para pensar que los culpables son quienes engendran a la *harami*, no la *harami*, cuyo único pecado consiste en haber nacido. Pero, por el modo en que Nana pronunció la palabra, Mariam dedujo que ser una *harami* era algo malo, aborrecible, como un insecto, como las cucarachas que correteaban por el kolba y su madre andaba siempre maldiciendo y echando a escobazos.

Mariam lo comprendió al crecer, cuando se hizo mayor. Fue la manera de pronunciar la palabra, o más bien de escupirla, lo que más le dolió. Entendió entonces a qué se refería Nana, que una *harami* era algo no deseado, que Mariam era una persona ilegítima que jamás tendría derecho legítimo a las cosas que disfrutaban otros, cosas como el amor, la familia, el hogar, la aceptación.

Yalil nunca llamaba a Mariam por este nombre. Para Yalil ella era su pequeña flor. Le gustaba sentarla sobre su regazo y relatarle historias, como el día que le contó que Herat, la ciudad donde Mariam había nacido en 1959, fue en otro tiempo la cuna de la cultura persa, hogar de escritores, pintores y sufíes.

—No podías estirar una pierna sin darle a un poeta un puntapié en el trasero —dijo entre risas.

Yalil le refirió la historia de la reina Gauhar Shad, que en el siglo XV había erigido los famosos minaretes como tierna oda a Herat. Le describió los verdes trigales de la ciudad, los huertos, las vides cargadas de uvas maduras, los atestados bazares amparados bajo los soportales.

—Hay un pistachero —dijo un día Yalil—, y debajo está enterrado nada menos que el gran poeta Jami. —Se inclinó hacia ella y susurró—: Jami vivió hace más de quinientos años. Ya lo creo. Una vez te llevé a ver el árbol. Eras muy pequeña. No lo recordarás.

En efecto: Mariam no lo recordaba. Y aunque viviría los primeros quince años de su vida tan cerca de Herat que podría haber ido andando hasta allí, Mariam jamás vería el árbol de la historia. Jamás vería los famosos minaretes de cerca y jamás recogería la fruta de los huertos de Herat, ni pasearía por sus trigales. No obstante, siempre que Yalil le hablaba así, Mariam lo escuchaba con deleite. Admiraba a Yalil por su vasto conocimiento del mundo. Se estremecía de orgullo por tener un padre que sabía tales cosas.

—¡Menudas mentiras! —espetó Nana cuando Yalil se fue—. Un hombre rico contando grandes mentiras. Nunca te ha llevado a ver ningún árbol. Y no te dejes engatusar. Tu querido padre nos traicionó. Nos echó. Nos expulsó de su casa tan grande y elegante donde tú y yo no pintábamos nada. Y lo hizo sin pestañear.

Mariam la escuchaba obedientemente. Jamás se atrevió a decirle a Nana cuánto le desagradaba esa forma de hablar acerca de Yalil. Lo cierto era que, junto a su padre, Mariam no se sentía en absoluto como una *harami*. Durante un par de horas cada jueves, cuando Yalil la visitaba, entre sonrisas y regalos y palabras cariñosas, Mariam se sentía merecedora de toda la belleza y los obsequios que podía ofrecer la vida. Y por eso Mariam lo quería.

Aunque tuviera que compartirlo.

Yalil tenía tres esposas y nueve hijos, nueve hijos legítimos, a los que Mariam no conocía. Él era uno de los hombres más ricos de Herat. Era dueño de un cine, que Mariam nunca había visto, pero, ante su insistencia, Yalil se lo había descrito, de modo que sabía que la fachada estaba hecha de azulejos azul y marrón claro, que tenía palcos privados y un techo con un enrejado. Una doble puerta batiente conducía a un vestíbulo enlosado, donde los letreros anunciaban películas hindúes en vitrinas de cristal. Los martes, dijo Yalil un día, en el puesto de helados les daban uno gratis a los niños.

Nana sonrió con disimulo al oírlo. Esperó a que Yalil se fuera antes de reírse abiertamente.

—A los hijos de los desconocidos les regala helados —dijo—. ¿Y qué te da a ti, Mariam? Historias sobre helados.

Además del cine, Yalil poseía tierras en Karoj y Fará, tres tiendas de alfombras, una tienda de paños y un Buick Roadmaster negro de 1956. Era uno de los hombres mejor relacionados de Herat, amigo del alcalde y el gobernador provincial. Tenía cocinero, chófer y tres amas de llaves.

Nana había sido una de sus amas de llaves. Hasta que su vientre empezó a abultarse.

Al ocurrir esto, decía Nana, el gemido ahogado de toda la familia de Yalil al unísono dejó Herat sin aire. Sus parientes políticos juraron que correría la sangre. Las esposas exigieron que la echara. El propio padre de Nana, un humilde carnicero de la aldea cercana de Gul Daman, renegó de ella. Deshonrado, recogió sus pertenencias, se subió a un autobús con dirección a Irán y nunca más volvió a saberse de él.

—A veces —dijo Nana una mañana temprano, mientras daba de comer a las gallinas en la puerta del *kolba*—, desearía que mi padre hubiera tenido agallas para coger uno de sus cuchillos y hacer lo que le exigía el honor. Tal vez habría sido mejor para mí. —Arrojó otro puñado de semillas al gallinero, hizo una pausa y miró a Mariam—. Y quizá también para ti. Te habría ahorrado el dolor de saber lo que eres. Pero mi padre era un cobarde. No tenía *dil*; le faltaba valor.

Tampoco Yalil tenía *dil*, añadió Nana, para hacer lo que exigía el honor. Para enfrentarse a su familia, a sus esposas y parientes políticos, y aceptar la responsabilidad de sus actos. A puerta cerrada, se llegó rápidamente a un acuerdo para guardar las apariencias. Al día siguiente, Yalil la había obligado a recoger sus escasas pertenencias de las habitaciones de los criados, donde ella vivía, y la había echado de su casa.

—¿Sabes lo que les dijo a sus esposas para defenderse? Que yo lo había obligado. Que era culpa mía. *Didi?* ¿Lo entiendes? Eso es lo que significa ser una mujer en este mundo.

Nana dejó el recipiente de grano para las gallinas y levantó el mentón de Mariam con un dedo.

—Mírame, Mariam.

Ella lo hizo a regañadientes.

—Aprende esto ahora y apréndelo bien, hija mía: como la aguja de una brújula apunta siempre al norte, así el dedo acusador de un hombre encuentra siempre a una mujer. Siempre. Recuérdalo, Mariam.

2

—Para Yalil y sus esposas, yo era un matojo de hierba carmín, de artemisa. Y tú también. Y eso que ni siquiera habías nacido aún.

—¿Qué es la artemisa? —preguntó Mariam.

—Un hierbajo —explicó Nana—. Algo que se arranca y se tira.

Mariam se enfurruñó. Yalil no la trataba como a una mala hierba. Nunca lo había hecho. Pero le pareció más prudente acallar su protesta.

—Pero, al contrario de lo que se hace con los hierbajos, a mí tenían que volver a plantarme, ¿entiendes? Tenían que darme agua y comida. Por ti. Éste fue el acuerdo al que llegó Yalil con su familia.

Nana dijo que se había negado a vivir en Herat.

—¿Para qué? ¿Para verlo todos los días paseando a sus esposas *kinchini* por la ciudad en el coche?

Dijo que tampoco había querido vivir en la casa vacía de su padre, en Gul Daman, una aldea situada en una empinada colina dos kilómetros al norte de Herat. Y añadió que había decidido instalarse en algún lugar solitario, aislado, donde los vecinos no miraran su vientre, la señalaran, soltaran risitas burlonas, o peor aún, la atacaran con falsa amabilidad.

—Y créeme —prosiguió Nana—, para tu padre fue un alivio no tenerme cerca. Le convenía.

Fue Muhsin, el hijo mayor de Yalil con su primera esposa, Jadiya, quien sugirió que se instalaran en el claro. Se encontraba a las afueras de Gul Daman. Para llegar hasta allí había que ascender por un sendero de tierra con rodadas que surgía de la carretera principal entre Herat y Gul Daman. A ambos lados del sendero crecía la hierba hasta la rodilla, salpicada de flores blancas y amarillas. El camino subía por la colina serpenteante hasta un campo llano, donde había altos álamos y abundantes arbustos silvestres. Desde allí arriba se distinguían los extremos de las herrumbrosas palas del molino de viento de Gul Daman, a la izquierda, y a la derecha se desplegaba todo Herat. El camino conducía a un amplio arroyo bien poblado de truchas que bajaba de las montañas de Safid-kó, las cuales rodeaban Gul Daman. Doscientos metros río arriba, en dirección a las montañas, había un bosquecillo circular de sauces llorones. En el centro, a la sombra de los árboles, se abría el claro.

Yalil fue hasta allí para echar un vistazo. Cuando regresó, dijo Nana, hablaba del claro como un carcelero que alardeara de los limpios muros y los suelos relucientes de su prisión.

—Y así fue como tu padre construyó esta madriguera de ratas para nosotras.

Una vez, cuando Nana tenía quince años, había estado a punto de casarse. El pretendiente era un muchacho de Shindand, un joven vendedor de periquitos. Mariam conocía la historia por la propia Nana, y aunque ésta quitaba importancia al episodio, el brillo melancólico de su mirada proclamaba que a la sazón había sido feliz. Tal vez en aquellos días previos a su boda Nana había sido realmente dichosa por primera y única vez en su vida.

Cuando Nana le contó la historia, Mariam estaba sentada en su regazo y trataba de imaginar a su madre ataviada con el vestido de novia. La imaginaba a caballo, sonriendo tímidamente tras el velo verde, con las palmas pintadas de roja alheña, los cabellos peinados con polvo de plata y las trenzas untadas de savia. Vio a los músicos tocando la flauta *shanai* y golpeando los tambores *dohol*, y a la chiquillería gritando y corriendo tras ella.

Pero una semana antes del día de la ceremonia, un *yinn* se había apoderado del cuerpo de Nana. Mariam no necesitaba que le diera más detalles. Lo había visto demasiadas veces con sus propios ojos: Nana desplomándose de pronto con el cuerpo rígido, los ojos en blanco y sacudiendo las extremidades como si algo la estrangulara desde dentro, mientras las comisuras de los labios se le cubrían de espumarajos blancos, algunos manchados de sangre. Después sobrevenía el sopor, la aterradora desorientación, los murmullos incoherentes.

Cuando la noticia llegó a Shindand, la familia del vendedor de periquitos anuló la boda.

«Tuvieron miedo», en palabras de Nana.

Escondieron el vestido de novia. Después de aquello, ya no hubo más pretendientes.

En el claro, Yalil y dos de sus hijos, Farhad y Muhsin, construyeron el pequeño *kolba* donde Mariam iba a vivir sus primeros quince años. Lo levantaron con ladrillos secados al sol y lo cubrieron de barro y paja. Tenía una ventana y dentro había dos jergones, una mesa de madera, dos sillas de respaldo recto y estanterías clavadas a las paredes, donde Nana colocó sus vasijas de barro y su querido juego de té chino. Yalil le llevó una estufa nueva de hierro forjado para el invierno y apiló leña en la parte trasera del *kolba*. En el exterior instaló un *tandur*, un horno cilíndrico de arcilla para hacer pan sobre carbón, y un gallinero con una cerca alrededor. Junto con Farhad y Muhsin cavó un profundo hoyo a un centenar de metros del círculo de sauces y levantó una caseta que haría de excusado.

Yalil podría haber contratado trabajadores para que construyeran el *kolba*, decía Nana, pero no lo hizo.

—Su idea de la penitencia.

Según el relato de Nana sobre el día en que dio a luz a Mariam, nadie acudió a ayudarla. Ocurrió un día húmedo y nublado de la primavera de 1959, dijo, el vigésimo sexto año del reinado del sha Zahir, que duró cuarenta años y en general no conoció acontecimientos de interés. Nana dijo que Yalil no se había molestado en llamar a un médico, ni a una partera, aunque sabía que el *yinn* podía entrar en su cuerpo y provocar uno de sus ataques durante el parto. Nana yació sola en el suelo del *kolba*, con un cuchillo al lado, empapada en sudor.

—Cuando el dolor se hizo insoportable, mordí una almohada y grité hasta quedarme ronca. Pero nadie acudió a secarme la cara ni darme un trago de agua. Y tú, Mariam *yo*, no tenías prisa. Casi dos días me tuviste tumbada en el frío y duro suelo. No comí ni dormí, sólo empujaba y rezaba para que salieras.

—Lo siento, Nana.

—Corté el cordón que nos unía con mis propias manos. Para eso tenía el cuchillo.

—Lo siento.

En este punto Nana siempre esbozaba una lenta y significativa sonrisa, en la que se intuía la recriminación o un perdón reticente, Mariam no acertaba a determinarlo. A la joven Mariam no se le ocurría que pudiera haber injusticia alguna en tener que pedir perdón por la manera de llegar al mundo.

Cuando finalmente se le ocurrió, más o menos al cumplir los diez años, Mariam dejó de creer en aquella historia sobre su nacimiento. Creía la versión de Yalil, que afirmaba que estaba fuera, pero había dispuesto que llevaran a Nana a un hospital de Herat, donde la había atendido un médico y había estado en una cama limpia en una habitación bien iluminada. Yalil meneó la cabeza con pesar cuando Mariam le habló del cuchillo.

Mariam también acabó dudando que hubiera hecho sufrir a su madre durante dos días enteros.

—Me dijeron que todo terminó en menos de una hora —aseguró Yalil—. Fuiste una buena hija, Mariam *yo*. Incluso al nacer fuiste una buena hija.

—¡Él ni siquiera estaba allí! —espetó Nana—. Estaba en Tajt-e-Safar, montando a caballo con sus queridos amigos.

Cuando le informaron que le había nacido una hija, dijo Nana, Yalil se había encogido de hombros, había seguido cepillando las crines de su caballo, y se había quedado dos semanas más en Tajt-e-Safar.

—La verdad es que ni siquiera te cogió en brazos hasta que tuviste un mes. Y sólo te miró una vez, comentó que tenías la cara alargada y te puso de nuevo en mis brazos.

Mariam también acabó dudando de esta parte de la historia. Sí, admitió Yalil, estaba montando a caballo en Tajt-e-Safar, pero al recibir la noticia no se había encogido de hombros. Había saltado sobre su caballo y regresado a Herat. La había acunado en sus brazos, le había pasado el pulgar por las cejas casi sin pelo, y le había tarareado una nana. Mariam no se imaginaba a Yalil diciendo que tenía la cara alargada, pero era cierto que la tenía así.

Nana afirmaba que ella había elegido el nombre de Mariam porque era el de su madre. Yalil aseguraba que el nombre lo había elegido él, porque Mariam, el nardo, era una flor preciosa.

—¿Tu favorita? —preguntó Mariam.

—Bueno, una de mis favoritas —respondió él, y sonrió.

3

Uno de los primeros recuerdos de Mariam era el chirrido de las ruedas de hierro de una carretilla rodando sobre las piedras. La carretilla llegaba una vez al mes, llena de arroz, harina, té, azúcar, aceite para cocinar, jabón y pasta de dientes. La llevaban dos de los hermanastros de Mariam; por lo general eran Muhsin y Ramin, a veces Ramin y Farhad. Los muchachos se turnaban para empujar la carretilla cuesta arriba por el sendero, sobre piedras y guijarros, evitando baches y arbustos, hasta llegar al arroyo. Allí tenían que vaciarla y cargar los bultos para vadearlo: primero pasaban con la carretilla y luego volvían a cargarla. A continuación debían empujarla doscientos metros más a través de la alta y espesa hierba, rodeando matorrales. Las ranas se apartaban de un salto a su paso. Los hermanos espantaban los mosquitos de sus caras sudorosas a manotazos.

—Tiene criados —decía Mariam—. Podría enviarlos a ellos.

—Su idea de la penitencia —replicaba Nana.

Mariam y Nana salían al oír el sonido de la carretilla. Mariam recordaría siempre a su madre tal como la veía el día del aprovisionamiento: una mujer alta, huesuda y descalza, que se apoyaba en el dintel con sus perezosos ojos convertidos en rendijas y los brazos cruzados en un gesto desafiante y burlón. El sol iluminaba sus cabellos cortos y despeinados, sin

21

cubrir. Llevaba una camisa gris que no le sentaba bien abotonada hasta el cuello, y los bolsillos llenos de piedras del tamaño de castañas.

Los chicos se sentaban junto al arroyo y esperaban a que ellas dos metieran las provisiones en el *kolba*. No osaban acercarse a menos de treinta metros, aunque Nana tenía mala puntería y la mayor parte de las piedras aterrizaban lejos de su objetivo. Nana gritaba a los muchachos mientras acarreaba los sacos de arroz al interior del *kolba* y les llamaba cosas que Mariam no entendía, maldecía a sus madres y les hacía muecas de odio. Los muchachos nunca le devolvían los insultos.

Mariam se compadecía de ellos. Qué cansados debían de tener los brazos y las piernas, pensaba, de tanto empujar aquella pesada carga. Le habría gustado ofrecerles agua. Pero no decía nada, y si ellos la saludaban con la mano, ella no les devolvía el saludo. En una ocasión, para complacer a Nana, Mariam incluso gritó a Muhsin y le dijo que su boca parecía el culo de un lagarto, aunque luego se moría de culpabilidad, vergüenza y miedo de que se lo contaran a Yalil. Pero Nana se rió tanto, mostrando los picados dientes, que Mariam temió que le diera uno de sus ataques. Nana miró a Mariam cuando terminó y dijo:

—Eres una buena hija.

Cuando la carretilla quedaba vacía, los muchachos volvían corriendo y se alejaban empujándola. Mariam esperaba a verlos desaparecer entre la alta hierba y los matojos floridos.

—¿Vienes?

—Sí, Nana.

—Se ríen de ti. En serio. Los oigo.

—Ya voy.

—¿No me crees?

—Aquí estoy.

—Ya sabes que te quiero, Mariam *yo*.

22

Por la mañana, despertaban con lejanos balidos de ovejas y el agudo sonido de una flauta, cuando los pastores llevaban sus rebaños a pastar en la ladera de la colina. Mariam y Nana ordeñaban las cabras, daban de comer a las gallinas y recogían los huevos. Hacían el pan juntas. Nana le enseñaba a amasar, a encender el *tandur* y aplastar la masa de las tortas de pan contra las paredes interiores. También a coser y a guisar el arroz y todos los demás ingredientes: estofado de *shalqam* con nabos, *sabzi* de espinacas, coliflor con jengibre.

Nana no ocultaba el desagrado que le producían las visitas —y, de hecho, la gente en general—, pero hacía excepciones con unos pocos escogidos. Y así, el *arbab* de la aldea de Gul Daman, Habib Jan, un hombre barbudo de cabeza pequeña y enorme vientre, se presentaba una vez al mes, más o menos, con un criado que portaba un pollo, o a veces una cazuela de arroz *kirichi*, o un cesto de huevos pintados, para Mariam.

También las visitaba una anciana rechoncha a la que Nana llamaba Bibi *yo*, cuyo difunto marido había sido cantero y amigo del padre de Nana. A Bibi *yo* la acompañaban siempre una de sus seis nueras y un par de nietos. Atravesaba el claro cojeando y resoplando, y se frotaba la cadera con grandes aspavientos antes de sentarse, con un suspiro de dolor, en la silla que le ofrecía Nana. Bibi *yo* siempre llevaba algo para Mariam: una caja de dulces *dishlemé*, una cesta de membrillos. A Nana, primero le soltaba las quejas sobre sus achaques, y luego los chismorreos de Herat y Gul Daman, en los que se explayaba a gusto, mientras su nuera permanecía sentada detrás de ella, callada y sumisa.

Pero el visitante favorito de Mariam, aparte de Yalil, por supuesto, era el ulema Faizulá, el anciano profesor del Corán en la aldea, el *ajund*. Éste subía una o dos veces por semana desde Gul Daman para enseñar a Mariam las cinco oraciones *namaz* diarias. También le enseñaba a recitar el Corán, tal como había hecho con su madre cuando ésta era una niña. El ulema Faizulá había enseñado a Mariam a leer, mirando pacientemente por encima de su hombro mientras los labios de su alumna formaban las palabras en silencio y su dedo índice se detenía en cada palabra, apretando hasta que la uña blanqueaba, como si de esta manera pudiera exprimir el significado de los símbolos. El ulema Faizulá le había sostenido la mano, guiando el lápiz en la elevación de cada *alif*, en la curva de cada *bá*, y los tres puntos de cada *zá*.

Era un anciano delgado, adusto y encorvado con una sonrisa desdentada y una barba blanca que le llegaba hasta el ombligo. Por lo general iba solo al *kolba*, aunque a veces lo acompañaba su hijo de cabello rojizo, Hamza, unos años mayor que Mariam. Cuando el ulema Faizulá se presentaba en el *kolba*, Mariam le besaba la mano —y parecía que besaba un grupo de ramitas secas cubiertas por una fina capa de piel—, y él le daba un beso en la frente, antes de sentarse para empezar la clase. Después, los dos salían a sentarse a la puerta del *kolba* para comer piñones y beber té verde, mientras observaban los *bulbul*, los ruiseñores que volaban velozmente de un árbol a otro. Algunas veces paseaban entre los alisos y la hojarasca color bronce, siguiendo el arroyo en dirección a las montañas. El ulema Faizulá pasaba las cuentas de su rosario *tasbé* mientras caminaban y con su voz temblorosa contaba a Mariam historias de todas las cosas que había visto en su juventud, como la serpiente de dos cabezas que había encontrado en Irán, en el Puente de los Treinta y Tres Arcos de Isfahán, o la sandía que había partido a las puertas de la mezquita Azul de Mazar, para descubrir que las pepitas formaban la palabra «Alá» en una mitad y «Akbar» en la otra.

El ulema Faizulá confesó a Mariam que en algunas ocasiones no comprendía el significado de las palabras del Corán, pero que le gustaban los sonidos cautivadores que surgían de su lengua al pronunciar las palabras en árabe. Dijo que lo consolaban, que sosegaban su corazón.

—También a ti te consolarán, Mariam yo —aseguró—. Puedes solicitar su ayuda en momentos de necesidad, y no te fallarán. Las palabras de Dios jamás te traicionarán, hija mía.

El ulema Faizulá sabía escuchar tan bien como se expresaba. Cuando Mariam hablaba, la atención del maestro jamás vacilaba. Asentía lentamente y sonreía con expresión de gratitud, como si se le otorgara un codiciado privilegio. A Mariam le resultaba fácil contar al ulema Faizulá cosas que no se atrevía a confiarle a Nana.

Un día, mientras paseaban, Mariam le dijo que deseaba ir a la escuela.

—Me refiero a una escuela de verdad, *ajund sahib*. A un aula. Como los demás hijos de mi padre.

El ulema Faizulá se detuvo.

La semana anterior, Bibi *yo* les había dado la noticia de que las hijas de Yalil, Saidé y Nahid asistirían a la escuela Mehir para niñas de Herat. Desde entonces, en la cabeza de Mariam daban vueltas pensamientos sobre aulas y maestros, imágenes sobre cuadernos con hojas pautadas, columnas de números y plumas que dejaban gruesos y oscuros trazos. Se imaginaba a sí misma en la clase con otras niñas de su edad. Mariam ansiaba colocar una regla sobre un papel y trazar líneas que parecieran importantes.

—¿Es eso lo que quieres? —preguntó el ulema Faizulá, fijando en ella sus dulces ojos llorosos, con las manos a la espalda y la sombra de su turbante proyectándose sobre una mata de hirsutos ranúnculos.

—Sí.

—¿Y quieres que yo le pida permiso a tu madre?

Mariam sonrió. Sabía que nadie en el mundo, aparte de Yalil, la comprendía mejor que su anciano maestro.

—Entonces, ¿qué puedo hacer? Dios, en su sabiduría, nos ha asignado a cada uno nuestras debilidades, y la mayor entre las muchas que poseo es mi incapacidad de negarte nada, Mariam *yo* —dijo el ulema, dándole unos golpecitos en la mejilla con su dedo artrítico.

Pero más tarde, cuando habló con Nana, ésta dejó caer el cuchillo con que estaba cortando cebollas en rodajas.

—¿Para qué? —preguntó.

—Si la niña quiere aprender, permite que lo haga. Deja que reciba una educación.

—¿Aprender? ¿Aprender qué, ulema *sahib*? —replicó Nana con aspereza—. ¿Qué ha de aprender? —Desvió la mirada hacia Mariam.

La pequeña bajó los ojos y se contempló las manos.

—¿Qué sentido tiene enviar a la escuela a alguien como tú? Sería como sacar brillo a una escupidera. Además, en esos sitios no se aprende nada que valga la pena. Sólo existe una sola habilidad que las mujeres como tú y yo necesitamos en la vida, y eso no lo enseñan en los colegios. Mírame.

—No deberías hablarle así, hija mía —intervino el ulema Faizulá.

—Mírame.

Mariam obedeció.

—Sólo una habilidad. Y es ésta: *tahamul*. Resistir.

—¿Resistir qué, Nana?

—Oh, no te preocupes por eso —contestó—. No te faltarán cosas que resistir.

Y añadió que las mujeres de Yalil la habían llamado horrible y sucia hija de cantero, y que la habían obligado a lavar la ropa en medio del frío hasta que la cara se le quedaba helada y le ardían los dedos.

—Es lo que nos toca en esta vida a las mujeres como nosotras. Resistimos. Es lo único que tenemos. ¿Lo entiendes? Además, en la escuela se reirían de ti. Sí. Te llamarían *harami*. Dirían cosas horribles sobre ti. No lo permitiré.

Mariam asintió.

—Y no quiero oírte volver a hablar de escuelas. Eres todo lo que tengo. No voy a perderte. Mírame. No vuelvas a hablar de escuelas.

—Sé razonable, mujer. Si la niña quiere… —empezó el ulema Faizulá.

—Y tú, *ajund sahib*, con el debido respeto, no deberías alentar esas ideas insensatas de la niña. Si realmente te importa, hazle comprender que su sitio está aquí, en casa con su madre. No hay nada para ella ahí fuera. Nada más que rechazo y tristeza. Yo lo sé, *ajund sahib*. Lo sé de sobra.

4

A Mariam le encantaba recibir visitas en el *kolba*. El *arbab* de la aldea y sus regalos, Bibi *yo* con su cadera achacosa y sus interminables chismorreos, y por supuesto el ulema Faizulá. Pero a nadie, a nadie esperaba con tanta impaciencia como a Yalil.

La inquietud se adueñaba de ella los martes por la noche. Mariam dormía mal, temiendo que alguna complicación en los negocios impidiera a Yalil visitarla el jueves y eso la obligara a aguardar otra semana para verlo. Los miércoles se paseaba alrededor del *kolba* y se dedicaba a arrojar comida a las gallinas distraídamente. Deambulaba por los alrededores, arrancando pétalos de las flores y espantando los mosquitos que le picaban en los brazos. Por fin, los jueves sólo era capaz de sentarse apoyada contra una pared, con los ojos fijos en el arroyo, y esperar. Si Yalil llegaba tarde, el pánico se adueñaba de ella poco a poco. Las rodillas no le respondían y tenía que ir a tumbarse.

Hasta que Nana la llamaba.

—Ahí está tu padre, en toda su gloria.

Mariam se levantaba de un brinco al verlo saltando de piedra en piedra para cruzar el arroyo, agitando las manos alegremente, todo sonrisas. Mariam sabía que Nana la observaba, midiendo su reacción, así que siempre debía esforzarse por quedarse en la puerta esperando mientras su padre avanzaba lentamente hacia ella, y no salir corriendo a su encuentro. Se contenía y se limitaba a mirar pacientemente cómo caminaba por la alta hierba, con la chaqueta del traje colgada del hombro y la corbata roja levantada por la brisa.

Cuando Yalil entraba en el claro, arrojaba su chaqueta sobre el *tandur* y abría los brazos. Mariam echaba a andar hacia él y finalmente empezaba a correr, luego él la tomaba por las axilas y la lanzaba en alto. Mariam gritaba.

Suspendida en el aire, veía el rostro de su padre vuelto hacia ella con su amplia sonrisa torcida, sus entradas en el pelo, su hoyuelo en la barbilla —el apoyo perfecto para la punta del meñique de Mariam—, sus dientes, los más blancos en una ciudad de muelas cariadas. A Mariam le gustaba su bigote recortado y que, hiciera el tiempo que hiciera, Yalil siempre llevase traje en sus visitas —marrón oscuro, su color favorito, con el triángulo blanco de un pañuelo en el bolsillo del pecho—, además de gemelos y corbata, roja por lo general, que dejaba un poco floja. Mariam se veía también a sí misma reflejada en los ojos castaños de Yalil, con los cabellos ondeando, el rostro encendido por la excitación sobre el fondo del cielo azul.

Nana decía que un día Yalil fallaría, que Mariam le resbalaría entre las manos, caería al suelo y se haría daño. Pero Mariam no creía que Yalil la dejara caer. Creía que aterrizaría siempre sana y salva en las manos limpias y de uñas bien arregladas de su padre.

Se sentaban a la puerta del *kolba* y Nana les servía té. Los dos adultos se saludaban con una sonrisa incómoda y una inclinación de la cabeza. A Yalil, Nana no lo recibía con piedras ni con insultos.

A pesar de que despotricaba contra él cuando no estaba, se mostraba contenida y cortés durante las visitas de Yalil. Siempre se lavaba el pelo, se cepillaba los dientes y se ponía su mejor *hiyab*. Se sentaba en silencio en una silla frente a él, con las manos cruzadas sobre el regazo. No lo miraba directamente a los ojos y jamás utilizaba un lenguaje grosero. Cuando se reía, se cubría la boca con la mano para ocultar los dientes picados.

Nana se interesaba por sus negocios. Y también por sus esposas. Cuando le dijo que se había enterado por Bibi *yo* de que su esposa más joven, Nargis, esperaba su tercer hijo, Yalil sonrió cortésmente y asintió.

—Bueno. Debes de estar muy contento —comentó Nana—. ¿Cuántos tienes ya? ¿Son diez, *mashalá*? ¿Diez?

Él asintió.

—Once, contando a Mariam, por supuesto.

Más tarde, cuando Yalil se hubo marchado, madre e hija discutieron por eso. Mariam la acusó de haberlo engañado para que cayera en su trampa.

Después de tomar el té con Nana, padre e hija siempre iban a pescar al arroyo. Él le enseñaba a lanzar el sedal y enrollar el carrete cuando picaba una trucha. Le enseñaba a destripar y limpiar el pescado, sacándole la espina con un solo movimiento. Le hacía dibujos mientras esperaban a que picaran, le mostraba cómo dibujar un elefante de un solo trazo sin levantar la pluma del papel. Le recitaba poemas. Juntos cantaban:

> *Lili lili para pájaros la pila*
> *en un sendero de la villa,*
> *Minnow se posó en el borde y bebió,*
> *resbaló y en el agua se hundió.*

Yalil le llevaba recortes del *Ittifaq-i Islam*, el periódico de Herat, y se los leía. Era el vínculo de Mariam, la prueba de que existía todo un mundo más allá del *kolba*, más allá de Gul Daman y también de Herat, un mundo de presidentes con nombres impronunciables, trenes y museos y fútbol, cohetes que orbitaban alrededor de la Tierra y aterrizaban en la Luna, y cada jueves Yalil llevaba consigo una parte de ese mundo al *kolba*.

Fue él quien le contó en el verano de 1973, cuando Mariam tenía catorce años, que el sha Zahir, que había gobernado en Kabul durante cuarenta años, había sido derrocado por un golpe de estado incruento.

—Lo ha hecho su primo Daud Jan, mientras el sha estaba en Italia para recibir tratamiento médico. Sabes quién es Daud Jan, ¿verdad? Ya te había hablado de él. Era primer ministro en Kabul cuando tú naciste. El caso es que Afganistán ya no es una monarquía, Mariam. Ahora es una república y Daud Jan es el presidente. Corre el rumor de que los socialistas de Kabul le han ayudado a hacerse con el poder. No es que él sea socialista, claro, pero le han ayudado. Eso se rumorea al menos.

Mariam le preguntó qué era un socialista y Yalil empezó a explicárselo, pero Mariam apenas le prestaba atención.

—¿Me estás escuchando?

—Sí.

Yalil vio que su hija miraba el bulto del bolsillo lateral de su chaqueta.

—Ah. Claro. Bueno. Pues toma. No hace falta esperar…

Sacó una cajita del bolsillo y se la entregó. De vez en cuando le llevaba pequeños regalos. Un brazalete de cornalinas una vez, una gargantilla con cuentas de lapislázuli otra. Ese día, Mariam abrió la caja y encontró un colgante con forma de hoja, del que pendían a su vez monedas pequeñas con lunas y estrellas grabadas.

—Póntelo, Mariam *yo*.

Mariam se lo puso.

—¿Cómo me queda?

—Pareces una reina —respondió su padre con una sonrisa radiante.

Cuando Yalil se fue, Nana vio el colgante sobre el pecho de Mariam.

—Bisutería de los nómadas —dijo—. Ya he visto cómo la hacen. Funden las monedas que les echa la gente y hacen joyas. A ver cuándo te trae algo de oro, tu querido padre. A ver.

Llegado el momento en que Yalil tenía que irse, Mariam se quedaba siempre en el umbral de la puerta mientras él cruzaba el claro, abatida ante la idea de la semana que se extendía, como un objeto inmenso e inamovible, entre aquélla y la siguiente visita. Mariam siempre contenía el aliento mientras lo veía marchar. Contenía el aliento y contaba los segundos mentalmente, diciéndose que por cada segundo que no respirara, Dios le concedería otro día con Yalil.

Por la noche, se acostaba en su jergón y se preguntaba cómo sería la casa de Yalil en Herat. Se preguntaba cómo sería vivir con él, verlo todos los días. Se imaginaba tendiéndole una toalla mientras él se afeitaba, al tiempo que le preguntaba si se había cortado. Le prepararía el té. Le cosería los botones que se le cayeran. Darían paseos juntos por Herat, por los soportales del bazar en el que, según Yalil, era posible encontrar cuanto uno deseara. Irían en su coche y la gente los señalaría y diría: «Ahí va Yalil Jan con su hija.» Yalil le mostraría el famoso árbol bajo el cual habían enterrado a un poeta.

Mariam decidió que un día no muy lejano hablaría con Yalil de todas esas cosas. Y cuando él la oyera, cuando supiera lo mucho que lo echaba de menos cada vez que se iba, seguro que se la llevaría consigo. La llevaría a Herat, a vivir en su casa, como sus otros hijos.

5

—Ya sé lo que quiero —dijo Mariam a Yalil.

Era la primavera de 1974, el año en que Mariam cumplía quince años. Los tres estaban sentados a la puerta del *kolba*, a la sombra de los sauces, en sillas plegables dispuestas en triángulo.

—Para mi cumpleaños… Ya sé lo que quiero.

—¿Ah, sí? —dijo Yalil con una sonrisa alentadora.

Dos semanas antes, Mariam había preguntado al respecto y él había comentado que se estaba proyectando una película americana en su cine. Era una película especial, de lo que él llamó «dibujos animados». Toda la película era una serie de dibujos, explicó, miles de dibujos, y al convertirse en película y proyectarse sobre una pantalla, daba la impresión de que se movían. Yalil dijo que la película contaba la historia de un viejo fabricante de juguetes que se sentía muy solo y deseaba con todas sus fuerzas tener un hijo. Así que decidió tallar una marioneta, un niño de madera que mágicamente cobraba vida. Mariam le había pedido que le contara más cosas, y Yalil le relató que el anciano y su marioneta corrían toda suerte de aventuras, que había un sitio que se llamaba Isla de la Diversión, donde los niños malos se convertían en burros. Al final, una ballena se tragaba a la marioneta y su padre. Mariam refirió toda la historia al ulema Faizulá.

—Quiero que me lleves a tu cine —pidió Mariam para su cumpleaños—. Quiero ver los dibujos animados. Quiero ver al niño marioneta.

Al decir esto, Mariam notó un cambio en el ambiente que respiraban. Sus padres se removieron en sus sillas y Mariam notó que intercambiaban miradas.

—No es buena idea —señaló Nana. Su voz sonó tranquila, con el tono contenido y educado que usaba siempre que Yalil estaba con ellas, pero Mariam notaba su mirada dura y acusadora.

Él cambió de posición en la silla, tosiendo y carraspeando.

—¿Sabes? —dijo—. La calidad de la imagen no es muy buena. Ni la del sonido. Y últimamente el proyector no funciona muy bien. Me parece que tu madre tiene razón. Será mejor que pienses en otro regalo, Mariam *yo*.

—*Ané* —dijo Nana—. ¿Lo ves? Tu padre está de acuerdo conmigo.

Pero más tarde, en el arroyo, Mariam insistió.

—Llévame.

—Vamos a hacer una cosa —propuso Yalil—. Enviaré a alguien a recogerte para que te lleve. Y me aseguraré de que te den un buen asiento y todas las golosinas que quieras.

—No. Quiero que me lleves tú.

—Mariam *yo*…

—Y también quiero que invites a mis hermanos y hermanas. Me gustaría conocerlos y que fuésemos todos juntos. Sí, eso es lo que quiero.

Yalil suspiró. Miraba a lo lejos, hacia las montañas.

Mariam recordaba que, según le había dicho, en la pantalla un rostro humano parecía tan grande como una casa, y cuando un coche se estrellaba, uno notaba en sus propios huesos cómo se retorcía el metal. Se imaginaba a sí misma sentada en un palco, lamiendo un helado, junto a sus hermanos y su padre.

—Eso es lo que quiero —repitió.

Yalil la miró con tristeza.

—Mañana. A mediodía. Nos encontraremos aquí mismo. ¿De acuerdo? ¿Mañana?

—Ven aquí —dijo él. Se agachó, la atrajo hacia sí y la estrechó entre sus brazos mucho, mucho tiempo.

Al principio, Nana se paseaba por el *kolba*, abriendo y cerrando los puños.

—De todas las hijas que podía haber tenido, ¿por qué Dios me ha dado una tan ingrata como tú? ¡Con todo lo que he tenido que soportar por tu culpa! ¡Cómo te atreves! ¿Cómo te atreves a abandonarme así, *harami* traidora?

Luego empezó con las burlas.

—¡Qué estúpida eres! ¿Crees que le importas, que te aceptaría en su casa? ¿Crees que eres una hija para él? ¿Que te acogería en su familia? Pues escúchame bien: el corazón de un hombre es miserable. No es como el vientre de una madre. No sangra, ni se ensancha para hacerte sitio. Yo soy la única que te quiere. Soy lo único que tienes en el mundo, Mariam, y cuando muera no tendrás nada. ¡No tendrás nada porque no eres nada!

Luego intentó la táctica de la culpabilidad.

—Me moriré si te vas. Vendrá el *yinn* y tendré uno de mis ataques. Ya lo verás, me tragaré la lengua y me moriré. No me dejes, Mariam *yo*. Quédate, por favor. Me moriré si te vas.

Mariam permaneció en silencio.

—Tú sabes que te quiero, Mariam *yo*.

Mariam anunció que se iba a dar un paseo, porque si se quedaba temía decir cosas que hirieran a Nana: que sabía que lo del *yinn* era mentira, que Yalil le había contado que

35

Nana tenía una enfermedad con un nombre y que tomándose unas pastillas se pondría mejor. Podría haberle preguntado a Nana por qué se negaba a ver a los médicos de Yalil, como él había insistido que hiciera, por qué no se tomaba las pastillas que él le había comprado. Si hubiera sabido expresarse, podría haberle dicho que estaba cansada de ser un instrumento, de que le contara mentiras, de que la reclamara como suya, de que la utilizara. Que estaba harta de que Nana distorsionara la verdad de su vida y la convirtiera a ella en otro de sus motivos de queja contra el mundo.

«Tienes miedo, Nana —podría haber dicho—. Tienes miedo de que encuentre la felicidad que tú nunca has tenido. Y no quieres que yo sea feliz. No quieres que disfrute de la vida. Tú eres la que tiene un corazón miserable.»

Al borde del claro había una atalaya que a Mariam le gustaba frecuentar. Se sentaba allí, sobre la hierba cálida y seca, y contemplaba Herat, que se extendía a sus pies como un tablero de juegos infantiles, con el jardín de las Mujeres al norte de la ciudad, y el bazar Char-suq y las ruinas de la antigua ciudadela de Alejandro Magno al sur. Mariam distinguía los minaretes a lo lejos, como gigantescos dedos polvorientos, y las calles que, imaginaba, bullían de gente, carros y mulas. Veía las golondrinas que descendían en picado y volaban en círculos, y las envidiaba porque habían estado en Herat. Las golondrinas habían volado por encima de sus mezquitas y bazares. Tal vez se habían posado incluso en los muros de la casa de Yalil, o en los escalones de entrada de su cine.

Cogió diez guijarros e hizo con ellos tres pilas. Era un juego al que se entregaba a veces en secreto, cuando Nana no la miraba. Colocó cuatro guijarros en la primera pila, por los hijos de Jadiya, tres en la segunda por los hijos de Afsun, y otros tres en la tercera por los hijos de Nargis. Luego añadió una cuarta pila. Un undécimo guijarro en solitario.

. . .

A la mañana siguiente, Mariam se puso un vestido de color crema que le llegaba hasta las rodillas, unos pantalones de algodón y un *hiyab* verde en la cabeza. Estuvo un buen rato preocupada porque el *hiyab* verde no hacía juego con el vestido, pero eso no tenía remedio, porque las polillas habían dejado el blanco lleno de agujeros.

Miró la hora. Llevaba un viejo reloj de cuerda con números negros y esfera verde, regalo del ulema Faizulá. Eran las nueve. Se preguntó dónde estaría Nana. Pensó en salir a buscarla, pero temía la confrontación, las miradas de agravio. Nana la acusaría de traicionarla. Se burlaría de sus absurdas ambiciones.

Mariam se sentó. Trató de pasar el rato dibujando un elefante de un solo trazo, tal como le había enseñado Yalil, una y otra vez. Se quedó entumecida de estar sentada, pero no quiso tumbarse por miedo a que se le arrugara el vestido.

Cuando por fin las manecillas del reloj señalaron las once y media, se metió los once guijarros en el bolsillo y salió. De camino al arroyo, vio a Nana sentada en una silla a la sombra de un sauce llorón. Mariam no sabía si su madre la había visto.

Al llegar al arroyo, esperó en el lugar acordado. Unas cuantas nubes grises con forma de coliflor surcaron el cielo. Yalil le había enseñado que las nubes grises tenían ese color porque eran tan densas que la parte superior absorbía la luz del sol y proyectaba su propia sombra sobre la parte inferior. «Eso es lo que se ve, Mariam *yo* —le había dicho—, la oscuridad de su vientre.»

Pasó un rato.

Mariam volvió al *kolba*. Esta vez, rodeó el claro por el oeste para no tener que pasar por delante de Nana. Consultó su reloj. Era casi la una. «Es un hombre de negocios —pensó—. Le habrá surgido un imprevisto.»

Volvió de nuevo al arroyo y esperó un poco más. Unos ruiseñores sobrevolaron la corriente y luego se posaron, perdiéndose de vista entre la hierba. Mariam observó una oruga que avanzaba despacio por el tallo de un cardo verde.

Aguardó hasta que las piernas se le agarrotaron. Esta vez no volvió al *kolba*. Se subió las perneras de los pantalones hasta las rodillas, cruzó el arroyo y, por primera vez en su vida, inició el descenso de la colina en dirección a Herat.

Nana también se equivocaba sobre la ciudad. Nadie la señaló con el dedo. Nadie se rió de ella. Mariam recorrió los bulevares ruidosos y atestados de gente, flanqueados de cipreses, dominados por un trasiego constante de transeúntes, gente en bicicleta y *garis* tirados por mulas. Nadie le arrojó ninguna piedra ni la llamó *harami*. De hecho, apenas le dirigieron la mirada. Inesperada y asombrosamente, allí no era más que una persona entre otras muchas.

Se detuvo ante un estanque de forma ovalada que había en el centro de un gran parque, donde se cruzaban varios senderos de guijarros. Maravillada, acarició los hermosos caballos de mármol que bordeaban el estanque y contempló el agua con ojos opacos. También observó a unos niños que botaban barquitos de papel. Vio flores por todas partes, tulipanes, lirios, petunias, iluminados sus pétalos por el sol. Había gente paseando por los senderos, sentada en los bancos, tomando té.

A Mariam le costaba creer que estuviera realmente allí. El corazón le latía de emoción. Deseó que el ulema Faizulá pudiera verla. Qué atrevida le parecería. ¡Qué valiente! Se dedicó entonces a imaginar la nueva vida que la esperaba en la ciudad, una vida con un padre, con hermanas y hermanos, una vida en la que amaría y sería amada, sin reservas ni horarios, sin vergüenza.

Alegre y vivaz, volvió a la amplia avenida que discurría junto al parque. Pasó por delante de viejos vendedores ambulantes de rostro curtido, sentados a la sombra de los plátanos, que la contemplaron con aire impasible desde detrás de sus pirámides de cerezas y sus montones de uvas. Niños descalzos corrían en pos de coches y autobuses, agitando bolsas de membrillos. Mariam se detuvo en una esquina y observó a los transeúntes, incapaz de comprender cómo podían permanecer indiferentes a las maravillas que los rodeaban.

Al cabo de un rato, se armó de valor para preguntar al anciano propietario de un *gari* tirado por un caballo si sabía donde vivía Yalil, el dueño del cine. El anciano tenía las mejillas redondas y llevaba un *chapan* a rayas con los colores del arco iris.

—¿No eres de Herat, verdad? —dijo afablemente—. Todo el mundo sabe dónde vive Yalil Jan.

—¿Podría indicármelo?

El anciano le quitó el papel de plata a un caramelo y preguntó:

—¿Estás sola?

—Sí.

—Sube. Te llevaré.

—No puedo pagarle. No tengo dinero.

El anciano le dio el caramelo. Dijo que de todas formas hacía dos horas que no llevaba a nadie y que estaba pensando en dejar el trabajo por ese día. La casa de Yalil le pillaba de camino.

Mariam subió al *gari*. Hicieron el trayecto en silencio, codo con codo. Por el camino, Mariam vio herbolarios y casetas donde se compraban naranjas y peras, libros, chales, incluso halcones. Había niños jugando a canicas en círculos trazados en el polvo. A la puerta de las casas de té, sobre plataformas de maderas alfombradas, había hombres bebiendo té y fumando tabaco de narguiles.

El anciano hizo virar su *gari* para entrar en una amplia calle flanqueada de coníferas. Al llegar a la mitad de la avenida, detuvo al caballo.

—Aquí es. Parece que tienes suerte, *dojtar yo*. Ése es su coche.

Mariam se bajó de un salto. El anciano sonrió y reanudó su camino.

Era la primera vez que Mariam tocaba un automóvil. Acarició el capó del coche de Yalil, que era negro y reluciente, con ruedas resplandecientes en las que vio una imagen ensanchada y plana de sí misma. Los asientos eran de cuero blanco. Tras el volante había esferas indicadoras.

Por un momento le pareció oír la voz de Nana burlándose de ella, apagando el resplandor de sus más íntimas esperanzas. Mariam se acercó al portón de la casa con piernas temblorosas. Apoyó las manos en sus muros. Eran muy altos, los muros de Yalil, llenos de malos presagios. Tuvo que levantar mucho la cabeza para ver las copas de los cipreses que sobresalían al otro lado. Las copas se balanceaban impulsadas por la brisa, y Mariam imaginó que se inclinaban para saludar su llegada. Tuvo que dominarse para reprimir la consternación que la atenazaba.

Una joven descalza abrió el portón. Llevaba un tatuaje bajo el labio inferior.

—He venido a ver a Yalil Jan. Soy Mariam, su hija.

El rostro de la joven expresó un desconcierto momentáneo. Después vino la comprensión, que suscitó una leve sonrisa y cierto aire de vehemencia, de expectación.

—Espera aquí —indicó rápidamente, y cerró el portón.

Transcurrieron unos minutos. Luego salió un hombre. Era alto, de hombros anchos, ojos soñadores y rostro sereno.

—Soy el chófer de Yalil Jan —dijo, no sin cierta amabilidad.

—¿Su qué?

—Su conductor. Yalil Jan no está en casa.

—Veo ahí su coche —señaló Mariam.

—Está fuera, atendiendo un negocio urgente.

—¿Cuándo volverá?

—No lo ha dicho.

Mariam respondió que esperaría.

El hombre cerró el portón. Mariam se sentó y dobló las rodillas hasta pegarlas contra su pecho. Era ya tarde y empezaba a tener hambre. Se comió el caramelo que le había dado el hombre del *gari*. Poco después, el chófer volvió a salir.

—Tienes que irte a casa —dijo—. Falta menos de una hora para que anochezca.

—Estoy acostumbrada a la oscuridad.

—También va a refrescar. ¿Por qué no dejas que te lleve a casa en el coche? Ya le diré que has venido.

Mariam se limitó a mirarlo.

—Pues te llevo a un hotel. Allí podrás dormir cómodamente. Ya veremos qué podemos hacer por la mañana.

—Déjeme entrar en la casa.

—No me lo permiten. Mira, nadie sabe cuándo volverá. Podría tardar días.

Mariam cruzó los brazos.

El chófer suspiró y le dirigió una mirada de leve reproche.

A lo largo de los años, Mariam tendría numerosas ocasiones para pensar en lo que podría haber ocurrido si hubiera accedido a que el chófer la llevara de vuelta al *kolba*. Pero no fue así. Pasó la noche ante la puerta de la casa de Yalil. Vio cómo se oscurecía el cielo y las sombras engullían las fachadas de las casas vecinas. La joven tatuada salió con pan y un plato de arroz para ella, pero Mariam lo rechazó. La joven lo dejó todo a su lado. De vez en cuando, la muchacha oía pasos en la calle, puertas que se abrían, saludos amortiguados. Se encendieron luces eléctricas y de las ventanas surgió un tenue resplandor. Unos perros ladraron. Cuando no pudo resistir más el hambre, Mariam se comió el pan y el plato de arroz.

Luego estuvo escuchando el sonido de los grillos de los jardines. Las nubes se deslizaban en lo alto, ocultando la pálida luna.

Por la mañana, alguien la zarandeó para despertarla. Mariam vio entonces que durante la noche la habían tapado con una manta.

Quien la sacudía por el hombro era el chófer.

—Ya basta. Ya has hecho tu escena. *Bas*. Ahora tienes que irte.

Mariam se incorporó y se frotó los ojos. Tenía la espalda y el cuello doloridos.

—Me quedo para esperarlo.

—Mírame —ordenó el chófer—. Yalil Jan dice que he de llevarte a tu casa ahora mismo. ¿Lo entiendes? Lo ha dicho Yalil Jan.

El chófer abrió la puerta de atrás del automóvil.

—*Bia*. Vamos —indicó amablemente.

—Quiero verlo —insistió Mariam con los ojos llenos de lágrimas.

El chófer suspiró.

—Deja que te lleve a casa. Vamos, *dojtar yo*.

Mariam se levantó y se dirigió al coche. Pero en el último momento, cambió de dirección y echó a correr hacia el portón. Notó la mano del chófer, que intentaba agarrarla por el hombro. Lo rehuyó e irrumpió en la casa.

En los pocos segundos que estuvo en el jardín de Yalil, los ojos de Mariam captaron una reluciente estructura de cristal con plantas en su interior, las uvas de un emparrado, un estanque de peces construido con bloques grises de piedra, árboles frutales y arbustos de flores vistosas por doquier. Su mirada pasó por encima de todas estas cosas antes de encontrar un rostro al otro lado del jardín, en una de las ventanas de arriba. La cara permaneció allí apenas un instante, como un destello, pero fue suficiente. Suficiente para que Mariam viera sus ojos de espanto y la boca abierta. Luego desapareció.

Apareció una mano y tiró de un cordón frenéticamente. Las cortinas cayeron.

Después un par de manos la sujetaron por las axilas y la alzaron del suelo. Mariam pataleó. Se le cayeron los guijarros del bolsillo. Siguió pataleando y llorando mientras la llevaban al coche y la sentaban en el frío cuero del asiento posterior.

El chófer hablaba en tono apagado mientras conducía, tratando de consolarla. Mariam no lo escuchaba. No dejó de llorar, dando botes en el asiento de atrás, durante todo el trayecto. Eran lágrimas de dolor, de ira, de desilusión. Pero, sobre todo, eran lágrimas de una profundísima vergüenza por su estupidez al haberse entregado plenamente a Yalil, al haberse preocupado tanto por el vestido que debía ponerse y por el *hiyab* que no hacía juego, al haber ido a pie hasta su casa y haberse negado luego a marcharse, y por haber dormido en la calle como un perro vagabundo. Y sentía vergüenza de no haber hecho caso del rostro desconsolado de su madre, de sus ojos hinchados. Nana, que se lo había advertido, que siempre había tenido razón.

Mariam tenía grabado a fuego el recuerdo del rostro en la ventana. Había permitido que durmiera en la calle. En la calle. Mariam siguió llorando, tumbada en el asiento. No quería sentarse, no quería que la vieran. Imaginaba que todo Herat conocía ya su vergüenza. Deseó que el ulema Faizulá estuviera allí para apoyar la cabeza en su regazo y dejar que la consolara.

Al cabo de un rato, las sacudidas aumentaron y el morro del coche empezó a inclinarse hacia arriba. Se hallaban en la carretera que subía hasta Gul Daman desde Herat.

¿Qué iba a decirle a Nana?, se preguntó. ¿Cómo se disculparía? ¿Cómo la miraría a la cara?

El coche se detuvo y el chófer la ayudó a salir.

—Te acompañaré —se ofreció.

Mariam lo siguió al otro lado de la carretera y luego enfiló el sendero tras él. Al borde del camino crecían las madreselvas y también los algodoncillos. Las abejas zumbaban alrededor de las flores silvestres. El chófer la tomó de la mano y la ayudó a cruzar el arroyo. Luego la soltó y comentó que pronto empezarían a soplar los famosos vientos de ciento veinte días en Herat, desde media mañana hasta el anochecer, y que los mosquitos iniciarían su febril actividad, cuando de pronto se detuvo delante de ella, tratando de taparle los ojos y obligándola a retroceder.

—¡Vuelve atrás! —ordenó—. No, no mires. ¡Date la vuelta! ¡Vuelve atrás!

Pero no fue lo bastante rápido. Mariam lo vio. Una ráfaga de viento levantó las ramas caídas del sauce llorón como si fueran una cortina y Mariam vislumbró lo que había bajo el árbol: la silla volcada. La cuerda colgando de una rama alta. Nana balanceándose al final de la cuerda.

6

Enterraron a Nana en un rincón del cementerio de Gul Daman. Mariam permaneció de pie junto a Bibi yo y las mujeres, mientras el ulema Faizulá recitaba las oraciones junto a la tumba y los hombres hacían descender el cuerpo amortajado.

Después, Yalil fue con ella al *kolba*, donde, delante de los aldeanos que los acompañaban, se mostró sumamente solícito con su hija. Recogió sus escasas pertenencias y las metió en una maleta. Se sentó junto a su jergón, donde ella estaba tumbada, y le abanicó el rostro. Le acarició la frente y, con expresión acongojada, le preguntó si necesitaba algo, algo; lo dijo así, dos veces.

—Quiero al ulema Faizulá —murmuró Mariam.

—Por supuesto. Está fuera. Iré por él.

Cuando la delgada figura encorvada del ulema apareció en el umbral de la puerta del *kolba*, Mariam se echó a llorar por primera vez ese día.

—Oh, Mariam *yo*.

El ulema se sentó a su lado y le tomó la cara entre las manos.

—Llora, Mariam *yo*. Llora. No te avergüences de ello. Pero recuerda, hija mía, lo que dice el Corán: «Bendito Aquel en Cuyas manos está el reino, y Aquel que tiene poder sobre todas las cosas, que creó la muerte y la vida con las que puede ponerte a prueba.» El Corán dice la verdad, hija mía. Dios tiene un motivo para cada prueba y cada desgracia que hace recaer sobre nosotros.

Pero Mariam no encontraba consuelo en las palabras de Dios. Ese día no. En su cabeza, sólo oía las palabras de Nana: «Me moriré si te vas. Me moriré.» Y sólo sabía llorar y llorar y dejar que sus lágrimas cayeran en la piel manchada y fina como el papel de las manos del ulema Faizulá.

Yalil se sentó en el asiento de atrás del coche con Mariam, rodeándola con un brazo durante el trayecto hasta su casa.

—Puedes quedarte conmigo, Mariam *yo* —dijo—. Ya les he pedido que te preparen una habitación. Está arriba. Creo que te gustará. Podrás ver el jardín.

Por primera vez, Mariam oyó a su padre con los oídos de Nana. Oía ahora con toda claridad la falsedad que se escondía siempre tras sus palabras, las promesas vacías, mentirosas. No fue capaz de mirarlo a la cara.

Cuando el coche se detuvo ante la casa de Yalil, el chófer abrió la puerta para que salieran y se ocupó de la maleta de Mariam. Yalil la condujo, las manos sobre sus hombros, a través del mismo portón que, dos días antes, había permanecido cerrado mientras ella dormía en la calle, esperándolo. Dos días antes Mariam no había deseado otra cosa en el mundo que entrar en ese jardín con Yalil; en cambio, en ese momento parecía que todo eso había ocurrido en otra existencia. ¿Cómo podía haber dado su vida un vuelco tan grande en tan poco tiempo?, se preguntó Mariam. Mantuvo la vista clavada en el suelo, en sus pies, que pisaban el sendero de piedras grises. Notó que había otras personas en el jardín, murmurando, apartándose al pasar ella con Yalil. Notó el peso de sus miradas desde las ventanas de arriba.

Dentro de la casa, Mariam también mantuvo la cabeza gacha. Caminó por una alfombra marrón en la que se repetía un motivo octogonal azul y amarillo, vio de reojo los pedestales de mármol de las estatuas, la parte inferior de jarrones, los bordes deshilachados de coloridos tapices que colgaban de las paredes. Las escaleras por las que subió con Yalil eran amplias y con una alfombra similar, clavada a la base de cada escalón. Al llegar a lo alto, Yalil la condujo hacia la izquierda, por otro largo pasillo alfombrado. Se detuvo delante de una puerta, la abrió e hizo pasar a Mariam.

—Tus hermanas Nilufar y Atié juegan aquí a veces —comentó—, pero sobre todo lo usamos como cuarto de invitados. Creo que aquí estarás a gusto. Es bonito, ¿verdad?

La habitación tenía una cama con una manta de flores verdes tejida en nido de abeja. Las cortinas, descorridas para dejar ver el jardín, hacían juego con la manta. Junto a la cama había una cómoda con tres cajones y un jarrón de flores encima. Había estantes en las paredes, y en ellos Mariam vio fotografías enmarcadas de personas a las que no conocía. Reparó en una colección de muñecas de madera idénticas, ordenadas según su tamaño, en uno de los estantes.

—Son muñecas *matrioshka* —comentó Yalil al ver que las miraba—. Las compré en Moscú. Puedes jugar con ellas si quieres. No le molestará a nadie.

Mariam se sentó en la cama.

—¿Quieres algo? —preguntó Yalil.

Ella se tumbó. Cerró los ojos. Al cabo de unos instantes, oyó que Yalil cerraba la puerta con suavidad.

Salvo cuando tenía que usar el cuarto de baño que había al final del pasillo, Mariam no salía de su habitación. La chica del tatuaje, la que le había abierto la puerta, le llevaba la comida en una bandeja: kebab de cordero, *sabzi*, sopa *aush*. Apenas la probaba. Yalil iba a verla varias veces al día, se sentaba en la cama a su lado, le preguntaba si se encontraba bien.

—Podrías comer abajo con nosotros —comentó, aunque sin gran convicción. Se apresuró demasiado a mostrar su comprensión cuando Mariam manifestó que prefería comer sola.

Desde la ventana, Mariam observaba impasible lo que tanta curiosidad había despertado en ella y tanto había deseado ver durante toda su existencia: la vida cotidiana en casa de Yalil. Los criados entraban y salían por la puerta del jardín. Había siempre un jardinero podando los arbustos o regando las plantas del invernadero. Coches con largos y esbeltos capós se detenían en la calle, delante de la casa. De los vehículos emergían hombres trajeados, con *chapans* y gorros de *karakul*, mujeres con *hiyabs* y niños repeinados. Y cuando Mariam vio a Yalil estrechando la mano a todos esos desconocidos, cuando lo vio cruzar las manos sobre el pecho e inclinar la cabeza ante sus mujeres, supo que Nana había dicho la verdad, que aquél no era su lugar.

«Pero ¿cuál es mi lugar? ¿Qué voy a hacer ahora?»

«Soy lo único que tienes en el mundo, Mariam, y cuando muera no tendrás nada. ¡No tendrás nada porque no eres nada!»

Una indecible negrura recorría su cuerpo en oleadas, como las ráfagas de viento que soplaban entre los sauces alrededor del *kolba*.

El segundo día que Mariam estaba en casa de Yalil, una niña entró en la habitación.

—Tengo que coger una cosa —dijo.

Mariam se incorporó en la cama, cruzó las piernas y se tapó con la manta.

La niña cruzó rápidamente la habitación y abrió el armario, de donde sacó una caja cuadrada de color gris.

—¿Sabes qué es esto? —preguntó la niña, y abrió la caja—. Se llama gramófono. *Gramo. Fono.* Se ponen discos y suena. Ya sabes, música. Es un gramófono.

—Tú eres Nilufar. Tienes ocho años.

La niña sonrió. Tenía la misma sonrisa que Yalil y el mismo hoyuelo en la barbilla.

—¿Cómo lo sabes?

Mariam se encogió de hombros. No le dijo que había llegado a ponerle su nombre a un guijarro.

—¿Quieres oír la canción?

Mariam volvió a encogerse de hombros.

Nilufar enchufó el aparato. Sacó un disco pequeño de un bolsillo que había en el interior de la tapa. Puso el disco e hizo bajar la aguja. Empezó a sonar la música.

> *Usaré un pétalo de flor como papel*
> *y te escribiré una dulce carta.*
> *Eres el sultán de mi corazón,*
> *el sultán de mi corazón.*

—¿La conoces?

—No.

—Es de una película iraní. La he visto en el cine de mi padre. Oye, ¿quieres que te enseñe una cosa?

Antes de que Mariam atinara a contestar, Nilufar había apoyado las palmas de las manos y la frente en el suelo. Dándose impulso con los pies, levantó las piernas e hizo el pino, con la cabeza apoyada en el suelo.

—¿Sabes hacer esto? —preguntó con voz ahogada.

—No.

Nilufar bajó las piernas, se enderezó y se alisó la blusa.

—Puedo enseñarte —dijo, apartándose el pelo de la enrojecida frente—. ¿Cuánto tiempo te quedarás aquí?

—No lo sé.

—Mi madre dice que en realidad no eres mi hermana, como tú dices ser.

—Yo nunca he dicho eso —mintió Mariam.

—Ella dice que sí. Da igual. A mí me da igual que lo digas o no. Me da igual si eres mi hermana o no.

—Estoy cansada —replicó Mariam, tumbándose.

—Mi madre dice que tu madre se ahorcó por culpa de un *yinn*.

—Ya puedes pararla —dijo Mariam, volviéndose de costado—. La música, me refiero.

Bibi *yo* también fue a verla ese día. Llovía cuando llegó. Acomodó su corpulenta figura en la silla que había junto a la cama, haciendo una mueca.

—Esta lluvia, Mariam, es terrible para mis caderas. Terrible, en serio. Espero… Oh, ven aquí, hija. Ven con Bibi *yo.* No llores. Vamos, vamos. Pobrecita. Shhh. Pobrecita.

Por la noche, Mariam estuvo mucho rato despierta, desvelada. Contempló el cielo desde la cama y escuchó los pasos en el piso de abajo, las voces amortiguadas y la lluvia que azotaba las ventanas. Cuando por fin se le cerraron los ojos, unos gritos la despertaron. Abajo se oían voces estridentes y airadas. Mariam no entendió lo que decían. Alguien dio un portazo.

A la mañana siguiente fue a visitarla el ulema Faizulá. Cuando vio a su amigo en la puerta, con su barba blanca y su afable sonrisa desdentada, Mariam notó que las lágrimas pugnaban de nuevo por brotar. Se levantó de la cama y corrió hacia el ulema. Le besó la mano, como siempre, y él le dio un beso en la frente. Luego le acercó una silla.

El ulema le mostró el Corán que llevaba consigo y lo abrió.

—He pensado que no teníamos por qué abandonar nuestras clases, ¿no?

—Ya sabes que no necesito más clases, ulema *sahib.* Hace años que me enseñaste todos los suras y *ayats* del Corán.

Él sonrió y levantó las manos en gesto de rendición.

—Lo confieso, entonces. Me has descubierto. Pero se me ocurren excusas peores para visitarte.

—No necesitas ninguna excusa. Tú no.

—Eres muy amable, Mariam *yo.*

Le tendió su Corán. Ella besó el libro tres veces —tocándolo con la frente en cada beso—, tal como él le había enseñado, y se lo devolvió.

—¿Cómo estás, hija mía?

—No dejo... —empezó Mariam, pero tuvo que interrumpirse, pues de pronto sintió una piedra en la garganta—. No dejo de pensar en lo que me dijo antes de que me fuera. Ella...

—¡Quia! —El ulema Faizulá puso una mano sobre la rodilla de Mariam—. Tu madre, que Alá la haya perdonado, era una mujer atribulada e infeliz, Mariam *yo*. Cometió un acto terrible. Contra sí misma, contra ti, y también contra Alá. Él la perdonará, pues Él todo lo perdona, pero a Alá le entristece lo que hizo. Él no aprueba que se quite la vida, ni la los demás, ni la de uno mismo, pues para Él la vida es sagrada. Escucha... —Acercó más la silla y cogió la mano de Mariam entre las suyas—. Yo conocí a tu madre mucho antes de que nacieras, cuando ella era una niña, y puedo decirte que ya entonces era desdichada. Me temo que la semilla de su terrible acto se plantó hace mucho tiempo. Con todo esto quiero decir que no fue culpa tuya. No fue culpa tuya, hija mía.

—No debería haberla dejado. Debería...

—Basta. Esos pensamientos no te hacen ningún bien, Mariam *yo*. ¿Me oyes, niña? Ningún bien. Te destruirán. No fue culpa tuya. No fue culpa tuya. No.

Mariam asintió, pero, a pesar de que deseaba creerlo con todas sus fuerzas, no consiguió convencerse.

Una tarde, una semana después, llamaron a su puerta y acto seguido entró en la habitación una mujer alta. Tenía piel blanca, cabello rojizo y largos dedos.

—Soy Afsun —dijo—. La madre de Nilufar. ¿Por qué no te lavas y bajas, Mariam?

Ella respondió que prefería quedarse en su habitación.

—No, *na fahimidi*, no lo entiendes. Es preciso que bajes. Tenemos que hablar contigo. Es importante.

7

Frente a ella tenía a Yalil y sus esposas, sentados a la larga mesa marrón oscuro. En el centro del tablero había un jarrón de cristal con caléndulas recién cortadas y una jarra de barro llena de agua. La mujer pelirroja que se había presentado como madre de Nilufar, Afsun, estaba sentada a la derecha de Yalil. Las otras dos, Jadiya y Nargis, se sentaban a su izquierda. Las tres llevaban un finísimo pañuelo negro, pero no en la cabeza sino anudado al cuello, como si se les hubiera ocurrido ponérselo en el último momento. Mariam, que no creía que llevaran luto por Nana, imaginó que tal vez una de ellas, o quizá Yalil, había sugerido que se lo pusieran antes de llamarla.

Afsun sirvió agua de la jarra y dejó el vaso delante de Mariam, sobre un salvamanteles de tela a cuadros.

—Apenas ha llegado la primavera y ya hace calor —comentó. Luego se abanicó con la mano.

—¿Estás cómoda en tu habitación? —preguntó Nargis, que tenía barbilla pequeña y cabellos negros y rizados—. Esperamos que hayas estado a gusto. Esta… experiencia debe de ser terrible para ti. Muy difícil.

Las otras dos asintieron. Mariam vio sus frentes arrugadas, sus leves sonrisas comprensivas. Notaba un desagradable zumbido en los oídos. Le ardía la garganta. Bebió un poco de agua.

A través del ventanal que Yalil tenía a su espalda, Mariam veía una hilera de manzanos en flor. En la pared, junto a la ventana, había un aparador de madera oscura. En él destacaban un reloj y una foto enmarcada de Yalil y tres niños que sujetaban un pez. El sol se reflejaba en las escamas. Yalil y los niños sonreían.

—Bueno —empezó Afsun—. Yo... es decir, nosotros... te hemos llamado porque tenemos una buena noticia que darte.

Mariam alzó la vista.

Advirtió entonces un intercambio de miradas entre las mujeres por encima de Yalil, que estaba hundido en su silla, contemplando la jarra de agua sin verla. Fue Jadiya, que parecía la mayor de las tres, quien miró directamente a Mariam, y ésta tuvo la impresión de que también aquello se había discutido y acordado entre ellas antes de llamarla.

—Tienes un pretendiente —soltó Jadiya.

Mariam notó que se le formaba un nudo en el estómago.

—¿Qué...? —dijo, notando de repente que los labios no le respondían.

—Un *jastegar*. Un pretendiente. Se llama Rashid —prosiguió Jadiya—. Es amigo de un conocido de tu padre por negocios. Es pastún, de Kandahar, pero vive en Kabul, en el distrito Dé Mazang, en una casa de dos pisos de su propiedad.

—Y habla farsi, como nosotros y como tú —añadió Afsun, asintiendo con la cabeza—. Así que no tendrás que aprender pastún.

Mariam notaba una opresión en el pecho. La habitación le daba vueltas y el suelo se movía bajo sus pies.

—Es zapatero —prosiguió Jadiya—, pero no uno de esos vulgares *muchi* callejeros; eso no. Tiene su propia tienda, y es uno de los zapateros más solicitados de Kabul. Hace zapatos para diplomáticos y miembros de la familia del presidente, para lo mejor de la sociedad. Así que, ya ves, no tendrá ningún problema para mantenerte.

Mariam miró fijamente a Yalil. El corazón le latía desbocado.

—¿Es eso cierto? ¿Es cierto lo que dice?

Pero él no la miraba. Seguía con la vista fija en la jarra de agua, mordiéndose el labio inferior por un lado.

—Bueno, es un poco mayor que tú —intervino Afsun—. Pero no puede tener más de... cuarenta. Cuarenta y cinco como mucho. ¿No crees, Nargis?

—Sí. Pero he visto a niñas de nueve años a las que han casado con hombres veinte años más viejos que tu pretendiente, Mariam. Nos ha pasado a todas. ¿Cuántos años tienes? ¿Quince? La edad perfecta para que una joven se case.

Estas palabras suscitaron entusiastas asentimientos. A Mariam no se le escapó el detalle de que no se mencionaba a sus hermanastras Saidé y Nahid, ambas de su misma edad, ambas alumnas de la escuela Mehri de Herat, y ambas preparándose para asistir a la Universidad de Kabul. Evidentemente, quince años no era la edad perfecta para que ellas contrajeran matrimonio.

—Además —continuó Nargis—, también él ha sufrido una gran pérdida. Su mujer, según nos han dicho, murió de parto hace diez años. Y luego, hace tres años, su hijo se ahogó en un lago.

—Es muy triste, sí. Lleva varios años buscando esposa, pero no ha encontrado la joven adecuada hasta ahora.

—No quiero —declaró Mariam, y miró a Yalil—. No quiero casarme. No me obligues. —Detestó el tono lloroso y suplicante de su voz, pero no pudo evitarlo.

—Vamos, sé razonable, Mariam —dijo una de las esposas.

Mariam ya no respondía a quien le hablaba. Tenía la vista fija en su padre, esperando a que interviniera, a que dijera que nada de todo aquello era cierto.

—No puedes pasarte el resto de tu vida aquí.

—¿No quieres tener una familia propia?

—Has de seguir adelante.

—Es cierto que sería preferible que te casaras con alguien de aquí, con un tayiko, pero Rashid es un próspero hombre de negocios y está interesado en ti. Tiene casa y un buen trabajo. Eso es lo que realmente importa, ¿no? Y Kabul es una ciudad muy bonita y animada. Puede que no vuelva a presentarse una oportunidad como ésta.

Mariam volvió su atención hacia las esposas.

—Viviré con el ulema Faizulá —adujo—. Él me aceptará en su casa. Lo sé.

—No es una buena idea —replicó Jadiya—. Es viejo y demasiado… —Buscó la palabra adecuada.

Mariam comprendió que en realidad quería decir que estaba demasiado cerca. Comprendió qué se proponía. «Puede que no vuelva a presentarse una oportunidad como ésta.» Sobre todo para ellas. Su nacimiento las había deshonrado, y ahora tenían la ocasión de borrar de un plumazo el último vestigio del escandaloso error de su marido. Querían enviarla lejos, porque era la encarnación de su vergüenza.

—Es demasiado viejo y débil —acabó diciendo Jadiya—. ¿Y qué harás cuando muera? Serías una carga para su familia.

«Como ahora lo eres para nosotros.» Mariam casi vio esas palabras no pronunciadas saliendo de los labios de Jadiya, como una nube de vaho al respirar en un día gélido.

Mariam se imaginó a sí misma en Kabul, una ciudad grande, desconocida y llena de gente que, según le había dicho Yalil en una ocasión, se hallaba a unos seiscientos cincuenta kilómetros al este de Herat. Seiscientos cincuenta kilómetros. Mariam nunca se había alejado del *kolba* más de los dos kilómetros que había recorrido a pie para llegar a la casa de Yalil. Se imaginó viviendo allí, en Kabul, al final de esa inconcebible distancia, en la casa de un desconocido, donde debería someterse a sus estados de ánimo y sus exigencias. Tendría que limpiar para ese hombre, Rashid, cocinar para él, lavarle la ropa. Y habría otras obligaciones, además… Nana le había contado lo que los maridos hacían con sus mujeres. Era el pensamiento de esa intimidad en particular, que ella se representaba como dolorosos actos perversos, lo que la llenaba de miedo y le provocaba sudores. Se volvió de nuevo hacia Yalil.

—Díselo. Diles que no permitirás que hagan esto.

—En realidad, tu padre ya le ha dado a Rashid su respuesta —señaló Afsun—. Rashid está aquí, en Herat; ha venido desde Kabul. El *nikka* será mañana por la mañana, y hay un autobús que sale a mediodía con destino a Kabul.

—¡Díselo! —gritó Mariam.

Las mujeres guardaron silencio. Mariam intuyó que también ellas observaban a Yalil, expectantes. Yalil no dejaba de dar vueltas a su alianza, con expresión dolida e impotente. El reloj seguía haciendo tictac dentro del aparador.

—¿Yalil *yo*? —dijo al fin una de las esposas.

Éste levantó los ojos lentamente, los posó sobre Mariam, donde permanecieron unos instantes, y luego bajó la vista de nuevo. Abrió la boca, pero de ella sólo salió un único gruñido apenado.

—Di algo —pidió Mariam.

Finalmente Yalil habló con un hilo de voz:

—Maldita sea, Mariam, no me hagas esto —murmuró, como si fuera a él a quien estuvieran haciéndole algo.

Y Mariam notó que la tensión se desvanecía tras esas palabras.

Mientras las esposas de Yalil se lanzaban a una nueva —y más animada— ronda de frases tranquilizadoras, la muchacha se quedó contemplando la mesa. Sus ojos siguieron el esbelto contorno de las patas, las curvas sinuosas de las esquinas, el brillo de su tablero marrón oscuro. Se fijó en que la superficie se empañaba cada vez que le echaba el aliento, y entonces su reflejo desaparecía de la mesa de su padre.

Afsun la acompañó de vuelta a la habitación de arriba. Cuando cerró la puerta, Mariam oyó el ruido de la llave girando en la cerradura.

8

A la mañana siguiente le entregaron un vestido verde oscuro de manga larga y unos pantalones blancos de algodón. Afsun le dio un *hiyab* verde y un par de sandalias a juego.

La llevaron a la estancia de la larga mesa marrón, pero ahora en el centro había un cuenco de almendras garrapiñadas, un Corán, un velo verde y un espejo. Sentados a la mesa había dos hombres a los que Mariam nunca había visto —testigos, supuso— y un ulema al que no conocía.

Yalil le indicó la silla en que debía sentarse. Su padre llevaba un traje marrón claro y corbata roja. Se había lavado el pelo. Cuando apartó la silla para que Mariam se sentara, trató de animarla con una sonrisa. Esta vez Jadiya y Afsun se sentaron a su lado.

El ulema señaló el velo y Nargis cubrió la cabeza de Mariam con él antes de sentarse. La muchacha bajó la vista y se miró las manos.

—Ahora puede decirle que entre —indicó Yalil a alguien.

Mariam lo olió antes de verlo. Desprendía un efluvio a tabaco y a una colonia fuerte y dulzona, muy distinta del sutil aroma que desprendía su padre. El olor le anegó los orificios nasales. De reojo y a través del velo, vio a un hombre alto, de grueso vientre y hombros anchos, que se inclinaba para pasar por la puerta. Su tamaño estuvo a punto de hacerle soltar una exclamación ahogada, y tuvo que apartar la mirada con el corazón latiendo desbocado. Aun así, percibió que el hombre se demoraba en la puerta. Luego sintió sus pasos lentos y pesados en la estancia. El cuenco de almendras tintineaba al mismo ritmo. Con un ronco gruñido, el hombre se sentó en una silla al lado de Mariam. Resollaba.

El ulema les dio la bienvenida. Dijo que aquél no iba a ser un *nikka* tradicional.

—Tengo entendido que Rashid *aga* tiene billetes para el autobús de Kabul que parte en breve. Así pues, para ahorrar tiempo, pasaremos por alto algunas de las partes tradicionales y terminaremos antes.

El ulema pronunció unas cuantas bendiciones y dijo unas palabras sobre la importancia del matrimonio. Preguntó a Yalil si tenía alguna objeción que hacer en contra de aquella unión y éste negó con la cabeza. Luego el ulema preguntó a Rashid si realmente quería formalizar el contrato matrimonial con Mariam. Rashid contestó que sí. Su voz áspera y ronca recordó a Mariam las hojas secas del otoño al crujir bajo las pisadas.

—Y tú, Mariam *yan*, ¿aceptas a este hombre como marido?

Ella no respondió. Se oyeron carraspeos.

—Sí acepta —intervino una voz femenina desde otro lado de la mesa.

—En realidad —objetó el ulema—, tiene que contestar ella. Y debe esperar a que yo se lo pregunte tres veces. Es el hombre quien la pretende, no al revés.

El ulema repitió la pregunta dos veces. Al ver que Mariam no respondía, la repitió una vez más y con más fuerza. Mariam notó que su padre se agitaba en su silla, que cruzaba y descruzaba los pies bajo la mesa. Hubo más carraspeos. Una mano blanca y pequeña limpió una mota de polvo de la mesa.

—Mariam —susurró Yalil.

—Sí —dijo ella con voz temblorosa.

Le pusieron el espejo bajo el velo. En él, Mariam vio primero su rostro, las cejas sin forma, los cabellos lacios, los ojos de un verde tristón y tan juntos que habría podido pasar por bizca. Tenía el cutis basto, apagado y con granos. Su frente le parecía demasiado ancha, el mentón demasiado estrecho, los labios demasiado finos. La impresión general era de una cara larga, triangular, un poco como la de un sabueso. Sin embargo, Mariam también vio que, extrañamente, el conjunto de aquellas toscas facciones formaba un rostro que, sin ser bonito, no resultaba desagradable.

En el espejo, Mariam vislumbró por primera vez a Rashid: el rostro grande, redondo y rubicundo; la nariz aguileña; las mejillas coloradas que daban la impresión de una traviesa jovialidad; los ojos llorosos e inyectados en sangre; los dientes apretados; la frente arrugada como un tejado de dos aguas; el nacimiento del pelo increíblemente bajo, apenas a dos dedos de las cejas hirsutas; la masa de espesos y ásperos cabellos entrecanos.

Sus miradas se encontraron brevemente en el espejo y luego se desviaron.

«Es el rostro de mi marido», pensó Mariam.

Se pusieron mutuamente las finas alianzas de oro que Rashid sacó del bolsillo de su chaqueta. Las uñas de él eran amarillentas, como el interior de una manzana podrida, y algunas se curvaban hacia arriba. Las manos de Mariam temblaban cuando trató de deslizarle el anillo en el dedo, y él tuvo que ayudarla. A ella el anillo le quedaba un poco justo, pero Rashid no tuvo dificultad alguna en hacerlo pasar.

—Ya está —dijo.

—Es un bonito anillo —observó una de las esposas—. Es precioso, Mariam.

—Y ahora ya sólo queda firmar el contrato —dijo el ulema.

Mariam firmó con su nombre —la *mim*, la *ré*, la *ya*, y la *mim*, otra vez—, consciente de que todos los ojos estaban puestos en su mano. Cuando volviera a firmar un documento por segunda vez en su vida, veintisiete años más tarde, también habría un ulema presente.

—Ahora sois marido y mujer —anunció el ulema—. *Tabrik*. Felicidades.

Rashid esperaba en el autobús multicolor. Mariam no lo veía desde donde estaba ella con Yalil, junto al parachoques trasero; sólo veía el humo de su cigarrillo que salía por la ventanilla abierta. A su alrededor había apretones de manos y despedidas. Se besaban ejemplares del Corán, cambiaban de manos. Unos niños descalzos iban de un viajero a otro, invisibles sus rostros tras las bandejas en las que ofrecían chicles y cigarrillos.

Yalil se afanaba por explicarle que Kabul era precioso, que el emperador mogol Babur había pedido ser enterrado allí. Mariam ya sabía que después continuaría con los jardines de Kabul, sus tiendas, sus árboles y su aire, y poco después, ella subiría al autobús y él se quedaría abajo saludando alegremente con la mano, indemne, libre.

Ella no se resignaba a permitirlo.

—Yo te adoraba —dijo.

Yalil calló a mitad de una frase. Cruzó los brazos y luego los dejó caer. Una joven pareja hindú, ella con un niño en brazos y él arrastrando tras de sí una maleta, pasaron entre ellos. Yalil pareció agradecer la interrupción. La pareja se excusó y él les sonrió cortésmente.

—Los jueves, me pasaba horas esperándote. Me moría de preocupación pensando que no aparecerías.

—Es un viaje largo. Deberías comer algo. —Yalil se ofreció a comprarle pan y queso de cabra.

—Pensaba en ti todo el tiempo. Rezaba para que vivieras hasta los cien años. No lo sabía. No sabía que te avergonzabas de mí.

60

Su padre bajó la vista y escarbó en la tierra con la punta del zapato, como un niño grande.

—Te avergonzabas de mí.

—Te visitaré —musitó él—. Iré a Kabul a visitarte. Nosotros...

—No, no —replicó ella—. No vengas. No quiero verte. No vengas. No quiero saber nada de ti. Nunca más. Nunca más.

Él la miró con expresión dolida.

—Aquí se acaba todo para ti y para mí. Despídete.

—No te vayas así —dijo él con un hilo de voz.

—Ni siquiera has tenido la decencia de darme tiempo para despedirme del ulema Faizulá.

Mariam dio media vuelta y se dirigió a la parte delantera del autobús. Oyó que Yalil la seguía. Cuando llegó a las puertas hidráulicas, lo oyó a su espalda.

—Mariam *yo*.

Ella subió al autobús, y aunque con el rabillo del ojo vio a Yalil caminando junto al vehículo, siguiéndola, no miró por la ventanilla. Recorrió el pasillo central hasta el fondo, donde Rashid se había sentado con la maleta de su flamante esposa entre los pies. Ella no se volvió para mirar cuando Yalil apoyó las manos en el cristal, ni cuando lo golpeó una y otra vez con los nudillos. El autobús inició la marcha con una sacudida, pero Mariam no se asomó para ver a su padre corriendo junto al costado. Y cuando el autobús se alejó, no se acercó al cristal para mirarlo, para verlo desaparecer en medio de la nube de gases y polvo.

Rashid, que ocupaba el asiento de la ventanilla y también el contiguo, puso su pesada mano sobre la de Mariam.

—Vamos, muchacha. Ya, ya —dijo, mirando por la ventanilla con los ojos entrecerrados, como si algo más interesante hubiera captado su atención.

9

Al día siguiente por la tarde llegaron a la casa de Rashid.

—Esto es Dé Mazang —anunció él. Estaban en la acera, frente a la casa. Él llevaba la maleta en una mano y abría el portón de madera con la otra—. En la parte sudoeste de la ciudad. El zoo está cerca y también la universidad.

Mariam asintió. Ya se había dado cuenta de que tenía que prestar mucha atención para entenderle cuando hablaba. No estaba acostumbrada al dialecto farsi de Kabul, ni al acento pastún que Rashid conservaba de su nativo Kandahar. Rashid, por su parte, no parecía tener dificultad alguna en comprender su farsi de Herat.

Mariam echó un rápido vistazo a la estrecha calle sin asfaltar en que estaba situada la casa de Rashid. Los edificios de aquella calle se apiñaban unos contra otros, compartiendo muros, y tenían pequeños jardines rodeados por tapias que los aislaban de la calle. La mayoría de los tejados eran planos, hechos de ladrillos cocidos, otros de barro del mismo color grisáceo que las montañas que rodeaban la ciudad. Por las alcantarillas que separaban la acera de la calzada a ambos lados de la calle fluía agua fangosa. Mariam vio pequeños montones de basura cubiertos de moscas esparcidos por la calle. La casa de Rashid tenía dos plantas. Se notaba que en otro tiempo había sido azul.

Cuando Rashid abrió el portón, Mariam se encontró en un pequeño jardín descuidado, en el que crecían con dificultad pequeñas franjas de hierba amarillenta. También vio un excusado a la derecha, en un lado del jardín, y a la izquierda descubrió un pozo con una bomba de mano junto a una hilera de árboles jóvenes y raquíticos. Cerca del pozo se alzaba un cobertizo de herramientas, una bicicleta apoyada contra la pared.

—Tu padre me dijo que te gusta pescar —comentó Rashid mientras cruzaban el jardín. Mariam vio que la casa no tenía patio trasero—. Hay valles hacia el norte. Con ríos llenos de peces. A lo mejor puedo llevarte algún día.

Abrió la puerta principal e hizo pasar a Mariam.

La casa de Rashid era mucho más pequeña que la de Yalil, pero comparada con el *kolba* de Mariam y Nana era una mansión. En la planta baja estaba el zaguán, la sala de estar y la cocina, donde Rashid le mostró los cacharros, una olla a presión y una *ishtop* de queroseno. En la sala de estar destacaba un sofá de piel verde pistacho. Tenía un desgarrón en el lado, con un tosco remiendo. Las paredes estaban desnudas. Había una mesa, dos sillas con el asiento de mimbre, dos sillas plegables y, en un rincón, una estufa negra de hierro forjado.

Mariam se plantó en el centro de la sala y miró en derredor. En el *kolba* alcanzaba el techo con la punta de los dedos. Podía tumbarse en su jergón y deducir qué hora era por la inclinación del sol que entraba por la ventana. Sabía hasta dónde se abriría la puerta sin que chirriaran los goznes. Conocía todas las rendijas y grietas de cada una de las treinta tablas de madera del suelo. Pero todas esas cosas familiares habían desaparecido. Nana había muerto y ella estaba allí, en una ciudad desconocida, separada de su vida anterior por valles, cadenas de montañas de cumbres nevadas y desiertos. Se encontraba en una casa extraña, con sus diferentes habitaciones y su olor a tabaco, con sus alacenas llenas de utensilios desconocidos, sus gruesas cortinas verde oscuro y un techo demasiado alto.

Tanto espacio la ahogaba. Se sintió invadida por la nostalgia de Nana, del ulema Faizulá, de su antigua vida.

Y entonces se echó a llorar.

—¿A qué vienen esos lloros? —preguntó Rashid malhumorado. Del bolsillo del pantalón sacó un pañuelo y se lo puso en la mano. Luego encendió un cigarrillo y se apoyó contra la pared, observando cómo Mariam se enjugaba los ojos—. ¿Ya?

Ella asintió.

—¿Seguro?

—Sí.

Rashid la tomó entonces por el codo y la condujo hasta la ventana de la sala de estar.

—Esta ventana da al norte —dijo, dando golpecitos con la torcida uña del dedo índice—. Esa montaña de enfrente se llama Asmai, ¿la ves?, y a la izquierda está la montaña Alí Abad. La universidad se encuentra al pie de esa montaña. Detrás de nosotros, hacia el este, se encuentra el monte Shir Darwaza, pero desde aquí no se ve. Todos los días, a mediodía, disparan un cañón desde allí. Ahora no llores más. Lo digo en serio.

Mariam se secó los ojos por segunda vez.

—Es algo que no soporto —dijo, frunciendo el entrecejo—, el llanto de una mujer. Lo siento. No tengo paciencia.

—Quiero irme a casa —murmuró Mariam.

Él soltó un suspiro de exasperación. Su aliento con olor a tabaco le dio en el rostro.

—No me lo tomaré como algo personal... Esta vez.

De nuevo la cogió por el codo y la condujo al piso de arriba.

Dos estancias se abrían al pasillo tenuemente iluminado. La puerta de la más espaciosa estaba abierta de par en par. Mariam vio que se hallaba tan escasamente amueblada como el resto de la casa: una cama en el rincón, con un manta marrón y una almohada, un armario y una cómoda. En las paredes sólo colgaba un pequeño espejo. Rashid cerró la puerta.

—Éste es mi dormitorio. —Y añadió que Mariam podía quedarse con la otra habitación—. Espero que no te importe. Estoy acostumbrado a dormir solo.

Ella no le dijo lo aliviada que se sentía, al menos con eso.

La habitación era mucho más pequeña que la que había ocupado en la casa de Yalil. Contaba con una cama, una vieja cómoda marrón grisáceo y un armario pequeño. La ventana daba al patio y, más allá de la tapia, a la calle. Rashid dejó su maleta en un rincón.

Mariam se sentó en la cama.

—No te has dado cuenta —dijo él, parado en el umbral de la puerta, un poco agachado—. Mira el alféizar. ¿Sabes qué son? Los puse ahí antes de ir a Herat.

Sólo entonces Mariam vio un cesto en el alféizar, rebosante de nardos blancos.

—¿Te gustan? ¿Son de tu agrado?

—Sí.

—Pues dame las gracias.

—Gracias. Lo siento. *Tashakor*…

—Estás temblando. A lo mejor te asusto. ¿Te asusto? ¿Me tienes miedo?

Mariam no miraba a su marido, pero detectó un tono levemente burlón en sus preguntas, como si tratara de provocarla. Rápidamente negó con la cabeza y reconoció en su respuesta la primera mentira de su matrimonio.

—¿No? Eso está bien. Bien por ti. Bueno, ahora éste es tu hogar. Te gustará vivir aquí, ya lo verás. ¿Te he dicho que tenemos electricidad? Casi todos los días y todas las noches.

Rashid se dispuso a marcharse. Se detuvo en la puerta, dio una larga chupada al cigarrillo y entrecerró los ojos para protegerlos del humo. Mariam creyó que iba a añadir algo, pero no fue así. Él cerró la puerta y la dejó sola con su maleta y sus flores.

10

Los primeros días, Mariam apenas abandonó su habitación. Se despertaba al amanecer con la lejana llamada de *azan* a la oración, y luego volvía a acostarse. Seguía en la cama cuando oía a Rashid lavándose en el cuarto de baño, y también cuando, antes de irse a la tienda, él entraba en su habitación para ver cómo se encontraba. Desde su ventana, Mariam lo veía en el patio, atando el almuerzo al portabultos trasero de su bicicleta y saliendo a pie a la calle tirando de la bicicleta. Lo miraba mientras él se alejaba pedaleando y su figura corpulenta, de anchos hombros, desaparecía al doblar la esquina al final de la calle.

La mayoría de los días se quedaba en la cama, sintiéndose desorientada y perdida. A veces bajaba a la cocina, pasaba la mano por la encimera grasienta, el vinilo, las cortinas de flores que olían a guisos quemados. Observaba el contenido de los cajones, que no ajustaban bien, las cucharas y los cuchillos disparejos, el colador y las espátulas de madera astillada, que iban a ser los instrumentos de su nueva rutina diaria y le recordaban el vuelco que había dado su vida, dejándola desarraigada, desplazada, como una intrusa en la existencia de otra persona.

En el *kolba*, su apetito era predecible. En Kabul, rara vez notaba que el estómago le pidiera comida. A veces llenaba un plato con sobras de arroz blanco y un trozo de pan y se lo comía en la habitación, junto a la ventana. Desde allí veía las azoteas de las casas de la calle, todas de una sola planta. También veía los patios, y a las mujeres que tendían la ropa y alejaban a los niños, y las gallinas picoteando en la tierra, y los azadones y las palas, y las vacas amarradas a los árboles.

Pensaba con nostalgia en las noches estivales, cuando Nana y ella dormían en la azotea del *kolba*, contemplando la luna que resplandecía sobre Gul Daman, en noches tan cálidas que la camisa se les pegaba al pecho como una hoja mojada a una ventana. Echaba de menos las tardes invernales de lectura en el *kolba* con el ulema Faizulá, oyendo el tintineo de los carámbanos de hielo que caían de los árboles sobre la azotea, y los graznidos de los cuervos desde las ramas cubiertas de nieve.

Sola en la casa, Mariam deambulaba sin descanso, de la cocina a la sala de estar, de la planta baja al piso de arriba, y de nuevo abajo. Acababa siempre en su habitación, rezando o sentada en la cama, echando de menos a su madre, sintiéndose mareada y nostálgica.

Pero la ansiedad de Mariam alcanzaba su punto álgido apenas se intuía la puesta de sol. Le castañeteaban los dientes al pensar en la noche, en el momento en que Rashid decidiera hacerle por fin lo que los maridos hacían a sus mujeres. Se tumbaba en la cama hecha un manojo de nervios, mientras él cenaba solo abajo.

Rashid siempre pasaba por su habitación y asomaba la cabeza.

—No puede ser que ya estés durmiendo. Sólo son las siete. ¿Estás despierta? Contéstame. Vamos.

Y seguía insistiendo hasta que Mariam le contestaba desde las sombras:

—Estoy aquí.

Él se sentaba en el umbral. Desde la cama, Mariam veía su cuerpo voluminoso, sus largas piernas, las espirales de humo que se arremolinaban en torno a su perfil de nariz aguileña, la punta ámbar de su cigarrillo encendiéndose y apagándose.

Le hablaba de cómo le había ido el día. Había hecho un par de mocasines a medida para el viceministro de Exteriores, que, según afirmaba, sólo le compraba zapatos a él. Un diplomático polaco y su esposa le habían encargado sandalias. Le hablaba de las supersticiones que tenía la gente con respecto a los zapatos: que colocarlos sobre una cama invitaba a la muerte a entrar en la familia, que se produciría una pelea si uno se ponía primero el zapato izquierdo.

—A menos que se haga inintencionadamente un viernes —puntualizó—. ¿Y sabías que se supone que es de mal agüero atar los zapatos juntos y colgarlos de un clavo?

Él no creía en nada de todo aquello. En su opinión, las supersticiones eran cosas de mujeres.

Transmitía a Mariam noticias que había oído en la calle, como por ejemplo que el presidente americano Richard Nixon había dimitido debido a un escándalo.

Mariam, que nunca había oído hablar de Nixon ni del escándalo que lo había obligado a dimitir, no decía nada. Aguardaba con inquietud a que Rashid terminara de hablar, aplastara el cigarrillo y se despidiera. Sólo cuando le oía andar por el pasillo y abrir y cerrar su puerta, sólo entonces notaba que se aflojaba la mano férrea que le atenazaba el estómago.

Pero una noche, Rashid aplastó el cigarrillo y, en vez de desearle buenas noches, se apoyó en la jamba de la puerta.

—¿No piensas deshacer el equipaje? —preguntó, señalando la maleta con la cabeza, y se cruzó de brazos—. Ya suponía que necesitarías algún tiempo. Pero esto es absurdo. Ha pasado una semana y… Bueno, a partir de mañana por la mañana, espero que empieces a comportarte como una verdadera esposa. *Fahmidi?* ¿Entendido?

A Mariam le castañeteaban los dientes.

—Necesito una respuesta.

—Sí.

—Bien. ¿Qué pensabas? ¿Que esto es un hotel? ¿Que soy una especie de hotelero? Bueno… Oh, oh. *La ilá u ililá*. ¿Qué te dije de los lloros, Mariam? ¿Qué te dije de los lloros?

A la mañana siguiente, después de que Rashid se fuera a trabajar, Mariam sacó su ropa de la maleta y la colocó en la cómoda. Llenó un cubo con agua del pozo y, con un trapo, limpió la ventana de su habitación y las de la sala de estar. Barrió los suelos y quitó las telarañas de los rincones del techo. Abrió las ventanas para ventilar la casa.

Puso tres tazas de lentejas en remojo en una cazuela, troceó unas zanahorias y un par de patatas y también las dejó en remojo. Buscó harina, la encontró en el fondo de una alacena, detrás de una hilera de tarros de especias sucios, y amasó pan tal como le había enseñado a hacer Nana, empujando la masa con la palma de las manos, doblando el borde exterior hacia dentro y volviendo a empujarlo hacia fuera. Cuando terminó, envolvió la masa con un paño húmedo, se puso un *hiyab* y salió en busca del *tandur* comunitario.

Rashid le había dicho dónde estaba, girando a la izquierda calle abajo y luego enseguida a la derecha, pero Mariam no tuvo más que seguir al tropel de mujeres y niños que se dirigían al mismo sitio. Los niños, caminando detrás de sus madres o corriendo por delante, llevaban camisas remendadas y vueltas a remendar. Sus pantalones parecían demasiado grandes o demasiado pequeños, las sandalias tenían tiras rotas que les azotaban los pies, y hacían rodar viejos neumáticos de bicicleta con unos palos.

Sus madres caminaban en grupos de dos o tres, algunas con burka y otras sin él. Mariam oía su aguda cháchara, sus risas cada vez más estridentes. Mientras caminaba con la cabeza gacha, captaba fragmentos de sus sarcasmos, que al parecer siempre tenían algo que ver con niños enfermos o maridos haraganes e ingratos.

69

—Como si los guisos se hicieran solos.

—*Walá o bilá*, ¡no hay descanso para una mujer!

—Y va y me dice, juro que es cierto, viene él y me dice…

Esta interminable conversación, el tono quejicoso pero extrañamente alegre, se prolongaba dando vueltas y vueltas en círculos. Proseguía calle abajo, al doblar la esquina y en la cola junto al *tandur*. Maridos que jugaban. Maridos que malgastaban con sus madres y no se gastaban ni una rupia en sus esposas. A Mariam le asombró que tantas mujeres pudieran sufrir la misma suerte miserable de estar casadas, todas ellas, con hombres tan horribles. ¿O acaso se trataba de un juego entre esposas del que ella no sabía nada, un ritual diario, como el de poner arroz en remojo o amasar el pan? ¿Esperaban ellas que se uniera a su charla?

En la cola del *tandur*, percibió las miradas de reojo que le lanzaban y oyó cuchicheos. Empezaron a sudarle las manos. Imaginó que todas sabían que era una *harami*, un motivo de vergüenza para su padre y su familia. Todas sabían que había traicionado a su madre y se había deshonrado a sí misma.

Con una punta de su *hiyab*, se secó el sudor del labio superior y trató de serenarse.

Durante unos minutos todo fue bien.

Entonces alguien le dio unos golpecitos en el hombro. Mariam se dio la vuelta y vio a una mujer rechoncha de piel clara que llevaba *hiyab*, como ella. Sus cortos cabellos eran negros y ásperos, y su rostro, prácticamente redondo, resultaba afable. Sus labios eran más gruesos que los de Mariam, el inferior levemente caído, como arrastrado por un lunar grande y oscuro que tenía justo bajo la línea de la boca. Los ojos grandes y verdes la miraban con un brillo incitador.

—Eres la nueva esposa de Rashid *yan*, ¿verdad? —preguntó la mujer con una amplia sonrisa—. La que viene de Herat. ¡Qué joven eres! Mariam *yan*, ¿no? Yo me llamo Fariba. Vivo en tu misma calle, cinco casas a la izquierda, en la puerta verde. Éste es mi hijo Nur.

El niño que había a su lado tenía un rostro terso y feliz, y cabellos tan hirsutos como los de su madre. Tenía unos pelos en el lóbulo de la oreja izquierda. Sus ojos lanzaban destellos maliciosos y temerarios. Alzó la mano.

—*Salam, Jala yan.*

—Nur tiene diez años. También tengo otro hijo mayor, Ahmad.

—Él tiene trece —apuntó Nur.

—A punto de hacer catorce. —La mujer rió—. Mi marido se llama Hakim. Es maestro aquí, en Dé Mazang. ¿Por qué no vienes a casa un día? Tomaremos una taza…

Y entonces, súbitamente envalentonadas, las demás mujeres empujaron a Fariba y se arremolinaron en torno a Mariam, rodeándola con alarmante velocidad.

—Así que eres la joven esposa de Rashid *yan*…

—¿Te gusta Kabul?

—Yo he estado en Herat. Tengo un primo allí.

—¿Qué prefieres primero, niño o niña?

—¡Los minaretes! ¡Oh, qué belleza! ¡Qué ciudad tan espléndida!

—Un niño es mejor, Mariam *yan*, llevará el apellido de la familia…

—¡Bah! Los niños se casan y se van. Las niñas se quedan y cuidan de ti cuando te haces vieja.

—Habíamos oído decir que vendrías.

—Mejor gemelos. ¡Uno de cada! Y todos contentos.

Mariam retrocedió, respirando agitadamente. Le zumbaban los oídos, tenía palpitaciones, sus ojos se movían frenéticamente de un rostro a otro. Volvió a retroceder, pero no veía escapatoria posible, se encontraba en el centro de un círculo. Divisó a Fariba, que fruncía el ceño, consciente de su angustia.

—¡Dejadla! —dijo Fariba—. ¡Apartaos, dejadla! ¡La estáis asustando!

Mariam apretó la masa contra su pecho y trató de abrirse paso.

—¿Adónde vas, *hamshira*?

Siguió dando empellones hasta que consiguió salir del círculo y entonces echó a correr. No se dio cuenta de que se había equivocado de camino hasta que llegó a la esquina. Dio media vuelta y corrió en dirección opuesta con la cabeza agachada. Tropezó, cayó y se hizo un feo rasguño en la rodilla, pero se levantó y siguió corriendo, pasando velozmente por delante de las mujeres.

—¿Qué te ocurre?

—¡Estás sangrando, *hamshira*!

Mariam dobló la esquina, luego la siguiente. Encontró la calle correcta, pero de repente no recordaba cuál era la casa de Rashid. Corrió de un extremo a otro de la calle, jadeando, al borde de las lágrimas, y empezó a probar todos los portones a ciegas. Algunos estaban cerrados, otros se abrieron a jardines desconocidos, con perros que ladraban y gallinas asustadas. Imaginó que Rashid llegaría del trabajo y la encontraría aún en la calle, buscando la casa con la rodilla sangrando, perdida en su propia calle, y rompió a llorar. Siguió empujando portones, mientras musitaba plegarias llena de pánico y con el rostro bañado en lágrimas, hasta que uno se abrió y Mariam vio, aliviada, el excusado, el pozo y el cobertizo. Lo cerró a sus espaldas y echó el pestillo. Luego se puso a cuatro patas junto a la tapia, sacudida por arcadas. Cuando terminó, se alejó a gatas y se sentó con la espalda apoyada contra la tapia y las piernas estiradas. Nunca se había sentido tan sola.

Cuando Rashid regresó esa noche, traía una bolsa de papel marrón. A Mariam le decepcionó que no se fijara en las ventanas limpias, los suelos barridos y la falta de telarañas. Pero pareció complacido al ver que lo tenía ya todo dispuesto sobre un *sofrá* limpio extendido en el suelo de la sala de estar.

—He preparado *daal* —dijo Mariam.

—Bien. Me muero de hambre.

Ella le echó agua del *aftawa* para que se lavara las manos. Mientras Rashid se secaba con una toalla, Mariam depositó frente a él un cuenco humeante de *daal* y un plato de esponjoso arroz blanco. Era la primera comida que cocinaba para él y habría deseado hallarse en mejor disposición al prepararla, pues aún seguía conmocionada por el incidente en el *tandur*. Durante todo el día había estado preocupada por la consistencia del *daal* y su color, temiendo que a Rashid le pareciera que tenía demasiado jengibre o que no había puesto suficiente cúrcuma.

Él hundió la cuchara en el dorado *daal*.

Mariam inspiró hondo, nerviosa. ¿Y si se sentía defraudado o se enfadaba? ¿Y si apartaba el plato con repugnancia?

—Cuidado —consiguió decir—. Está caliente.

Rashid sopló y luego se metió la cuchara en la boca.

—Está bueno —aprobó—. Le falta un poco de sal, pero está bueno. Quizá más que bueno, incluso.

Aliviada, Mariam lo contempló comer. Una punzada de orgullo la pilló desprevenida. Lo había hecho bien —quizá más que bien, incluso—, y la sorprendía la emoción provocada por ese pequeño cumplido. La angustia por el desagradable incidente de la mañana quedó algo mitigada.

—Mañana es viernes —dijo Rashid—. ¿Qué te parece si te llevo a dar un paseo?

—¿Por Kabul?

—No, por Calcuta.

Mariam parpadeó.

—Es broma. ¡Claro que por Kabul! ¿Por dónde si no? —Metió la mano en la bolsa de papel marrón—. Pero primero tengo que decirte una cosa.

Sacó un burka azul celeste de la bolsa. Los metros de tela plisada se extendieron sobre sus rodillas cuando lo levantó. Rashid enrolló el burka y miró a su esposa.

—Mariam, algunos de mis clientes traen a sus esposas a mi tienda. Las mujeres vienen descubiertas, me hablan directamente, me miran a los ojos sin vergüenza. Llevan maquillaje y faldas por encima de las rodillas. A veces esas mujeres incluso ponen los pies delante de mí, para que les tome medidas, mientras sus maridos se quedan mirando. Lo permiten. ¡No les importa que un desconocido toque los pies desnudos de sus mujeres! Creen que son hombres modernos, intelectuales, por su educación, supongo. No se dan cuenta de que están mancillando su *nang* y *namus*, su honor y su orgullo.

Rashid meneó la cabeza.

—Casi todos ellos viven en los barrios más ricos de Kabul. Te llevaré allí. Ya verás. Pero también los hay aquí, Mariam, esos hombres débiles, en este mismo barrio. Hay un maestro que vive calle abajo, Hakim se llama, y veo a su mujer Fariba caminando sola por la calle y sólo con un pañuelo en la cabeza. La verdad, a mí me avergüenza ver a un hombre que ha perdido el control sobre su mujer.

Rashid le lanzó una dura mirada.

—Pero yo no soy como ellos, Mariam. Allí de donde yo vengo, basta con una mirada equivocada o una palabra improcedente para que se derrame sangre. Allí sólo el marido puede ver el rostro de una mujer. Tenlo presente. ¿Me has entendido?

Mariam asintió. Cuando él le tendió la bolsa, la cogió.

La satisfacción experimentada cuando él aprobó su forma de cocinar se había esfumado. En su lugar, le quedaba la sensación de haber encogido. La voluntad de aquel hombre le pareció tan imponente e inamovible como las montañas Safid Kó que se cernían sobre Gul Daman.

—Entonces, ha quedado claro. Bien, ahora sírveme un poco más de ese *daal*.

11

Mariam nunca había llevado burka. Rashid tuvo que ayudarla a ponérselo. La parte acolchada de la cabeza le apretaba y era pesada, y le resultaba extraño ver el mundo a través de una rejilla. Probó a caminar por la habitación con el burka puesto y tropezó una y otra vez al pisarse el dobladillo. La pérdida de visión periférica resultaba desconcertante, y no le gustaba la sensación opresiva de la tela plisada contra la boca.

—Ya te acostumbrarás —dijo él—. Con el tiempo, seguro que acaba gustándote.

Cogieron un autobús para ir a un lugar que Rashid llamó parque Shar-e-Nau, donde había niños columpiándose y lanzándose pelotas de voleibol por encima de unas maltrechas redes atadas a unos árboles. Pasearon y contemplaron a los niños que remontaban cometas. Mariam caminaba junto a Rashid, tropezando de vez en cuando con el dobladillo del burka. Rashid la llevó a comer a un pequeño restaurante de kebab cercano a una mezquita que llamó Hayi Yagub. El local tenía el suelo pegajoso y el ambiente saturado de humo. Las paredes desprendían un leve olor a carne cruda, y la música, que según Rashid era *logari*, sonaba demasiado fuerte. Los cocineros eran muchachos enclenques que avivaban el fuego de las brochetas con una mano y espantaban mosquitos con la otra. Era la primera vez que Mariam estaba en un restaurante y al principio le resultó extraño sentarse en una sala llena de tanta gente desconocida, y levantarse el burka para llevarse la comida a la boca. En el estómago notaba una leve punzada de la misma ansiedad que había sentido en la cola del *tandur*, pero la presencia de Rashid la aliviaba un poco, y al cabo de un rato ya no le molestó tanto la música, el humo e incluso la gente. Y se sorprendió al darse cuenta de que el burka también le resultaba cómodo. Era como una ventana sólo para ella. Desde su interior, podía observarlo todo, protegida de las miradas curiosas de los desconocidos. Ya no le preocupaba que la gente pudiera detectar, a primera vista, todos los vergonzosos secretos de su pasado.

En la calle, Rashid nombró varios edificios: ésta es la embajada americana, dijo; ése es el Ministerio de Asuntos Exteriores. Señaló los coches, dijo las marcas y dónde se fabricaban: Volga soviético, Chevrolet americano, Opel alemán.

—¿Cuál te gusta más? —preguntó.

Ella vaciló, señaló un Volga y Rashid se echó a reír.

En Kabul había mucha más gente que en lo poco que había visto de Herat. Había menos árboles y menos *garis* tirados por caballos, y en cambio más coches, edificios más altos, más semáforos y más calles asfaltadas. Y por todas partes se oía el peculiar dialecto de la ciudad: «querida o querido» era *yan* en lugar de *yo*, «hermana» era *hamshira* en lugar de *hamshiré*, y así con todo.

Rashid compró un helado a un vendedor ambulante. Era la primera vez que Mariam comía helado y nunca había imaginado que el paladar pudiera disfrutar de tales sensaciones. Devoró la tarrina entera con los pistachos triturados que cubrían el helado, y los diminutos fideos de arroz del fondo. Le maravilló su cautivadora textura y el dulce sabor que dejaban sus lengüetazos.

Llegaron a un lugar llamado Koché Morga, la calle del Pollo. Se trataba de un bazar angosto y atestado en un barrio que, según Rashid, era uno de los más prósperos de Kabul.

—Aquí es donde viven los diplomáticos extranjeros, los más ricos hombres de negocios, los miembros de la familia real... esa clase de gente. No los que son como tú y yo.

—No veo ningún pollo —observó Mariam.

—De eso no vas a encontrar en la calle del Pollo —dijo él, y rió.

Había tiendas a ambos lados de la calle y pequeños puestos que vendían sombreros de borreguillo y *chapans* multicolores. Rashid se detuvo delante de una tienda para admirar una daga de plata grabada, y luego en otra para examinar un viejo rifle que, según le aseguró el vendedor, era una reliquia de la primera guerra contra los británicos.

—Sí, hombre, y yo soy Moshe Dayan —musitó Rashid. Esbozó una sonrisa y a Mariam le pareció que la sonrisa era sólo para ella. Una sonrisa privada, que sólo compartían los esposos.

Pasaron por delante de tiendas de alfombras, de artesanía, de repostería, de flores, y establecimientos donde vendían trajes para hombres y vestidos para mujeres, y en ellas, tras las cortinas de encaje, Mariam vio a chicas jóvenes cosiendo botones y planchando cuellos. De vez en cuando, Rashid saludaba a algún tendero conocido suyo, a veces en farsi, otras en pastún. Mientras se estrechaban la mano y se besaban en la mejilla, Mariam permanecía a unos pasos de distancia. Rashid no la llamó a su lado, no la presentó a nadie.

Le pidió que aguardara a la puerta de una tienda de bordados.

—Conozco al dueño —dijo—. Sólo entraré un minuto para dar el *salam*.

Mariam esperó fuera, en la atestada acera. Observó los coches que recorrían lentamente la calle del Pollo, avanzando entre la multitud de vendedores ambulantes y transeúntes, y tocando la bocina para que se apartaran los niños y los burros que no se movían. Observó a los mercaderes que ocupaban sus pequeños puestos con aire aburrido, fumando o lanzando escupitajos en escupideras de latón. Sus rostros emergían de las sombras de vez en cuando para ofrecer a los transeúntes telas y abrigos *pustin* con cuello de piel.

Pero fueron las mujeres las que más atrajeron las miradas de Mariam.

En esa zona de Kabul las mujeres no eran como las que vivían en barrios más pobres, o en el que vivía ella con su marido, donde muchas se cubrían enteramente. Esas mujeres eran —¿qué palabra había usado Rashid?— «modernas». Sí, mujeres afganas modernas casadas con hombres afganos modernos a los que no les importaba que sus mujeres se pasearan entre desconocidos con el rostro maquillado y la cabeza descubierta. Mariam las vio caminando desinhibidamente por la calle, a veces con un hombre, en ocasiones solas, o también con niños de mejillas sonrosadas que llevaban zapatos relucientes y relojes con correa de cuero, y bicicletas con manillares altos y ruedas de radios dorados, a diferencia de los niños de Dé Mazang, que tenían marcas de mosquitos en las mejillas y hacían rodar viejos neumáticos con palos.

Esas mujeres hacían balancear el bolso al compás del frufrú de sus faldas. Mariam incluso vislumbró a una de ellas fumando al volante de un coche. Llevaban las uñas largas, pintadas de rosa o naranja, y los labios rojos como tulipanes. Caminaban sobre tacones altos y con prisa, como si las esperara siempre algún asunto urgente. Llevaban gafas de sol oscuras, y cuando pasaban por su lado, a Mariam le llegaba el aroma de su perfume. Ella imaginaba que todas tenían títulos universitarios, que trabajaban en edificios de oficinas, en despachos propios, donde mecanografiaban y fumaban y hacían llamadas importantes a personas importantes. Todas esas mujeres dejaron perpleja a Mariam, que de pronto fue consciente de su propia inferioridad, de su aspecto vulgar, de su falta de aspiraciones, de su ignorancia respecto a tantas cosas.

De repente Rashid le dio unos golpecitos en el hombro y le tendió algo.

—Toma.

Era un chal de seda marrón oscuro con flecos de cuentas y bordado de hilo de oro en los bordes.

—¿Te gusta?

Ella alzó la vista. Rashid hizo entonces algo conmovedor: parpadeó y desvió la mirada.

Mariam pensó en Yalil, en el modo enfático y jovial con que le ofrecía su bisutería, la alegría apabullante que no dejaba espacio para más respuesta que una dócil gratitud. Nana tenía razón sobre los regalos de Yalil. No eran más que muestras de penitencia desganada, hipócrita, gestos corruptos que hacía más para tranquilidad suya que para la de ella. Ese chal, en cambio, a ojos de Mariam era un auténtico regalo.

—Es bonito —dijo.

Aquella noche, Rashid volvió a pasar por su habitación. Pero en lugar de quedarse en la puerta fumando, cruzó el cuarto y se sentó junto a ella, que estaba en la cama. Los muelles crujieron bajo su peso.

Se produjo un momento de vacilación y luego él le deslizó una mano bajo el cuello. Sus gruesos dedos le apretaron lentamente la nuca. El pulgar se deslizó hacia abajo y le acarició el hueco por encima de la clavícula, y luego por debajo. Mariam empezó a temblar. La mano siguió bajando lentamente, y sus uñas se enganchaban en la blusa de algodón.

—No puedo —murmuró ella con voz ronca, mirando el perfil de Rashid iluminado por la luna, sus hombros fornidos y su ancho pecho, y los mechones de vello gris que asomaban por el cuello abierto de la camisa.

Él dejó la mano sobre su seno derecho y lo apretó con fuerza a través de la blusa, y Mariam le oyó respirar agitadamente por la nariz.

Su marido se metió en la cama y ella notó su mano desabrochándose el cinturón y desatando luego el cordón de sus pantalones. Apretó los puños, estrujando las sábanas que sujetaban. Rashid se colocó encima de ella y empezó a retorcerse, y ella dejó escapar un gemido. Cerró los ojos y apretó los dientes.

El dolor fue repentino e inesperado. Mariam abrió los ojos. Aspiró una bocanada de aire entre los dientes y se mordió el pulgar doblado. Pasó el brazo libre por encima de la espalda de Rashid e hincó las uñas en su camisa.

Rashid hundió el rostro en la almohada y Mariam se quedó mirando el techo por encima del hombro de su marido, con los ojos muy abiertos, temblando, apretando los labios, sintiendo el calor de su agitada respiración en el hombro. El aliento le olía a tabaco, a las cebollas y el cordero asado que habían comido. De vez en cuando, la oreja de Rashid le rozaba la mejilla y ella notaba que se había afeitado.

Cuando hubo terminado, él se apartó y se tumbó a su lado con el antebrazo sobre la frente. En la oscuridad, Mariam veía las manecillas azules de su reloj. Permanecieron así un rato, de espaldas, sin mirarse.

—No hay nada de que avergonzarse, Mariam —dijo él, algo azorado—. Esto es lo que hacen los esposos. Es lo que el Profeta en persona hacía con sus esposas. No es nada vergonzoso.

Instantes después, Rashid apartó la manta y abandonó la habitación, dejando a Mariam con la impresión de su cabeza en la almohada, esperando que remitiera el dolor que sentía, mirando las estrellas fijas en el firmamento y una nube que ocultaba el rostro de la luna como un velo de novia.

12

Ese año de 1974 el Ramadán cayó en otoño. Por primera vez en su vida, Mariam fue testigo de cómo la aparición de la luna creciente transformaba una ciudad entera, alteraba su ritmo y su estado de ánimo. Percibió el silencio somnoliento que se apoderaba de Kabul. El tráfico se volvía lánguido, escaso, silencioso incluso. Las tiendas se vaciaban. Los restaurantes apagaban las luces, cerraban las puertas. Mariam no veía fumadores en las calles, ni tazas de té humeantes desde los alféizares. Y al llegar el *iftar*, cuando el sol se hundía en el oeste y disparaban el cañón desde el monte Shir Darwaza, la ciudad entera rompía su ayuno con pan y un dátil, y lo mismo hacía Mariam, quien por primera vez en sus quince años de vida saboreaba la delicia de una experiencia compartida.

Rashid sólo observaba el ayuno unos pocos días. Las raras veces que ayunaba, volvía a casa de muy mal humor. El hambre lo volvía arisco, irritable, impaciente. Una noche, Mariam se demoró unos minutos en terminar de preparar la cena y él se puso a comer pan con rábanos. Y cuando ella le sirvió el arroz, el cordero y el *qurma* de quingombó, él lo rechazó. No dijo nada y siguió masticando pan, moviendo las sienes mientras la vena de la frente se le abultaba de pura rabia. Siguió mascando y mirando al vacío, y cuando Mariam le dirigió la palabra, la miró sin verla y se limitó a meterse otro trozo de pan en la boca.

Mariam sintió un gran alivio al ver que Rashid terminaba.

Cuando vivía en el *kolba*, el primero de los tres días del festival Eid-ul-Fitr, que seguía al Ramadán, Yalil visitaba a Mariam y Nana. Vestido con traje y corbata, llegaba con regalos de Eid. Un año regaló a su hija un pañuelo de lana para la cabeza. Los tres se sentaban juntos a tomar el té y luego Yalil se excusaba y se iba.

«A celebrar el Eid con su auténtica familia», decía Nana cuando él cruzaba el arroyo y agitaba la mano para despedirse.

El ulema Faizulá también las visitaba. Llevaba a Mariam chocolatinas envueltas en papel de plata, una cesta llena de huevos cocidos pintados y galletas. Cuando se marchaba, Mariam trepaba a un sauce con sus golosinas. Instalada en una rama alta, se comía las chocolatinas del ulema Faizulá y dejaba caer los envoltorios, que quedaban diseminados en torno al tronco del árbol como flores plateadas. Después de terminar las chocolatinas, empezaba con las galletas y, con un lápiz, dibujaba caras en los huevos cocidos. Pero era escaso el placer que obtenía con todo aquello. Mariam temía el Eid, un tiempo de hospitalidad y ceremonia en que las familias vestían sus mejores galas y se visitaban. Imaginaba un Herat bullicioso y alegre, y a gentes joviales y de ojos brillantes que se hacían regalos con palabras cariñosas, llenas de buenos deseos. Entonces se abatía sobre ella una tristeza que la cubría como un sudario y que sólo se levantaba cuando pasaban las fiestas.

Ese año, por primera vez, Mariam vio con sus propios ojos el Eid que había imaginado de niña.

Rashid y ella salieron de casa. Era la primera vez que Mariam veía semejante animación. Sin arredrarse por el frío, las familias inundaban la ciudad en sus rondas frenéticas de visitas a la parentela. En su calle, Mariam vio a Fariba y a su hijo Nur, que llevaba traje. Fariba se había cubierto la cabeza con un pañuelo blanco y caminaba junto a un hombre delgado y con gafas, de aspecto tímido. Su hijo mayor también los acompañaba; Mariam recordaba que Fariba había mencionado su nombre, Ahmad, en el *tandur*, aquel primer día. Ahmad tenía unos ojos inquietantes y hundidos, y su rostro era más serio, más solemne que el de su hermano menor, sugiriendo una madurez precoz, de la misma forma que el de su hermano se veía aún infantil. Ahmad llevaba al cuello un reluciente colgante con el nombre de Alá.

Fariba debió de reconocerla al verla caminando junto a Rashid con el burka, porque la saludó con la mano y exclamó:

—*Eid mubarak!*

Mariam asintió apenas.

—¿Así que conoces a esa mujer, la esposa del maestro? —preguntó Rashid.

Mariam dijo que no.

—Será mejor que te mantengas alejada de ella. Es una chismosa entrometida. Y el marido se cree una especie de intelectual, pero no es más que un ratón. Fíjate en él. ¿No parece un ratón?

Fueron a Shar-e-Nau, donde los niños correteaban alegremente con sus camisas nuevas bordadas con cuentas y sus chalecos de vistosos colores, y comparaban regalos de Eid. Las mujeres llevaban bandejas con dulces. Mariam vio farolillos colgados de los escaparates de las tiendas, y oyó la música que resonaba en los altavoces. Los desconocidos le gritaban «*Eid mubarak*» al pasar.

Por la noche fueron al barrio de Chaman y, desde detrás de Rashid, Mariam contempló los fuegos artificiales que iluminaban el cielo con destellos verdes, rosas y amarillos. Echaba de menos poder sentarse con el ulema Faizulá a la puerta del *kolba* para observar los fuegos artificiales que estallaban sobre Herat en la lejanía, y las súbitas explosiones de color reflejadas en los ojos amables y aquejados de cataratas de su tutor. Pero, sobre todo, echaba de menos a Nana. Mariam deseó que su madre estuviera viva para ver todo aquello. Para verla a ella, en medio de todo aquello. Para ver por fin que la alegría y la belleza no eran cosas inalcanzables. Ni siquiera para personas como ellas.

Recibieron visitas por la festividad Eid. Todos eran hombres, amigos de Rashid. Cuando llamaban a la puerta, Mariam sabía que debía subir a su habitación y quedarse allí encerrada mientras los hombres bebían té, fumaban y charlaban en la planta baja. Rashid le había advertido que no bajara hasta que se fueran las visitas.

A ella no le importaba. De hecho, incluso la halagaba. Rashid veía su relación como algo santificado, y consideraba que su honor, su *namus*, merecía ser protegido. Esa protección la hacía sentirse apreciada, valiosa, importante.

En el tercer y último día del Eid, Rashid fue a visitar a algunos amigos. Mariam, que había tenido el estómago revuelto toda la noche, puso un poco de agua a hervir y se preparó una taza de té verde espolvoreado con cardamomo. En la sala de estar se encontró con las huellas de los visitantes de la noche anterior: tazas volcadas, semillas de calabaza a medio masticar metidas entre los cojines y posos resecos en los platos. Mariam se dispuso a limpiarlo todo, maravillándose de lo activamente perezosos que podían ser los hombres.

No había pretendido entrar en la habitación de Rashid. Pero la limpieza la llevó de la sala de estar a la escalera, y de ahí al pasillo y a la puerta de su marido, y antes de darse cuenta se encontró en su dormitorio por primera vez, sentada en su cama, sintiéndose como una intrusa.

Paseó la mirada por las pesadas cortinas verdes, los pares de zapatos relucientes, pulcramente alineados junto a la pared, la puerta del armario, que mostraba la madera bajo un desconchón de la pintura. Vio un paquete de cigarrillos sobre la cómoda, al lado de la cama. Se puso uno entre los labios y se colocó delante del pequeño espejo ovalado de la pared. Echó una bocanada de aire al espejo y fingió sacudir la ceniza.

Luego devolvió el cigarrillo a su sitio. Jamás podría imitar la gracia perfecta con que fumaban las mujeres de Kabul. En ella parecía un acto tosco, ridículo.

Sintiéndose culpable, abrió el primer cajón de la cómoda.

Lo primero que vio fue la pistola. Era negra, de culata de madera y cañón corto. Antes de cogerla, Mariam se fijó bien en cómo estaba colocada. Le dio vueltas entre las manos. Era mucho más pesada de lo que parecía. La culata tenía un tacto suave y el cañón estaba frío. Le resultó inquietante que Rashid poseyera algo cuyo único propósito era matar a otras personas. Pero sin duda él tenía una pistola simplemente para proteger la casa. Para protegerla a ella.

Debajo del arma había varias revistas con las esquinas dobladas. Mariam abrió una y sintió que el corazón le daba un vuelco y se quedó boquiabierta sin pretenderlo.

En todas las páginas había mujeres, mujeres hermosas que no llevaban camisa ni pantalones ni ropa interior. Estaban completamente desnudas. Yacían en lechos entre sábanas revueltas y devolvían la mirada a Mariam con los párpados entornados. En la mayoría de las fotos tenían las piernas abiertas y lo mostraban todo. En algunas, las mujeres estaban postradas, como si —Dios no permitiera semejante cosa— adoptaran la postura *sujda* para rezar, y miraban hacia atrás por encima del hombro, con expresión de aburrido desdén.

Mariam volvió a dejar rápidamente la revista donde la había encontrado. Se sentía aturdida. ¿Quiénes eran esas mujeres? ¿Cómo podían permitir que las fotografiaran así? Se le revolvía el estómago con sólo pensarlo. Así pues, ¿era eso lo que hacía Rashid las noches que no iba a su habitación? ¿Lo había decepcionado Mariam en ese aspecto en particular? ¿Y todo lo que decía siempre sobre el honor y el decoro, cuando censuraba a sus clientas, que al fin y al cabo sólo le mostraban los pies para que les tomara las medidas de los zapatos? «Sólo el marido puede ver el rostro de una mujer», le había dicho. Sin duda las mujeres de la revista tenían marido, o al menos algunas de ellas. Como mínimo, tendrían hermanos. Entonces ¿por qué Rashid insistía en que ella se cubriera, y en cambio no le parecía mal ver las partes íntimas de las esposas y hermanas de otros hombres?

Se sentó en la cama de su marido, avergonzada y confusa. Se cubrió el rostro con las manos y cerró los ojos. Respiró hondo varias veces hasta que se notó más calmada.

Lentamente, la explicación se abrió paso en su mente. Rashid era un hombre, al fin y al cabo, que había vivido solo durante años antes de casarse con ella. Sus necesidades eran distintas. Para ella, aun después de varios meses, el acto sexual seguía constituyendo un ejercicio de tolerancia al dolor. El apetito de Rashid, por otra parte, era voraz, bordeando en ocasiones la violencia por el modo en que la sujetaba, le estrujaba los pechos y la embestía furiosamente con las caderas. Era un hombre. Después de tantos años sin una mujer, ¿podía recriminarle que fuera tal como Dios lo había creado?

Sabía que jamás podría hablar de todo aquello con él. Era un tabú. Pero ¿podía ser perdonado? Sólo tenía que pensar en los demás hombres que había conocido: Yalil, con tres esposas y nueve hijos a la sazón, acostándose con Nana sin estar casados. ¿Qué era peor: la revista de Rashid o lo que había hecho Yalil? Y además, ¿qué derecho tenía ella, una simple aldeana, una *harami*, a juzgarlo?

Abrió el segundo cajón de la cómoda.

En él encontró una foto del hijo, Yunus, en blanco y negro. Tenía unos cuatro o cinco años. Llevaba una camisa a rayas y pajarita. Era un niño muy guapo, con la nariz fina, los cabellos castaños y ojos oscuros ligeramente hundidos. Parecía distraído, como si algo hubiera captado su atención justo antes de que se disparara la cámara.

Debajo Mariam encontró otra foto, también en blanco y negro, pero de peor calidad. En ella se veía a una mujer sentada y, detrás de ella, a un Rashid más joven y delgado, con los cabellos negros. La mujer era hermosa. No tanto como las mujeres de la revista, quizá, pero hermosa en cualquier caso. Desde luego, más que ella. Tenía un delicado mentón y largos cabellos negros partidos por la raya en medio. Los pómulos eran prominentes y la frente tersa. Mariam imaginó su propio rostro, sus labios finos y su afilado mentón, y sintió celos.

Contempló la foto mucho rato. El modo en que Rashid parecía imponerse sobre la mujer le causaba un vago desasosiego. Por sus manos, que se apoyaban en los hombros de ella. Por la forma en que sonreía, recreándose, con los dientes apretados, y la expresión sombría de su esposa. Por el modo en que el cuerpo de ella se inclinaba sutilmente hacia delante, como si tratara de evitar el contacto.

Mariam lo colocó todo en su sitio.

Más tarde, mientras lavaba la ropa, lamentó haber fisgado en su habitación. ¿Para qué? ¿Qué había descubierto sobre Rashid que tuviera importancia? ¿Que poseía una pistola y que era un hombre con las necesidades propias de su sexo? Y no debería haberse quedado mirando la foto de Rashid con su primera mujer durante tanto tiempo. Sus ojos habían encontrado significados en lo que no era más que una postura al azar captada en un momento concreto.

Lo que sintió delante de la ropa tendida que se balanceaba pesadamente en las cuerdas era lástima. Compadecía a Rashid, que también había tenido una vida muy dura, marcada por los infortunios. Sus pensamientos volvieron al niño, Yunus, que había hecho muñecos de nieve en aquel mismo patio, que había subido por las mismas escaleras. El lago se lo había arrebatado a Rashid engulléndolo, igual que la ballena se había tragado al profeta del mismo nombre que aparecía en el Corán. A Mariam le entristeció —y no poco— imaginar a Rashid impotente y dominado por el pánico, paseándose frenéticamente por la orilla del lago, suplicándole que escupiera a su hijo de vuelta a la tierra. Y por primera vez sintió cierta afinidad con su marido. Se dijo que serían buenos compañeros, a pesar de todo.

13

Durante el trayecto de vuelta en el autobús después de la visita al médico, a Mariam le sucedió algo muy extraño. Allá donde posara la mirada, lo veía todo en colores brillantes: los apartamentos de cemento gris, las tiendas con tejado de zinc y las puertas abiertas, el agua fangosa que discurría por las alcantarillas. Era como si un arco iris se hubiera fundido en sus ojos.

Rashid hacía tamborilear sus dedos enguantados y tarareaba una canción. Cada vez que el autobús saltaba sobre un bache y daba una sacudida, su mano protectora salía disparada hacia el vientre de Mariam.

—¿Qué te parece Zalmai? —preguntó—. Es un bonito nombre pastún.

—¿Y si es una niña? —adujo Mariam.

—Yo creo que es un niño. Sí. Un niño.

Un murmullo recorría el autobús. Algunos pasajeros señalaban alguna cosa y otros se inclinaban sobre los asientos para mirar por las ventanillas.

—Allí —señaló Rashid, dando unos golpecitos en el cristal con un nudillo. Sonreía—. Ahí. ¿Lo ves?

Mariam advirtió que, en la calle, la gente se paraba en seco. En los semáforos emergían rostros por las ventanillas de los coches, vueltos hacia arriba, hacia los suaves copos que caían. ¿Qué tenía la primera nevada de la temporada para causar semejante fascinación?, se preguntó Mariam. ¿Era la oportunidad de ver algo inmaculado aún, sin marcas? ¿De captar la gracia fugaz de una nueva estación, de un precioso principio, antes de que fuera pisoteado y corrompido?

—Si es una niña —prosiguió Rashid—, que no lo es, pero si fuera una niña, podrás elegir el nombre que quieras.

Mariam despertó a la mañana siguiente con el sonido de una sierra y un martillo. Se envolvió en un chal y salió al patio cubierto por la nieve. La densa nevada de la noche anterior había amainado y ya sólo se notaba el cosquilleo de unos ligeros copos dispersos. No soplaba el viento y el aire olía a carbón quemado. Kabul se hallaba sumido en un silencio sobrecogedor, cubierto por un manto blanco, liberando espirales de humo aquí y allá.

Encontró a Rashid en el cobertizo de las herramientas, claveteando una tabla de madera. Cuando la vio, Rashid se quitó un clavo de la comisura de la boca.

—Iba a ser una sorpresa. El niño necesitará una cuna. No tenías que verla hasta que estuviera terminada.

Mariam deseaba que su marido dejara de aferrarse a la esperanza de que fuera un niño. A pesar de la felicidad que sentía por el embarazo, le pesaba aquella expectativa. La víspera, Rashid había salido y había vuelto a casa con un abrigo de ante para un niño, forrado por dentro de suave piel de cordero y con las mangas bordadas con hilo de seda rojo y amarillo.

Rashid cogió un largo y estrecho tablón. Mientras lo serraba por la mitad, comentó que le preocupaban las escaleras.

—Habrá que hacer algo más adelante, cuando empiece a andar. —Y añadió que también le preocupaba la estufa. Y los tenedores y los cuchillos habrían de guardarse fuera de su alcance—. Toda precaución es poca. Los niños son muy curiosos y no conocen el peligro.

Mariam se arrebujó en el chal para protegerse del frío.

• • •

A la mañana siguiente, Rashid dijo que quería invitar a sus amigos a cenar para celebrarlo. Mariam se pasó la mañana limpiando lentejas y poniendo el arroz en remojo. Cortó berenjenas en rodajas para hacer *borani*, y preparó *aushak* con puerros y buey picado. Barrió, sacudió las cortinas y ventiló bien la casa, a pesar de que volvía a nevar. Dispuso cojines grandes y pequeños contra las paredes de la sala de estar y colocó unos cuencos con caramelos y almendras tostadas sobre la mesa.

Se metió en su habitación al atardecer, antes de que llegaran los hombres. Estuvo tumbada en la cama escuchando risas, vítores y bromas, que fueron en aumento. No podía evitar que las manos se le fueran a cada momento hacia el vientre. Pensaba en lo que crecía en su interior y la felicidad la invadía como una ráfaga de viento abriendo una puerta de par en par. Los ojos se le llenaron de lágrimas.

Mariam pensó en su viaje de seiscientos cincuenta kilómetros en autobús con Rashid, desde Herat, que estaba situado al oeste, cerca de la frontera con Irán, hasta Kabul, en el este. Habían pasado por pueblos y ciudades, y por aldeas con un puñado de casas que surgían una tras otra. Habían atravesado montañas y desiertos pelados, recorriendo una provincia tras otra. Y allí estaba ahora, después de dejar atrás rocas y colinas resecas, con marido y casa propia, encaminándose a la etapa final y más preciada: la maternidad. Qué agradable pensar en su bebé, el bebé de los dos. Qué maravilloso saber que el amor por su bebé empequeñecía ya todo cuanto había sentido antes como ser humano, y que desde ese momento no necesitaría jugar más con guijarros.

Abajo alguien afinaba una armónica. Después se oyó el sonido de una tabla, ese instrumento musical consistente en dos tambores llamados *dayan* y *bayan*. Alguien carraspeó. Y después empezaron los silbidos, las palmas, las exclamaciones y los cánticos.

Mariam se acarició el suave vientre. «Tan pequeño como una uña», había dicho el médico. «Voy a ser madre», pensó ella.

—Voy a ser madre —dijo. Luego rió para sí y lo repitió una y otra vez, deleitándose con las palabras.

Cuando pensaba en su bebé, se le henchía el corazón. Crecía y crecía hasta borrar todo el dolor, la soledad y la humillación que había experimentado en su vida. Por eso Dios la había llevado hasta allí, al otro lado del país. Ahora lo comprendía. Recordó un versículo del Corán que le había enseñado el ulema Faizulá: «Y Alá es el este y el oeste, por tanto, allá donde vayas, será designio de Alá…» Colocó su estera y rezó el *namaz*. Cuando terminó, unió las manos frente al rostro y pidió a Dios que no permitiera que cambiara su buena fortuna.

Fue Rashid quien tuvo la idea de ir al *hammam*. Mariam no había estado nunca en unos baños, pero él le aseguró que no había nada mejor que salir del agua y respirar la primera bocanada de aire fresco, notando aún el calor que desprendía el cuerpo.

En el *hammam* de mujeres, las figuras se movían en medio del vapor alrededor de Mariam, y ella vislumbraba una cadera aquí y el contorno de un hombro allá. Los chillidos de las jovencitas, los gruñidos de las viejas y el sonido del agua resonaban entre las paredes, mientras se frotaban la espalda y se enjabonaban los cabellos. Mariam se sentó en el rincón más alejado, sola, y se frotó los talones con piedra pómez, aislada por una cortina de vapor de las figuras que pasaban cerca.

Hasta que vio la sangre y empezó a chillar.

Oyó el sonido de pisadas sobre las losas húmedas. Vio rostros que la escudriñaban entre el vapor y oyó chasquidos de lengua.

Esa noche, en la cama, Fariba le contó a su marido que, al oír el grito y acercarse corriendo, había encontrado a la esposa de Rashid encogida en un rincón, abrazándose las rodillas y con un charco de sangre a sus pies.

—Se le oían castañetear los dientes a la pobre chica, Hakim, de tanto como temblaba.

Al verla, explicó Fariba, Mariam le había preguntado con voz aguda y suplicante: «Es normal, ¿verdad? ¿Verdad? ¿Verdad que es normal?»

Otro viaje en autobús con Rashid. Nevaba de nuevo. Esta vez copiosamente. La nieve se amontonaba en las aceras, en las azoteas, en los troncos de árboles diseminados. Mariam contemplaba a los mercaderes que abrían caminos en la nieve frente a sus tiendas. Un grupo de niños perseguía a un perro negro y todos agitaron la mano para saludar juguetonamente al autobús. Mariam miró a Rashid. Su marido tenía los ojos cerrados. No tarareaba. Ella recostó la cabeza y cerró también los ojos. Quería quitarse los fríos calcetines y el húmedo suéter de lana que le producía picor. Quería abandonar aquel autobús.

En casa, Rashid la tapó con una colcha cuando ella se tumbó en el sofá, pero su gesto era envarado, maquinal.

—¿Qué clase de respuesta es ésa? —volvió a quejarse—. Eso es lo que se espera de un ulema. Pero cuando uno paga a un médico espera una respuesta mejor que «Es la voluntad de Alá».

Mariam se acurrucó bajo la colcha y le dijo que debería descansar.

—La voluntad de Alá —repitió él, con ira sorda.

Rashid se pasó el día en su habitación, fumando.

Mariam se quedó acostada en el sofá con las manos metidas entre las rodillas, contemplando la nieve que se arremolinaba frente a la ventana. Recordó que Nana le había dicho en una ocasión que cada copo de nieve era el suspiro de una mujer a la que habían ofendido en algún lugar del mundo. Que todos los suspiros subían al cielo, formaban nubes y luego se deshacían en trocitos diminutos que caían silenciosamente sobre las personas.

«Para recordar cuánto sufren las mujeres como nosotras —había dicho—. Con cuánta resignación soportamos todo lo que nos toca sufrir.»

14

La pena no dejaba de sorprender a Mariam. Sólo tenía que pensar en la cuna sin terminar en el cobertizo, o el abrigo de ante en el armario de Rashid, para que volviera a desatarse. El bebé cobraba vida entonces y ella lo oía, oía sus quejidos de hambre, sus gorjeos y balbuceos. Lo notaba olisqueándole los pechos. El dolor la inundaba, la arrastraba, la zarandeaba. A Mariam le asombraba que pudiera echar tanto de menos a un ser al que ni siquiera había llegado a ver, a tal punto que la nostalgia la paralizaba.

Pero había días en que la tristeza no le resultaba tan implacable. Días en los que la mera idea de reanudar las viejas rutinas no le parecía tan agotadora, en que no precisaba de un gran esfuerzo de voluntad para levantarse, rezar, lavar, preparar las comidas para Rashid.

Temía salir a la calle. De repente, envidiaba a las mujeres del vecindario con su abundante prole. Algunas tenían siete u ocho hijos y no comprendían lo afortunadas que eran por haber sido bendecidas con el fruto de su vientre, que había vivido para agitarse entre sus brazos y mamar de sus pechos. Sus hijos no se habían ido por el desagüe de una casa de baños con su propia sangre, agua jabonosa y suciedad corporal de mujeres desconocidas. A Mariam le molestaba oírlas quejarse del mal comportamiento de sus hijos y la pereza de sus hijas.

Una voz interior trataba de tranquilizarla con palabras de consuelo bienintencionadas, pero torpes: «Tendrás otros hijos, *Inshalá*. Eres joven. Seguro que tendrás muchas otras oportunidades.» Pero la congoja de Mariam no era abstracta. Lloraba por aquel bebé concreto que la había hecho tan feliz durante un tiempo.

Algunos días le parecía que el bebé había sido una bendición que no merecía, que estaba siendo castigada por lo que le había hecho a Nana. ¿Acaso no era verdad que prácticamente le había puesto ella misma la soga al cuello? Las hijas traidoras no merecían ser madres y aquél era su castigo. Tenía sueños intermitentes en los que el *yinn* de Nana se metía en su habitación por la noche, le clavaba sus garras en el vientre y le robaba a su bebé. En esos sueños, Nana reía con el deleite de la revancha.

Otros días, Mariam se llenaba de cólera. La culpa era de Rashid, por su prematura celebración. Por su fe temeraria en que sería un varón. Por haberle puesto nombre. Por dar por sentada la voluntad de Alá. Y principalmente por haberla llevado a los baños. Algo había allí, el vapor, el agua sucia, el jabón, algo de aquello había sido la causa... Alto ahí. No, Rashid no. La culpable era ella. Y entonces se enfurecía consigo misma por dormir en una postura incorrecta, por comer platos demasiado especiados, por no tomar suficiente fruta, por beber demasiado té. Incluso Dios tenía la culpa. Por mofarse de ella. Por no concederle lo que concedía a tantísimas mujeres. Por ponerle delante, casi como provocándola, lo que Él sabía que sería su mayor felicidad, para luego arrebatárselo.

Sin embargo, de nada servía buscar culpables, ni hilvanar una acusación tras otra en su cabeza. Era *kofr*, un sacrilegio, pensar tales cosas. Alá no era rencoroso. No era un dios mezquino. Las palabras del ulema Faizulá resonaban en su cabeza: «Bendito Aquel en cuyas manos está el reino, y Aquel que tiene poder sobre todas las cosas, que creó la muerte y la vida con las que puede ponerte a prueba.»

Atormentada por un sentimiento de culpabilidad, Mariam se arrodillaba y rezaba pidiendo perdón por tales pensamientos.

Mientras tanto, en Rashid se había operado un cambio desde el día en los baños. La mayoría de las noches, cuando llegaba a casa, ya casi no hablaba. Cenaba, fumaba y se acostaba. A veces iba a la habitación de Mariam en medio de la noche para un coito breve y cada vez más violento. Tendía a mostrarse malhumorado, a encontrar defectos en su forma de cocinar, a quejarse del desorden del patio, o a señalar la más mínima suciedad que encontrara en la casa. De vez en cuando, los viernes la llevaba a pasear por la ciudad como antes, pero caminaba deprisa y siempre unos pasos por delante de ella, sin hablar, sin prestar atención a su esposa, que casi tenía que correr para no rezagarse. Durante aquellas salidas ya no se mostraba tan propenso a la risa como antes. Ya no le compraba dulces o regalos, ni se detenía para decirle el nombre de cada lugar. Y las preguntas que ella le hacía parecían irritarlo.

Una noche estaban sentados en la sala escuchando la radio. El invierno tocaba a su fin. Habían cesado los fuertes vientos que arrojaban la nieve contra la cara y dejaban los ojos llorosos. Pelusas de nieve plateada se derretían en las ramas de los altos olmos, y al cabo de unas semanas serían sustituidas por pequeños brotes verde pálido. Rashid movía el pie distraídamente siguiendo el ritmo de la tabla al son de una canción de Hamahang, con los ojos entrecerrados para protegerse del humo del cigarrillo.

—¿Estás enfadado conmigo? —preguntó ella.

Él no contestó. La canción terminó y empezaron las noticias. Una voz femenina informó que el presidente Daud Jan había enviado a otro grupo de asesores soviéticos a Moscú, contrariando así al Kremlin, como era de esperar.

—Me preocupa que estés enfadado conmigo.

Rashid suspiró.

—¿Lo estás?

—¿Por qué habría de estarlo? —replicó Rashid, mirándola.

—No lo sé, pero desde que el bebé…

—¿Ésa es la clase de hombre que crees que soy, después de todo lo que he hecho por ti?

—No. Por supuesto que no.

—¡Entonces deja de incordiarme!

—Lo siento. *Bebajsh*, Rashid. Lo siento.

Él apagó el cigarrillo y encendió otro. Luego subió el volumen de la radio.

—He estado pensando una cosa —prosiguió Mariam, alzando la voz para hacerse oír.

Rashid volvió a suspirar, más irritado que antes, y bajó el volumen. Se frotó la frente con gesto de cansancio.

—¿Y qué es?

—He estado pensando que quizá deberíamos hacerle un funeral. Al bebé, quiero decir. Sólo nosotros. Me gustaría que pronunciáramos unas plegarias, nada más. —Llevaba un tiempo dándole vueltas a la idea. No quería olvidar al bebé. No le parecía bien que no se señalara aquella pérdida de una forma permanente.

—¿Para qué? Qué estupidez.

—Creo que me haría sentir mejor.

—Entonces hazlo tú —replicó él secamente—. Yo ya he enterrado un hijo. No pienso enterrar otro. Ahora, si no te importa, quiero escuchar la radio.

Volvió a subir el volumen, reclinó la cabeza y cerró los ojos.

En una mañana soleada de aquella misma semana, Mariam eligió un lugar del patio y cavó un agujero.

—En el nombre de Alá y con Alá, y en el nombre del mensajero de Alá, a quien Alá colme de bendiciones —susurró al hundir la pala en la tierra. Colocó el abriguito de ante que Rashid había comprado para el bebé en el agujero y volvió a cubrirlo con tierra—. Tú haces que la noche dé paso al día y que el día dé paso a la noche, y Tú levantas a los vivos de entre los muertos y a los muertos de entre los vivos, y das fuerzas a quien te place.

Aplastó la tierra con el dorso de la pala. Se agachó junto al pequeño montículo y cerró los ojos.

«Dame fuerzas, Alá. Dame fuerzas.»

15

Abril de 1978

El 17 de abril de 1978, el año en que Mariam cumplía los diecinueve, un hombre llamado Mir Akbar Jyber fue asesinado.
Dos días más tarde se produjo una gran manifestación en
Kabul. Todo el vecindario estaba en la calle hablando de lo
mismo. Mariam vio por la ventana a los vecinos que formaban
corrillos, hablando excitadamente con los transistores pega-
dos a la oreja. Vio a Fariba apoyada en la pared de su casa, hablando con una mujer recién llegada a Dé Mazang. Fariba
sonreía y apretaba las manos sobre su abultado vientre de
embarazada. La otra mujer, cuyo nombre Mariam ignoraba,
parecía mayor que Fariba y su pelo tenía una extraña tonalidad violeta. Sujetaba a un niño pequeño de la mano. Mariam
sabía que el niño se llamaba Tariq, porque había oído a su madre en la calle llamándolo por ese nombre.

Mariam y Rashid no salieron para reunirse con los vecinos. Escucharon la radio mientras unas diez mil personas
ocupaban las calles y se manifestaban en el distrito de las
instituciones gubernamentales. Rashid dijo que Mir Akbar
Jyber era un destacado comunista y que sus seguidores acusa-
ban al gobierno del presidente Daud Jan del asesinato. Lo dijo
sin mirar a su esposa. Ya nunca la miraba, y Mariam ni siquiera estaba segura de que hablara con ella.

—¿Qué es un comunista? —preguntó.

Rashid soltó un bufido y alzó las cejas.

—¿No sabes lo que es un comunista? Una cosa tan simple… Todo el mundo lo sabe. Es del dominio público. Tú no… Bah. No sé de qué me extraño. —Luego cruzó los pies sobre la mesa y masculló que era alguien que creía en Karl Marxist.

—¿Quién es Karl Marxist?

Rashid suspiró.

En la radio, una voz de mujer decía que Taraki, el líder de la rama Jalq del PDPA, el comunista Partido Democrático Popular de Afganistán, arengaba a los manifestantes con discursos incendiarios.

—Me refiero a qué quieren —insistió Mariam—. ¿En qué creen esos comunistas?

Rashid soltó una carcajada y sacudió la cabeza, pero a ella le pareció percibir cierta vacilación en el modo en que cruzaba los brazos y desviaba la mirada.

—No sabes nada de nada. Eres como un niño. Tu cerebro está vacío, sin información.

—Lo pregunto porque…

—*Chup ko*. Cállate.

Mariam obedeció.

No era fácil tolerar que le hablara así ni soportar su desprecio, sus insultos, que la ridiculizara y pasara por su lado como si no fuera más que un gato doméstico. Pero al cabo de cuatro años de matrimonio, Mariam sabía perfectamente lo mucho que podía soportar una mujer cuando tenía miedo. Y ella lo tenía. Vivía con el temor a los cambiantes estados de ánimo de su marido, su temperamento imprevisible, su insistencia en llevar las conversaciones más triviales al terreno de la confrontación, que en ocasiones resolvía mediante puñetazos, bofetadas y patadas. Luego, a veces trataba de enmendarse con abyectas disculpas y otras veces no.

En los cuatro años transcurridos desde el día de los baños, se habían producido seis ciclos más de nuevas esperanzas que luego acababan en una pérdida, y cada embarazo malogrado, cada viaje al médico había sido más devastador para Mariam que el anterior. Después de cada nueva decepción, Rashid se volvía más distante y resentido. Ahora nada de lo que hacía su mujer lo complacía. Ella limpiaba la casa, tenía siempre preparadas sus camisas, le cocinaba sus platos predilectos. En una desastrosa ocasión, incluso compró maquillaje y se lo puso para él. Pero cuando Rashid volvió a casa, le echó una mirada e hizo tal mueca de repugnancia que Mariam se fue corriendo al cuarto de baño y se lavó, mezclando las lágrimas de vergüenza con el agua jabonosa, el carmín y el rímel.

Ahora temía el momento en que Rashid volvía a casa por la tarde. Temía el ruido de la llave en la cerradura, el chirrido de la puerta; eran sonidos que aceleraban su corazón. Desde la cama, oía el repiqueteo de sus zapatos, el sonido amortiguado de sus pies después de descalzarse. Hacía inventario de sus actos con el oído: las patas de la silla al arrastrar sobre el suelo, el crujido quejumbroso del asiento de mimbre cuando se sentaba, el tintineo de la cuchara contra el plato, el susurro de las hojas del periódico, el ruido al sorber el agua. Y con el corazón desbocado, Mariam se preguntaba qué excusa tendría esa noche su marido para saltar sobre ella. Siempre había algo, alguna nimiedad que lo enfurecía, porque, por más que se esforzara en complacerlo, por más que se sometiera a sus deseos y exigencias, no bastaba. No podía devolverle a su hijo. Lo había defraudado en lo esencial —siete veces nada menos— y ya no era más que una carga para él. Lo notaba por el modo en que la miraba, cuando la miraba. Era una carga para su marido.

—¿Qué va a ocurrir ahora? —preguntó a Rashid, que seguía escuchando la radio.

Él la miró de reojo y emitió un sonido entre suspiro y gruñido, bajó los pies de la mesa y apagó la radio. Subió a su habitación. Cerró la puerta.

. . .

El 27 de abril llegó la respuesta a Mariam en forma de potentes estallidos e intensos y súbitos estruendos. Bajó corriendo descalza a la sala y encontró a Rashid junto a la ventana, en camiseta, despeinado y con las manos apretadas contra el cristal. Se colocó junto a él. En el cielo vio aviones militares que pasaban zumbando en dirección nordeste. El ruido era ensordecedor, tanto que a Mariam le dolieron los oídos. A lo lejos resonaban las bombas y de repente se alzaron columnas de humo hacia el cielo.

—¿Qué está pasando, Rashid? —preguntó—. ¿Qué es todo esto?

—Sabe Dios —musitó él. Intentó poner la radio, pero sólo se oían interferencias.

—¿Qué hacemos?

—Esperar —dijo Rashid con tono impaciente.

Más tarde, Rashid seguía intentando sintonizar la radio mientras Mariam preparaba arroz con salsa de espinacas en la cocina. Recordaba la época en que disfrutaba cocinando para Rashid, e incluso esperaba con ansia que llegara el momento. Ahora cocinar era un ejercicio que le suscitaba una inquietud creciente. Los *qurmas* estaban siempre demasiado salados o demasiado sosos para el gusto de su marido; el arroz, demasiado grasiento o demasiado seco; el pan, demasiado blando o demasiado crujiente. Las críticas de Rashid la conducían a un estado de angustiosa indecisión en la cocina.

Cuando le sirvió el plato, en la radio sonaba el himno nacional.

—He hecho *sabzi* —dijo ella.

—Déjalo ahí y cállate.

Cuando terminó el himno, una voz de hombre se presentó a sí mismo como el coronel Abdul Qader de las Fuer-

102

zas Aéreas. Informó que, durante el día, la Cuarta División Acorazada rebelde se había apoderado del aeropuerto y las principales intersecciones de la ciudad. Radio Kabul, los ministerios de Comunicación e Interior, así como el edificio del Ministerio de Asuntos Exteriores, también habían caído en su poder. Kabul se hallaba en manos del pueblo, dijo orgullosamente. Aviones MiG de los sublevados habían atacado el Palacio Presidencial. Los tanques habían irrumpido en el recinto del palacio y se estaba librando una cruenta batalla en aquellos mismos instantes. Las fuerzas leales a Daud estaban a punto de ser derrotadas, afirmó Abdul Qader en tono tranquilizador.

Días más tarde, cuando los comunistas empezaran a ejecutar sumariamente a cuantos tenían alguna relación con el régimen de Daud Jan, y por Kabul empezaran a circular rumores sobre ojos arrancados y genitales electrocutados en la prisión de Pol-e-Charji, Mariam se enteraría de la matanza que se había cometido en el Palacio Presidencial. Habían matado a Daud Jan, pero no antes de que los comunistas asesinaran a unos veinte miembros de su familia, incluyendo mujeres y nietos. Se rumorearía después que el presidente se había quitado la vida, que había resultado herido en el fragor de la batalla; también que lo habían dejado para el final, para obligarlo a contemplar cómo masacraban a su familia antes de acabar con él.

Rashid subió el volumen de la radio y acercó la oreja para oír mejor.

«Se ha creado un consejo revolucionario de las fuerzas armadas y nuestro *watan* pasará a ser conocido a partir de ahora como República Democrática de Afganistán —decía Abdul Qader—. La época de la aristocracia, el nepotismo y la desigualdad ha llegado a su fin, camaradas *hamwatans*. Hemos puesto fin a décadas de tiranía. El poder se encuentra ahora en manos de las masas y las gentes que aman la libertad. Se inicia una nueva y gloriosa era en la historia de nuestro país. Ha nacido un nuevo Afganistán. Os aseguramos que no tenéis nada que temer, camaradas afganos. El nuevo régimen mantendrá el máximo respeto hacia los principios islámicos y democráticos. Es un momento de júbilo y celebración.»

Rashid apagó la radio.

—¿Y esto es bueno o es malo? —preguntó Mariam.

—Malo para los ricos, tal como lo cuentan. Tal vez no sea tan malo para nosotros.

Los pensamientos de Mariam volaron hacia Yalil. Se preguntó si los comunistas lo perseguirían también a él. ¿Lo meterían en prisión? ¿Encarcelarían a sus hijos? ¿Le arrebatarían sus negocios y propiedades?

—¿Está caliente? —preguntó Rashid, mirando el arroz.

—Acabo de servirlo de la cazuela.

Rashid soltó un gruñido y le dijo que le acercara el plato.

La noche estaba iluminada por súbitos destellos rojos y amarillos. Más abajo en la misma calle, una exhausta Fariba se había incorporado en la cama y se apoyaba en los codos. Tenía los cabellos pegajosos y las gotas de sudor vacilaban al borde del labio superior. Junto a la cama, la anciana comadrona, Wayma, observaba mientras el marido y los hijos varones de Fariba pasaban el bebé de unos brazos a otros. Se maravillaban al ver los claros cabellos de la recién nacida, sus mejillas sonrosadas, los labios como capullos de rosa, y los ojos verde jade que se movían bajo los párpados hinchados. Se sonrieron unos a otros cuando oyeron la voz del bebé por primera vez, un llanto que empezó como un maullido de gato y creció con toda la fuerza de un bebé saludable. Nur dijo que sus ojos eran como gemas. Ahmad, el miembro más religioso de la familia, cantó el *azan* al oído de su nueva hermana y le sopló tres veces en la cara.

—¿Será Laila, entonces? —preguntó Hakim, meciendo a su hija.

—Laila —asintió Fariba, sonriendo con cansancio—. Belleza de la noche. Es perfecto.

Rashid hizo una bola de arroz con los dedos. Se la metió en la boca y la masticó un par de veces antes de esbozar una mueca y escupirla en el *sofrá*.

—¿Qué pasa? —preguntó Mariam en un tono lastimero que ella misma detestaba. Notó que se le aceleraba el corazón y se le ponía piel de gallina.

—¿Qué pasa? —gimoteó él, imitándola—. Lo que pasa es que has vuelto a hacerlo.

—Pero lo he dejado hervir cinco minutos más de lo habitual.

—Eso es mentira.

—Te juro...

Rashid se sacudió airadamente el arroz de los dedos y apartó el plato, derramando salsa y arroz en el *sofrá*. Mariam lo vio salir de la sala hecho una furia, y luego oyó el portazo que dio al abandonar la casa.

Se arrodilló en el suelo y trató de recoger los granos de arroz y devolverlos al plato, pero le temblaban demasiado las manos y tuvo que esperar a que se calmaran. Sentía la opresión del miedo en el pecho. Probó a respirar hondo unas cuantas veces. Captó su pálido reflejo en la ventana de la sala en penumbra y desvió la mirada.

Entonces oyó que la puerta se abría y Rashid volvió a entrar.

—Levántate —ordenó—. Ven aquí. Levántate.

Le cogió la mano, la abrió y dejó caer un puñado de guijarros en la palma.

—Métetelos en la boca.

—¿Qué?

—Métete eso en la boca.

—Basta, Rashid, estoy...

La fuerte mano de su marido le sujetó la mandíbula. Le metió dos dedos entre los dientes para abrírsela y luego le introdujo las frías y duras piedras. Mariam forcejeó, mascullando, pero él siguió embutiéndole guijarros, con el labio superior torcido en una mueca desdeñosa.

—Ahora mastica —ordenó.

Mariam masculló una súplica a través del puñado de guijarros y arenilla. Se le saltaban las lágrimas.

—¡Mastica! —bramó él. El aliento a tabaco la golpeó en la cara.

Mariam masticó. Algo crujió en su boca.

—Bien —dijo Rashid. Le temblaban las mejillas—. Ahora ya sabes cómo es tu arroz. Ahora ya sabes lo que me has dado en este matrimonio. Mala comida y nada más.

Y se fue, dejando sola a su esposa, que escupía guijarros, sangre y los fragmentos de dos muelas rotas.

Segunda Parte

16

Kabul, primavera de 1987

Laila, de nueve años de edad, se levantó de la cama, como casi todos los días, deseosa de ver a su amigo Tariq. Sin embargo, sabía que esa mañana no podría verlo.

—¿Cuánto tiempo estarás fuera? —había preguntado cuando Tariq le había dicho que sus padres se lo llevaban al sur, a la ciudad de Gazni, para visitar a su tío paterno.

—Trece días.

—¿Trece?

—No hay para tanto. No pongas esa cara, Laila.

—No pongo ninguna cara.

—No irás a llorar, ¿eh?

—¡No voy a llorar! No lloraría por ti ni en mil años.

Laila le había dado un puntapié en la espinilla, no en la pierna ortopédica, sino en la buena, y él le había dado un pescozón en broma.

Trece días. Casi dos semanas. Y al cabo de cinco días, Laila había aprendido una verdad fundamental sobre el tiempo: igual que el acordeón con que el padre de Tariq tocaba a veces viejas canciones pastunes, el tiempo se alargaba y se contraía dependiendo de la ausencia o presencia de Tariq.

Abajo, sus padres discutían. Otra vez. Laila conocía la rutina: *mammy*, feroz, indomable, paseándose de un lado a otro mientras despotricaba; *babi* sentado, con aire cohibido y atribulado, asintiendo obediente, esperando a que amainara la tormenta. Cerró la puerta de su habitación y se vistió. Pero igualmente seguía oyéndolos. Aún la oía a ella. Luego hubo un portazo. Unos fuertes pasos, el sonoro crujido de la cama de *mammy*. Al parecer *babi* iba a sobrevivir para ver un nuevo día.

—¡Laila! —gritó su padre desde abajo—. ¡Voy a llegar tarde al trabajo!

—¡Un momento!

La niña se calzó los zapatos y rápidamente se cepilló los rizados cabellos rubios que le llegaban hasta los hombros, mirándose en el espejo. *Mammy* siempre le decía que había heredado el color del pelo —así como las gruesas pestañas, los ojos verde turquesa, los hoyuelos de las mejillas, los pómulos prominentes y el mohín del labio inferior, que compartía con su madre— de su bisabuela, la abuela de *mammy*. «Era una auténtica *pari*, una mujer espectacular —decía *mammy*—. Su belleza era la comidilla de todo el valle. Se saltó a dos generaciones de mujeres en la familia, pero desde luego no te saltó a ti, Laila.» El valle al que se refería *mammy* era el Panyshir, en la región Tayik, situada a cien kilómetros al nordeste de Kabul, donde hablaban farsi. Tanto *mammy* como *babi*, que eran primos carnales, habían nacido y crecido en Panyshir; se habían trasladado a Kabul en 1960, siendo dos recién casados de ojos brillantes y llenos de esperanzas, cuando él fue admitido en la Universidad de Kabul.

Laila bajó corriendo las escaleras, esperando que *mammy* no saliera de su habitación para un nuevo asalto. Encontró a *babi* acuclillado junto a la puerta mosquitera.

—¿Habías visto esto, Laila?

Hacía semanas que había un desgarrón en la malla protectora. Laila se agachó junto a su padre.

—No. Debe de ser nuevo.

—Eso es lo que le he dicho a Fariba. —Parecía tembloroso, encogido, como ocurría siempre tras un arrebato de *mammy*—. Dice que han estado entrando abejas por ahí.

Laila sintió lástima de él. *Babi* era un hombre menudo, de hombros estrechos y manos finas y delicadas, casi femeninas. Por la noche, cuando Laila entraba en la habitación de *babi*, lo encontraba siempre inclinado sobre un libro, con las gafas en la punta de la nariz. A veces ni siquiera se daba cuenta de que ella estaba allí. Cuando sí se daba cuenta, señalaba la página y sonreía amablemente sin despegar los labios. *Babi* se sabía de memoria la mayor parte de los *gazals* de Rumi y de Hafez. Podía hablar largo y tendido sobre el conflicto entre Gran Bretaña y la Rusia zarista por el dominio de Afganistán. Conocía la diferencia entre una estalactita y una estalagmita, y sabía que la distancia entre la Tierra y el Sol era medio millón de veces la que había entre Kabul y Gazni. Pero si Laila necesitaba que le abrieran la tapa de un tarro de caramelos, tenía que recurrir a *mammy*, lo que para ella era como una traición. *Babi* se ofuscaba con las herramientas más corrientes. Si dependía de él, las bisagras de las puertas nunca se engrasaban. Los techos seguían con goteras después de que él los reparara. El moho crecía desafiante en los armarios de la cocina. *Mammy* decía que antes de que se fuera con Nur para unirse a la yihad contra los soviéticos en 1980, era Ahmad quien se ocupaba con diligencia y eficacia de tales cosas.

—Pero si tienes un libro que es preciso leer con urgencia —decía—, entonces Hakim es tu hombre.

Aun así, Laila no podía evitar la sensación de que en otro tiempo, antes de que Ahmad y Nur se fueran a combatir a los soviéticos —antes de que *babi* les hubiera permitido ir a la guerra—, también *mammy* encontraba atractivo su carácter libresco; de que hubo una época en que el carácter olvidadizo y la ineptitud de su marido también a ella le habían resultado encantadores.

—Bueno, ¿qué día es hoy? —preguntó su padre, sonriendo con timidez—. ¿El quinto? ¿O el sexto?

—¿Qué más da? No los cuento —mintió Laila, encogiéndose de hombros, pero adorando a su padre por acordarse. *Mammy* ni siquiera había reparado en la ausencia de Tariq.

—Bueno, su linterna se encenderá antes de que te des cuenta —dijo *babi*, refiriéndose a las señales nocturnas con que Laila y Tariq se comunicaban. Hacía tanto tiempo que lo hacían, que el juego se había convertido en un ritual antes de irse a dormir, como lavarse los dientes.

Babi pasó el dedo a través del desgarrón.

—Lo arreglaré en cuanto tenga un momento. Será mejor que nos vayamos. —Alzó la voz para gritar por encima del hombro—: ¡Nos vamos, Fariba! Llevo a Laila al colegio. ¡No te olvides de recogerla!

En la calle, mientras montaba en el portabultos de la bicicleta de *babi*, Laila divisó un coche aparcado calle arriba, frente a la casa donde vivía Rashid, el zapatero, con su recluida esposa. Era un Benz, un coche poco habitual en el barrio, azul y con una gruesa franja blanca que partía en dos el capó, el techo y el maletero. Laila distinguió a dos hombres sentados en el interior, uno al volante y otro en el asiento de atrás.

—¿Quiénes son? —preguntó.

—No es asunto nuestro —contestó *babi*—. Sube, o llegarás tarde a clase.

Laila recordó otra pelea y a su madre inclinada sobre su padre, diciéndole sin pelos en la lengua: «Eso sí que es asunto tuyo, ¿verdad, primo? Nada es asunto tuyo, ¿eh? Ni siquiera que tus propios hijos se fueran a la guerra. ¡Cuánto te supliqué! Pero tú enterraste la nariz en esos malditos libros y dejaste que tus hijos se marcharan como si fuesen un par de *haramis*.»

Babi pedaleó calle arriba con Laila atrás, aferrada a su cintura. Cuando pasaron junto al Benz azul, la niña vislumbró fugazmente al hombre del asiento posterior: delgado, de pelo blanco y con un traje marrón oscuro, el triángulo de un pañuelo blanco asomando por el bolsillo del pecho. Sólo tuvo tiempo de observar además que el coche tenía matrícula de Herat.

Hicieron el trayecto en silencio, salvo en las curvas, cuando *babi* frenaba con cautela y decía:

—Sujétate, Laila. Voy a frenar. Voy a frenar. Ya está.

Ese día, en clase, entre la ausencia de Tariq y la pelea de sus padres, a Laila le costó mucho prestar atención. De modo que cuando la maestra le pidió que nombrara las capitales de Rumania y Cuba, la pilló desprevenida.

La maestra se llamaba Shanzai, pero a sus espaldas los alumnos la llamaban Jala Rangmaal (Tía Pintora), refiriéndose al movimiento de su mano cuando abofeteaba a los alumnos, primero con la palma y luego con el dorso, como un pintor dando brochazos. Jala Rangmaal era una mujer joven de rostro anguloso y cejas gruesas. El primer día del curso había comunicado orgullosamente a su clase que era hija de un campesino pobre de Jost. Iba siempre muy erguida y llevaba el cabello negro azabache recogido en un tirante moño, de modo que cuando se daba la vuelta Laila le veía el oscuro vello de la nuca. Jala Rangmaal no llevaba maquillaje ni joyas. No se cubría y prohibía a las alumnas que lo hicieran. Decía que hombres y mujeres eran iguales en todo y que no había razón para que las mujeres se cubrieran si los hombres no lo hacían.

Afirmaba que la Unión Soviética era la mejor nación del mundo junto con Afganistán. Allí se trataba bien a los trabajadores, que eran todos iguales. En la Unión Soviética todo el mundo era feliz y cordial, al contrario que en América, donde se producían tantos delitos que la gente tenía miedo de salir a la calle. Y todo el mundo sería feliz también en Afganistán, aseguraba, en cuanto derrotaran a los bandidos contrarios al progreso.

—Para eso vinieron nuestros camaradas soviéticos en mil novecientos setenta y nueve: para echar una mano a sus vecinos, para ayudarnos a derrotar a esos brutos que quieren que nuestro país sea una nación atrasada y primitiva. Y vosotros también tenéis que arrimar el hombro, niños. Debéis informar de cualquiera que pueda tener información sobre los rebeldes. Es vuestro deber. Debéis escuchar y luego informar. Aunque se trate de vuestros padres, tíos o tías. Porque ninguno de ellos os ama tanta como vuestro país. ¡Vuestro país es lo primero, recordadlo bien! Yo estaré orgullosa de vosotros, y también vuestro país lo estará.

En la pared, detrás de la mesa de Jala Rangmaal, había un mapa de la Unión Soviética, uno de Afganistán y una foto enmarcada del último presidente comunista, Nayibulá, que, según decía *babi*, había sido el jefe del temido KHAD, la policía secreta afgana. También había otras fotos, sobre todo de jóvenes soldados soviéticos estrechando la mano a campesinos, plantando nuevos manzanos y construyendo casas, siempre con una amistosa sonrisa en los labios.

—Bueno —dijo Jala Rangmaal—, ¿te he despertado de tus ensoñaciones, Niña Inquilabi?

Aquél era el apodo de Laila, la Niña Revolucionaria, porque había nacido la noche del golpe de abril de 1978, aunque Jala Rangmaal se enfurecía si algún alumno de su clase usaba la palabra «golpe». Ella insistía en que se trataba de una *inquilab*, una revolución, un levantamiento del pueblo contra la desigualdad. *Yihad* era otra palabra prohibida. Según ella, ni siquiera había guerra en las provincias, sólo escaramuzas contra revoltosos incitados por personas a las que ella llamaba agitadores extranjeros. Y desde luego, nadie, nadie en absoluto se atrevía a repetir en su presencia los crecientes rumores de que, al cabo de ocho años de guerra, los soviéticos estaban siendo derrotados. Sobre todo ahora que el presidente americano Reagan había empezado a entregar misiles Stinger a los muyahidines para que derribaran helicópteros soviéticos, y que musulmanes de todo el mundo se estaban adhiriendo a la causa: egipcios, pakistaníes, e incluso los ricos saudíes, que dejaban sus millones atrás para irse a combatir en la yihad de Afganistán.

—Bucarest. La Habana —consiguió decir Laila.

—¿Y esos países son amigos o no?

—Lo son, *moalim sahib*. Son países amigos.

Jala Rangmaal asintió con una brusca inclinación de la cabeza.

Cuando acabaron las clases, *mammy* no fue a buscarla, como ocurría con frecuencia. Al final Laila volvió a casa con dos de sus compañeras de clase, Giti y Hasina.

Giti era una niña huesuda y muy envarada que llevaba el pelo recogido en dos coletas sujetas con gomas. Siempre fruncía el ceño y caminaba con los libros apretados contra el pecho, como un escudo. Hasina tenía doce años, tres más que Laila y Giti, pero había repetido el tercer curso una vez y dos veces el cuarto. Lo que le faltaba en inteligencia lo compensaba con malicia y una boca que, según decía Giti, era rápida como una máquina de coser. El apodo de Jala Rangmaal se le había ocurrido a ella.

Ese día Hasina les daba consejos para defenderse de pretendientes poco atractivos.

—Método infalible, éxito garantizado. Os doy mi palabra.

—Eso es una estupidez. ¡Soy demasiado joven para tener pretendientes! —replicó Giti.

—No eres demasiado joven.

—Bueno, pues nadie ha venido a pedir mi mano.

—Eso es porque tienes barba, hija mía.

Giti se llevó la mano a la barbilla y miró alarmada a Laila, que sonrió con expresión compasiva —Giti era la persona con menos sentido del humor que conocía— y negó con la cabeza para tranquilizarla.

—Bueno, ¿queréis saber lo que hay que hacer o no, señoritas?

—Cuenta —dijo Laila.

—Judías. No menos de cuatro latas. Justo la noche en que ese lagarto desdentado vaya a pedir vuestra mano. Pero hay que saber elegir el momento, señoritas. Tenéis que reprimir vuestros ímpetus hasta que llegue el momento de servirle el té.

—Lo recordaré —aseguró Laila.

—Y él también, te lo aseguro.

Laila podría haberle dicho que no necesitaba sus consejos, porque *babi* no tenía intención de darla en matrimonio en un futuro próximo. Aunque *babi* trabajaba en Silo, la gigantesca panificadora de Kabul, donde pasaba el día entre el calor y el zumbido de la maquinaria que alimentaba los enormes hornos, era un hombre educado en la universidad. Había sido profesor de instituto hasta que los comunistas lo habían destituido poco después del golpe de 1978, aproximadamente un año y medio antes de la invasión soviética. *Babi* había dejado muy claro a Laila desde muy niña que para él lo más importante, después de su seguridad, era su educación.

«Sé que aún eres pequeña, pero quiero que lo sepas y lo comprendas desde ahora —le dijo un día—. El matrimonio puede esperar; la educación no. Eres una niña muy, muy inteligente. De verdad, lo eres. Puedes llegar a ser lo que tú quieras, Laila. Lo sé. Y también sé que, cuando esta guerra termine, Afganistán te necesitará tanto como a sus hombres, tal vez más incluso. Porque una sociedad no tiene la menor posibilidad de éxito si sus mujeres no reciben educación, Laila. Ninguna posibilidad.»

Pero Laila no le contó a Hasina lo que le había dicho *babi*, ni lo feliz que era por tener un padre así, ni lo orgullosa que estaba del buen concepto que tenía de ella, ni su férrea determinación de seguir estudiando igual que su padre. En los dos años anteriores, Laila había recibido el certificado *awal num-*

ra que se otorgaba anualmente al mejor estudiante de cada curso. Pero todas estas cosas no se las dijo a Hasina, cuyo padre era un taxista con muy mal genio que sin duda entregaría a su hija en matrimonio al cabo de dos o tres años. En una de las pocas ocasiones en que Hasina se mostraba seria, le había contado a Laila que ya se había decidido su matrimonio con un primo carnal veinte años mayor que ella, dueño de una tienda de coches en Lahore. «Lo he visto dos veces. Y las dos veces comió con la boca abierta», le había confiado.

—Judías, chicas —insistió Hasina—. Recordadlo. A menos, claro está —esbozó entonces una sonrisa pícara y dio un codazo a Laila—, que sea tu joven y apuesto príncipe de una sola pierna el que llame a tu puerta. Entonces…

Laila apartó el codo de Hasina de un manotazo. Se habría ofendido mucho si otra persona le hubiera hablado así de Tariq, pero sabía que Hasina no lo hacía con mala fe. Sólo se burlaba, como siempre, y nadie se libraba de sus bromas, ni siquiera ella misma.

—¡No deberías hablar así de las personas! —protestó Giti.

—¿Y quiénes son esas personas?

—Las que han resultado heridas por culpa de la guerra —replicó Giti con severidad, sin darse cuenta de que Hasina bromeaba.

—Creo que la ulema Giti se ha enamorado de Tariq. ¡Lo sabía! ¡Ja! Pero él ya está comprometido, ¿no te habías enterado? ¿No es verdad, Laila?

—¡No estoy enamorada de nadie!

Hasina y Giti se despidieron de Laila y, sin dejar de discutir, volvieron la esquina al llegar a su calle.

Laila recorrió sola las tres últimas manzanas. Cuando llegó a su calle, se fijó en que el Benz azul seguía aparcado frente a la casa de Rashid y Mariam. Ahora el hombre mayor del traje marrón estaba de pie junto al capó, apoyado en un bastón y mirando hacia la casa.

Fue entonces cuando Laila oyó una voz a su espalda.

—Eh, Pelopaja. Mira.

Laila se dio la vuelta y se encaró con el cañón de una pistola.

17

La pistola era roja, el guardamonte verde. Era Jadim quien, con rostro risueño, empuñaba el arma. Jadim tenía once años, igual que Tariq. Era grueso, alto y con una mandíbula inferior muy prominente. Su padre era carnicero en Dé Mazang y de vez en cuando se había visto a Jadim arrojando trozos de intestinos de ternera a los transeúntes. A veces, cuando Tariq no andaba cerca, Jadim rondaba a Laila en el patio del colegio durante el recreo, lanzándole miradas lascivas y soltando gemiditos. En una ocasión le había dado unos golpecitos en el hombro y le había dicho: «Eres muy guapa, Pelopaja. Quiero casarme contigo.»

—No te preocupes —soltó, agitando la pistola—. No se va a notar en tu pelo.

—¡No lo hagas! Te lo advierto.

—¿Y cómo piensas impedirlo? —replicó él—. ¿Me enviarás al tullido? «Oh, Tariq *yan*. ¡Oh, vuelve a casa y sálvame del *badmash*!»

Laila retrocedió, pero Jadim ya había apretado el gatillo. Uno tras otro, los finos chorros de agua caliente cayeron sobre su pelo, y también en la palma de la mano cuando intentó protegerse la cara.

Los demás niños salieron entonces de su escondite, riendo como locos.

A Laila le pasó por la cabeza un insulto que había oído en la calle. En realidad no sabía qué significaba —era incapaz de imaginar cómo podía hacerse—, pero las palabras transmitían una gran fuerza, de modo que las soltó sin más.

—¡Tu madre es una comepollas!

—Al menos no es una chiflada como la tuya —espetó Jadim, sin inmutarse—. ¡Y mi padre no es un mariquita! Por cierto, ¿por qué no te hueles las manos?

Los otros niños lo corearon:

—¡Que se huela las manos! ¡Que se huela las manos!

Laila se las olió, pero antes de hacerlo ya sabía lo que significaba el comentario sobre su pelo. Dejó escapar un agudo chillido, y los niños se partieron de risa.

Laila dio media vuelta y echo a correr hacia su casa dando alaridos.

Sacó agua del pozo, llenó una tina en el cuarto de baño y se quitó la ropa. Se enjabonó el pelo, hundiendo los dedos en el cuero cabelludo frenéticamente y gimoteando de asco. Se lo aclaró echándose agua en la cabeza con un cuenco y volvió a enjabonárselo. Sintió arcadas. No dejaba de lloriquear, temblando, mientras se frotaba el rostro y el cuello con una manopla jabonosa hasta dejarse la piel roja como un tomate.

Nada de aquello habría ocurrido si Tariq hubiera estado con ella, pensó mientras se ponía una camisa y unos pantalones limpios. Jadim no se habría atrevido. Por supuesto, tampoco habría ocurrido si *mammy* hubiera ido a buscarla como se suponía que debía hacer. A veces se preguntaba por qué *mammy* se había molestado siquiera en tener una hija. Laila opinaba que no debería permitirse a la gente tener más hijos si habían volcado ya todo su amor en los anteriores. No era justo. Presa de un ataque de rabia, se refugió en su habitación y se tiró sobre la cama.

Cuando se le pasó, cruzó el pasillo y llamó a la puerta de *mammy*. Cuando era pequeña, se pasaba horas sentada junto a esa puerta. Daba golpecitos en ella y repetía una y otra vez, como un mágico conjuro destinado a romper un encantamiento: «*Mammy, mammy, mammy*...» Pero *mammy* nunca abría la puerta. Laila la abrió ahora. Hizo girar el pomo y entró en la habitación de su madre.

A veces, *mammy* tenía días buenos. Se levantaba con el ánimo alegre y los ojos brillantes. El labio inferior, siempre caído, se levantaba al fin en una sonrisa. Se bañaba. Se ponía ropa limpia y rímel en los ojos. Dejaba que Laila le cepillara el cabello, cosa que a la niña le encantaba, y se ponía pendientes. Luego iban juntas de compras al bazar Mandaii. Laila la convencía para jugar a Serpientes y Escaleras y comían trozos de chocolate negro, uno de los pocos gustos que compartían. La parte que prefería Laila de los días buenos de *mammy* era cuando *babi* volvía a casa, y entonces ellas levantaban la vista del juego y le sonreían con los dientes manchados de chocolate. Soplaba entonces un aire de satisfacción en el ambiente, y Laila tenía una percepción fugaz del amor, del cariño que en otro tiempo había unido a sus padres, cuando la casa estaba llena y era ruidosa y alegre.

A veces, en sus días buenos, *mammy* hacía repostería e invitaba a las vecinas a tomar el té con pastas. Laila dejaba los cuencos limpios a lametazos, mientras *mammy* ponía la mesa con tazas, servilletas y la vajilla buena. Después, Laila ocupaba su sitio en la mesa de la sala y trataba de intervenir en la conversación, mientras las mujeres charlaban bulliciosamente y bebían té y felicitaban a *mammy* por sus pastas. Aunque ella nunca tenía gran cosa que decir, a Laila le gustaba escuchar, porque en esas reuniones disfrutaba de un placer muy escaso: oía a su madre hablando con afecto de *babi*.

—Qué gran profesor era —decía—. Sus alumnos lo adoraban. Y no sólo porque no les pegaba con la regla, como hacían otros. Lo respetaban porque él los respetaba a ellos. Era maravilloso.

A *mammy* le encantaba contar la historia de cómo se le había declarado.

—Yo tenía dieciséis años y él diecinueve. Vivíamos puerta con puerta en Panyshir. ¡Oh, yo estaba loca por él, *hamshiras*! Trepaba por la tapia que separaba nuestras casas para jugar con él en el huerto de árboles frutales de su padre. A Hakim le daba miedo que nos pillaran y mi padre le pegara. «Tu padre me va a dar de bofetadas», decía siempre. Era muy prudente, muy serio, incluso de niño. Y un día fui y le dije: «Primo, ¿qué piensas hacer? ¿Vas a pedir mi mano o al final me convertirás en tu *jastegari*?» Se lo dije tal cual. ¡Deberíais haber visto la cara que puso!

Mammy juntaba entonces las manos y las mujeres y Laila se echaban a reír.

Escuchándola contar aquellas historias, Laila comprendía que en otra época su madre siempre había hablado así sobre *babi*. Una época en la que sus padres no dormían en habitaciones separadas. Y Laila deseaba haber podido vivirla con ellos.

Inevitablemente, la historia de su madre sobre la declaración conducía a conversaciones de casamenteras. Cuando Afganistán expulsara a los soviéticos y los hermanos de Laila regresaran a casa, necesitarían esposas, de modo que las mujeres revisaban una por una a todas las chicas del vecindario que podían convenir a Ahmad y a Nur. Laila siempre se sentía excluida cuando empezaban a hablar de sus hermanos, como si las mujeres comentaran una preciosa película que tan sólo ella no había visto. Tenía dos años de edad cuando Ahmad y Nur habían partido en dirección a Panyshir para incorporarse a las fuerzas del comandante Ahmad Sha Massud. Laila apenas los recordaba. Un reluciente colgante con el nombre de Alá que llevaba Ahmad. Y unos pelos negros en la oreja de Nur. Eso era todo.

—¿Qué os parece Azita?

—¿La hija del fabricante de alfombras? —dijo *mammy*, dándose una palmada en la cara con fingida indignación—. ¡Si tiene más bigote que Hakim!

—También está Anahita. Dicen que es la primera de su clase en Zarguna.

—¿Le habéis visto los dientes? Son como lápidas. Esa chica esconde una tumba detrás de los labios.

—¿Y las hermanas Wahidi?

—¿Esas enanas? No, no, no. Oh, no. Ésas no son para mis hijos. No son para mis sultanes. Ellos se merecen algo mejor.

Mientras proseguía la cháchara, Laila dejaba vagar sus pensamientos y, como siempre, acababan en Tariq.

Mammy había echado las cortinas amarillentas. En la oscuridad, varios olores cohabitaban en la estancia: a sueño, a ropa de cama usada, a sudor, a calcetines sucios, a perfume y a restos del *qurma* de la noche anterior. Y Laila incluso tropezó con prendas de ropa desparramadas por el suelo.

La muchacha descorrió las cortinas. Al pie de la cama había una vieja silla plegable metálica. Laila se sentó y contempló el bulto de su madre, inmóvil y cubierta por las mantas.

Las paredes de la habitación estaban cubiertas de fotografías de Ahmad y Nur. Allá donde mirara, dos desconocidos le devolvían la sonrisa. Ahí estaba Nur montando en triciclo. Allá estaba Ahmad rezando, o posando junto a un reloj de arena que había hecho con *babi* cuando tenía doce años. Y allá estaban los dos, sus hermanos, sentados espalda contra espalda bajo el viejo peral del patio.

Laila vio una esquina de la caja de zapatos de Ahmad asomar bajo la cama de *mammy*. De vez en cuando, *mammy* le mostraba los viejos y arrugados recortes de periódico que guardaba en ella, y los panfletos que había reunido Ahmad sobre las bases que los grupos insurgentes y las organizaciones de resistencia tenían en Pakistán. Laila recordaba la foto de un hombre con un largo abrigo blanco que ofrecía una piruleta a un niño pequeño sin piernas. El pie de foto rezaba así: «Los niños son el objetivo de la campaña soviética de minas antipersona.» El artículo añadía que a los soviéticos les gustaba ocultar explosivos en juguetes de colores llamativos. El juguete estallaba cuando lo recogía un niño y le arrancaba varios dedos o la mano entera. Así el padre ya no podía unirse a la yihad, porque se veía obligado a quedarse en casa para cuidar a su hijo. En otro artículo de la caja de Ahmad, un joven muyahidín afirmaba que los soviéticos habían arrasado su aldea con un gas que quemaba la piel y dejaba a la gente ciega. Declaraba que había visto a su madre y su hermana corriendo hacia el arroyo, tosiendo sangre.

—*Mammy.*

El bulto se movió ligeramente y emitió un gruñido.

—Levántate, *mammy*. Son las tres.

Otro gruñido. Una mano emergió como un periscopio saliendo a la superficie y luego se desplomó. El bulto se movió un poco más. Luego se oyó el susurro de las mantas cuando se fueron doblando una tras otra. Lentamente, por etapas, apareció *mammy*: primero el pelo enmarañado, luego el rostro pálido y crispado, con los ojos fuertemente cerrados para protegerse de la luz, y una mano que buscaba el cabezal de la cama a tientas; las sábanas se deslizaron hacia abajo cuando por fin se incorporó entre gruñidos. *Mammy* hizo un esfuerzo por alzar la vista, dio un respingo al recibir la luz en los ojos y dejó caer la cabeza sobre el pecho.

—¿Qué tal el colegio? —musitó.

Así empezaban siempre las preguntas obligadas y las respuestas superficiales. Las dos fingían, como una vieja y cansada pareja de baile sin el menor entusiasmo.

—Muy bien.

—¿Has aprendido algo?

—Lo de siempre.

—¿Has comido?

—Sí.

—Bien.

Mammy volvió a alzar la cabeza hacia la ventana. Esbozó una mueca y parpadeó varias veces. Tenía el lado derecho de la cara rojo y el pelo aplastado.

—Me duele la cabeza.

—¿Te traigo una aspirina?

Mammy se frotó las sienes.

—No, más tarde. ¿Ha vuelto tu padre?

—Sólo son las tres.

—Oh. Sí. Ya me lo habías dicho. —*Mammy* bostezó—. Ahora mismo estaba soñando. —Su voz era apenas un poco más audible que el frufrú del camisón contra las sábanas—. Justo antes de que entraras. Pero ahora ya no lo recuerdo. ¿A ti también te pasa?

—Le pasa a todo el mundo, *mammy*.

—Es muy extraño.

—Deberías saber que mientras estabas soñando, un chico me ha lanzado pipí a la cabeza con una pistola de agua.

—¿Que te ha lanzado qué? ¿Qué has dicho?

—Pipí. Orina.

—Eso es… es terrible. Dios mío. Lo siento. Pobrecita. Tendré que hablar con él mañana sin falta, o quizá con su madre. Sí, creo que será lo mejor.

—Ni siquiera te he dicho quién ha sido.

—Oh. Bueno, ¿quién ha sido?

—Da igual.

—Estás enfadada.

—Se suponía que tenías que ir a recogerme.

—Sí —dijo su madre con voz ronca. Laila no alcanzó a discernir si era una afirmación o una pregunta. Mammy empezó a tirarse del pelo. Se trataba de uno de los grandes

125

misterios de la vida para Laila: que su madre no se hubiera quedado calva de tanto tirarse del pelo—. ¿Y qué hay de…? ¿Cómo se llama tu amigo? ¿Tariq? Sí, ¿qué hay de Tariq?

—Hace una semana que se fue.

—Oh. —*Mammy* exhaló aire por la nariz—. ¿Te has lavado?

—Sí.

—Entonces ya estás limpia. —Desvió su mirada cansina hacia la ventana—. Estás limpia y todo en orden.

Laila se levantó.

—Tengo deberes.

—Por supuesto. Echa las cortinas antes de salir, cariño —dijo *mammy*, con voz cada vez más apagada, hundiéndose ya entre las sábanas.

Cuando Laila fue a cerrar las cortinas, vio pasar un coche que levantaba una nube de polvo. Era el Benz azul con la matrícula de Herat, que por fin se marchaba. Laila lo siguió con la mirada hasta que desapareció por una esquina, lanzando los últimos destellos de sol reflejados en la luna trasera.

—Mañana no me olvidaré —dijo *mammy* a su espalda—. Te lo prometo.

—Eso mismo dijiste ayer.

—Tú no sabes, Laila.

—¿No sé qué? —Se volvió en redondo para encararse con su madre—. ¿Qué es lo que no sé?

La mano de su madre subió flotando hasta el pecho y dio unos golpecitos.

—Aquí. No sabes lo que hay aquí dentro. —La mano cayó flácida—. Tú no lo sabes.

18

Transcurrió una semana, pero Tariq seguía sin dar señales de vida. Luego transcurrió otra.

Para aliviar la espera, Laila arregló la puerta mosquitera que *babi* aún no había tocado. Bajó los libros de su padre, les quitó el polvo y los ordenó alfabéticamente. Fue a la calle del Pollo con Hasina, Giti y la madre de ésta, Nila, que era costurera y a veces trabajaba con la madre de Laila. Durante esa semana, Laila llegó a un convencimiento: de todas las penalidades que debía arrostrar una persona, la más dura era la espera.

Transcurrieron otros siete días.

Horribles pensamientos atormentaban a Laila.

Tariq jamás volvería. Sus padres se habían mudado para siempre; el viaje a Gazni era una argucia, un plan de los adultos para ahorrarles a los dos una amarga despedida.

Una mina antipersona había vuelto a estallarle, igual que en 1981, cuando Tariq tenía cinco años, la última vez que sus padres lo habían llevado al sur, a Gazni, poco después del tercer cumpleaños de Laila. Tariq había tenido la suerte de perder sólo una pierna; la suerte de haber sobrevivido.

Laila no hacía más que darle vueltas y más vueltas a todas las posibilidades.

Hasta que una noche distinguió el diminuto haz de una linterna que llegaba desde el otro lado de la calle. De sus labios brotó una especie de chillido ahogado. Rápidamente sacó su linterna de debajo de la cama, pero no funcionaba. Le dio unos golpes contra la palma de la mano, maldiciendo las pilas. Pero le daba igual, porque Tariq había vuelto. Laila se sentó en el borde de la cama, aturdida de alivio, y contempló la bonita luz amarilla que se encendía y se apagaba como un intermitente.

De camino a casa de Tariq al día siguiente, Laila vio a Jadim y un grupo de amigos suyos al otro lado de la calle. Jadim estaba en cuclillas y hacía un dibujo en la tierra con un palo. Al ver a Laila, dejó caer el palo, agitó los dedos y al mismo tiempo dijo algo que provocó las risas de sus amigos. Laila agachó la cabeza y pasó deprisa por su lado.

—¿Qué te has hecho? —exclamó Laila cuando Tariq le abrió la puerta. Sólo entonces recordó que el tío de Tariq era barbero.

Tariq se pasó la mano por el cráneo afeitado y sonrió, mostrando unos dientes blancos y algo irregulares.

—¿Te gusta?

—Parece que vayas a alistarte en el ejército.

—¿Quieres tocarlo? —Bajó la cabeza.

El diminuto vello produjo un agradable cosquilleo en la mano de Laila. Tariq no era como otros niños, cuyos cabellos ocultaban cráneos cónicos y abultados. Su cabeza describía una curva perfecta y no mostraba defecto alguno.

Cuando él levantó de nuevo la cabeza, Laila vio que tenía las mejillas y la frente quemadas por el sol.

—¿Por qué has tardado tanto? —preguntó.

—Mi tío estaba enfermo. Ven, entra.

La condujo por el pasillo hasta la habitación de la familia. A Laila le gustaba todo lo de aquella casa. Le gustaba la vieja alfombra raída de la sala de estar, la colcha de retales que cubría el sofá, el revoltijo de arreos que formaban parte de la vida diaria de Tariq: los rollos de tela de su madre, sus agujas de coser clavadas en carretes de hilo, las revistas atrasadas, el estuche del acordeón en el rincón esperando a ser abierto.

—¿Quién es? —Era la madre de Tariq, que preguntaba desde la cocina.

—Laila —respondió él.

Acercó una silla a Laila. La habitación familiar tenía mucha luz y una ventana doble que daba al patio. En el alféizar había tarros vacíos en los que la madre de Tariq guardaba la berenjena en vinagre y la mermelada de zanahoria que preparaba ella misma.

—Te refieres a nuestra *arus*, nuestra nuera —anunció su padre, entrando en la habitación. Era carpintero, un hombre enjuto de pelo blanco, de sesenta y pocos años. Le faltaban algunos dientes de delante, y tenía los ojos llenos de arrugas y un poco achinados de las personas que pasan la mayor parte de su vida al aire libre. Abrió los brazos y Laila, al echarse en ellos, inspiró el agradable y familiar olor del serrín. Se besaron en las mejillas tres veces.

—Tú sigue llamándola así y dejará de venir a esta casa —advirtió su mujer al pasar por su lado. Llevaba una bandeja con un cuenco grande, un cucharón y cuatro escudillas. Depositó la bandeja sobre la mesa—. No hagas caso a este viejo. —Le cogió la cara entre las manos—. Me alegro de verte, cariño. Ven, siéntate. He traído fruta en remojo.

La mesa era grande y estaba hecha de una madera ligera y sin pulir. La había fabricado el padre de Tariq, igual que las sillas. Estaba cubierta por un mantel de vinilo verde con pequeñas lunas y estrellas magenta. Había una pared llena de fotografías de Tariq a distintas edades. En las más antiguas tenía las dos piernas.

—Me ha dicho Tariq que su hermano está enfermo —comentó Laila al padre de su amigo, hundiendo la cuchara en su cuenco de uvas, pistachos y albaricoques en remojo.

—Sí —dijo él mientras encendía un cigarrillo—, pero ahora ya está bien, *shokr e Joda*, gracias a Dios.

—Tuvo un ataque al corazón, el segundo —intervino la madre, lanzando a su marido una mirada reprobatoria.

Él lanzó una bocanada de humo mientras guiñaba un ojo a Laila, y ella volvió a pensar, como en tantas otras ocasiones, que los padres de Tariq podían pasar fácilmente por sus abuelos, ya que el niño había nacido cuando su madre pasaba ya de los cuarenta.

—¿Cómo está tu padre, cariño? —preguntó la madre, mirándola por encima de su cuenco.

Desde que Laila la conocía, la madre de Tariq siempre había llevado peluca. Una peluca que se estaba volviendo de un apagado color violáceo con los años. Ese día la llevaba inclinada sobre la frente y Laila veía asomar el pelo gris de las patillas. Algunos días la llevaba mucho más arriba. Sin embargo, nunca le había parecido que tuviera un aspecto ridículo. Lo que veía era el rostro sereno y seguro de sí mismo que había bajo la peluca, con sus ojos inteligentes y sus modales agradables y temperados.

—Está bien —contestó—. Sigue en Silo, por supuesto. Está bien.

—¿Y tu madre?

—Tiene días buenos. Y otros malos. Lo de siempre.

—Sí —convino la madre de Tariq pensativamente, dejando la cuchara en el recipiente—. Debe de ser muy duro, terriblemente duro para una madre, verse separada de sus hijos.

—¿Te quedas a comer? —preguntó Tariq.

—Tienes que quedarte —dijo la madre—. Habrá *shorwa*.

—No quiero ser una *mozahem*.

—¿Molestia tú? —dijo la madre—. ¿Estamos sólo un par de semanas fuera y te vuelves tan formal con nosotros?

—De acuerdo, me quedaré —accedió Laila sonriente, ruborizándose.

—Decidido, entonces.

Lo cierto era que a Laila le gustaba tanto comer en casa de Tariq como le desagradaba ir a la suya. En casa de Tariq nadie comía solo, siempre se hacía en familia. A Laila le gustaban los vasos de plástico violeta que usaban y el gajo de limón que siempre flotaba en la jarra de agua. Le gustaba que todas las comidas empezaran con un cuenco de yogur fresco y que le echaran zumo de naranjas amargas a todo, incluso al yogur, y que se lanzaran pullas inofensivas unos a otros.

Durante las comidas la conversación siempre era fluida. A pesar de que Tariq y sus padres eran de la etnia pastún, hablaban en farsi cuando Laila estaba con ellos, aunque ella entendía bastante bien el pastún, ya que lo había aprendido en el colegio. *Babi* decía que había tensiones entre su gente, los tayikos, que eran una minoría, y la gente de Tariq, los pastunes, que eran el grupo étnico más numeroso de Afganistán.

—Los tayikos siempre se han sentido despreciados —le había explicado *babi*—. Los reyes pastunes han gobernado este país durante cerca de doscientos cincuenta años, Laila, y los tayikos sólo durante nueve meses en mil novecientos veintinueve.

—¿Y tú? —había preguntado Laila—. ¿Te sientes despreciado, *babi*?

Él se había limpiado las gafas con el borde de la camisa antes de contestar.

—Para mí, todo eso de yo soy tayiko y tú eres pastún y él es hazara y ella es uzbeka no son más que tonterías, y muy peligrosas, por cierto. Todos somos afganos, y eso es lo que debería importarnos. Pero cuando un grupo gobierna a los demás durante tanto tiempo… Hay desprecio, rivalidades. Las hay ahora. Siempre las ha habido.

Tal vez fuera así. Pero Laila nunca tenía esa impresión cuando estaba en casa de Tariq, donde tales cuestiones no se planteaban. Los ratos que pasaba con la familia de Tariq siempre le parecían naturales, fáciles, y nunca surgía complicación alguna por culpa de las diferencias tribales o idiomáticas, ni por los rencores y resentimientos que contaminaban el aire en su hogar.

—¿Te apetece jugar a las cartas? —preguntó Tariq.

—Sí, id arriba —sugirió su madre, dando manotazos para disipar la nube de humo de su marido con aire de desaprobación—. Yo prepararé el *shorwa*.

Los dos niños se tumbaron en el suelo del dormitorio de Tariq y se pusieron a jugar al *panypar*. Tariq le contó su viaje, balanceando el pie. Habló de los jóvenes melocotoneros que había ayudado a plantar a su tío y de una culebra que había atrapado en el jardín.

Aquélla era la habitación donde ambos hacían los deberes, donde construían torres de naipes y dibujaban caricaturas el uno del otro. Si llovía, se apoyaban en el alféizar de la ventana y bebían Fanta de naranja caliente, mientras contemplaban los goterones de lluvia que se deslizaban por el cristal.

—Vale, me sé una adivinanza —dijo Laila, cambiando de postura—. ¿Qué da la vuelta al mundo, pero siempre se queda en un rincón?

—Espera. —Tariq se incorporó y se quitó la pierna ortopédica, la izquierda. Hizo una mueca de dolor y se tumbó de lado, apoyándose en el codo—. Pásame ese cojín. —Se colocó el almohadón bajo la pierna—. Así está mejor.

Laila recordó la primera vez que Tariq le había mostrado su muñón. Entonces ella tenía seis años. Con un dedo había apretado la piel lisa y reluciente del muñón, justo por debajo de la rodilla izquierda. El dedo había detectado pequeños bultos duros aquí y allá, y Tariq le había explicado que eran espolones de hueso que a veces crecían tras una amputación. Ella le había preguntado si le dolía, y él le había explicado que al final del día en ocasiones se le hinchaba y no encajaba bien en la prótesis, como un dedo en un dedal. «También me escuece, sobre todo cuando hace calor. Entonces me salen

132

sarpullidos y ampollas, pero mi madre tiene cremas para aliviarme. No hay para tanto.» Laila se había echado a llorar. «¿Por qué lloras? —protestó Tariq, que había vuelto a ponerse la pierna ortopédica—. ¡Eres tú quien me ha pedido verlo, *giryanok*, llorona! Si hubiera sabido que te ibas a poner a berrear, no te lo habría enseñado», había acabado diciendo.

—Un sello.

—¿Qué?

—La adivinanza. La respuesta es un sello. Deberíamos ir al zoo después de comer.

—Ya te la sabías, ¿verdad?

—Desde luego que no.

—Eres un tramposo.

—Y tú una envidiosa.

—¿De qué?

—De mi inteligencia masculina.

—¿Tu inteligencia masculina? ¿En serio? Dime, ¿quién gana siempre al ajedrez?

—Es porque te dejo ganar. —Tariq se echó a reír. Ambos sabían que no era cierto.

—¿Y quién suspendió matemáticas? ¿A quién le pides ayuda con los deberes de matemáticas, a pesar de que estás en un curso superior?

—Estaría dos cursos por delante de ti si las matemáticas no me aburrieran.

—Y supongo que la geografía también te aburre.

—¿Cómo lo sabes? Bueno, calla ya. ¿Vamos al zoo o no?

Laila sonrió.

—Sí, vamos.

—Bien.

—Te he echado de menos.

Se produjo un silencio. Luego Tariq se volvió hacia ella con una expresión que oscilaba entre una sonrisa y una mueca de desagrado.

—¿Qué te pasa?

¿Cuántas veces se habían preguntado lo mismo Hasina, Giti y ella, pensó Laila, y lo habían dicho sin vacilar, después de apenas dos o tres días sin verse? «Te he echado de menos, Hasina.» «Oh, yo a ti también.» Con la mueca de Tariq, Laila aprendió que los chicos eran diferentes de las chicas en aquel aspecto. No hacían ostentación de su amistad. No sentían la necesidad de hablar de esas cosas. Laila imaginó que también sus hermanos serían así. Los chicos, comprendió, se planteaban la amistad de la misma forma que el sol: daban por sentada su existencia y disfrutaban de su resplandor, pero nunca lo contemplaban directamente.

—Sólo quería fastidiarte —dijo.

—Pues ha funcionado —replicó Tariq, mirándola de reojo.

Pero a Laila le pareció que su mueca se había suavizado. Y también le dio la impresión de que el tono de sus mejillas había subido de intensidad momentáneamente.

Laila no pensaba contárselo. De hecho, había llegado a la conclusión de que sería muy mala idea. Alguien saldría herido, porque Tariq sería incapaz de pasarlo por alto. Pero cuando más tarde salieron a la calle en dirección a la parada del autobús, Laila volvió a ver a Jadim apoyado contra una pared, rodeado de sus amigos y con los pulgares metidos en las presillas del pantalón, dedicándole una sonrisa desafiante.

Y entonces ella se lo contó. Todo lo sucedido le salió por la boca antes de que acertara a contenerlo.

—¿Que hizo qué?

Laila se lo repitió.

Tariq señaló a Jadim.

—¿Él? ¿Fue él? ¿Estás segura?

—Estoy segura.

Tariq apretó los dientes y masculló algo en pastún que Laila no entendió.

—Espera aquí —ordenó en farsi.

—No, Tariq…

Pero él ya estaba cruzando la calle.

Jadim fue el primero en verlo. Se le borró la sonrisa y se apartó de la pared. Sacó los pulgares de las presillas y se irguió, adoptando un afectado aire de amenaza. Los otros chicos siguieron su mirada.

Laila deseó haber callado. ¿Y si se ponían todos de parte de Jadim? ¿Cuántos había…? ¿Diez, once, doce? ¿Y si le hacían daño?

Tariq se detuvo a unos pasos de Jadim y su banda. A Laila le pareció que se tomaba un momento para reflexionar, tal vez para cambiar de opinión, y cuando él se agachó, imaginó que fingiría que se le había desatado el cordón del zapato y que luego volvería a su lado. Pero no fue eso lo que hizo Tariq, y entonces Laila lo comprendió todo.

Los otros también lo comprendieron al ver que Tariq se enderezaba sobre una sola pierna, se dirigía hacia Jadim a la pata coja, y luego se abalanzaba sobre él, blandiendo la pierna ortopédica como si de una espada se tratara.

Los demás chicos se apartaron rápidamente para dejarle libre el camino.

Entonces todo se convirtió en polvo, puñetazos, patadas y gritos.

Jadim no volvió a molestar a Laila nunca más.

Esa noche, como la mayoría de las noches, Laila puso la mesa sólo para dos. *Mammy* dijo que no tenía hambre. Cuando sí tenía hambre, siempre se llevaba el plato a su habitación antes incluso de que *babi* llegara de trabajar. Solía estar ya dormida o tumbada en la cama, despierta, cuando Laila y *babi* se sentaban a cenar.

Babi salió del cuarto de baño con el pelo —que traía blanco de harina al llegar a casa— limpio y peinado hacia atrás.

—¿Qué hay para cenar, Laila?

—Sopa *aush* que sobró de ayer.

—Estupendo —dijo él, doblando la toalla con la que se había secado el cabello—. ¿Y en qué vas a trabajar hoy? ¿Suma de fracciones?

—No; pasar fracciones a números mixtos.

—Ah, muy bien.

Todas las noches, después de cenar, *babi* ayudaba a Laila con los deberes y le ponía otros. Sólo lo hacía para que Laila fuera un poco más adelantada que el resto de su clase, no porque desaprobara el programa del colegio, a pesar de toda la propaganda. De hecho, *babi* pensaba que, irónicamente, los comunistas sólo habían actuado bien —o al menos lo habían intentado— en el terreno educativo, precisamente la vocación de la que lo habían expulsado. Y sobre todo, en lo referente a la educación femenina. El gobierno había subvencionado clases de alfabetización para todas las mujeres. Y ahora, según afirmaba *babi*, casi dos tercios de las matrículas en la Universidad de Kabul correspondían a mujeres. Mujeres que estudiaban derecho, medicina, ingeniería.

—Las mujeres siempre lo han tenido difícil en este país, Laila, pero seguramente son más libres ahora, bajo el régimen comunista, y tienen más derechos que nunca —decía *babi*, siempre bajando la voz, consciente de la intransigencia de *mammy* con respecto a cualquier comentario positivo sobre los comunistas, por nimio que fuera—. Pero es cierto, ahora es un buen momento para ser mujer en Afganistán. Y tú puedes aprovecharlo, Laila. Por supuesto, la libertad de las mujeres —y aquí meneó la cabeza, apesadumbrado— fue también una de las razones por las que la gente empuñó las armas ahí fuera.

Al decir «ahí fuera» no se refería a Kabul, que siempre había sido una ciudad relativamente liberal y progresista. En la capital había profesoras universitarias, directoras de escuelas, funcionarias del gobierno. No, *babi* se refería a las áreas tribales, sobre todo a las regiones pastunes del sur o del este, cerca de la frontera con Pakistán, donde raras veces se veían mujeres por la calle, si no era con burka y acompañadas por algún varón. Se refería a las regiones donde los hombres que vivían de acuerdo con antiguas leyes tribales se habían sublevado contra los comunistas y sus decretos orientados a liberar a las mujeres, abolir los matrimonios forzados, elevar a dieciséis años la edad mínima de las jóvenes para casarse. Allí, los hombres consideraban un insulto a sus tradiciones ancestrales, decía *babi*, que el gobierno —un gobierno ateo, por añadidura— les dijera que sus hijas debían abandonar el hogar para ir a estudiar y trabajar rodeadas de hombres.

—¡Dios nos libre! —solía exclamar *babi* sarcásticamente. Luego suspiraba y añadía—: Laila, cariño mío, el único enemigo al que un afgano no puede derrotar es a sí mismo.

Babi se sentó a la mesa y mojó pan en su cuenco de *aush*.

Laila decidió que le contaría lo que Tariq había hecho a Jadim durante la cena, antes de ponerse con las fracciones. Pero finalmente no tuvo oportunidad de hacerlo, porque justo entonces llamaron a la puerta y un desconocido se presentó en su casa con noticias.

19

—Tengo que hablar con tus padres, *dojtar yan* —dijo el hombre cuando Laila le abrió la puerta. Era robusto, de facciones angulosas y tez curtida. Llevaba un abrigo del color de la patata y un *pakol* de lana marrón en la cabeza.

—¿Puedo saber quién pregunta por ellos?

La mano de *babi* se posó entonces sobre el hombro de Laila, apartándola suavemente de la puerta.

—¿Por qué no vas arriba, Laila? Ve.

Cuando se dirigía a la escalera, Laila oyó al visitante decir a *babi* que tenía noticias de Panyshir. *Mammy* había bajado. Se tapaba la boca con una mano y sus ojos pasaban por encima de *babi* para detenerse en el hombre del *pakol.*

Laila espió desde lo alto de la escalera. Vio que el desconocido se sentaba con sus padres y se inclinaba hacia ellos. Pronunció unas palabras en voz baja. Entonces *babi* se quedó blanco como el papel, cada vez más blanco, y se miró las manos, y *mammy* empezó a chillar y chillar y a tirarse del pelo.

A la mañana siguiente, el día del *fatiha,* un tropel de vecinas irrumpió en la casa y se ocupó de los preparativos del *jatm* que se celebraría después del funeral. *Mammy* se pasó la mañana sentada en el sofá estrujando un pañuelo entre los dedos, con el rostro abotargado. La atendían un par de mujeres llorosas que se turnaban para darle palmaditas cautelosas en la mano, como si *mammy* fuera la muñeca más preciosa y frágil del mundo, aunque ella no parecía consciente de su presencia.

Laila se arrodilló ante su madre y le cogió las manos.

—*Mammy*.

Su madre bajó la mirada. Parpadeó.

—Nosotros nos ocuparemos de ella, Laila *yan* —señaló una de las mujeres con aire de suficiencia.

Laila había asistido a funerales en los que había mujeres como aquéllas, mujeres que disfrutaban con todo lo que se relacionaba con la muerte, consoladoras oficiales que no permitían que nadie se entrometiera en lo que consideraban su deber.

—Nosotras nos ocupamos de todo. Tú ve a hacer alguna otra cosa, niña. Deja tranquila a tu madre.

Al verse marginada, Laila se sintió inútil. Fue pasando de una habitación a otra. Se entretuvo un rato en la cocina. Una alicaída Hasina, lo que no era normal en ella, se presentó con su madre. También llegaron Giti y la suya. Cuando Giti vio a Laila, se precipitó hacia ella, la rodeó con sus flacos brazos y le dio un largo abrazo con una fuerza sorprendente. Cuando se apartó, tenía los ojos llenos de lágrimas,

—Lo siento mucho, Laila —dijo.

Ella le dio las gracias. Las tres niñas se sentaron en el patio hasta que una de las mujeres les encomendó la tarea de lavar vasos y poner platos en la mesa.

También *babi* salía y entraba de la casa sin ton ni son, como si buscara algo que hacer.

—Que no se acerque a mí —era lo único que había dicho *mammy* en toda la mañana.

Babi acabó sentándose solo en una silla plegable del pasillo, con aspecto desolado y encogido. Luego una de las mujeres le dijo que allí estorbaba. *Babi* se disculpó y se metió en su estudio.

Por la tarde, los hombres fueron a Karté Sé, a un salón que *babi* había alquilado para el *fatiha*. Las mujeres se dirigieron a la casa. Laila ocupó su lugar junto a su madre, cerca de la puerta de la sala de estar, donde era costumbre que se sentara la familia del difunto. La gente se quitaba los zapatos en la puerta, saludaba con inclinaciones de cabeza a los conocidos al cruzar la habitación, y se sentaba en sillas plegables dispuestas a lo largo de las paredes. Laila vio a Wayma, la anciana comadrona que había asistido a su nacimiento. Vio también a la madre de Tariq, con un pañuelo negro sobre la peluca, quien la saludó con un gesto y lentamente esbozó una triste sonrisa con los labios apretados.

Una voz nasal de hombre entonaba versículos del Corán en un casete. Las mujeres suspiraban, se sorbían la nariz y se removían en las sillas. Se oían toses ahogadas, murmullos y, de vez en cuando, alguien dejaba escapar un sollozo lastimero, muy teatral.

Entró la mujer de Rashid, Mariam, con un *hiyab* negro. Algunos mechones de pelo le caían sobre la frente. Se sentó frente a Laila.

Al lado de la muchacha, *mammy* no paraba de balancearse. Laila cogió la mano de su madre y se la puso sobre el regazo, cubriéndola con las suyas, pero ella no pareció darse cuenta.

—¿Quieres un poco de agua, *mammy*? —le dijo al oído—. ¿Tienes sed?

Pero ella no respondió. No hizo más que seguir meciéndose adelante y atrás, fijando en la alfombra su mirada remota y sin vida.

De vez en cuando, sentada junto a su madre, viendo las caras largas y acongojadas de la habitación, Laila era consciente de la desgracia que había golpeado a su familia. De las posibilidades que habían acabado por cumplirse, aplastando toda esperanza.

140

Pero ese sentimiento no duraba mucho. Le resultaba difícil sentir, sentir de verdad, la pérdida que había sufrido su madre. Le costaba sentirse apenada, lamentar la muerte de personas que en realidad nunca le habían parecido que estuvieran vivas. Para ella, Ahmad y Nur siempre habían sido como una leyenda. Como personajes de una fábula. Como reyes de un libro de historia.

Sólo Tariq era real, de carne y hueso. Tariq le había enseñado palabrotas en pastún. A Tariq le gustaban las hojas de trébol con sal, y fruncía el ceño y emitía un pequeño gemido cuando masticaba, y debajo de la clavícula izquierda tenía una marca de nacimiento rosada que recordaba la forma de una mandolina vuelta del revés.

Así que Laila permaneció sentada junto a su madre, lamentándose por la muerte de Ahmad y Nur, como era su obligación; pero, en su corazón, su verdadero hermano estaba sano y salvo.

20

Mammy empezó a sufrir las dolencias que la aquejarían durante el resto de su vida. Jaquecas, dolores en el pecho y las articulaciones, sudoraciones nocturnas, punzadas en los oídos que la dejaban paralizada y bultos que nadie más notaba. *Babi* la llevó a un médico que le hizo análisis de sangre y orina, además de varias radiografías, pero no halló enfermedad física alguna.

Se pasaba casi todo el día en la cama. Vestía de negro. Se tiraba del pelo y se mordía el lunar que tenía bajo el labio. Cuando estaba despierta, Laila la encontraba vagando por la casa. Siempre acababa en la habitación de su hija, como si tarde o temprano fuera a encontrar a sus hijos sólo con que siguiera entrando en la habitación donde en otro tiempo ellos habían dormido y habían hecho pedorretas y guerras de almohadas. Pero lo único que encontraba indefectiblemente era su ausencia. Y a Laila. Y ésta acabó convenciéndose de que para su madre ambas cosas habían acabado siendo lo mismo.

La única tarea que *mammy* jamás descuidaba eran las cinco plegarias *namaz*. Terminaba cada una de ellas con la cabeza inclinada y las manos en alto, delante del rostro y vueltas hacia arriba, musitando una plegaria a Dios para que concediera la victoria a los muyahidines. Laila tenía que ocuparse de casi todas las tareas domésticas. Si no limpiaba, acababa encontrándose ropa, zapatos, bolsas de arroz abiertas, latas de judías y platos sucios esparcidos por todas partes. Lavaba la ropa de su madre y le cambiaba las sábanas. La convencía para que saliera de la cama para bañarse y comer. Planchaba las camisas de *babi* y le doblaba los pantalones. Y también se ocupaba de cocinar cada vez con mayor frecuencia.

A veces, después de terminar las tareas, Laila se tumbaba en la cama junto a su madre. La abrazaba, entrelazaba sus dedos con los de ella y hundía el rostro entre sus cabellos. Entonces *mammy* se agitaba y musitaba algo. Inevitablemente, acababa contándole una historia sobre sus hermanos.

Un día, estando así tumbadas, *mammy* dijo:

—Ahmad iba a ser un líder. Tenía carisma. Hombres que le doblaban la edad lo escuchaban con respeto, Laila. Era digno de verse. Y Nur. Oh, mi Nur. Siempre estaba dibujando puentes y edificios. Iba a ser arquitecto, ¿sabes? Iba a transformar Kabul con sus proyectos. Y ahora los dos son *shahid*, mis dos niños son mártires.

Laila la escuchaba, esperando que se diera cuenta de que ella no se había convertido en un *shahid*, que estaba viva, allí, tumbada a su lado, que tenía esperanzas y un futuro por delante. Sin embargo, Laila sabía que su futuro no podía rivalizar con el pasado de sus hermanos. La habían eclipsado cuando estaban vivos, y la borrarían por completo en su muerte. *Mammy* se había convertido en la conservadora del museo de su vida y Laila no era más que una mera visitante, un receptáculo para su mito. El pergamino sobre el que *mammy* quería escribir su leyenda.

—El mensajero que vino a traernos la noticia dijo que, cuando llevaron a los chicos de vuelta al campamento, Ahmad Sha Massud en persona presidió el funeral y pronunció una plegaria por ellos ante su tumba. Fíjate cómo eran tus jóvenes y valientes hermanos, Laila, que hasta el comandante Massud en persona, el León de Panyshir, que Dios lo bendiga, presidió su funeral.

Mammy se tumbó de espaldas y Laila cambió de postura para descansar la cabeza sobre el pecho de su madre.

—Algunos días —prosiguió *mammy* con voz ronca—, escucho el tictac del reloj del pasillo. Entonces pienso en todos los segundos y minutos y horas y días y semanas y meses y años que me esperan. Y todos sin mis hijos. Y entonces no puedo respirar, como si alguien me aplastara el corazón con los pies, Laila. Y me siento tan débil que lo único que deseo es tirarme en alguna parte.

—Ojalá pudiera hacer algo —dijo Laila con sinceridad, pero sus palabras sonaron trilladas, superficiales, como el consuelo simbólico de un amable desconocido.

—Eres una buena hija —murmuró *mammy* tras emitir un hondo suspiro—. Y yo no he sido demasiado buena madre para ti.

—No digas eso.

—Oh, es cierto. Lo sé y lo lamento, cariño mío.

—*Mammy*?

—Mm.

Laila se sentó y miró a su madre, que ahora tenía mechones grises. Y le sorprendió comprobar lo mucho que había adelgazado, cuando siempre había sido más bien regordeta. Tenía las mejillas hundidas. La blusa le colgaba de los hombros y se le había formado un hueco entre el cuello y la clavícula. En más de una ocasión Laila había visto cómo le resbalaba la alianza en el dedo.

—Quería preguntarte una cosa.

—¿Qué?

—Tú no… —empezó.

Laila lo había hablado con Hasina. Por sugerencia de su amiga, ambas habían vaciado el tubo de aspirinas por la alcantarilla, habían escondido los cuchillos de cocina y los pinchos de kebab bajo la alfombra que había debajo del sofá. Hasina había encontrado una cuerda en el patio. Y cuando *babi* buscó sin éxito sus cuchillas de afeitar, Laila tuvo que confesarle sus temores. *Babi* se sentó en el borde del sofá con las manos entre las rodillas. Laila esperaba de su padre alguna frase tranquilizadora, pero sólo obtuvo una mirada perpleja y hueca.

—Tú no... *Mammy*, tengo miedo de que...

—Lo pensé la noche que recibimos la noticia —admitió su madre—. No te mentiré, también lo he pensado otras veces. Pero no. No te preocupes, Laila. Quiero ver el sueño de mis hijos convertido en realidad. Quiero ver el día en que los soviéticos vuelvan a su país deshonrados, el día en que los muyahidines entren en Kabul victoriosos. Quiero estar aquí cuando eso ocurra, cuando Afganistán sea libre, porque así también mis hijos lo verán. Yo seré sus ojos.

Mammy se durmió enseguida, dejando a Laila debatiéndose entre emociones contradictorias: tranquilizada porque su madre quería seguir viviendo, pero dolida porque la razón no era ella. Nunca dejaría una huella indeleble, como habían hecho sus hermanos, porque el corazón de su madre era como una playa donde las huellas de Laila se borrarían siempre bajo las olas de su dolor, que crecían y se estrellaban contra la arena, una y otra vez.

21

El taxi se detuvo para dejar que pasara otro largo convoy de *jeeps* y vehículos blindados soviéticos. Tariq se inclinó hacia el taxista y gritó:

—*Payalusta! Payalusta!*

Un *jeep* hizo sonar el claxon y el muchacho lo saludó con un silbido, sonriendo y agitando las manos alegremente.

—¡Estupendos rifles! —gritó—. ¡*Jeeps* fabulosos! ¡Magnífico ejército! ¡Qué lástima que os estén ganando unos campesinos con hondas!

Cuando el convoy se alejó, el taxi volvió a incorporarse a la carretera.

—¿Cuánto falta? —preguntó Laila.

—Una hora como mucho —respondió el taxista—. Salvo que encontremos más convoyes o puestos de control.

Laila, *babi* y Tariq habían salido de excursión. Hasina también habría querido ir, y de hecho se lo había rogado a su padre, pero él se había negado. La idea había sido de *babi*. Aunque con su sueldo difícilmente podía permitírselo, había alquilado un taxi para todo el día. No quiso decirle a Laila cuál era su destino, salvo que contribuiría a su educación.

Estaban en la carretera desde las cinco de la mañana. A través de la ventanilla de Laila, el paisaje cambiaba de los picos nevados a los desiertos, los cañones y las formaciones rocosas abrasadas por el sol. A lo largo del camino, encontraron casas de adobe con techo de paja y campos en los que se esparcían las balas de trigo segado. Aquí y allá, en medio de labrantíos polvorientos, Laila reconoció las negras tiendas de los nómadas kuchi. Y con frecuencia aparecían también los armazones calcinados de tanques soviéticos y helicópteros derribados. Aquél, pensó, era el Afganistán de Ahmad y Nur. En las provincias era, al fin y al cabo, donde se libraba la guerra; no en Kabul, donde reinaba una paz relativa. De no ser por las ocasionales ráfagas de disparos, los soldados soviéticos que fumaban en las aceras y los *jeeps* soviéticos que recorrían las calles, en Kabul la guerra no habría parecido más que un rumor.

Ya era casi mediodía cuando llegaron a un valle después de superar otros dos controles. *Babi* pidió a Laila que se inclinara para ver una serie de muros rojos de aspecto antiguo que se alzaban a lo lejos.

—Eso es Shahr-e-Zohak. La Ciudad Roja. Antes era una fortaleza. La construyeron hace unos novecientos años para defender el valle de los invasores. El nieto de Gengis Kan la atacó en el siglo XIII, pero lograron acabar con él. Tuvo que ser Gengis Kan en persona quien la destruyera.

—Y ésa, mis jóvenes amigos, es la historia de nuestro país: una invasión tras otra —intervino el taxista, echando la ceniza del cigarrillo por la ventanilla—. Macedonios, sasánidas, árabes, mongoles. Y ahora, los soviéticos. Pero nosotros somos como esas murallas, maltrechas y no demasiado bonitas, pero seguimos en pie. ¿No es cierto, *badar*?

—Cierto —convino *babi*.

Media hora más tarde, el taxista aparcó el vehículo.

—Vamos, salid —indicó *babi*—. Venid a echar un vistazo.

Los dos niños bajaron del coche.

—Ahí están. Mirad —dijo *babi*, señalando.

Tariq dejó escapar un grito ahogado. Laila también, y supo entonces que no volvería a ver cosa igual aunque viviera cien años.

Los dos budas eran enormes, y alcanzaban una altura mucho mayor de lo que ella había imaginado por las fotos. Tallados en una pared rocosa blanqueada por el sol, los contemplaban desde lo alto tal como habían contemplado las caravanas que atravesaban el valle siguiendo la Ruta de la Seda, casi dos mil años antes. A ambos lados de las estatuas, en toda la extensión del nicho se abrían multitud de cuevas en la pared rocosa.

—Me siento muy pequeño —murmuró Tariq.

—¿Queréis subir? —preguntó *babi*.

—¿A las estatuas? —dijo Laila—. ¿Se puede?

Su padre sonrió y le tendió la mano.

—Vamos.

La ascensión fue difícil para Tariq, que hubo de sujetarse a Laila y a *babi*. Los tres subieron lentamente por la escalera angosta, sinuosa y escasamente iluminada. Fueron viendo las negras bocas de las cuevas a lo largo del camino, y un laberinto de túneles que perforaban la pared rocosa en todas direcciones.

—Cuidado dónde ponéis los pies —dijo *babi*, y su voz produjo un sonoro eco—. El suelo es peligroso.

En algunas partes, la escalera se abría a la cavidad de los budas.

—No miréis hacia abajo, niños. Mirad hacia delante todo el rato.

Mientras subían, *babi* les contó que en otros tiempos Bamiyán había sido un floreciente centro budista, hasta que cayó en manos de los árabes islámicos en el siglo IX. Las paredes de arenisca eran el hogar de los monjes budistas, que abrían cuevas en la roca para vivir en ellas y ofrecerlas como santuario a los cansados peregrinos. Los monjes, añadió, pintaban hermosos frescos en los techos y las paredes de sus cuevas.

—En cierto momento —explicó—, llegó a haber cinco mil monjes viviendo en estas cuevas como eremitas.

Tariq resollaba cuando llegaron a lo más alto. *Babi* también jadeaba, pero sus ojos brillaban de emoción.

—Estamos justo encima de las cabezas —señaló, secándose la frente con un pañuelo—. Desde ese saliente podemos asomarnos.

Se acercaron muy despacio al escarpado antepecho y los tres muy juntos, con el adulto en el centro, contemplaron el valle.

—¡Mirad eso! —exclamó Laila.

Su padre sonrió.

El valle de Bamiyán estaba alfombrado de fértiles campos de cultivo. *Babi* les contó que eran de trigo de invierno y alfalfa, y también de patatas. Los campos estaban bordeados de álamos y atravesados por arroyos y acequias, en cuyas orillas vieron diminutas figuras femeninas arrodilladas haciendo la colada. El padre de Laila señaló los arrozales y los campos de cebada que cubrían las lomas. Era otoño, y la muchacha divisó varias personas que, vestidas con vistosas túnicas, ponían a secar las cosechas en las azoteas de sus casas de adobe. La carretera principal que atravesaba el pueblo también estaba flanqueada de álamos. En ella había pequeñas tiendas, casas de té y barberos que trabajaban en ambas aceras. Más allá del pueblo, del río y los arroyos, Laila vio el pie de las colinas, árido y pardo, y más allá todavía, el Hindu Kush con sus cumbres nevadas, que formaba parte del horizonte de Afganistán.

El cielo aparecía inmaculado, de un azul perfecto.

—Qué silencio —comentó ella en voz baja. Veía ovejas y caballos diminutos, pero no oía sus balidos ni sus relinchos.

149

—Es lo que más me impresiona de este lugar —dijo *babi*—. El silencio. La paz. Quería que vosotros también lo experimentarais. Y también quería que vierais la herencia cultural de vuestro país, niños, para que aprendáis de su rico pasado. Mirad, algunos temas puedo enseñároslos yo. Otros los aprendéis de los libros. Pero hay cosas que, bueno, hay que verlas y sentirlas.

—Mirad —indicó Tariq.

Vieron a un halcón que sobrevolaba el pueblo en círculos.

—¿Alguna vez has traído a *mammy* aquí arriba? —preguntó Laila.

—Claro, muchas veces. Antes de que nacieran los chicos. Y después también. Tu madre era muy aventurera por entonces y… muy vivaz. Era la persona más alegre y feliz que he conocido jamás. —Sonrió al evocarlo—. Tenía una risa muy especial. Te juro que me casé con ella por esa risa, Laila. Te avasallaba. Te dejaba sin defensas.

La niña experimentó una oleada de afecto. A partir de entonces, recordaría siempre a su padre de aquella manera: recordando a *mammy*, acodado en el saliente, con el mentón apoyado en las manos, el viento alborotándole el pelo y los ojos entrecerrados para protegerse del sol.

—Voy a echar un vistazo a esas cuevas —dijo Tariq.

—Ten cuidado —advirtió *babi*.

—Sí, *Kaka yan* —respondió el eco de la voz de Tariq.

Laila contempló a tres hombres que en lo hondo del valle charlaban cerca de una vaca atada a una cerca. A su alrededor, los árboles habían empezado a adquirir una tonalidad ocre, anaranjada y rojo escarlata.

—Yo también echo de menos a los chicos, ¿sabes? —dijo *babi*. Los ojos se le llenaron de lágrimas al tiempo que le temblaba la barbilla—. Puede que yo no… Tu madre sólo conoce la alegría o la tristeza más extremas, y no sabe disimular. Nunca ha sabido. Supongo que yo soy diferente. Tiendo más a… Pero a mí también me ha destrozado la muerte de los chicos. Yo también los echo de menos. No pasa un día sin que… Es muy duro, hija. Muy, muy duro. —Se apretó los ojos con el pulgar y el índice. Cuando trató de seguir hablando, se le quebró la voz. Se mordió el labio y esperó. Respiró despacio y profundamente antes de mirarla—. Pero me alegro de tenerte a ti. Todos los días doy las gracias a Dios por tenerte a ti. Todos los días. A veces, cuando tu madre está en sus horas bajas, me siento como si fueras lo único que me queda, Laila.

Ella estrechó a su padre y apoyó la mejilla en su pecho. Él pareció sobresaltarse un poco, pues, al contrario que la madre, raras veces expresaba su afecto físicamente. Por eso le plantó un rápido beso en la coronilla y le devolvió el abrazo torpemente. Estuvieron así un rato, contemplando el valle de Bamiyán.

—A pesar de lo mucho que amo este país, algunos días pienso en abandonarlo —dijo *babi*.

—¿Y adónde irías?

—A cualquier sitio donde sea fácil olvidar. Supongo que primero a Pakistán, durante un par de años, hasta tener listos los papeles.

—¿Y luego?

—Y luego, bueno, el mundo es muy grande. Tal vez a Estados Unidos. A algún sitio cerca del mar. Como California.

Su padre dijo que los americanos eran un pueblo generoso, que los ayudarían con dinero y comida durante un tiempo, hasta que pudieran mantenerse por sí mismos.

—Yo encontraría trabajo y en unos años, cuando ahorráramos lo suficiente, abriríamos un pequeño restaurante afgano. Nada demasiado lujoso, sólo un rincón modesto, con unas cuantas mesas y alfombras. Tal vez colgaríamos algunas fotografías de Kabul. Daríamos a probar a los americanos la comida afgana. Y con tu madre de cocinera, harían cola en la puerta.

»Y tú seguirías yendo al colegio, por supuesto. Ya sabes lo que pienso sobre el tema. Eso sería lo primero: que tú recibieras una buena educación, en el instituto y luego en la universidad. Pero en tu tiempo libre, si quisieras, podrías ayudarnos, anotar los pedidos, llenar las jarras de agua, esa clase de cosas.

Dijo que en el restaurante celebrarían fiestas de cumpleaños, banquetes de boda y fiestas de Año Nuevo. Se convertiría en un punto de encuentro para los afganos que, como él, hubieran huido de la guerra. Y por la noche, cuando el restaurante quedara vacío y estuviera limpio, se sentarían los tres a tomar un té entre las mesas vacías, cansados pero agradecidos por su buena suerte.

Cuando *babi* terminó de hablar, los dos se quedaron muy callados. Sabían que *mammy* se negaría a ir a ninguna parte. Abandonar el país había sido algo impensable mientras Ahmad y Nur estaban vivos. Pero desde que se habían convertido en *shahid*, hacer las maletas y salir corriendo sería una afrenta aún peor, una traición, como renegar del sacrificio que habían hecho.

Laila ya se imaginaba el comentario de su madre: «¿Cómo podéis pensarlo siquiera? ¿Su muerte no significa nada para ti, primo? Mi único consuelo es saber que piso el mismo suelo que han regado con su sangre. No. Jamás.»

Y *babi* no se iría sin ella, de eso Laila estaba segura, aunque *mammy* no fuera ya ni una esposa para él ni una madre para ella. Su padre se sacudiría de encima sus sueños, igual que se sacudía la harina de la chaqueta cuando volvía a casa del trabajo, y todo por su mujer.

La muchacha recordaba que en una ocasión su madre había dicho a su padre que se había casado con un hombre sin convicciones. *Mammy* no lo entendía. No entendía que, si se mirara a un espejo, no descubriera en su propia imagen la única convicción inquebrantable de la vida de su marido.

• • •

Más tarde, después de comer huevos duros y patatas hervidas con pan, Tariq echó una cabezada bajo un árbol a orillas de un arroyo que gorgoteaba. Durmió con la chaqueta pulcramente doblada a modo de almohada y las manos cruzadas sobre el pecho. El taxista se fue al pueblo a comprar almendras. *Babi* se sentó bajo una acacia de grueso tronco para leer un libro. Laila sabía cuál era; él mismo se lo había leído. Contaba la historia de un viejo pescador llamado Santiago que atrapaba un enorme pez. Pero cuando volvía a la orilla con su bote, no quedaba nada del pez capturado, pues se lo habían comido los tiburones.

La niña se sentó al borde del arroyo y metió los pies en el agua. Los mosquitos zumbaban sobre su cabeza y en el aire danzaba el polen de los álamos. Cerca de allí se oía el sonoro vuelo de una libélula. Vio los destellos del sol reflejado en sus alas mientras el insecto volaba de una brizna de hierba a otra, fulgores violáceos, verdes y anaranjados. Al otro lado del arroyo, un grupo de chicos hazaras recogían boñigas secas de vaca y las echaban en unos sacos que llevaban a la espalda. Un burro rebuznó. Un generador se puso en marcha con un petardeo.

La muchacha volvió a pensar en el sueño de su padre. «Algún sitio cerca del mar.»

Cuando estaban en lo alto de las efigies de Buda, Laila había ocultado algo a su padre: que se alegraba de que no pudieran irse, por un motivo importante: habría echado de menos a Giti y su rostro serio, sí, y también a Hasina, con su sonrisa maliciosa y sus payasadas. Pero, sobre todo, Laila tenía demasiado presente el tedio insoportable de aquellas cuatro semanas que Tariq había pasado en Gazni. Recordaba con excesiva viveza que el tiempo discurría infinitamente despacio, que ella se había arrastrado por los rincones sintiéndose perdida, sin rumbo. ¿Cómo iba a soportar una ausencia permanente?

Tal vez era absurdo desear tanto la compañía de una persona determinada en un país donde las balas habían abatido a sus propios hermanos. Pero no tenía más que recordar a Tariq abalanzándose sobre Jadim con su pierna ortopédica para que nada en el mundo le pareciera más sensato.

Seis meses más tarde, en abril de 1988, *babi* volvió a casa con una gran noticia.

—¡Han firmado un tratado! —exclamó—. En Ginebra. ¡Es oficial! Se van. ¡Dentro de nueve meses ya no habrá soviéticos en Afganistán!

Mammy, que estaba sentada en la cama, se encogió de hombros.

—Pero el régimen comunista seguirá —objetó—. Nayibulá es una marioneta de los soviéticos. No se irá a ninguna parte. No, la guerra continuará. Esto no es el final.

—Nayibulá no durará mucho —aseguró *babi*.

—¡Se van, *mammy*! ¡Se van de verdad!

—Celebradlo vosotros si queréis. Pero yo no descansaré hasta que los muyahidines organicen un desfile de la victoria aquí mismo, en Kabul.

Y con estas palabras, volvió a tumbarse y se tapó con la manta.

22

Enero de 1989

En un día frío y nublado de enero de 1989, tres meses antes de que Laila cumpliera once años, sus padres, Hasina y ella fueron a ver uno de los últimos convoyes soviéticos que abandonaban la ciudad. Los espectadores se habían concentrado a ambos lados de la carretera frente al Club Militar, cerca de Wazir Akbar Jan. Rodeados de nieve fangosa, contemplaron la hilera de tanques, camiones blindados y *jeeps* cuyos faros iluminaban los ligeros copos de nieve. Se oían insultos y abucheos. Soldados afganos mantenían a raya a la multitud. De vez en cuando, lanzaban al aire un disparo de advertencia.

Mammy sostenía una foto de Ahmad y Nur por encima de la cabeza. Era la imagen en la que aparecían sentados bajo el peral, espalda contra espalda. Había otras mujeres como ella, mujeres que mostraban en alto fotografías de maridos, hermanos, hijos *shahid*.

Alguien dio unos golpecitos en el hombro de Laila y de Hasina. Era Tariq.

—¿De dónde has sacado eso? —exclamó Hasina.

—Quería vestirme adecuadamente para la ocasión —explicó él. Llevaba un enorme gorro ruso de pieles con orejeras, que se había bajado—. ¿Qué tal estoy?

—Ridículo —dijo Laila entre risas.

—De eso se trata.

—¿Y tus padres han venido contigo y te han dejado llevar eso?

—Están en casa —contestó Tariq.

En otoño, el tío de Tariq que vivía en Gazni había muerto de un ataque al corazón, y unas semanas más tarde, el padre también había sufrido un infarto, a resultas del cual se hallaba débil y sin fuerza, propenso a padecer ansiedad y ataques depresivos que le duraban semanas. Laila se alegraba de ver a Tariq recuperado después de haberlo visto alicaído y malhumorado durante semanas, desde la enfermedad de su padre.

Los tres niños se escabulleron mientras *mammy* y *babi* se quedaban viendo partir a los soviéticos. Tariq compró un plato de judías hervidas con espeso chutney de cilantro para cada uno a un vendedor ambulante. Comieron bajo el toldo de una tienda de alfombras cerrada, y luego Hasina se fue en busca de su familia.

En el autobús de vuelta a casa, Tariq y Laila se sentaron detrás de los padres de ella. *Mammy* iba junto a la ventana, con la mirada fija en el exterior y la fotografía de sus hijos apretada contra el pecho. Junto a ella, *babi* escuchaba impasible los argumentos de un hombre, según el cual los soviéticos se iban, sí, pero enviarían armas a Nayibulá.

—Es su marioneta. Seguirán con la guerra a través de él, no le quepa duda.

En el otro lado del autobús, alguien se manifestó de acuerdo con lo dicho.

Mammy musitaba para sí largas plegarias, que se alargaban de forma interminable hasta que se quedaba sin aliento y tenía que pronunciar las últimas palabras con un débil y agudo chillido.

Por la tarde, Laila y Tariq fueron al Cinema Park y tuvieron que ver una película soviética doblada al farsi, que resultaba cómica sin pretenderlo. Trataba de un barco mercante y de un primer oficial enamorado de la hija del capitán, llamada Alyona. Se producía una gran tempestad que hacía zozobrar el barco. Uno de los angustiados marineros gritaba algo. Una voz afgana que mantenía una calma absurda, lo traducía como: «Señor mío, ¿sería usted tan amable de pasarme la cuerda?»

Tariq prorrumpió en carcajadas y muy pronto los dos sufrieron un irremediable ataque de risa. Cuando uno se cansaba, el otro soltaba un bufido, y vuelta a empezar. Un hombre sentado dos filas por delante se dio la vuelta y les mandó callar.

Hacia el final había una escena de boda. Finalmente el capitán había acabado cediendo y permitía que Alyona se casara con el primer oficial. Los novios se sonreían. Todos bebían vodka.

—Yo nunca me casaré —susurró Tariq.

—Yo tampoco —dijo Laila tras una breve y nerviosa vacilación. No quería que su voz delatara la decepción que habían supuesto las palabras de Tariq. Con el corazón desbocado, añadió, más decidida esta vez—: Nunca.

—Las bodas son una estupidez.

—Con tanto barullo.

—Y el dinero que cuestan.

—¿Todo para qué?

—Para ponerse una ropa que nunca más vuelve a llevarse.

—¡Ja!

—Y si algún día me casara —añadió Tariq—, tendrán que hacer sitio para tres. La novia, yo y el tipo que me apunte a la cabeza con una pistola.

El hombre de la fila de delante volvió a fulminarlo con la mirada.

En la pantalla, Alyona y su marido juntaron los labios.

Al contemplar el beso, Laila se sintió de pronto extrañamente expuesta. Notó con alarmante intensidad los latidos de su corazón, la sangre que se le agolpaba en las sienes, y el cuerpo de Tariq a su lado, tensándose, inmóvil. El beso se prolongaba. De repente a Laila le pareció absolutamente necesario no moverse ni hacer ruido alguno. Percibía que Tariq la estaba observando, con un ojo puesto en el beso y otro en ella, igual que ella lo observaba a él. ¿Escuchaba también el aire que entraba y salía silbando por su nariz, esperando detectar algún cambio sutil, una irregularidad reveladora que delatara sus pensamientos?

¿Y cómo sería besarlo a él, que el vello que tenía sobre el labio le hiciera cosquillas?

Entonces Tariq se agitó en su asiento.

—¿Sabías que si lanzas mocos al aire en Siberia, se convierten en carámbanos verdes antes de tocar el suelo? —dijo con voz tensa.

Los dos se echaron a reír, pero fue una risa corta, nerviosa. Cuando terminó la película y salieron a la calle, a ella le alivió ver que había oscurecido y que no tendría que mirar a Tariq a los ojos a la luz del día.

23

Abril de 1992

Transcurrieron tres años.

Durante ese tiempo, el padre de Tariq sufrió varios ataques al corazón. Como consecuencia, la mano izquierda le quedó un poco torpe y tenía dificultades para hablar. Cuando se ponía nervioso, cosa que ocurría con frecuencia, aún le costaba más.

Al crecer, Tariq tuvo que cambiarse la pierna ortopédica. Se la proporcionó la Cruz Roja, aunque tuvo que esperar seis meses.

Tal como Hasina temía, su familia se la llevó a Lahore y la obligó a casarse con el primo que era dueño de una tienda de coches. La mañana en que emprendieron el viaje, Laila y Giti fueron a su casa para despedirse de ella. Hasina les contó que su futuro marido había iniciado ya los trámites para emigrar a Alemania, donde vivían sus hermanos. Ella creía que no tardarían más de un año en instalarse en Frankfurt. Las tres amigas se abrazaron y lloraron juntas. Giti estaba desconsolada. La última vez que Laila vio a Hasina, su padre la ayudaba a acomodarse en el atestado asiento de un taxi.

La Unión Soviética se desmoronaba con asombrosa rapidez. Laila tenía la impresión de que cada semana *babi* volvía a casa con la noticia de que una nueva república se había declarado independiente: Lituania, Estonia, Ucrania. En el Kremlin ya no ondeaba la bandera soviética. Había nacido la Federación Rusa.

En Kabul, Nayibulá cambió de táctica y trató de presentarse como un musulmán devoto.

—Demasiado tarde —dijo *babi*—. No se puede ser jefe de la KHAD un día, y al siguiente ir a rezar a una mezquita con los familiares de aquellos a quienes has torturado y asesinado.

Viendo que se estrechaba el cerco sobre Kabul, Nayibulá trató de llegar a un acuerdo con los muyahidines, pero éstos lo rechazaron.

Desde su cama, *mammy* dijo: «Me alegro mucho.» Esperaba que llegaran los muyahidines y desfilaran por las calles de Kabul. Esperaba la caída de los enemigos de sus hijos.

Finalmente, la caída llegó. Fue en abril de 1992, el año en que Laila cumplió los catorce.

Nayibulá se rindió por fin y buscó refugio en la sede de las Naciones Unidas cercana al palacio Darulaman, al sur de la ciudad.

La yihad había terminado. Los diversos regímenes comunistas que habían detentado el poder desde el nacimiento de Laila habían sido derrotados. Los héroes de *mammy*, los camaradas de armas de Ahmad y Nur, habían ganado. Y después de más de una década de sacrificarlo todo, de separarse de las familias para vivir en las montañas y luchar por la soberanía de Afganistán, los muyahidines volvían a Kabul, cansados de mil batallas.

Mammy sabía todos sus nombres.

Dostum, el extravagante comandante uzbeko, líder de la facción Yunbish-i-Milli, que tenía fama de cambiar fácilmente de aliados. El apasionado y adusto Gulbuddin Hekmatyar, líder de la facción Hezb-e-Islami, un pastún que había

160

estudiado ingeniería y que en una ocasión había matado a un estudiante maoísta. Rabbani, el líder tayiko de la facción Yamiat-e-Islami, que enseñaba islam en la Universidad de Kabul en la época de la monarquía. Sayyaf, un corpulento pastún de Pagman con parientes árabes, líder de la facción Ittehad-i-Islami. Abdul Ali Mazari, líder de la facción Hizb-e-Wahdat, conocido como Baba Mazari entre sus compatriotas hazaras, con estrechos vínculos con chiíes de Irán.

Y, por supuesto, estaba el héroe de *mammy*, el aliado de Rabbani, el reflexivo y carismático comandante tayiko Ahmad Sha Massud, el León de Panyshir, cuya imagen aparecía en un póster que la madre de Laila había colgado en su dormitorio. El rostro apuesto y pensativo de Massud, con una ceja levantada y el característico *pakol* ladeado, se haría omnipresente en Kabul. Sus conmovedores ojos negros devolvían la mirada desde vallas publicitarias, paredes, escaparates y banderitas sujetas a las antenas de los taxis.

Para *mammy*, aquél era el día que tanto había anhelado y que convertía sus sueños en realidad.

Por fin habían terminado los años de espera: sus hijos ya podrían descansar en paz.

El día después de la rendición de Nayibulá, *mammy* se levantó convertida en una mujer nueva. Por primera vez en los cinco años transcurridos desde que Ahmad y Nur habían muerto como *shahid*, no se vistió de negro, sino que se puso un vestido de lino azul cobalto con lunares blancos. Limpió las ventanas, barrió el suelo, aireó la casa y se dio un buen baño. Su voz tenía un estridente tono de alegría.

—Hay que celebrarlo —anunció. Y envió a Laila a invitar a los vecinos—. ¡Diles que mañana daremos un gran festín!

En la cocina, *mammy* miró alrededor con los brazos en jarras.

—¿Qué has hecho con mi cocina, Laila? —preguntó con afable tono de reproche—. Lo has cambiado todo de sitio.

Empezó a mover cacharros con grandes aspavientos, como si reclamara nuevamente la posesión de su territorio. Laila se mantuvo a cierta distancia. Era lo mejor. *Mammy* podía resultar tan avasalladora en sus arranques de euforia como en sus ataques de ira. Con inquietante energía, la mujer se dispuso a preparar la comida: sopa *aush* con judías blancas y eneldo, *kofta*, *mantu* humeante macerado en yogur espolvoreado con menta.

—Te has depilado las cejas —observó *mammy*, mientras abría un gran saco de arroz que había junto a la encimera.

—Sólo un poco.

La madre de Laila midió arroz del saco y lo puso en una olla negra llena de agua. Se arremangó y empezó a removerlo.

—¿Cómo está Tariq?

—Su padre ha estado muy enfermo —contestó la hija.

—¿Qué edad tiene ya?

—No lo sé. Sesenta y tantos, supongo.

—Me refiero a Tariq.

—Ah. Dieciséis.

—Es un niño muy agradable, ¿verdad?

Laila se encogió de hombros.

—Aunque ya no es tan niño, ¿no? Dieciséis. Casi un hombre, ¿verdad?

—¿Qué quieres decir con eso, *mammy*?

—Nada, nada —contestó ella, sonriendo inocentemente—. Sólo pensaba que… Ah, tonterías. Será mejor que me lo calle.

—Pero si estás deseando decirlo —soltó la muchacha, irritada por la retorcida acusación que adivinaba.

—Bueno. —Cruzó las manos sobre el borde de la olla. A Laila le pareció que la forma en que decía «bueno» y cruzaba las manos era muy poco natural, casi ensayada. Mucho se temía que le caería un buen sermón—. Una cosa es que jugarais juntos de pequeños. No había nada malo en eso. Resultaba enternecedor. Pero ahora... Veo que ya llevas sujetador, hija.

A Laila el comentario la pilló desprevenida.

—La verdad es que podrías habérmelo contado. No lo sabía. Me decepciona que no me lo hayas dicho. —Percibiendo cierta ventaja, *mammy* siguió adelante, lanzada—. De todas formas, no se trata de mí ni del sujetador, sino de Tariq y tú. Es un chico, ¿entiendes?, y como tal no tiene que preocuparse por su reputación. Pero ¿y tú? La reputación de una mujer, sobre todo si es tan guapa como tú, es un asunto muy delicado, Laila. Es como tener un pájaro entre las manos. Si aflojas un poco, echa a volar.

—¿Y qué me dices de cuando tú saltabas la tapia y te escondías en el huerto con *babi*? —replicó la muchacha, complacida por su rápida reacción.

—Nosotros éramos primos. Y luego nos casamos. ¿Ha pedido tu mano Tariq?

—Es un amigo. Un *rafiq*. Nada más —declaró Laila, poniéndose a la defensiva pero sin mucha convicción—. Para mí es como un hermano —añadió. Antes incluso de que la expresión de su madre se ensombreciera, comprendió su error.

—No, no lo es —afirmó la mujer categóricamente—. No compares a ese hijo cojo de un carpintero con tus hermanos. No hay quien pueda compararse a tus hermanos.

—Yo no he dicho que él... No me refería a eso.

Mammy suspiró exhalando el aire por la nariz con los dientes apretados.

—De todas formas —prosiguió, pero ya sin el alegre desenfado de antes—, lo que intento decirte es que si no te andas con cuidado, la gente empezará a rumorear.

Laila abrió la boca para hablar, pero sabía que a su madre no le faltaba razón: atrás habían quedado los días de retozar por la calle con Tariq, inocentemente y sin inhibiciones. Hacía algún tiempo que había empezado a notar una sensación extraña cuando estaban juntos en público, la impresión de que los miraban, los vigilaban y cuchicheaban a su paso. Era algo que nunca había sentido antes y que tampoco sentiría entonces, de no ser por un hecho fundamental: estaba locamente enamorada de Tariq. Cuando lo tenía cerca, no podía evitar que la consumieran los más escandalosos pensamientos del cuerpo esbelto y desnudo de Tariq entrelazado con el suyo. De noche, en la cama, se imaginaba a su amigo besándole el vientre, trataba de imaginar la dulzura de sus labios y el tacto de sus manos en el cuello, el pecho, la espalda y aún más abajo. Cuando pensaba en él de esa manera, se sentía sumamente culpable, pero también notaba una cálida y peculiar sensación que se extendía desde su vientre hasta el rostro, como si se hubiera ruborizado.

Mammy tenía razón. Más de lo que creía. De hecho, Laila sospechaba que algunos vecinos, si no la mayoría, chismorreaban ya sobre Tariq y ella. Ella había reparado en las sonrisas maliciosas y era consciente de que en el vecindario se rumoreaba que eran pareja. No hacía mucho, por ejemplo, que Tariq y ella se habían cruzado por la calle con Rashid, el zapatero, que iba seguido de su mujer, Mariam, vestida con el burka. Al pasar junto a ellos, Rashid había dicho en broma: «Si son Laili y Maynun», refiriéndose a los desventurados enamorados del popular poema romántico de Nezami del siglo XII; una versión farsi de *Romeo y Julieta*, había dicho *babi*, sólo que Nezami había escrito su poema cuatro siglos antes que Shakespeare.

Pero, aunque su madre tuviera razón, a Laila le dolía que no se hubiera ganado el derecho a actuar como tal. Habría sido distinto de haberse tratado de su padre. Pero después de tantos años de mantenerse distante, de encerrarse en sí misma sin preocuparse por dónde iba su hija, a quién veía y qué pensaba, había perdido ese derecho. Laila tenía la impresión de no ser mejor que los cacharros de la cocina, objetos que podían dejarse de lado para ser reclamados luego a voluntad, cuando uno tuviera ganas.

Sin embargo, aquél era un gran día, un día muy importante para todos. Habría sido una mezquindad arruinarlo, así que, impulsada por el espíritu del momento, lo dejó pasar.

—Sí, te entiendo.

—¡Bien! —exclamó *mammy*—. Entonces, todo resuelto. ¿Y dónde está Hakim? ¿Dónde está ese dulce maridito mío?

Hacía un día radiante, perfecto para una fiesta. Los hombres se sentaron en destartaladas sillas en el patio, bebieron té, fumaron y comentaron a viva voz el plan de los muyahidines entre bromas. Laila tenía una idea aproximada gracias a su padre: Afganistán se llamaba ahora Estado Islámico de Afganistán. Un Consejo Islámico de la Yihad, formado en Peshawar por varias facciones muyahidines, se encargaría de gobernar durante dos meses, dirigido por Sibgatulá Moyadidi. Los cuatro meses siguientes, tomaría el poder un consejo dirigido por Rabbani. Durante ese total de seis meses, se celebraría una *loya yirga*, una gran asamblea de líderes y ancianos, que formaría un gobierno interino para los dos años siguientes, antes de convocar unas elecciones democráticas.

Uno de los hombres abanicaba los pinchos de cordero que chisporroteaban sobre una improvisada parrilla. *Babi* y el padre de Tariq, muy concentrados, jugaban una partida de ajedrez a la sombra del viejo peral. Tariq también estaba sentado junto al tablero, observando la partida a ratos, al tiempo que escuchaba la charla política de la mesa contigua.

Las mujeres se reunieron en la sala de estar, el zaguán y la cocina. Charlaban con los bebés en brazos, esquivando expertamente con mínimos movimientos de cadera a los niños que correteaban por la casa. En un casete sonaba a pleno volumen un *gazal* de Ustad Sarahang.

Laila estaba en la cocina, preparando jarras de *dog* con Giti. Su amiga ya no se mostraba tan tímida ni tan seria como antes. Hacía varios meses que había desaparecido de su rostro la severa expresión de antaño. Reía abiertamente y con mayor frecuencia, y Laila tenía la impresión de que también con algo de coquetería. Giti había desterrado las sosas colas de caballo, se había dejado crecer el pelo y se había hecho reflejos rojizos. Laila descubrió al final que el origen de semejante transformación se encontraba en un joven de dieciocho años que se interesaba por la muchacha. Se llamaba Sabir y era el portero del equipo de fútbol del hermano mayor de Giti.

—¡Oh, tiene una sonrisa encantadora, y el cabello muy negro! —había explicado a Laila.

Nadie sabía que se gustaban, por supuesto. Se habían encontrado un par de veces en secreto para tomar el té, quince minutos en cada ocasión, en una pequeña casa de té del otro extremo de la ciudad, en Taimani.

—¡Va a pedir mi mano, Laila! A lo mejor se decide este mismo verano. ¿Qué te parece? No puedo dejar de pensar en él, te lo juro.

—¿Y los estudios? —había preguntado Laila.

Su amiga había ladeado la cabeza para lanzarle una mirada que lo decía todo.

«Cuando cumplamos los veinte —solía decir Hasina—, Giti y yo habremos parido ya cuatro o cinco niños cada una. Pero tú, Laila, harás que dos tontas como nosotras nos sintamos orgullosas de ti. Serás alguien. Sé que un día cogeré un periódico y encontraré tu foto en primera plana.»

Giti se encontraba ahora junto a Laila, troceando pepino con aire soñador.

Mammy andaba por ahí cerca, con un vestido veraniego de vistosos colores, pelando huevos duros con Wayma, la comadrona, y la madre de Tariq.

—Voy a regalarle al comandante Massud una foto de Ahmad y Nur —decía *mammy* a Wayma, mientras ésta asentía tratando de parecer interesada y sincera—. Él se encargó personalmente del funeral. Rezó una plegaria junto a su tumba. Sería una muestra de agradecimiento por su consideración. —*Mammy* cascó un huevo duro—. Dicen que es un hombre serio y honorable; seguro que sabrá apreciar el detalle.

A su alrededor, las mujeres entraban y salían de la cocina llevando cuencos de *qurma*, fuentes de *mastawa* y hogazas de pan, que disponían sobre el *sofrá* extendido en el suelo de la sala de estar.

De vez en cuando, Tariq se acercaba por allí como si tal cosa y picaba algo.

—No se permiten hombres aquí —dijo Giti.

—Fuera, fuera, fuera —exclamó Wayma.

Tariq sonrió al oír las protestas amistosas de las mujeres. Parecía complacerle no ser bien recibido y contaminar la atmósfera femenina con su sonriente falta de respeto masculina.

Laila se esforzó por no mirarlo y así no dar motivos a las mujeres para nuevos chismorreos. Así que mantuvo la vista baja y no le dijo nada, pero recordó un sueño que había tenido unas noches atrás, de su rostro y el de Tariq juntos en un espejo, bajo un fino velo verde. Y de unos granos de arroz que caían del cabello de Tariq y rebotaban en el espejo con un leve tintineo.

El joven alargó la mano para probar un trozo de ternera guisada con patatas.

—*Ho bacha!* —exclamó Giti, dándole un golpe en la mano. Tariq cogió el trozo de todas formas y rió.

Era ya un palmo más alto que Laila. Se afeitaba. Su rostro era más anguloso. Sus hombros se habían ensanchado. A Tariq le gustaba llevar pantalones de pinzas, relucientes mocasines negros y camisas de manga corta que mostraban sus brazos, musculosos gracias a unas viejas pesas herrumbrosas con las que se ejercitaba a diario en el patio de su casa. Su rostro había adoptado últimamente una expresión de burlona belicosidad. Y también le había dado por ladear la cabeza con afectación cuando hablaba, y por arquear una ceja cuando reía. Se había dejado crecer el pelo y había adquirido la costumbre de sacudir la cabeza —a menudo innecesariamente— para echárselo hacia atrás. La sonrisita malévola también era una nueva adquisición.

La última vez que echaron a Tariq de la cocina, su madre captó la mirada de reojo que le lanzaba Laila. A la muchacha le dio un vuelco el corazón y pestañeó sintiéndose culpable. Rápidamente se concentró en echar los trozos de pepino en el cuenco de yogur sazonado con sal y rebajado con agua, pero no por ello dejó de percibir la mirada de la madre de Tariq fija en ella, y su sonrisa de complicidad y aprobación.

Los hombres se sirvieron de los distintos platos y volvieron al patio. Mujeres y niños se sirvieron también y se sentaron en torno al *sofrá* para comer.

Después de recoger y llevar la vajilla sucia a la cocina, cuando empezó el bullicio de preparar el té y recordar quién lo tomaba verde y quién negro, Tariq hizo una seña con la cabeza y salió por la puerta.

Laila esperó cinco minutos antes de seguirlo.

Lo encontró a tres puertas de su casa, apoyado en la pared a la entrada de un angosto callejón que separaba dos casas contiguas. Tarareaba una vieja canción pastún de Ustad Awal Mir:

> *Da ze ma ziba watan,*
> *da ze ma dada watan.*
> *(Éste es nuestro hermoso país,*
> *éste es nuestro amado país.)*

Y estaba fumando, otro hábito nuevo que había copiado de los chicos con quienes Laila lo había visto rondando últimamente. Ella no soportaba a los nuevos amigos de Tariq. Todos se vestían igual, con pantalones de pinzas y camisas ajustadas para resaltar los brazos y el pecho. Todos se ponían demasiada colonia y fumaban. Se pavoneaban por el barrio en grupos, armando jaleo con bromas y risas, e incluso les decían cosas a las chicas, todos con la misma sonrisita estúpida de suficiencia. Uno de los amigos de Tariq insistía en que lo llamaran Rambo, basándose en un remotísimo parecido con Sylvester Stallone.

—Tu madre te mataría si supiera que fumas —dijo Laila, mirando a un lado y otro antes de entrar en el callejón.

—Pero no lo sabe —replicó él, moviéndose para dejarla pasar.

—Eso podría cambiar.

—¿Y quién va a decírselo? ¿Tú?

Laila golpeó el suelo con el pie.

—Confía tu secreto al viento, pero luego no le reproches que se lo cuente a los árboles.

Tariq sonrió enarcando una ceja.

—¿Quién dijo eso?

—Khalil Gibran.

—Eres una fanfarrona.

—Dame un cigarrillo.

Tariq negó con la cabeza y cruzó los brazos. Era una pose más de su nuevo repertorio: espalda contra la pared, brazos cruzados, cigarrillo colgando de la comisura de la boca, pierna buena doblada con aire desenfadado.

—¿Por qué no?

—Es malo para ti —dijo él.

—¿Y para ti no?

—Lo hago por las chicas.

—¿Qué chicas?

Él sonrió con aire de suficiencia.

—Les parece atractivo.

—Pues no lo es.

—¿No?

—Te lo aseguro.

—¿No resulto atractivo?

—Pareces un *jila*, un imbécil medio lelo.

—Me ofendes —dijo él.

—¿Y qué chicas son ésas?

—Estás celosa.

—Sólo siento una curiosidad indiferente.

—Eso es una contradicción. —Dio una calada al cigarrillo y entornó los ojos al soltar el humo—. Apuesto a que hablan de nosotros.

En la cabeza de Laila resonó la voz de su madre: «Es como tener un pájaro entre las manos. Si aflojas un poco, echa a volar.» Laila sintió la comezón de la culpabilidad, pero rápidamente desechó las palabras de *mammy* y saboreó el modo en que Tariq había pronunciado la palabra «nosotros». Qué excitante e íntima sonaba en sus labios. Y qué tranquilizador oírsela decir de esa forma tan natural y espontánea. «Nosotros.» Era una forma de reconocer su relación, de materializarla.

—¿Y qué dicen?

—Que navegamos por el Río del Pecado —explicó Tariq—. Que estamos comiendo del Pastel de la Impiedad.

—¿Y que viajamos en la Calesa de la Maldad? —añadió ella.

—Cocinando el *Qurma* Sacrílego.

Los dos se echaron a reír. Luego Tariq observó que Laila llevaba el pelo más largo.

—Te queda bien —comentó.

—Has cambiado de tema —apuntó Laila, esperando no haberse ruborizado.

—¿Qué tema?

—El de las chicas con cabeza de chorlito que te consideran atractivo.

—Tú ya lo sabes.

—¿Qué es lo que sé?

—Que sólo tengo ojos para ti.

Laila pensó que iba a desmayarse. Trató de interpretar su expresión, pero aquella alegre sonrisa de cretino, que no concordaba con la mirada de desesperación de sus ojos entornados, le resultaba indescifrable. Era una expresión astuta, calculada para quedarse justamente a medio camino entre la burla y la sinceridad.

Tariq aplastó el cigarrillo con el talón del pie bueno.

—¿Y qué piensas tú de todo esto?

—¿De la fiesta?

—¿Quién está ahora medio lela? Me refiero a los muyahidines, Laila, y a su entrada en Kabul.

—Oh.

Ella empezó a contarle lo que había dicho su padre sobre la conflictiva combinación de armas y egos, cuando oyó un súbito alboroto procedente de su casa. Eran gritos y voces exaltadas.

Laila echó a correr. Tariq la siguió cojeando.

En el patio se había producido un tumulto. En el centro había dos hombres que gruñían y rodaban por el suelo. Uno de ellos empuñaba un cuchillo. Laila reconoció a uno de los hombres que antes discutía sobre política. El otro era el que abanicaba los *kebabs*. Varios trataban de separarlos, pero *babi* no era uno de ellos: él se mantenía pegado a la pared, alejado de la riña, junto con el padre de Tariq, que lloraba.

Laila captó fragmentos de información de las voces excitadas que la rodeaban: el tipo que hablaba de política, un pastún, había llamado traidor a Ahmad Sha Massud por «haber hecho un trato» con los soviéticos en la década de los ochenta. El hombre de los *kebabs*, un tayiko, se había ofendido y le había exigido que se retractara. El primero se había negado. El tayiko había afirmado que, de no ser por Massud, la hermana del otro aún «andaría entregándose» a los soldados soviéticos. En ese punto de la discusión llegaron a las manos. Uno de los dos había sacado un cuchillo; había discrepancias sobre cuál había sido.

Laila vio con horror que Tariq intervenía en la pelea. También vio que algunos pacificadores se lanzaban ahora puñetazos, y le pareció vislumbrar un segundo cuchillo.

Esa noche, Laila recordó cómo se habían abalanzado todos, unos encima de otros, entre gritos, aullidos y puñetazos, y en medio del barullo, un sonriente y despeinado Tariq trataba de salir a rastras sin la pierna ortopédica.

Fue increíble la rapidez con que se desarrollaron los acontecimientos.

La asamblea de gobierno se formó prematuramente y eligió a Rabbani como presidente. Las otras facciones se quejaron de nepotismo. Massud pidió paz y paciencia.

Hekmatyar se indignó por haber sido excluido. Los hazaras, que venían de una larga historia de opresión y olvido, estaban furiosos.

Se lanzaban insultos. Se señalaba con el dedo. Se lanzaban acusaciones. Las reuniones se suspendían airadamente y se daban portazos. La ciudad contenía el aliento. En las montañas, se cargaban los kalashnikovs.

Armados hasta los dientes, pero faltos de un enemigo común, los muyahidines habían hallado oponentes entre las diferentes facciones.

Llegó por fin la hora de la verdad.

Y cuando empezaron a llover misiles sobre Kabul, la gente corrió a buscar refugio. También *mammy*, que volvió a vestirse de negro, se metió en su habitación, corrió las cortinas y se cubrió con la manta.

24

—Es el silbido —dijo Laila—; detesto ese maldito silbido más que cualquier otra cosa.

Tariq asintió con ademán comprensivo.

No era tanto el silbido en sí, pensó Laila más tarde, sino los segundos que transcurrían desde que empezaba hasta que se producía el impacto. Ese breve e interminable momento de suspense, de no saber. Esa espera, como la de un acusado a punto de oír el veredicto.

A menudo ocurría durante la comida, cuando *babi* y ella estaban sentados a la mesa. Al oír el sonido, levantaban la cabeza como un resorte y lo escuchaban con el tenedor en el aire y sin masticar. Laila veía el reflejo de sus rostros en la ventana y sus sombras inmóviles en la pared. Y después del silbido se oía la explosión, por suerte en alguna otra parte. Expulsaban entonces el aire, sabiendo que se habían salvado de nuevo, mientras que en otra casa, entre gritos y nubes de humo, alguien escarbaba frenéticamente con las manos desnudas tratando de sacar de entre los escombros lo que quedaba de una hermana, un hermano, un nieto.

Lo peor de haberse salvado era el tormento de preguntarse quién habría caído. Después de cada explosión, Laila salía corriendo a la calle, musitando una plegaria, segura de que esa vez sin duda hallaría a Tariq enterrado bajo los cascotes y el humo.

Por la noche, observaba desde la cama los súbitos destellos blancos que se reflejaban en su ventana. Oía el tableteo de las armas automáticas y contaba los misiles que pasaban silbando por encima de la casa y la sacudían, haciendo que le llovieran trozos de yeso del techo. Algunas noches, cuando la luminosidad de las explosiones era tan intensa que incluso habría bastado para leer, no conseguía dormirse. Y si se dormía, sus sueños se poblaban de incendios y cadáveres desmembrados y gemidos de gente herida.

La mañana no le traía alivio. Se oía la llamada al *namaz* del muecín y los muyahidines dejaban las armas para postrarse hacia el oeste y rezar. Luego, enrolladas las esteras y cargadas las armas, se disparaba sobre Kabul desde las montañas y Kabul devolvía los disparos, mientras Laila y el resto de sus conciudadanos observaban con la misma impotencia que el viejo Santiago veía a los tiburones comerse su presa.

Allá donde fuera, Laila encontraba hombres de Massud. Los veía recorriendo las calles y parando coches a intervalos de unos centenares de metros para interrogar a sus ocupantes. Se sentaban sobre los tanques a fumar, con el uniforme de trabajo y sus omnipresentes *pakols*. Espiaban a los transeúntes en los cruces desde detrás de sus barricadas de sacos terreros.

Claro que Laila ya no salía mucho a la calle. Y cuando lo hacía, iba siempre acompañada por Tariq, que parecía disfrutar con la caballerosa tarea.

—He comprado una pistola —comentó él un día. Estaban sentados en el patio de Laila, bajo el peral. Mostró la pistola a su amiga y dijo que era una Beretta semiautomática.

A ella simplemente le pareció negra y mortífera.

—No me gusta —objetó—. Las armas me dan miedo.

Él le dio vueltas al cargador en la mano.

—Encontraron tres cadáveres en una casa de Karté-Sé la semana pasada —dijo—. ¿No te enteraste? Eran tres hermanas. Las violaron a las tres y las degollaron. Les arrancaron los anillos de los dedos a dentelladas. Se veían las marcas de los dientes…

—No quiero oírlo.

—No pretendía asustarte —murmuró él—. Es que simplemente… me siento mejor llevando el arma.

Tariq se había convertido en el único contacto de Laila con el exterior. Él escuchaba los rumores de la calle y se los transmitía. Fue su amigo quien le contó, por ejemplo, que los milicianos de las montañas afinaban la puntería —y hacían apuestas sobre ello— disparando a civiles elegidos al azar, sin importar que fueran hombres, mujeres o niños. Le dijo que lanzaban misiles contra los coches, pero no se sabía por qué, nunca atacaban a los taxis, lo que explicaba que todo el mundo hubiese empezado a pintarse el coche de amarillo.

Tariq le habló de las fronteras internas de Kabul, inestables y traicioneras. Laila supo por él, por ejemplo, que esa calle hasta la segunda acacia de la izquierda pertenecía a un cabecilla; que las cuatro manzanas siguientes hasta la panadería contigua a la farmacia derribada constituían el sector de otro cabecilla; y que si cruzaba la calzada y caminaba aproximadamente un kilómetro hacia el oeste, se encontraría en el territorio de otro cabecilla y, por tanto, se convertiría en presa fácil para los francotiradores. Así llamaban ahora a los héroes de la madre de Laila. Cabecillas. Laila también oyó que los llamaban *tofangdar*, pistoleros. Otros seguían refiriéndose a ellos como muyahidines, pero hacían una mueca al decirlo, una mueca de burla y desagrado, y la palabra apestaba a una honda aversión y un gran desprecio. Como un insulto.

Tariq volvió a meter el cargador en la pistola.

—¿Tienes agallas? —preguntó Laila.

—¿Para qué?

—Para usarla. Para matar con ella.

Tariq se remetió la pistola en el cinturón de los tejanos. Luego dijo una cosa encantadora y terrible a la vez:

—Por ti sí. Mataría con ella por ti, Laila.

Se acercó más y sus manos se rozaron una vez, y luego otra. Cuando sus dedos se deslizaron tímidamente entre los de la muchacha, ella no los retiró. Y cuando de pronto Tariq se inclinó hacia ella y unió los labios a los suyos, Laila también se lo permitió.

En aquel momento, toda la charla de su madre sobre reputación y pájaros que escapaban le pareció irrelevante, absurda incluso. En medio de tantas muertes y saqueos, de tanta fealdad, sentarse bajo un árbol y besar a Tariq era un acto completamente inofensivo. Una nimiedad. Una licencia fácilmente perdonable. Así que dejó que Tariq la besara, y cuando él se apartó, fue ella quien se inclinó para besarlo a su vez, con el corazón en la garganta, un hormigueo en el rostro y un fuego que le abrasaba el vientre.

En junio de ese año, 1992, se produjeron intensos combates en el oeste de Kabul entre las fuerzas pastunes del cabecilla Sayyaf y los hazaras de la facción Wahdat. El bombardeo derribó líneas eléctricas y pulverizó manzanas enteras de tiendas y casas. Laila oyó decir que los milicianos pastunes atacaban las casas de los hazaras, forzando la entrada para ejecutar a familias enteras, y que los hazaras tomaban represalias secuestrando a civiles pastunes, violando a las chicas y bombardeando barrios, matando indiscriminadamente. Todos los días se hallaban cadáveres atados a árboles, a veces quemados hasta el punto de resultar irreconocibles. A menudo les habían pegado un tiro en la cabeza, arrancado los ojos y cortado la lengua.

El padre de Laila intentó de nuevo convencer a su mujer de que debían abandonar Kabul.

—Lo solucionarán —aseguró *mammy*—. Estas luchas son pasajeras. Al final se sentarán todos y hallarán una solución.

—Fariba, esa gente no conoce más que la guerra —adujo su marido—. Aprendieron a andar con una botella de leche en una mano y un arma en la otra.

—¿Y quién eres tú para hablar así? —le espetó ella—. ¿Has luchado tú en la yihad? ¿Lo abandonaste todo para arriesgar tu vida? Recuerda que de no ser por los muyahidines, aún seríamos siervos de los soviéticos. ¡Y ahora quieres que los traicionemos!

—No somos nosotros los traidores, Fariba.

—Pues vete tú. Llévate a tu hija y huid los dos. Enviadme una postal. Pero la paz llegará, y yo estaré aquí esperándola.

Las calles se habían vuelto tan inseguras que *babi* hizo algo impensable en él: obligó a Laila a dejar la escuela.

Él mismo se encargó de darle clases. Ella iba a su estudio todos los días tras la puesta de sol y, mientras Hekmatyar lanzaba sus misiles sobre Massud desde el sur, en las afueras de la ciudad, *babi* y ella comentaban las *gazals* de Hafez y las obras del amado poeta afgano Ustad Jalilulá Jalili. Él le enseñó a resolver ecuaciones de segundo grado, a multiplicar polinomios y trazar curvas paramétricas. Cuando enseñaba, se transformaba. En su elemento, entre sus libros, a Laila incluso le parecía más alto. Su voz parecía surgir de un lugar más hondo y sereno, no parpadeaba tanto. Laila lo imaginaba tal como debía de haber sido en otro tiempo, cuando borraba su pizarra con elegantes movimientos, o miraba por encima del hombro de un alumno, atento y paternal.

Pero no resultaba fácil prestar atención. Laila no hacía más que distraerse.

—¿Cuál es el área de una pirámide? —preguntaba *babi*, y Laila sólo pensaba en los labios carnosos de Tariq, en el calor de su aliento, en su boca, en su propia imagen reflejada en los ojos color avellana de su amado. Se habían besado dos veces más desde la primera vez debajo del árbol; habían sido besos más largos, más apasionados y, según creía ella, menos torpes. En ambos casos se habían encontrado en secreto en el oscuro callejón donde Tariq había fumado un cigarrillo el día de la fiesta de *mammy*. La segunda vez, también le había dejado que le tocara los pechos.

—¿Laila?

—Sí, *babi*.

—Pirámide. Área. Estás en las nubes.

—Lo siento. Pues... Ah, sí. Pirámide, pirámide. Un tercio del área de la base por la altura.

Su padre asintió con aire vacilante mirándola fijamente, mientras ella sólo pensaba en las manos de Tariq acariciándole los pechos y deslizándose por su nuca para luego darle un beso interminable.

Aquel mismo mes de junio, un día que Giti volvía a casa con dos compañeras de clase, un misil perdido cayó sobre ellas cuando se encontraban a sólo tres manzanas de su casa. A Laila le dijeron más tarde, en aquella jornada aciaga, que la madre de Giti, Nila, había ido corriendo de un lado a otro de la calle donde habían asesinado a Giti, recogiendo los pedazos de su hija en un delantal, sin dejar de chillar histéricamente. Dos semanas más tarde hallaron en una azotea el pie derecho de Giti en descomposición, todavía con su calcetín de nailon y su zapato de color violeta.

En el *fatiha* de Giti, el día después de su muerte, Laila permaneció aturdida en una habitación llena de mujeres llorosas. Era la primera vez que moría alguien a quien conocía de verdad, alguien con quien mantenía una relación estrecha, alguien a quien quería, y no conseguía asimilar la incomprensible realidad de que Giti ya no estaba viva. La misma Giti con la que había intercambiado notitas en clase, a la que había pintado las uñas y había arrancado los pelos de la barbilla con unas pinzas. La misma que iba a casarse con

178

Sabir, el portero de un equipo de fútbol. Giti estaba muerta. Muerta. Había volado en pedazos. Finalmente, Laila lloró por su amiga. Y todas las lágrimas que no había sido capaz de derramar en el funeral de sus hermanos, brotaron como un torrente.

25

Laila apenas podía moverse, como si tuviera las articulaciones soldadas con cemento. Se estaba desarrollando una conversación de la que formaba parte, pero se sentía distanciada, como si sólo las escuchara por casualidad. Mientras Tariq hablaba, ella imaginaba su propia vida como una cuerda podrida, rota bruscamente, cuyas fibras se separaban y caían, ya inútiles.

Se encontraban en la sala de estar de la casa de Laila, en una calurosa y húmeda tarde de agosto de 1992. *Mammy* llevaba todo el día con dolor de estómago, y *babi* la había llevado al médico a pesar de los misiles que había lanzado Hekmatyar desde el sur hacía apenas unos minutos. Y allí estaba Tariq, sentado junto a ella en el sofá, mirando el suelo con las manos entre las rodillas.

Le estaba diciendo que se iba.

No se marchaba del barrio. Ni de Kabul. Se marchaba de Afganistán.

Se iba.

La noticia había caído sobre ella como un mazazo.

—¿Adónde? ¿Adónde te vas?

—Primero a Pakistán. A Peshawar. Luego no lo sé. Tal vez al Indostán. A Irán.

—¿Cuánto tiempo?

—No lo sé.

—Quiero decir, ¿cuánto hace que lo sabes?

—Unos días. Quería decírtelo, Laila, te lo juro, pero no me atrevía. Sabía cómo te pondrías.

—¿Cuándo?

—Mañana.

—¿Mañana?

—Laila, mírame.

—Mañana.

—Es mi padre. Su corazón ya no puede soportar más tantas luchas y matanzas.

Laila se cubrió el rostro con las manos y sintió que el miedo le oprimía el pecho.

Pensó que debería habérselo imaginado. Casi toda la gente que conocía había hecho las maletas y se había ido. El barrio prácticamente se había vaciado de rostros familiares, y apenas cuatro meses después del inicio de los combates entre las facciones de muyahidines, Laila ya no reconocía a casi nadie por la calle. La familia de Hasina había huido a Teherán en mayo. Wayma se había ido con su clan a Islamabad ese mismo mes. Los padres y hermanos de Giti se habían marchado en junio, poco después de la muerte de la muchacha. Laila no sabía adónde se habían ido, pero le había llegado el rumor de que se dirigían a Mashad, en Irán. Cuando una familia emprendía el viaje, su casa permanecía desocupada unos días; luego se instalaban en ella milicianos o desconocidos.

Todo el mundo partía, y ahora también lo haría Tariq.

—Y mi madre ya no es joven —añadía él—. Tienen mucho miedo. Laila, mírame.

—Deberías habérmelo dicho.

—Por favor, mírame.

Laila soltó un gruñido, luego un gemido, y finalmente se echó a llorar. Y cuando Tariq quiso secarle la mejilla con el pulgar, ella le apartó la mano. Era un gesto egoísta e irracional, pero estaba furiosa porque él la abandonaba, Tariq, que era como una prolongación de sí misma y cuya sombra surgía junto a la de ella en todos y cada uno de sus recuerdos.

¿Cómo podía abandonarla? Lo abofeteó. Luego volvió a abofetearlo y le tiró del pelo, y él tuvo que sujetarla por las muñecas. Le murmuró algo que ella no entendió, en voz baja y tono razonable, y sin saber muy bien cómo, acabaron frente con frente, nariz con nariz, y Laila notó de nuevo la respiración de Tariq en sus labios.

Y cuando él se tumbó de repente, ella lo imitó.

En los días y semanas siguientes, Laila hizo esfuerzos denodados por memorizar todo lo que había ocurrido. Como un amante del arte que huyera de un museo en llamas, echó mano a cuanto pudo salvar del desastre para conservarlo: una mirada, un susurro, un gemido. Pero el tiempo es un fuego que no perdona, y al final no logró salvarlo todo. Sólo le quedó esto: la primera y tremenda punzada de dolor. Los rayos de sol oblicuos sobre la alfombra. Su talón rozando la fría y dura pierna ortopédica de Tariq, que yacía a su lado después de habérsela quitado apresuradamente. Sus manos tomando los codos de Tariq. La roja marca de nacimiento con forma de mandolina que tenía él bajo la clavícula. El rostro de su amado sobre el suyo. Los negros rizos de él cayendo sobre sus labios y su barbilla, haciéndole cosquillas. El terror a ser descubiertos. La incredulidad que les suscitaba su propia audacia, su valor. El extraño e indescriptible placer entremezclado con el dolor. Y la expresión, las múltiples expresiones de Tariq: miedo, ternura, arrepentimiento, vergüenza, y más que nada avidez.

Después llegó el nerviosismo. Camisas y cinturones abrochados a toda prisa, cabellos repeinados con las manos. Se sentaron luego muy juntos, oliendo el uno al otro, con los rostros arrebolados, atónitos ambos y mudos ante la enormidad de lo que acababan de hacer.

Laila vio tres gotas de sangre en el suelo, su sangre, e imaginó a sus padres más tarde, sentados en ese mismo sofá, ignorantes del pecado que había cometido su hija. Y entonces la embargó la vergüenza y la culpa, y arriba se oía el tictac del reloj, que a ella se le antojaba ensordecedor. Como el mazo de un juez que golpeara una y otra vez, condenándola.

—Ven conmigo —dijo Tariq.

Por un momento, Laila casi llegó a creer que sería posible, que podría irse con él y sus padres, hacer la maleta y subir a un autobús, dejando atrás tanta violencia para ir en busca de algo mejor, o de nuevos problemas, porque, fuera lo que fuese, lo afrontarían juntos. No sería necesario pasar por el triste aislamiento y la insufrible soledad que la aguardaban.

Podía irse. Podían estar juntos.

Habría otras tardes como aquélla.

—Quiero casarme contigo, Laila.

Por primera vez desde que se habían sentado, ella alzó los ojos para mirarlo. Escudriñó su rostro y esta vez no halló ni rastro de burla. La expresión del muchacho era firme, de una seriedad cándida pero férrea.

—Tariq…

—Deja que me case contigo, Laila. Hoy. Podríamos casarnos hoy mismo. —Y empezó a hablar de ir a una mezquita, buscar un ulema y un par de testigos y hacer un rápido *nikka*.

Pero Laila pensaba en *mammy*, tan obstinada e intransigente como los muyahidines, sumida en una atmósfera de rencor y desesperación, y también en *babi*, que se había rendido hacía ya mucho tiempo y no era más que un triste y patético oponente para su esposa. «A veces… me siento como si tú fueras lo único que me queda, Laila.» Aquéllas eran las circunstancias de su vida, las verdades inexorables.

—Pediré tu mano a Kaka Jakim. Él nos dará su bendición, Laila. Lo sé.

Estaba en lo cierto. *Babi* les daría su bendición, pero se quedaría con el corazón destrozado.

Tariq siguió hablando en un murmullo, luego alzó la voz para suplicar y trató de imponer sus argumentos; su expresión pasó de la esperanza a la congoja.

—No puedo —dijo Laila.

—No digas eso. Yo te quiero.

—Lo siento…

—Te quiero.

¿Cuánto tiempo había esperado para oír esas palabras de su boca? ¿Cuántas veces había imaginado que las pronunciaba? Y cuando por fin se cumplía su sueño, Laila se sintió arrollada por la ironía de la situación.

—No puedo dejar a mi padre —declaró—. Soy todo lo que le queda. Su corazón no podría soportarlo.

Tariq lo sabía. Sabía que Laila no podía desentenderse de sus obligaciones, como tampoco podía él, pero la conversación prosiguió, repitiendo las súplicas de él y el rechazo de ella, las propuestas y las excusas, y las lágrimas de ambos.

Al final, Laila tuvo que obligarlo a marcharse.

En la puerta, ella le hizo prometer que se iría sin despedirse y cerró. Apoyó la espalda contra la madera, temblando al notar que Tariq aporreaba la hoja, aferrándose el estómago con un brazo y tapándose la boca con la otra mano, mientras él le hablaba desde el otro lado y le prometía que regresaría, que volvería a buscarla. Laila se quedó allí hasta que Tariq se cansó y se rindió, y luego oyó sus pasos desiguales hasta que se perdieron en la distancia y todo quedó en silencio, salvo por los disparos que se oían en las colinas y su propio corazón que palpitaba con fuerza en su vientre, en sus ojos, en sus huesos.

26

Era con diferencia el día más caluroso del año. Las montañas atrapaban el calor sofocante, que ahogaba la ciudad como si se tratara de humo. Hacía días que se habían quedado sin electricidad. Por todo Kabul había ventiladores eléctricos apagados, casi como una burla.

Laila estaba tumbada en el sofá de la sala de estar, inmóvil, sudando bajo la blusa. Cada vez que respiraba, el aliento le quemaba la punta de la nariz. Sabía que sus padres estaban hablando en la habitación de *mammy*. Dos noches atrás, y también la noche anterior, Laila se había despertado y le había parecido oír voces abajo. Sus padres hablaban ahora todos los días, desde que una bala había abierto un agujero en el portón de su casa.

En el exterior se oía el estruendo lejano de la artillería y, más cerca, una larga ráfaga de disparos, seguida de otras.

También en el interior de Laila se libraba una batalla: la culpa por un lado, asociada con la vergüenza; por el otro, la convicción de que Tariq y ella no habían cometido ningún pecado, que todo había sido natural, bueno, hermoso, incluso inevitable, alentado por la idea de que tal vez no volvieran a verse nunca más.

Se tumbó de lado y trato de recordar una cosa. En determinado momento, cuando estaban en el suelo, Tariq había apoyado la frente en la de ella y luego había dicho algo entre jadeos, algo como «¿Te hago daño?», o «¿Te hace daño?».

Laila no estaba segura de qué había dicho.

«¿Te hago daño?»

«¿Te hace daño?»

Sólo habían pasado dos semanas desde su marcha y ya estaba ocurriendo. El tiempo embotaba sus recuerdos. Se esforzó al máximo para recordar las palabras exactas. De repente le parecía de vital importancia saberlo.

Cerró los ojos para concentrase mejor.

Con el tiempo, acabaría cansándose de ese ejercicio. Cada vez le resultaría más agotador conjurar, desempolvar, resucitar de nuevo lo que llevaba tanto tiempo muerto. De hecho, llegaría un día, años más tarde, en que Laila ya no lloraría su pérdida. O al menos no estaría siempre llorándolo. Llegaría un día en que los detalles del rostro de Tariq empezarían a borrarse de su memoria, y cuando oyera a una madre en la calle llamando a su hijo por el nombre de Tariq, ya no se sentiría perdida. No lo echaría de menos como entonces, cuando el dolor de su ausencia era su compañero inseparable, como el dolor fantasma de un miembro amputado.

Cuando Laila fuera una mujer adulta, sólo muy de vez en cuando, mientras planchara una camisa o empujara a sus hijos en el columpio, algún detalle trivial, tal vez el calor de una alfombra bajo sus pies en un día de verano o la frente curvada de algún desconocido, despertaría algún recuerdo de aquella tarde. Y entonces lo reviviría todo de golpe. La espontaneidad. Su asombrosa imprudencia. Su torpeza. El dolor, el placer y la tristeza del acto. El calor de sus cuerpos entrelazados. Y la invadiría por completo, dejándola sin aliento.

Pero luego pasaría. El momento se iría, dejándola abatida, sin sentir nada más que una vaga inquietud.

Laila decidió finalmente que Tariq había dicho: «¿Te hago daño?» Sí. Eso era. Se alegró de haberlo recordado.

De pronto oyó a *babi* llamándola desde lo alto de la escalera, pidiéndole que subiera rápidamente.

—¡Ha aceptado! —dijo *babi* con voz trémula por la emoción contenida—. Nos vamos, Laila. Todos juntos. Abandonamos Kabul.

Los tres estaban sentados en la cama de *mammy*. Fuera, los misiles silbaban cruzando el cielo, y las fuerzas de Hekmatyar y Massud seguían combatiendo sin descanso. Laila sabía que en alguna parte de la ciudad acababa de morir alguien, y que una cortina de humo negro se cernía sobre algún edificio derrumbado en medio de una nube de polvo. Al día siguiente, habría cadáveres en la calle y habría que sortearlos. Recogerían algunos. Otros no. Los perros de Kabul, que se habían aficionado a la carne humana, se darían un festín.

Aun así, Laila sentía la necesidad de correr por esas calles, incapaz de contener su felicidad. Tenía que esforzarse por permanecer sentada y no chillar de alegría. *Babi* dijo que primero irían a Pakistán para solicitar los visados. ¡Pakistán, donde estaba Tariq! Sólo hacía diecisiete días que se había ido, calculó con un arrebato de emoción. Si *mammy* se hubiera decidido diecisiete días antes, habrían podido marcharse juntos. ¡Estaría con él en ese preciso instante! Pero eso ya no importaba. Se iban a Peshawar los tres, y allí encontrarían a Tariq y a sus padres. Seguro. Tramitarían juntos los visados. Y luego, ¿quién sabía? ¿Europa? ¿América? Tal vez, como decía siempre *babi*, algún lugar cerca del mar…

Mammy estaba recostada en la cabecera de la cama. Tenía los ojos hinchados. Se tiraba del pelo.

Tres días antes, Laila había salido a la calle para tomar un poco el aire. Se había quedado apoyada en el portón y de pronto había oído un fuerte chasquido. Algo había pasado silbando junto a su oreja derecha y había hecho volar astillas de madera delante de sus ojos. A pesar de la muerte de Giti, de los miles de disparos y de los numerosos misiles que habían caído sobre Kabul, había tenido que ser la visión de aquel único agujero en el portón, a menos de tres dedos de donde Laila había apoyado la cabeza, lo que despertara por fin a su madre y le hiciera ver que una guerra le había arrebatado ya a dos hijos, y que la siguiente bien podía costarle la única hija que le quedaba.

Ahmad y Nur sonreían desde las paredes de la habitación. Laila vio los ojos de su madre yendo de una fotografía a otra con expresión de culpabilidad, como si solicitara su consentimiento, su bendición. Como si les pidiera perdón.

—Aquí no nos queda nada —dijo *babi*—. Nuestros hijos han muerto, pero aún tenemos a Laila. Aún nos tenemos el uno al otro, Fariba. Podemos empezar una nueva vida.

Babi alargó la mano sobre la cama, y cuando se inclinó para coger las de su esposa, ella no las apartó. En su rostro se leía la rendición, la resignación. Se cogieron de la mano levemente, y luego se abrazaron, meciéndose en silencio. *Mammy* apoyó el rostro en el cuello de su marido, se aferró a su camisa.

Esa noche, Laila estaba tan nerviosa que no consiguió conciliar el sueño. Desde la cama contempló los estridentes tonos amarillos y anaranjados que iluminaban el horizonte. Sin embargo, en determinado momento, a pesar de la euforia que la embargaba y de los estallidos de la artillería, se quedó dormida.

Y soñó.

Están en una playa, sentados sobre una colcha. El día es frío y nublado, pero se encuentra muy a gusto junto a Tariq bajo la manta que los envuelve. Ve coches aparcados tras una valla baja, blanca y cuarteada, bajo una hilera de palmeras azotadas por el viento. Tiene los ojos llorosos por culpa del viento y los zapatos medio enterrados en la arena. El viento arroja también matojos de hierba seca de las onduladas crestas de una duna a la siguiente. Tariq y ella observan unos veleros que se mecen en el agua a lo lejos. A su alrededor vuelan las gaviotas entre chillidos. El viento arranca una nueva lluvia de arena de las leves pendientes. Se oye entonces un sonido semejante a un cántico, y Laila le cuenta lo que *babi* le enseñó años atrás sobre ese canto.

Tariq le limpia la frente de arena. Laila capta el destello de una alianza en su dedo. Es idéntica a la que lleva ella, de oro y con una especie de dibujo laberíntico en todo su contorno.

«Es verdad —le dice a Tariq—. Es la fricción de los granos entre sí. Escucha.» Él obedece. Frunce el ceño. Vuelven a oír el sonido. Un quejido cuando el viento es suave, un agudo coro de maullidos cuando el viento sopla con fuerza.

Babi dijo que debían llevarse sólo lo absolutamente necesario. El resto lo venderían.

—Con lo que saquemos podremos vivir en Peshawar hasta que encuentre trabajo.

Durante los dos días siguientes reunieron todo lo que podía ser vendido y formaron grandes montones.

En su habitación, Laila apartó viejos zapatos, blusas, libros y juguetes. Bajo la cama encontró una diminuta vaca de cristal amarillo que Hasina le había dado durante el recreo en quinto curso. También un llavero con una pelota de fútbol en miniatura, regalo de Giti. Una pequeña cebra de madera con ruedas. Un astronauta de cerámica que Tariq y ella habían encontrado un día en una alcantarilla. Ella tenía seis años y él ocho. Laila recordaba que se había producido una pequeña disputa por ver quién de los dos lo había encontrado.

Mammy también recogió sus pertenencias, con movimientos reticentes y una expresión letárgica y distante en los ojos. Renunció a la vajilla buena, las servilletas y todas las joyas, salvo la alianza, y a la mayor parte de la ropa.

—No irás a vender esto, ¿verdad? —dijo Laila, levantando en alto el vestido de boda de su madre, que se abrió en cascada sobre su regazo. Acarició el encaje y la cinta que bordeaba el escote, y los aljófares cosidos a mano en las mangas.

Su madre se encogió de hombros y cogió el vestido para arrojarlo con brusquedad sobre el montón. Fue como quitarse un esparadrapo de un tirón, pensó Laila.

A *babi* le correspondió la tarea más dolorosa.

Lo encontró de pie en su estudio con expresión compungida, observando sus estantes. Llevaba una camiseta de segunda mano con una imagen del puente rojo de San Francisco. Una densa niebla ascendía de las aguas espumosas y engullía las torres del puente.

—Ya conoces esa vieja historia —dijo él—. Estás en una isla desierta y sólo puedes tener cinco libros. ¿Cuáles escogerías? Nunca pensé que tendría que hacerlo realmente.

—Tendremos que ayudarte a iniciar una nueva colección, *babi*.

—Mmm. —Él sonrió con tristeza—. Me cuesta creer que vaya a abandonar Kabul. Fui al colegio aquí, conseguí aquí mi primer trabajo, fui padre en esta ciudad. Resulta extraño pensar que pronto dormiré bajo el cielo de otra ciudad.

—También a mí me lo parece.

—Durante todo el día me ha rondado por la cabeza un poema sobre Kabul. Lo escribió Saib-e-Tabrizi en el siglo diecisiete, creo. Antes me lo sabía entero, pero ahora sólo recuerdo dos versos:

Eran incontables las lunas que brillaban sobre sus azoteas,
o los mil soles espléndidos que se ocultaban tras sus muros.

Laila alzó la vista. Vio que su padre estaba llorando y le rodeó la cintura con el brazo.

—Oh, *babi*. Volveremos. Cuando termine esta guerra, volveremos a Kabul, *inshalá*. Ya lo verás.

• • •

En la tercera mañana, Laila empezó a trasladar las pilas de bártulos al patio para depositarlos junto al portón. Buscarían un taxi y lo llevarían todo a una casa de empeños.

Laila se pasó la mañana yendo de casa al patio y viceversa, acarreando gran cantidad de ropa y discos, e innumerables cajas con los libros de su padre. Debería haberse sentido extenuada al mediodía, cuando la pila de objetos que había junto al portón le llegaba a la cintura. Pero sabía que, con cada viaje, se acercaba el momento de volver a ver a Tariq, y con cada viaje sus piernas se volvían más ágiles y sus brazos más incansables.

—Vamos a necesitar un taxi muy grande.

La joven alzó la vista. Era su madre, que le hablaba desde el dormitorio. Estaba asomada a la ventana con los codos apoyados en el alféizar. El sol, cálido y espléndido, se reflejaba en sus grises cabellos, iluminando su rostro demacrado. *Mammy* llevaba el mismo vestido azul cobalto que se había puesto para la fiesta celebrada cuatro meses antes, un vestido desenfadado pensado para una mujer joven, pero, por un momento, a Laila le pareció estar ante una anciana. Una anciana de brazos nervudos, sienes hundidas y ojos cansados con oscuras ojeras, una criatura completamente distinta de la mujer regordeta de cara redonda que exhibía una sonrisa radiante en sus viejas fotos de boda.

—Dos taxis grandes —puntualizó ella.

También veía a su padre en la sala de estar, apilando cajas de libros.

—Sube aquí cuando termines con eso —le indicó su madre—. Nos sentaremos a comer huevos duros y judías que sobraron.

—Mi plato favorito —declaró la muchacha.

Pensó de repente en su sueño. En Tariq y ella sobre una colcha. Con el océano, el viento, las dunas.

¿Cómo sonaban las dunas al cantar?, se preguntó.

Laila se detuvo. Vio una lagartija gris que salía reptando de una grieta en el suelo. La lagartija movió la cabeza de un lado a otro. Parpadeó. Se metió como una flecha bajo una roca.

Ella volvió a imaginar la playa. Sólo que ahora se oía el canto por todas partes, e iba en aumento. Cada vez era más estridente, más agudo, y le llenaba la cabeza, ahogando todo lo demás. Las gaviotas no eran más que mimos con plumas, abriendo y cerrando el pico sin que de él saliera sonido alguno, y las olas rompían en la arena con espuma, pero en silencio. La arena seguía cantando. Chillaba. Sonaba como... ¿un tintineo?

Un tintineo no. No. Un silbido.

Laila dejó caer los libros. Alzó los ojos hacia el cielo, haciendo pantalla con una mano.

Entonces se produjo un espantoso estallido.

Y a su espalda hubo un destello blanco.

El suelo se movió bajo sus pies.

Algo cálido y potente la golpeó por detrás y la levantó por los aires. Y Laila voló, retorciéndose, dando vueltas en el aire, viendo el cielo, luego la tierra, luego el cielo, luego la tierra. Un gran pedazo de madera en llamas pasó velozmente por su lado. También pasaron mil pedazos de cristal, y a ella le pareció que los veía todos individualmente volando a su alrededor, girando lentamente, reflejando la luz del sol por un lado y por otro, con preciosos arco iris diminutos.

Luego se estrelló contra la pared y se desplomó. Sobre su rostro y sus brazos cayó una lluvia de polvo, piedras y cristales. Lo último que vio antes de perder el conocimiento fue un objeto que caía pesadamente al suelo cerca de ella, un trozo sanguinolento de alguna cosa. Encima asomaba el extremo de un puente rojo a través de una densa niebla.

Formas que se mueven alrededor. Fluorescentes que brillan en el techo. El rostro de una mujer aparece sobre ella.

Laila vuelve a sumirse en la oscuridad.

· · ·

Otro rostro. Esta vez de un hombre. Sus rasgos parecen grandes y flácidos. Sus labios se mueven, pero no producen ningún sonido. Laila sólo oye un pitido.

El hombre agita la mano delante de sus ojos. Pone mala cara. Sus labios vuelven a moverse.

Le duele. Le duele respirar. Le duele todo.

Un vaso de agua. Una píldora rosa.

De vuelta a la oscuridad.

La mujer otra vez. Rostro alargado, ojos juntos. Dice algo. Laila no oye nada más que el pitido. Pero ve las palabras, brotando de la boca de la mujer como espeso jarabe negro.

Le duele el pecho. Le duelen los brazos y las piernas.

Formas moviéndose a su alrededor.

¿Adónde ha ido Tariq?

¿Por qué no está aquí con ella?

Oscuridad. Una constelación de estrellas.

Babi y ella de pie en un lugar muy alto. Él señala un campo de cebada. Un generador cobra vida.

La mujer de rostro alargado se inclina sobre ella y la mira.

Le duele respirar.

En alguna parte suena un acordeón.

Gracias a Dios, la píldora rosa otra vez. Luego un profundo silencio. Un silencio que se cierne sobre cuanto la rodea.

Tercera Parte

27

Mariam

—¿Sabes quién soy?

Los ojos de la muchacha parpadearon.

—¿Sabes lo que ha ocurrido?

Le tembló la boca. Cerró los ojos. Tragó saliva. Se tocó la mejilla izquierda con la mano. Trató de decir algo.

Mariam se inclinó más sobre ella.

—Por este oído —musitó la joven— no oigo nada.

Durante la primera semana, la muchacha no hizo más que dormir con la ayuda de las píldoras rosas por las que Rashid había pagado en el hospital. Murmuraba en sueños. A veces balbuceaba incoherencias, chillaba, gritaba nombres que Mariam no reconocía. Lloraba en sueños, se alteraba y apartaba las mantas a puntapiés, y ella tenía que sujetarla. A veces no hacía más que vomitar todo lo que le daba para comer.

Cuando no estaba alterada, la chica no era más que un par de ojos muy abiertos que miraban desde debajo de la manta, susurrando lacónicas respuestas a las preguntas de ellos dos. Algunos días se portaba como una niña pequeña y movía la cabeza de un lado a otro cuando uno tras otro trataban de alimentarla. Se ponía rígida cuando Mariam le acercaba una cuchara a la boca. Pero se cansaba fácilmente y acababa sometiéndose. Después de la rendición venían los largos episodios de llanto.

Rashid y Mariam le untaban una crema antibiótica en los cortes del cuello y la cara, y en las heridas suturadas de los hombros, los brazos y las piernas. Ella le ponía luego unas vendas que lavaba y reutilizaba. Y le sujetaba los cabellos cuando tenía que vomitar.

—¿Cuánto tiempo se va a quedar? —preguntó Mariam a Rashid.

—Hasta que mejore. Mírala. No está en condiciones de irse a ninguna parte. Pobrecita.

Fue él quien encontró a la chica, quien la sacó de debajo de los escombros.

—Fue una suerte que estuviera en casa —dijo. Estaba sentado en una silla plegable junto a la cama de Mariam, donde yacía la muchacha—. Una suerte para ti, quiero decir. Te saqué con mis propias manos. Tenías un trozo de metal así de grande clavado en el hombro —explicó, separando el pulgar y el dedo índice para mostrar, y doblar al menos, según la apreciación de Mariam, el tamaño real—. Así de grande. Estaba muy profundo. Pensé que tendría que usar unas tenazas para sacarlo. Pero ya estás bien. Enseguida estarás *nau socha*. Como nueva.

Fue Rashid quien salvó unos pocos libros de Hakim.

—Casi todos estaban hechos cenizas. Me temo que el resto los robaron.

Ayudó a Mariam a cuidar de la chica durante la primera semana. Un día volvió del trabajo con una manta nueva y una almohada. Otro día, con un frasco de pastillas.

—Vitaminas —explicó.

Fue Rashid quien dio a Laila la noticia de que habían ocupado la casa de su amigo Tariq.

198

—Un regalo —dijo—. De uno de los comandantes de Sayyaf a tres de sus hombres. Un regalo. ¡Ja!

Los tres hombres eran en realidad muchachos de rostro juvenil y tostado por el sol. Mariam los veía al pasar, siempre con el uniforme de faena, acuclillados junto a la puerta de la casa de Tariq, fumando y jugando a las cartas, con los kalashnikovs apoyados contra la pared. El más musculoso, que se comportaba con suficiencia y desprecio, era el líder. El más joven era también el más reservado, el que parecía más reacio a adoptar el aire de impunidad de sus amigos. Había adquirido la costumbre de sonreír e inclinar la cabeza para saludar a Mariam. Al hacerlo, su petulancia superficial se desvanecía y Mariam vislumbraba cierta humildad aún no corrompida.

Hasta que una mañana cayeron misiles sobre la casa. Más tarde se rumoreó que los habían lanzado los hazaras de Wahdat. Durante un tiempo, los vecinos fueron encontrando trozos de los muchachos.

—Se lo estaban buscando —dijo Rashid.

La chica había tenido una suerte increíble al escapar con heridas relativamente leves, pensaba Mariam, teniendo en cuenta que el misil había dejado su casa convertida en ruinas humeantes. Lentamente, la joven fue mejorando. Empezó a comer más, a cepillarse el pelo ella sola, a bañarse. Empezó a compartir las comidas con Mariam y Rashid.

Pero de repente le venía a la cabeza un recuerdo y se sumía en un silencio sepulcral o períodos de malhumor. De retraimiento y desmayos. De rostro pálido y cansado. De pesadillas y súbitos accesos de pena. De vómitos.

Y a veces, de arrepentimiento.

—No debería estar aquí —dijo un día.

Mariam estaba cambiando las sábanas. La chica la observaba desde el suelo, con las rodillas llenas de heridas apretadas contra el pecho.

—Mi padre quería sacar las cajas. Los libros. Dijo que pesaban demasiado para mí. Pero yo no le dejé. Estaba impaciente. Debería haber estado dentro de casa cuando ocurrió.

Mariam sacudió la sábana limpia y dejó que se posara sobre la cama. Miró a la joven, sus rizos castaños, su esbelto cuello, sus ojos verdes, sus altos pómulos y sus labios carnosos. Mariam recordaba haberla visto en la calle de pequeña, trotando tras su madre camino del *tandur*, a caballito en los hombros de su hermano más joven, el que tenía un mechón de pelos en la oreja. Jugando a las canicas con el hijo del carpintero.

La chica la miraba como si esperara que Mariam le transmitiera un fragmento de sabiduría, que le dijera unas palabras de aliento. Pero ¿qué sabiduría podía ofrecerle ella? ¿Qué aliento? Mariam recordó el día en que enterraron a Nana y el escaso consuelo que había hallado en las palabras del ulema Faizulá, cuando le había citado el Corán. «Bendito Aquel en Cuyas manos está el reino, y Aquel que tiene poder sobre todas las cosas, que creó la muerte y la vida con las que puede ponerte a prueba.» O cuando le había dicho, hablando del sentimiento de culpa: «Esos pensamientos no te hacen ningún bien, Mariam *yo*. Te destruirán. No fue culpa tuya. No fue culpa tuya.»

¿Qué podía decirle a aquella joven para aliviar su carga?

Al final Mariam no tuvo que decir nada, porque la chica hizo una mueca y se puso a gatas diciendo que iba a vomitar.

—¡Espera! Aguanta, iré por una cazuela. En el suelo no. Acabo de limpiar… Oh. Oh. *Jodaya*. Dios.

Y luego, un día, aproximadamente un mes después de la explosión que había matado a los padres de la chica, un hombre llamó a la puerta. Le abrió Mariam. El desconocido se explicó.

—Ha venido a verte un hombre —anunció Mariam.

La chica alzó la cabeza de la almohada.

—Dice que se llama Abdul Sharif.

—No conozco a nadie que se llame así.

—Bueno, pues pregunta por ti. Tienes que bajar y hablar con él.

28

Laila

Laila se sentó frente a Abdul Sharif, que era un hombre delgado y de cabeza pequeña, con una nariz protuberante llena de hondas cicatrices, igual que las mejillas. Los cortos cabellos castaños parecían clavados en su cuero cabelludo como alfileres en un acerico.

—Tienes que perdonarme, *hamshira* —dijo, ajustándose el cuello de la camisa y secándose la frente con un pañuelo—. Me temo que todavía no estoy recuperado del todo. Aún me quedan cinco días más de esas… ¿cómo las llaman?… sí, píldoras de sulfamida.

Laila se colocó en el asiento de modo que el oído bueno, el derecho, quedara más cerca del hombre.

—¿Era usted amigo de mis padres?

—No, no —se apresuró a decir Abdul Sharif—. Perdóname. —Alzó un dedo y bebió un largo trago de agua del vaso que Mariam había dejado frente a él—. Supongo que debería empezar por el principio. —Se secó los labios y luego otra vez la frente—. Soy un hombre de negocios. Tengo tiendas de ropa, sobre todo de caballero. *Chapans*, sombreros, *tumbans*, trajes, corbatas… de todo. Dos tiendas aquí en Kabul, en Taimani y Shar-e-Nau, aunque éstas acabo de venderlas. Y dos en Pakistán, en Peshawar. Allí tengo también el almacén. Así que viajo mucho. Lo que en los tiempos que corren… —Meneó la cabeza y rió entre dientes con gesto cansado—. Bueno, digamos que es toda una aventura.

»Me hallaba en Peshawar recientemente por mis negocios, recogiendo pedidos y haciendo inventario, esa clase de cosas. Y también visitando a mi familia. Tenemos tres hijas, *alhamdulelá*. Las mandé a Peshawar con mi esposa cuando los muyahidines empezaron a enfrentarse entre ellos. No quería que sus nombres se añadieran a la lista de *shahid*. Ni tampoco el mío, para ser sincero. Muy pronto iré a reunirme con ellas, *inshalá*.

»El caso es que debía volver a Kabul hace dos miércoles, pero la suerte quiso que cayera enfermo. No te molestaré con detalles, *hamshira*, sólo te diré que cuando me disponía a hacer mis necesidades, las más sencillas, me sentí como si salieran astillas de cristales. No le desearía algo así ni al propio Hekmatyar. Mi esposa, Nadia *yan*, que Alá la bendiga, me suplicó que fuera al médico, pero yo pensé que se me pasaría tomándome aspirinas y bebiendo mucha agua. Nadia *yan* insistió y yo me negué una y otra vez. Ya sabes el dicho: "Un asno terco necesita un arriero igual de terco." Me temo que esta vez ganó el asno. Que era yo.

Se bebió el resto del agua y le tendió el vaso a Mariam.

—Si no es mucha *zahmat*…

Mariam lo cogió y fue a llenarlo.

—Ni que decir tiene que debería haberle hecho caso. Siempre ha sido la más sensata de los dos, que Alá le conceda larga vida. Cuando fui al hospital, ardía de fiebre y temblaba como un árbol *beid* azotado por el viento. Apenas me sostenía en pie. La doctora dijo que tenía envenenamiento de la sangre. Aseguró que de haber tardado dos o tres días más, mi mujer se habría quedado viuda.

»Me ingresaron en una unidad especial, reservada para personas muy graves, supongo. Oh, *tashakor*. —Cogió el vaso que le ofrecía Mariam y se sacó una enorme píldora blanca del bolsillo de la chaqueta—. ¡Qué grandes son!

Laila lo observó tomarse la pastilla. Era consciente de que respiraba agitadamente y notaba las piernas muy pesadas, como si le hubieran atado unos plomos a los pies. Se dijo que el hombre aún no había acabado, que en realidad aún no le había dicho nada. Pero evidentemente el hombre seguiría hablando, y ella tuvo que resistirse al impulso de levantarse y salir, salir antes de que le dijera cosas que no quería oír.

Abdul Sharif dejó el vaso sobre la mesa.

—Allí fue donde conocí a tu amigo, Mohamad Tariq Walizai.

El corazón de Laila se aceleró. ¿Tariq en un hospital? ¿En una unidad especial? ¿Para personas muy graves?

Laila tragó una saliva seca y áspera. Se agitó en el asiento. Tenía que armarse de valor. De lo contrario, temía volverse loca. Desvió sus pensamientos de hospitales y unidades especiales y pensó que no había oído el nombre completo de Tariq desde que ambos se habían inscrito en un curso de farsi años atrás. El profesor pasaba lista después del timbre y decía su nombre: Mohamad Tariq Walizai. A la sazón, a Laila le había parecido de una cómica solemnidad.

—Una de las enfermeras me contó lo que le había ocurrido —prosiguió Abdul Sharif al tiempo que se daba golpes en el pecho con el puño, como tratando de facilitar el paso de la pastilla—. Con la de veces que he estado en Peshawar, he aprendido bastante bien el urdu. El caso es que me contó que tu amigo se encontraba en un camión lleno de refugiados, veintitrés exactamente, que se dirigían a Peshawar. Cerca de la frontera, se vieron atrapados en un fuego cruzado. Un misil dio en el camión. Seguramente era uno perdido, pero nunca se sabe con esa gente, nunca se sabe. Sólo hubo seis supervivientes y a todos los ingresaron en la misma unidad del hospital. Tres personas murieron en las veinticuatro horas siguientes. Dos de ellas se recuperaron, dos hermanas, según creo, y les dieron el alta. Tu amigo el señor Walizai era el último. Llevaba allí casi tres semanas cuando yo llegué.

Así que estaba vivo. Pero ¿eran graves sus heridas?, se preguntó Laila con desesperación. Lo bastante graves para hallarse ingresado en una unidad especial, evidentemente. Laila notó que había empezado a sudar, que tenía el rostro acalorado. Trató de pensar en otra cosa, en algo agradable, como el viaje a Bamiyán con Tariq y *babi* para ver los budas. Pero en lugar de eso se le presentó la imagen de los padres de Tariq: la madre atrapada en el camión volcado, gritando el nombre de su hijo en medio de la humareda, con los brazos y el pecho envueltos en llamas, y la peluca fundiéndose en su cabeza…

Laila tuvo que tomar aire varias veces seguidas.

—Estaba en la cama contigua a la mía. No había paredes, sólo una cortina entre los dos, así que lo veía bastante bien.

De repente Abdul Sharif sintió la imperiosa necesidad de toquetear su alianza de boda. Y empezó a hablar más despacio.

—Tu amigo tenía heridas graves, muy muy graves, ¿comprendes? Le salían tubos de todas partes. Al principio… —Carraspeó un poco—. Al principio pensé que había perdido las dos piernas en el ataque, pero una enfermera me dijo que no, que sólo la derecha, que la izquierda era de una herida antigua. También tenía lesiones internas. Ya lo habían operado tres veces, para cortarle trozos del intestino y no recuerdo qué más. Y tenía quemaduras muy graves. Sólo diré eso. Estoy seguro de que tienes ya tu dosis de pesadillas, *hamshira*. No es necesario que yo venga a aumentarla.

Así que Tariq ya no tenía piernas. Era un torso con dos muñones. Sin piernas. Laila sintió que iba a desmayarse. Con un esfuerzo lento y desesperado, arrojó sus pensamientos fuera de la habitación, por la ventana, lejos de aquel hombre, para enviarlos más allá de la calle, más allá de la ciudad, de manera que sus casas y bazares de azoteas planas, su laberinto de callejuelas estrechas, se convirtieron en castillos de arena.

—Estaba drogado la mayor parte del tiempo. Por el dolor, claro. Pero cuando se le pasaban los efectos tenía momentos de lucidez. Sufría, pero pensaba con claridad. Yo le hablaba desde mi cama. Le dije quién era, de dónde era. Creo que él se alegró de tener a un *hamwatan* a su lado.

»Sobre todo hablaba yo, porque a él le costaba un gran esfuerzo. Tenía la voz ronca y creo que le dolía hasta el simple hecho de mover los labios. Así que le hablé de mis hijas y de nuestra casa en Peshawar, y también de la galería que mi cuñado y yo estamos construyendo en la parte de atrás. Le conté que había vendido las tiendas de Kabul y que volvía aquí para terminar con el papeleo. No era una gran conversación, pero lo distraía. Al menos a mí me gusta pensar que era así.

»En ocasiones también hablaba él. Muchas veces no entendía lo que me decía, pero capté lo esencial. Describió el lugar donde vivía, aquí en Kabul. Me habló de su tío de Gazni. Y de cómo cocinaba su madre, que su padre era carpintero y que él tocaba el acordeón.

»Pero sobre todo me hablaba de ti, *hamshira*. Decía que tú eras… ¿cómo era…? Decía que tú eras su primer recuerdo. Creo que lo expresó así. Se notaba que te quería mucho. *Balay*, eso era evidente. Pero dijo también que se alegraba de que no estuvieras allí. Dijo que no habría querido que lo vieras en ese estado.

Laila sentía de nuevo los pies de plomo, anclados al suelo, como si de repente toda la sangre se hubiera acumulado allí. Pero su mente se hallaba muy lejos, volando en libertad, desplazándose como un misil sobre Kabul, dejando atrás las escarpadas colinas pardas y los desiertos pelados con matojos de salvia, y los cañones de piedra roja cortada a pico y las montañas de cumbres nevadas…

—Cuando le anuncié que regresaba a Kabul, me pidió que vinieras a verte para decirte que se acordaba de ti, que te echaba de menos. Le prometí que lo haría. Le había tomado aprecio. Se notaba que era un joven muy decente.

Abdul Sharif se secó la frente con el pañuelo.

—Una noche me desperté —prosiguió, con renovado interés por su alianza—. Al menos creo que era de noche, porque en esa clase de sitios es difícil de saber. No había ventanas. Nunca estaba seguro de si era el amanecer o el crepúsculo. La cuestión es que me desperté y noté que había cierto bullicio alrededor de la cama contigua. Tienes que entender que yo también estaba drogado, oscilando siempre entre el sueño y la vigilia, hasta el punto de que la realidad y los sueños se confundían en mi mente. Sólo recuerdo que había médicos apiñados en torno a su lecho, pidiendo una cosa u otra, y que sonaban pitidos y había montones de jeringuillas por el suelo.

»A la mañana siguiente, su cama estaba vacía. Pregunté por él a una enfermera y ella me dijo que había luchado valientemente hasta el final.

Laila era vagamente consciente de que estaba asintiendo con la cabeza. Ya lo sabía. Claro que sí. Sabía por qué había ido a verla aquel hombre, qué noticias traía, desde el mismo instante en que se había sentado frente a él.

—Al principio… Bueno, al principio no creía que fueras real —continuó el hombre—. Suponía que era la morfina la que hablaba por su boca. Tal vez incluso esperaba que no existieras; siempre he temido tener que ser portador de malas noticias. Pero se lo había prometido. Y, como digo, le había tomado aprecio. Así que volví a Kabul hace unos días y pregunté por ti, hablé con algunos vecinos y ellos me indicaron esta casa. También me contaron lo que les había ocurrido a tus padres. Al oírlo, bueno, di media vuelta y me fui. No quería revelártelo. Decidí que sería demasiado para ti. Que sería demasiado para cualquiera.

Abdul Sharif alargó la mano por encima de la mesa y la posó sobre la rodilla de Laila.

—Pero he vuelto. Porque al final llegué a la conclusión de que él habría querido que lo supieras. Lo siento mucho. Ojalá…

Laila ya no lo escuchaba. Recordaba el día en que el hombre de Panyshir había ido a su casa para comunicarles la noticia de la muerte de Ahmad y Nur. Recordaba a *babi*, pálido como la cera, encorvado en el sofá, y a *mammy*, que se había llevado la mano a la boca. Laila había visto derrumbarse a su madre aquel día y se había asustado, pero no había sentido un auténtico pesar. No había comprendido la horrible inmensidad de la pérdida. En ese momento otro desconocido le traía la noticia de otra muerte; era ella la que estaba sentada. ¿Aquél era, pues, el castigo por haberse mostrado tan fría ante el sufrimiento de su propia madre?

Laila recordó que *mammy* se había arrojado al suelo y había empezado a chillar y arrancarse el pelo. Pero ella no consiguió ni siquiera hacer eso. Apenas era capaz de moverse. No podía mover ni un músculo.

Se quedó sentada en la silla, con las manos inertes sobre el regazo y la mirada perdida, y dejó que su mente siguiera volando. Dejó que siguiera volando hasta que encontró el lugar, el refugio seguro donde los campos de cebada eran verdes, las aguas discurrían límpidas y claras, y las semillas de algodón danzaban por millares en el aire; el lugar donde *babi* leía un libro bajo una acacia y Tariq dormitaba con las manos enlazadas sobre el pecho, y donde ella podía hundir los pies en el arroyo y tener sueños hermosos bajo la atenta mirada de los dioses antiguos de roca blanqueada por el sol.

29

Mariam

—Lo siento mucho —dijo Rashid a la chica, cogiendo el cuenco de *mastawa* con albóndigas que le tendía su esposa sin mirarla siquiera—. Sé que erais muy… amigos… vosotros dos. Siempre juntos, desde niños. Es terrible. Son demasiados los jóvenes afganos que están muriendo de esa forma.

Hizo un ademán de impaciencia sin dejar de mirar a la chica, y su mujer le pasó una servilleta.

Durante años, Mariam lo había observado cuando comía, viendo cómo se le movían los músculos de las sienes, cómo formaba pequeñas bolas compactas de arroz con una mano, mientras con el dorso de la otra se limpiaba la grasa de la boca o se quitaba granos sueltos. Durante años, Rashid había comido sin levantar la vista, sin hablar, en medio de un silencio condenatorio, como si estuviera celebrándose un juicio, un mutismo que sólo rompía para emitir un gruñido de acusación, un chasquido de censura, una orden monosílaba para pedir más pan, más agua.

En ese momento comía con cuchara. Usaba servilleta. Decía *loftan* cuando pedía agua. Y hablaba por los codos, muy animado.

—En mi opinión, los americanos se equivocaron de hombre al entregar armas a Hekmatyar, todas las que le entregó la

CIA para luchar contra los soviéticos en los ochenta. Los soviéticos se han ido, pero él sigue teniendo las armas, y ahora las ha vuelto contra gente inocente como tus padres. Y a eso lo llama yihad. ¡Menuda farsa! ¿Qué tiene que ver la yihad con matar mujeres y niños? Habría sido mejor que la CIA diera las armas al comandante Massud.

Mariam enarcó las cejas sin poderlo evitar. ¿El comandante Massud? Aún resonaban en su cabeza las peroratas de Rashid despotricando contra ese hombre, acusándolo de traidor y comunista. Pero, claro, Massud era tayiko, igual que Laila.

—Él sí que es razonable. Un afgano con honor. Un hombre interesado de verdad en una solución pacífica.

Rashid se encogió de hombros y suspiró.

—Y no es que a los americanos les importe lo más mínimo, ojo. ¿Qué más les da a ellos que los pastunes, los hazaras, los tayikos y los uzbekos se maten mutuamente? ¿Cuántos americanos pueden siquiera distinguirlos? No hay que esperar ayuda de ellos, eso es lo que yo digo. Ahora que los soviéticos se han hundido, ya no nos necesitan para nada. Hemos servido a su propósito. Para ellos, Afganistán es un *kenarab*, un agujero de mierda. Disculpa mi lenguaje, pero es la pura verdad. ¿Qué opinas tú, Laila *yan*?

La muchacha musitó algo ininteligible, mientras desplazaba una albóndiga de un lado a otro del cuenco.

Rashid asintió pensativamente, como si Laila hubiera hecho el comentario más inteligente que había oído en su vida. Mariam desvió la mirada.

—¿Sabes? Tu padre, que en paz descanse, tu padre y yo solíamos charlar de estas cosas. Fue antes de que tú nacieras, por supuesto. Nos encantaba hablar de política. Y también de libros. ¿No es cierto, Mariam? Tú lo recordarás.

Ella estaba demasiado ocupada bebiendo agua.

—En fin, espero que no te aburra tanta palabrería sobre política.

Más tarde, Mariam estaba en la cocina metiendo los platos en agua con jabón y notaba un nudo en el estómago.

No era tanto por lo que Rashid decía, por sus mentiras descaradas y su falsa simpatía, ni siquiera por el hecho de que no le hubiera levantado la mano desde que había sacado a la chica de debajo de los escombros.

Era por su forma de hacerlo, como si representara un papel. Era su intento, astuto y patético a la vez, de impresionar a la muchacha, de cautivarla.

Y de repente Mariam comprendió que sus sospechas eran ciertas. Comprendió, con un miedo que la asaltó como un terrible y doloroso mazazo, que estaba presenciando nada más y nada menos que un cortejo.

Cuando por fin se armó de valor, Mariam fue a ver a Rashid a su habitación.

—¿Y por qué no? —preguntó él, encendiendo un cigarrillo.

Entonces comprendió que estaba derrotada de antemano. Había albergado una leve esperanza de que Rashid lo negara todo, que fingiera sorpresa, quizá indignación incluso, por lo que ella daba a entender. Entonces quizá habría tenido cierta ventaja. Tal vez habría podido hacer que se avergonzara. Pero al ver que él lo admitía tranquilamente, con total naturalidad, Mariam se quedó desarmada.

—Siéntate —le ordenó. Estaba tumbado en su cama, con la espalda apoyada en la pared y las largas piernas extendidas sobre el colchón—. Siéntate antes de que te desmayes y te partas la crisma.

Ella se dejó caer en la silla plegable que había junto al lecho.

—Pásame el cenicero, anda.

Mariam se lo pasó obedientemente.

El hombre debía de tener ya sesenta años o más, aunque Mariam no sabía su edad exacta, y de hecho el propio Rashid tampoco. Tenía el pelo blanco, pero tan espeso e hirsuto como siempre. Sus párpados eran flácidos, y también la piel del cuello, que estaba arrugada y curtida. Las mejillas le colgaban un poco más que antes. Por la mañana, caminaba un poco encorvado. Pese a todo ello, conservaba los hombros fornidos, el torso corpulento, las manos fuertes y el vientre abultado que entraba en la habitación antes que cualquier otra parte de su cuerpo.

En conjunto, Mariam pensaba que los años lo habían tratado bastante mejor que a ella.

—Tenemos que legitimar esta situación —declaró Rashid, colocando el cenicero en equilibrio sobre su vientre. Sus labios se fruncieron en un pícaro mohín—. La gente empezará a rumorear. No es decente que una mujer joven y soltera viva aquí. Mi reputación se resentiría. Por no mencionar la de ella y la tuya, claro.

—En dieciocho años nunca te he pedido nada —dijo Mariam—. Nada en absoluto. Pero lo hago ahora.

Rashid dio una chupada al cigarrillo y exhaló el humo lentamente.

—No puede quedarse aquí tal cual, si es eso lo que sugieres. No puedo seguir alimentándola y proporcionándole ropa y cama. Yo no soy la Cruz Roja, Mariam.

—Pero ¿lo otro?

—¿Qué pasa? ¿Qué? ¿Crees que es demasiado joven? Tiene catorce años. Ya no es una niña. Tú tenías quince, ¿recuerdas? Mi madre tenía catorce años cuando me tuvo a mí. Trece cuando se casó.

—Yo… yo no quiero —insistió Mariam, aturdida por el desprecio y la impotencia.

—La decisión no es tuya, sino mía y de la chica.

—Soy demasiado vieja.

—Ella es demasiado joven, tú eres demasiado vieja. Sólo dices tonterías.

—Soy demasiado vieja. Demasiado vieja para que me hagas esto —continuó Mariam, estrujándose el vestido con los puños con tanta fuerza que las manos le temblaban—. Para que después de tantos años me conviertas en una *ambag*.

—No te pongas melodramática. Es algo corriente y tú lo sabes. Amigos míos tienen dos, tres, cuatro esposas. Tu propio padre tenía tres. Además, lo que hago ahora, la mayoría de los hombres que conozco lo habría hecho hace tiempo, y tú lo sabes de sobra.

—No lo permitiré.

Rashid sonrió tristemente.

—Hay otra salida —dijo, rascándose la planta de un pie con el calloso talón del otro—. Puede marcharse. No se lo impediré. Pero sospecho que no llegaría muy lejos sin comida, sin agua y sin una rupia en el bolsillo, con balas y misiles silbando por todas partes. ¿Cuántos días crees que tardarían en secuestrarla, violarla o arrojarla a una cuneta degollada? ¿O las tres cosas?

Rashid tosió y se arregló la almohada detrás de la espalda.

—Las carreteras son peligrosas, Mariam, sé lo que me digo. Hay bandidos y hombres sanguinarios en cada recodo. No me gustaría estar en su pellejo. Pero pongamos que milagrosamente consigue llegar a Peshawar. ¿Qué haría allí? ¿Tienes idea de cómo son los campos de refugiados?

Miró a Mariam desde detrás de una columna de humo.

—La gente vive bajo pedazos de cartón. Hay tuberculosis, disentería, hambre, crímenes. Y eso antes del invierno. Luego llegará la estación del frío helador. Empezará la neumonía y se quedarán helados como carámbanos. Esos campos se convierten en cementerios helados.

»Por supuesto —añadió, haciendo un pícaro ademán con la mano—, podría calentarse en uno de los burdeles de Peshawar. Un negocio floreciente ahora mismo, según he oído decir. Una belleza como ella no tardaría en ganar una pequeña fortuna, ¿no crees?

Rashid dejó el cenicero sobre la mesita de noche y puso los pies en el suelo.

—Mira —añadió, empleando el tono conciliatorio que sólo pueden permitirse los vencedores—, sabía que no te lo tomarías bien. Y en realidad no me extraña. Pero es lo mejor para todos. Ya lo verás. Míralo de esta forma: tú tendrás ayuda con la casa y ella conseguirá un refugio seguro, una casa y un marido. En los tiempos que corren, una mujer necesita un marido. ¿No has visto todas esas viudas que duermen en la calle? Matarían por una oportunidad como ésta. De hecho, esto es… Bueno, creo que estoy siendo muy caritativo. —Sonrió—. Desde mi punto de vista, me merezco una medalla.

Más tarde, Mariam se lo dijo a la chica en la oscuridad de su cuarto.

Ella permaneció en silencio un buen rato.

—Quiere que le des una respuesta por la mañana —dijo la esposa.

—Puedes dársela ahora mismo —dijo la muchacha—. Dile que acepto.

30

Laila

Al día siguiente, Laila se quedó en la cama. Estaba debajo de las mantas por la mañana cuando Rashid asomó la cabeza y anunció que se iba al barbero. No se había levantado cuando él regresó a última hora de la tarde y le mostró el corte de pelo, el traje nuevo de segunda mano, azul a rayas de color crema, y la alianza que le había comprado.

Se sentó en el lecho junto a ella y con grandes aspavientos desató la cinta, abrió el estuche y sacó el anillo con movimientos delicados. Como quien no quiere la cosa, dejó escapar que lo había cambiado por la vieja alianza de boda de Mariam.

—A ella no le importa, en serio. Ni siquiera se dará cuenta.

Laila se acurrucó en el otro lado de la cama. Oía el siseo de la plancha abajo.

—Ya no se lo ponía nunca —insistió Rashid.

—No lo quiero —murmuró Laila débilmente—. Así no. Tienes que devolverlo.

—¿Devolverlo? —Una sombra de impaciencia cruzó su rostro. Sonrió—. Y he tenido que poner dinero, un buen pellizco, por cierto. Este anillo es mejor, de veintidós quilates. ¿Ves cuánto pesa? Toma, míralo tú. ¿No? —Cerró el estuche—. ¿Y qué me dices de unas flores? Eso sería bonito. ¿Te gustan las flores? ¿Tienes alguna predilección? ¿Margaritas? ¿Tulipanes? ¿Lilas? ¿Flores no? ¡Bueno! Yo tampoco veo para qué. Sólo pensaba que… Bien, conozco a un sastre aquí en Dé Mazang. He pensado que podríamos ir a verlo mañana para que te haga el vestido.

Ella negó con la cabeza.

Rashid enarcó las cejas.

—Preferiría que… —empezó Laila.

Él puso una mano sobre su cuello. La muchacha esbozó una mueca y fue incapaz de reprimir un respingo. El tacto de aquella mano era como el de un viejo suéter de lana rasposa sobre piel desnuda.

—¿Sí?

—Preferiría que lo hiciéramos cuanto antes.

Rashid abrió la boca y esbozó una amplia sonrisa que dejó al descubierto sus dientes amarillentos.

—Qué ansiosa —comentó.

Antes de la visita de Abdul Sharif, Laila había decidido irse a Pakistán. Incluso después de recibir la noticia de la que Sharif era portador, podría haberse marchado a algún lugar lejos de Kabul, haber abandonado aquella ciudad en la que cada esquina era una trampa, en la que todos los callejones ocultaban un fantasma que saltaba sobre ella como un muñeco de resorte. Podría haber corrido el riesgo.

Pero de pronto esa opción ya no existía.

No podía irse porque había empezado a vomitar todos los días.

Y tenía los pechos más llenos.

Y de pronto, en medio de tanta conmoción, había caído en la cuenta de que no le había llegado la regla.

Se imaginó en un campamento para refugiados, un campo pelado con miles de plásticos sujetos a postes, agitados por el frío viento. Bajo una de esas tiendas improvisadas, vio a su bebé, el hijo de Tariq, con las sienes hundidas, la mandíbula floja, la piel cubierta de llagas de un tono gris azulado. Imaginó su cuerpo diminuto lavado por desconocidos, envuelto en un sudario rojizo, metido en un agujero en una franja de tierra barrida por el viento, bajo la mirada decepcionada de los buitres.

¿Cómo iba a marcharse en esas circunstancias?

Hizo un lúgubre inventario de las personas que habían formado parte de su vida. Ahmad y Nur, muertos. Hasina se había ido. Giti, muerta. *Mammy*, muerta. *Babi*, muerto. Y también Tariq…

Pero, milagrosamente, conservaba algo de su antigua vida, el último vínculo con la persona que había sido antes de quedarse completamente sola. Una parte de su amado seguía viva dentro de ella, con unos brazos diminutos y unas manos translúcidas que empezaban a formarse. ¿Cómo podía poner en peligro lo único que le quedaba de él y de su antigua vida?

No tardó nada en tomar la decisión. Habían transcurrido seis semanas desde que Tariq y ella habían yacido. Si dejaba pasar más tiempo, Rashid podía sospechar algo.

Sabía que lo que hacía era una vergüenza, un deshonor, una falsedad. Y además tremendamente injusto para Mariam. Pero, aunque el bebé que crecía en su seno no era más grande que una mora, Laila era consciente ya de los sacrificios que debía hacer una madre. La virtud no era más que el primero.

Se apoyó una mano sobre el vientre y cerró los ojos.

Laila no recordaría más que retazos sueltos de la triste ceremonia: las rayas crema del traje de Rashid; el intenso olor de su fijador para el pelo; el pequeño corte que se había hecho al afeitarse justo encima de la nuez; el tacto áspero de sus dedos manchados de tabaco cuando le puso el anillo; la pluma, que no funcionaba; la búsqueda de otra pluma; el contrato y la firma: él con mano firme, ella con trazo tembloroso; las plegarias; darse cuenta a través del espejo de que Rashid se había recortado las cejas.

Y Mariam observándola desde un rincón. Y la atmósfera sofocante en la que se respiraba su desaprobación.

Laila no se atrevió a mirarla a la cara.

Por la noche, bajo las frías sábanas de la cama de Rashid, la muchacha lo vio cerrar las cortinas. Temblaba incluso antes de que los dedos del hombre le desabrocharan los botones de la camisa y le desataran los pantalones. Estaba muy nervioso. Tardó una eternidad en quitarse la camisa y el pantalón. Laila vio su torso flácido, su ombligo protuberante, con una pequeña vena azulada en el centro, y el espeso vello blanco que le cubría el pecho, los hombros y los brazos. Sintió sus ojos recorriéndole el cuerpo ávidamente.

—Válgame Dios, creo que te quiero —murmuró Rashid.

Ella le pidió que apagara la luz con un castañeteo de dientes.

Más tarde, cuando estuvo segura de que él se había quedado dormido, Laila metió la mano sigilosamente bajo el colchón para sacar el cuchillo que había escondido allí antes, y se pinchó la yema del dedo índice. Luego levantó la manta y dejó que el dedo sangrara sobre las sábanas donde habían realizado el acto.

31

Mariam

Durante el día, la muchacha no era más que el crujido de un muelle del colchón, el ruido de pasos en el piso de arriba. Era el chapoteo del agua en el cuarto de baño, o una cucharita que tintineaba en un vaso en el dormitorio. De vez en cuando Mariam vislumbraba algo: el vuelo de un vestido cuando la chica subía rápidamente las escaleras con los brazos cruzados sobre el pecho, dejando oír el golpeteo de las sandalias.

Pero era inevitable que se encontraran. Mariam se cruzaba con ella en la escalera, en el estrecho pasillo, en la cocina o en la puerta al entrar en casa desde el patio. Cuando se producían tales encuentros, el aire se cargaba de tensión. La joven se recogía las faldas, se ruborizaba y musitaba unas palabras de disculpa, mientras Mariam pasaba rápidamente por su lado, echándole una mirada de soslayo. A veces percibía el efluvio de su piel, que olía al sudor, al tabaco, al apetito de Rashid. Por suerte, el sexo era un capítulo cerrado en la vida de Mariam. Aún se le revolvía el estómago al recordar aquellas penosas sesiones durante las que yacía inmóvil bajo el cuerpo de Rashid.

Por la noche, sin embargo, esa danza orquestada por ambas partes para evitarse mutuamente no era posible. Rashid decía que los tres formaban una familia. Insistía en ello y en que debían comer juntos, como hacían las familias.

—¿Qué es esto? —preguntó, arrancando la carne de un hueso con los dedos, pues había renunciado a la farsa de usar cubiertos una semana después de contraer matrimonio con la muchacha—. ¿Me he casado con un par de estatuas? Vamos, Mariam, *gap bezan*, dile algo. ¿Es que no tienes modales? —Sin dejar de chupar el tuétano del hueso, añadió, dirigiéndose a la joven—: Pero tú no debes molestarte con ella. Es muy callada. Una bendición en realidad, porque, *walá*, si una persona no tiene gran cosa que decir, más vale que no malgaste saliva. Tú y yo somos gente de ciudad, pero ella es una *dehati*. Una aldeana. No, ni siquiera eso. Se crió en un *kolba* hecho de adobe, fuera de la aldea. Su padre la instaló allí. ¿Se lo has contado, Mariam? ¿Le has contado que eres una *harami*? Bueno, pues lo es. Pero no por ello deja de tener algunas cualidades. Ya lo comprobarás por ti misma, Laila *yan*. Es robusta, para empezar, buena trabajadora y sin pretensiones. Para que me entiendas mejor: si fuera un coche, sería un Volga.

Mariam tenía ya treinta y tres años, pero aquella palabra, *harami*, aún le dolía. Al oírla, seguía sintiéndose como una cucaracha o como una apestada. Recordó a Nana agarrándola por las muñecas. «Eres una *harami* torpe. Ésta es mi recompensa por todo lo que he tenido que soportar. Una *harami* torpe que rompe reliquias.»

—Tú —dijo Rashid a la muchacha—, tú en cambio serías un Benz. Un Benz nuevo y reluciente de primera categoría. *Wá, wá*. Pero… —Alzó un grasiento dedo índice—. Un Benz merece ciertos… cuidados. Por respeto a su belleza y su excelente manufactura, ¿entiendes? Oh, debes de pensar que estoy loco, *diwana*, con toda esta charla sobre automóviles. No digo que seáis coches, sólo era un ejemplo.

Rashid devolvió al plato la bola de arroz que había formado con los dedos antes de seguir hablando. Sus manos quedaron suspendidas sobre la comida, mientras él mantenía la vista baja con expresión pensativa.

—No se debe hablar mal de los muertos, y mucho menos de los *shahid*. Y ten por seguro que no pretendo faltarles al respeto al decir esto, pero no puedo evitar ciertas… reservas… sobre el modo en que tus padres, que Alá los perdone y los acoja en el paraíso, bueno, sobre la indulgencia con que te trataban. Lo siento.

La fugaz mirada de odio que la muchacha lanzó a Rashid no escapó a la atención de Mariam, pero él seguía con los ojos bajos y no se dio cuenta.

—No importa. Lo que quiero decir es que ahora soy tu marido y no sólo debo proteger tu honor, sino el nuestro, sí, nuestro *nang* y *namus*. Eso es responsabilidad del marido. Déjalo en mis manos, por favor. En cuanto a ti, eres la reina, la *malika*, y esta casa es tu palacio. Cualquier cosa que necesites, se lo dices a Mariam y ella la hará por ti. ¿No es verdad, Mariam? Si te apetece algo, yo te lo traeré. Qué le voy a hacer, yo soy así.

»A cambio, bueno, sólo pido una cosa muy sencilla. Te pido que no salgas de casa si no es en mi compañía. Eso es todo. Fácil, ¿verdad? Si no estoy y necesitas algo con urgencia, y me refiero a que lo necesites de verdad y no puedas esperar a que yo vuelva, entonces puedes enviar a Mariam a buscarlo. Aquí habrás notado una contradicción, sin duda. Bueno, uno no conduce un Volga de la misma manera que un Benz. Sería estúpido, ¿no? Ah, y también te pido que te pongas burka cuando salgas conmigo a la calle. Para protegerte, naturalmente. Es lo mejor. Ahora hay muchos hombres libidinosos por la ciudad, hombres con viles intenciones, dispuestos a deshonrar a una mujer casada incluso. En fin. Eso es todo.

Rashid tosió.

—Debería añadir que Mariam será mis ojos y mis oídos cuando yo no esté. —Lanzó a Mariam una rápida ojeada, tan dura como una patada en la cabeza con una punta de acero—. No es que desconfíe. Muy al contrario. Francamente, me parece que eres muy madura para tu edad, pero de todas formas eres una mujer joven, Laila *yan*, una *dojtar e yawan*, y las mujeres jóvenes a veces toman decisiones desafortunadas. En ocasiones tienden a hacer travesuras. En cualquier caso, Mariam responderá por ti. Y si se produjera algún descuido…

Así prosiguió durante un buen rato. Mariam observaba a la muchacha de reojo mientras Rashid dejaba caer sobre ellas sus órdenes y exigencias, igual que caían los misiles sobre Kabul.

Un día, Mariam se hallaba en la sala de estar doblando unas camisas de Rashid que había recogido del tendedero del patio. No sabía cuánto tiempo llevaba allí la muchacha, pero al coger una camisa y darse la vuelta, la encontró de pie en el umbral, con una taza de té en las manos.

—No pretendía asustarte —dijo la muchacha—. Lo siento.

Mariam se limitó a mirarla.

A la muchacha le daba el sol en la cara, en los grandes ojos verdes y la lisa frente, en los altos pómulos y las atractivas cejas, que eran gruesas y no se parecían en nada a las de Mariam, finas y anodinas. La muchacha no se había peinado esa mañana y su pelo claro le caía a ambos lados de la cara.

Mariam percibió la rigidez con que la muchacha aferraba la taza, los hombros tensos, su nerviosismo. La imaginó sentada en la cama, armándose de valor.

—Empiezan a caer las hojas —comentó la muchacha en tono amigable—. ¿Te has fijado? El otoño es mi estación favorita. Me gusta el olor de la hojarasca que quema la gente en el jardín. Mi madre prefería la primavera. ¿Conocías a mi madre?

—No.

La joven ahuecó la mano alrededor de la oreja.

—¿Perdón?

—He dicho que no —repitió Mariam, alzando la voz—. No conocía a tu madre.

—Oh.

—¿Quieres algo?

—Mariam *ya*, quisiera… Sobre lo que dijo él la otra noche…

—Sí, tenía intención de hablar contigo sobre eso —la interrumpió Mariam.

—Claro, por favor —dijo la muchacha con seriedad, casi con vehemencia, y avanzó un paso. Parecía aliviada.

Fuera trinaba una oropéndola. Alguien tiraba de una carreta. Mariam oyó el crujido de sus goznes, el traqueteo de sus ruedas de hierro. No muy lejos sonó un disparo, uno solo, seguido de tres más; luego nada.

—No pienso ser tu criada —declaró Mariam—. Ni hablar.

—No —convino la muchacha, dando un respingo—. ¡Por supuesto que no!

—Puede que seas la *malika* del palacio y yo una *dehati*, pero no aceptaré órdenes de ti. Puedes quejarte a él y que venga a degollarme, pero no pienso aceptar tus órdenes. ¿Me oyes? No voy a ser tu criada.

—¡No! Yo no esperaba…

—Y si crees que puedes usar tu atractivo para librarte de mí, estás muy equivocada. Yo llegué aquí primero. No permitiré que me eches. No voy a terminar en la calle por tu culpa.

—Yo no quiero eso —replicó la muchacha con un hilo de voz.

—Y ahora ya se ve que tus heridas se han curado, así que puedes empezar a encargarte de tu parte del trabajo en la casa…

Ella asintió rápidamente. Se le derramó un poco de té, pero no se dio cuenta.

—Sí, ésa es la otra razón por la que he bajado, para darte las gracias por cuidar de mí…

223

—Bueno, pues no lo habría hecho —le espetó Mariam—. No te habría alimentado, lavado y atendido de haber sabido que ibas a volverte contra mí y a robarme el marido.

—Robar...

—Seguiré cocinando y lavando los platos. Tú harás la colada y barrerás. Para el resto nos turnaremos cada día. Y una cosa más. No necesito tu compañía. No la quiero. Lo único que deseo es estar sola. Tú me dejas tranquila y yo te devuelvo el favor. Así serán las cosas. Ésas son las reglas.

Cuando terminó de hablar, el corazón le latía con fuerza y notaba la boca seca. Mariam jamás había hablado de esa manera, jamás había expresado su voluntad con tanta fuerza. Debería haberse sentido eufórica, pero los ojos de la joven se habían llenado de lágrimas y tenía una expresión compungida, y la escasa satisfacción que Mariam halló en su arrebato se convirtió en un sentimiento ilícito.

Entregó las camisas a la chica.

—Ponlas en el *almari*, no en el armario. Le gustan las blancas en el cajón de arriba y el resto en el del medio, con los calcetines.

Ella dejó la taza en el suelo y extendió las manos para recoger las camisas, con las palmas hacia arriba.

—Siento todo esto —dijo con voz ronca.

—Haces bien en sentirlo —replicó Mariam.

32

Laila

Laila recordaba una reunión en su casa, en uno de los días buenos de su madre, hacía unos cuantos años. Las mujeres estaban sentadas en el jardín comiendo moras frescas que Wayma había cogido del moral del patio de su casa. Las bayas eran blancas y rosadas, y algunas del mismo tono violáceo de las diminutas venas de la nariz de Wayma.

—¿Sabéis cómo murió su hijo? —dijo ésta, metiéndose enérgicamente otro puñado de moras en la boca desdentada.

—Se ahogó, ¿no? —intervino Nila, la madre de Giti—. En el lago Garga, ¿no?

—Pero ¿sabíais, sabíais que Rashid…? —Wayma alzó un dedo y asintió y masticó con grandes aspavientos, haciéndose de rogar mientras tragaba—. ¿Sabíais que por entonces Rashid bebía *sharab* y que ese día estaba completamente borracho? Es cierto. Borracho perdido, me dijeron. Y era media mañana. A mediodía, se había quedado inconsciente en una tumbona. Podrían haber disparado un cañón junto a su oreja y ni siquiera habría pestañeado.

Laila recordaba que Wayma se había llevado la mano a la boca para eructar, y que luego se había hurgado en los pocos dientes que le quedaban con la lengua.

—Ya podéis imaginar el resto. El chico se metió en el agua sin que nadie se diera cuenta. Lo encontraron un poco más tarde, flotando boca abajo. La gente corrió en su ayuda, unos para tratar de reanimar al padre y otros al chico. Alguien se inclinó sobre él y le hizo el boca a boca. Fue inútil. Todos lo vieron. El chico estaba muerto.

Laila recordaba que Wayma había levantado un dedo y que su voz temblaba, compasiva.

—Por eso el Sagrado Corán prohíbe el *sharab*. Porque siempre hace pagar a justos por pecadores. Así es.

Esta historia era lo que a Laila le rondaba por la cabeza después de dar la noticia sobre su embarazo a Rashid, que inmediatamente se había montado en su bicicleta y se había ido a una mezquita a rezar para que fuera un varón.

Esa noche, Mariam se pasó toda la cena empujando un trozo de carne por el plato. Laila se encontraba presente cuando Rashid le había comunicado la noticia con voz aguda y teatral, en un acto de crueldad inusitada. Mariam pestañeó y se ruborizó al oírlo. Luego se quedó inmóvil, con expresión adusta y desolada.

Más tarde, cuando Rashid se fue arriba a escuchar la radio, Laila ayudó a Mariam a recoger el *sofrá*.

—No puedo imaginarme qué serás ahora —dijo Mariam, mientras recogía los granos de arroz y las migas de pan—, si antes eras un Benz.

—¿Un tren? —apuntó Laila, intentando una táctica más desenfadada—. O quizá un gran avión jumbo.

—Espero que no creas que eso va a excusarte de tus quehaceres —añadió Mariam, irguiéndose.

Laila abrió la boca, pero se lo pensó mejor, recordándose a sí misma que Mariam era la única parte inocente en todo aquello. Mariam y el bebé.

Más tarde, en la cama, Laila estalló en sollozos.

Rashid quiso saber qué le pasaba, levantándole el mentón con una mano. ¿Se encontraba mal? ¿Era el bebé, le pasaba algo al niño? ¿No? ¿La había tratado mal Mariam?

—Es eso, ¿verdad?

—No.

—*Walá o billá*, bajaré y le daré una buena lección. ¿Quién se habrá creído que es esa *harami* para tratarte…?

—¡No!

Pero Rashid ya se estaba levantando, de manera que Laila tuvo que agarrarlo del brazo y tirar de él.

—¡No lo hagas! ¡No! Se ha portado bien conmigo. Necesito un momento, eso es todo. Me encuentro bien.

Rashid se sentó a su lado y le acarició el cuello, musitando. Lentamente su mano bajó por la espalda y luego volvió a subir. Rashid se inclinó y mostró sus torcidos dientes.

—Pues entonces —dijo en un arrullo—, a ver si puedo hacer que te sientas mejor.

Primero, los árboles —los que no habían talado para hacer leña— perdieron las hojas moteadas de amarillo y cobre. Luego llegaron los intensos y fríos vientos que se desataron sobre la ciudad, arrancaron las últimas hojas y dejaron los árboles con un aspecto fantasmagórico, recortándose sobre el apagado fondo pardo de las colinas. La primera nevada de la estación fue ligera, los copos se derretían al tocar el suelo. Luego se helaron las carreteras y la nieve se amontonó en los tejados y tapó las ventanas cubiertas de escarcha. Con la nieve llegaron las cometas, que en otro tiempo dominaban los cielos invernales de Kabul, y eran ahora tímidas intrusas en un territorio gobernado por misiles y aviones de combate.

Rashid llegaba siempre a casa con noticias de la guerra, y Laila escuchaba perpleja mientras él intentaba explicarle las diferentes alianzas. Sayyaf luchaba contra los hazaras, decía, y éstos combatían contra Massud.

—Y también lucha contra Hekmatyar, por supuesto, que cuenta con el apoyo de los pakistaníes. Massud y Hekmatyar son enemigos mortales. Sayyaf apoya a Massud. Y Hekmatyar apoya a los hazaras, al menos de momento.

En cuanto a Dostum, el impredecible comandante uzbeko, Rashid decía que nadie sabía a quién apoyaba. Dostum había luchado contra los soviéticos en los ochenta, del lado de los muyahidines, pero luego los había abandonado para unirse al régimen comunista de Nayibulá, después de la retirada soviética. Había ganado incluso una medalla, que le había impuesto Nayibulá en persona, antes de cambiar de bando para unirse nuevamente a los muyahidines. En esos momentos, explicó Rashid, Dostum apoyaba a Massud.

En Kabul, sobre todo en la zona occidental, ardían varios incendios y las negras columnas de humo se alzaban como setas sobre los edificios cubiertos de nieve. Las embajadas cerraban. Las escuelas se desplomaban. En las salas de espera de los hospitales, contaba Rashid, los heridos morían desangrados. En los quirófanos, se practicaban amputaciones sin anestesia.

—Pero no te preocupes —añadía—. Conmigo estás a salvo, flor mía, mi *gul*. Si alguien intenta hacerte daño, le arrancaré el hígado y se lo haré tragar.

Durante ese invierno, allá donde Laila mirara, sólo veía paredes. Recordaba con añoranza los espacios abiertos de su infancia, la época en que asistía a los torneos de *buzkashi* con *babi* e iba de compras a Mandaii con *mammy*, cuando corría libremente por la calle y hablaba de chicos con Giti y Hasina. Recordaba la época en la que se sentaba con Tariq sobre los tréboles a orillas de algún arroyo, mientras los dos intercambiaban acertijos y caramelos contemplando la puesta de sol.

Pero recordar a Tariq era peligroso porque, sin poder remediarlo, enseguida lo veía tumbado en una cama, lejos de casa, con tubos atravesándole el cuerpo quemado. Una profunda congoja le oprimía entonces el pecho, dejándola paralizada, al tiempo que la bilis le quemaba la garganta. Las piernas le fallaban y tenía que buscar un asidero para no caer.

Laila pasó el invierno de 1992 barriendo la casa, frotando las paredes de color calabaza del dormitorio que compartía con Rashid, y lavando la ropa en el patio en un gran *lagaan* de cobre. A veces se veía a sí misma como suspendida sobre su propio cuerpo, se veía arrodillada sobre el borde del *lagaan*, arremangada hasta los codos, con las manos irritadas y escurriendo una de las camisetas de Rashid. Se sentía perdida entonces, como si fuera la única superviviente de un naufragio y se hallara en el agua sin tierra a la vista, sola ante la inmensidad del mar.

Cuando hacía demasiado frío para salir al patio, Laila deambulaba por la casa. Despeinada y sin haberse aseado siquiera, caminaba por el pasillo rascando la pared con una uña, regresaba sobre sus pasos, bajaba las escaleras y las subía de nuevo. Caminaba hasta que se encontraba con Mariam, quien le lanzaba una fría mirada y seguía cortando el tallo a un pimiento o quitando la grasa a la carne. En la habitación se hacía un silencio doloroso y Laila casi veía la hostilidad muda que emanaba de Mariam como el calor que se elevaba del asfalto en verano. Se retiraba entonces a su habitación, se sentaba en la cama y se limitaba a contemplar cómo caía la nieve.

Rashid la llevó un día a su zapatería.

En la calle, él caminaba a su lado, sujetándola por el codo. Para Laila, salir a la calle se había convertido en un mero ejercicio destinado a evitar daños. Sus ojos aún no se habían adaptado a la limitada visión que le permitía el burka, y sus pies seguían tropezando con el dobladillo. Caminaba con el miedo constante de dar un traspié y caer, de romperse un tobillo al meter el pie en un hueco. Aun así, el anonimato del burka le proporcionaba cierto consuelo. De esta manera, nadie la reconocería aunque se tropezara con algún viejo conocido. No tendría que ver la sorpresa reflejada en sus ojos, ni la compasión, ni la alegría por lo bajo que había caído, por cómo habían sido aplastadas sus grandes aspiraciones.

La tienda de Rashid era más grande y estaba mejor iluminada de lo que Laila había imaginado. Rashid hizo que se sentara detrás de su atestada mesa de trabajo, cubierta de suelas viejas y pedazos de cuero sobrantes. Le mostró sus herramientas y le enseñó cómo funcionaba la pulidora, con voz sonora y orgullosa.

Luego le palpó el vientre, pero no a través de la camisa, sino por debajo, y las yemas de sus dedos tenían un tacto frío y áspero. Laila recordó las manos de Tariq, tan suaves y fuertes, con el dorso cruzado por abultadas y sinuosas venas, que a ella siempre le habían parecido muy atractivas y masculinas.

—Está creciendo muy deprisa —comentó Rashid—. Va a ser un niño muy grande. ¡Mi hijo será un *pahlawan*! Como su padre.

Laila se bajó la camisa. Se asustaba mucho cuando oía a Rashid hablando de esa manera.

—¿Qué tal van las cosas con Mariam?

Ella respondió que bien.

—Excelente.

Laila decidió no contarle que habían tenido su primera pelea de verdad.

Había ocurrido unos cuantos días atrás. Laila había entrado en la cocina y había encontrado a Mariam abriendo cajones de un tirón y cerrándolos otra vez de mala manera. Dijo que buscaba el cucharón de madera que usaba para remover el arroz.

—¿Dónde lo has metido? —preguntó, dando media vuelta para encararse con Laila.

—¿Yo? —respondió Laila—. No lo he cogido. Si apenas entro en la cocina.

—No, si de eso ya me había dado cuenta.

—¿Y me lo echas en cara? Es lo que tú quisiste, ¿recuerdas? Dijiste que tú te ocuparías de guisar. Pero si quieres que cambiemos...

—O sea, que según tú le han salido patas y se ha ido él solo. ¿Es eso lo que ha ocurrido, *degé*?

—Lo que digo... —empezó Laila, tratando de conservar la calma. Por lo general conseguía contenerse cuando era objeto del escarnio y las acusaciones de Mariam. Pero los tobillos se le habían hinchado, le dolía la cabeza y ese día el ardor de estómago era especialmente intenso—. Lo que digo es que a lo mejor tú misma lo cambiaste de sitio.

—¿Que yo lo he cambiado de sitio? —Mariam abrió un cajón. Espátulas y cuchillos tintinearon al entrechocar—. ¿Cuánto tiempo llevas aquí? ¿Unos meses? Yo vivo en esta casa desde hace diecinueve años, *dojtar yo*. He guardado ese cucharón en este cajón desde que tú ibas en pañales.

—Aun así —insistió Laila con los dientes apretados, a punto de estallar—, es posible que lo pusieras en otra parte y ya no te acuerdes.

—Y es posible que tú lo pusieras en otra parte para irritarme.

—Eres una mujer amargada y mezquina —espetó Laila.

Mariam dio un respingo, pero se recobró y frunció los labios.

—Y tú eres una puta. Una puta y una *dozd*. ¡Una puta ladrona, ni más ni menos!

Después habían llegado los gritos. Habían blandido cacharros, pero sin lanzarlos, y se habían proferido unos insultos tales que Laila se ruborizaba al recordarlos. Desde entonces no se habían vuelto a dirigir la palabra. Laila seguía sorprendida por la facilidad con que había perdido los estribos, pero lo cierto era que en cierto modo le había gustado lo que había sentido al gritar a Mariam, al insultarla y maldecirla, al tener un objetivo sobre el que descargar toda la ira y el dolor que hervían en su interior.

Con súbita perspicacia, Laila se preguntó si Mariam no experimentaría algo parecido.

Después ella había subido corriendo las escaleras y se había arrojado sobre la cama de Rashid. Abajo, Mariam seguía gritando: «¡Sucia desvergonzada! ¡Sucia desvergonzada!» Laila gemía con la cara contra la almohada, y de pronto la asaltó el dolor por la pérdida de sus padres con una intensidad abrumadora que no había sentido desde los terribles días que sucedieron al ataque. Se quedó tumbada, estrujando las sábanas entre los puños, hasta que de pronto se le cortó la respiración. Se sentó y rápidamente se llevó las manos al vientre.

El bebé acababa de dar la primera patada.

33

Mariam

Un día de la primavera de 1993, por la mañana temprano, Mariam se hallaba junto a la ventana de la sala de estar contemplando a Rashid, que salía de casa acompañado de la muchacha. Ella se tambaleaba, doblada por la cintura, con un brazo en torno al abultado vientre, cuya forma se intuía bajo el burka. Nervioso y sumamente protector, Rashid la sujetaba por el codo, guiándola por el patio como un guardia de tráfico. Hizo un gesto a la chica indicándole que esperara y se apresuró hacia el portón, luego le señaló que avanzara, mientras abría el portón despacio, empujándolo con un pie. Cuando la joven llegó a su altura, él la cogió de la mano y la ayudó a traspasar el umbral. A Mariam casi le pareció oírle decir: «Ten cuidado ahora, flor mía, mi *gul*.»

Regresaron al día siguiente por la tarde.

Mariam vio que Rashid entraba en el patio el primero y que soltaba el portón antes de tiempo, por lo que casi le dio a la muchacha en la cara. El hombre cruzó el patio a grandes zancadas. Mariam detectó una sombra en su rostro a la luz cobriza del atardecer. Una vez en casa, su marido se quitó la chaqueta y la arrojó sobre el sofá.

—Tengo hambre. Sirve la cena —ordenó al pasar junto a ella, rozándola.

La puerta de la casa se abrió nuevamente. Desde el pasillo, Mariam vio a la muchacha, que con el brazo izquierdo sostenía un bulto envuelto en ropas. Tenía un pie fuera y el otro dentro, impidiendo que la puerta se le cerrara de golpe. Estaba encorvada y gruñía al tratar de recoger la bolsa de papel con sus pertenencias, que había dejado en el suelo para abrir la puerta, mientras hacía una mueca de dolor debido al esfuerzo. Alzó la vista y vio a Mariam.

Ésta dio media vuelta y se metió en la cocina para calentar la cena de Rashid.

—Es como si alguien me estuviera metiendo un destornillador por la oreja —se quejó Rashid, frotándose los ojos desde la puerta de la habitación de Mariam. Tenía los ojos hinchados y sólo llevaba un *tumban* atado con un nudo flojo. Sus blancos cabellos eran greñas que salían disparadas en todas direcciones—. No soporto tantos lloros.

Abajo, la muchacha paseaba por la habitación con el bebé en brazos, cantándole.

—No he dormido una noche entera desde hace dos meses —siguió lamentándose Rashid—. Y la habitación huele a cloaca. Hay pañales sucios por todas partes. La otra noche, sin ir más lejos, pisé uno.

Mariam sonrió para sus adentros, sintiendo un perverso placer.

—¡Llévatela fuera! —gritó Rashid por encima del hombro—. ¿No puedes sacarla fuera?

—¡Pillará una pulmonía! —exclamó Laila, interrumpiendo su canto por un momento.

—¡Es verano!

—¿Qué?

Rashid apretó los dientes y alzó la voz.

—¡He dicho que hace calor!

—¡No pienso llevarla fuera!

234

Volvió a oírse el tarareo.

—A veces, te juro que a veces me entran ganas de meter esa cosa en una caja y dejarla flotando en el río Kabul. Como hicieron con Moisés.

Mariam jamás le había oído llamar a su hija por el nombre que le había puesto la muchacha: Aziza, la más preciada. Rashid siempre decía «el bebé» o, cuando más exasperado estaba, «esa cosa».

Algunas noches Mariam los oía discutir. Se acercaba de puntillas hasta su puerta y escuchaba a Rashid quejándose del bebé, siempre del bebé, de su incesante llanto, de los olores, de los juguetes con los que tropezaba, y de que la criatura había acaparado toda la atención de Laila exigiendo constantemente que la alimentara, le hiciera eructar, la cambiara, la paseara y la acunara. La muchacha, a su vez, lo reprendía por fumar en la habitación y por no permitir que el bebé durmiera con ellos.

Otras discusiones se producían en voz baja.

—El médico dijo que seis semanas.

—Todavía no, Rashid. No. Suelta. Por favor, no hagas eso.

—Ya hace dos meses.

—Sshh. ¿Lo ves? Has despertado al bebé. —Luego añadía más bruscamente—. *Josh shodi?* ¿Ya estás contento?

Mariam volvía entonces sigilosamente a su habitación.

—¿Por qué no la ayudas? —preguntó Rashid a Mariam—. Algo podrás hacer.

—¿Y qué sé yo de bebés? —dijo Mariam.

—¡Rashid! ¿Puedes traerme el biberón? Está sobre el *almari*. No quiere mamar. Voy a probar otra vez con el biberón.

Los chillidos de la criatura rasgaron el silencio como el cuchillo del carnicero hendía la carne. Rashid cerró los ojos.

—Esa cosa es un cabecilla, como Hekmatyar. Te lo aseguro, Laila ha dado a luz a otro Gulbuddin Hekmatyar.

. . .

Mariam observaba cómo la muchacha se pasaba los días dedicada a ciclos inacabables, alimentando, meciendo, acunando y paseando al bebé. Y cuando la niña dormía, tenía que lavar pañales y dejarlos en remojo en un cubo con el desinfectante que había pedido a Rashid con tanta insistencia. Después tenía que limarle las uñas con fino papel de lija, y lavar la ropa y los pijamas. También eso se convirtió en motivo de disputa, como todo lo que concernía al bebé.

—¿Qué pasa con la ropa? —preguntó Rashid.

—Es ropa de niño. Para un *bacha*.

—¿Y crees que ella se da cuenta de la diferencia? Me costó un buen dinero. Y otra cosa te digo: no me gusta nada ese tono. Considéralo un aviso.

Todas las semanas sin falta, la muchacha ponía a calentar un brasero de metal negro, arrojaba en él unas semillas de ruda silvestre y echaba el humo en dirección al bebé para protegerlo de toda maldad.

Pese a que a Mariam le resultaba agotador observar el torpe entusiasmo de la muchacha, debía admitir, aunque fuera en privado y a regañadientes, que también le inspiraba cierta admiración. Le maravillaba que los ojos de la muchacha brillaran de adoración, incluso por la mañana, cuando su rostro se veía apagado y pálido como la cera tras haberse pasado la noche entera acunando a la criatura. La joven tenía ataques de risa cuando el bebé expulsaba los gases. Los más pequeños cambios de su hija la tenían embelesada y todo lo que hacía lo encontraba espectacular.

—¡Mira! Alarga la manita para coger el sonajero. Qué lista es.

—Llamaré a los periódicos —mascullaba Rashid.

Todas las noches había demostraciones. Cuando la muchacha insistía en que Rashid presenciara alguna cosa, él alzaba el mentón y lanzaba una impaciente mirada de reojo por encima de su aguileña nariz cruzada por venas azules.

—Mira. Mira cómo se ríe cuando hago chasquear los dedos. Mira. ¿Lo ves? ¿Lo has visto?

Rashid soltaba un gruñido y volvía a fijar su atención en el plato. Mariam recordaba que antes Rashid se sentía abrumado ante la mera presencia de la muchacha. Todo lo que ella decía le complacía, le intrigaba, le hacía levantar la cabeza del plato y asentir.

Lo extraño era que la caída en desgracia de la muchacha debería haber satisfecho a Mariam, quien debería haberse sentido vengada, pero no era así. No, no lo era. Sorprendida de sí misma, Mariam descubrió que la compadecía.

También era durante la cena cuando la muchacha soltaba toda una retahíla de preocupaciones. Encabezaba la lista una posible neumonía, de la que sospechaba al oír la más mínima tos del bebé. Luego estaba la disentería, cuyo espectro despertaba cada vez que hallaba una deposición un poco líquida. Y cualquier sarpullido tenía que ser la viruela o el sarampión.

—No deberías encariñarte tanto con ella —espetó Rashid una noche.

—¿Qué quieres decir?

—La otra noche estaba escuchando la radio. La Voz de América. Y oí una estadística interesante. Dijeron que en Afganistán uno de cada cuatro niños morirá antes de cumplir los cinco años. Eso fue lo que dijeron. Y luego… ¿Qué? ¿Qué? ¿Adónde vas? Vuelve aquí. ¡Vuelve aquí ahora mismo!

—¿Qué le pasa? —preguntó a Mariam, mirándola con perplejidad.

Esa noche, Mariam estaba acostada cuando volvió a producirse una pelea. Era una calurosa noche estival, típica del mes de Saratan en Kabul. Mariam había abierto la ventana y había vuelto a cerrarla al comprobar que por ella no entraba aire alguno que aliviara el bochorno, sólo mosquitos. Notaba el calor que desprendía el suelo en el patio, traspasaba las tablas astilladas del retrete y subía por las paredes hasta penetrar en su habitación.

Por lo general la discusión terminaba en unos minutos, pero pasó media hora y no sólo no había acabado, sino que iba subiendo de tono. Mariam oía los gritos de Rashid. La voz de la muchacha sonaba aguda y vacilante. Pronto el bebé empezó a protestar.

Entonces Mariam oyó que la puerta de la habitación de Rashid se abría violentamente. Por la mañana, encontraría la marca circular del pomo en la pared del pasillo. Mariam ya se incorporaba en la cama cuando su puerta se abrió de golpe y Rashid irrumpió en su habitación.

El hombre llevaba unos calzoncillos blancos y una camiseta a juego que el sudor amarilleaba en las axilas. Calzaba chancletas. En la mano sujetaba un cinturón, el de cuero marrón que había comprado para su *nikka* con la muchacha, con la parte perforada enrollada alrededor del puño.

—Es culpa tuya. Lo sé —gruñó, avanzando hacia Mariam.

Ella se levantó de la cama y empezó a retroceder. Instintivamente cruzó los brazos sobre el pecho, donde solía pegarle primero.

—¿De qué hablas? —balbuceó la mujer.

—De su rechazo. Tú se lo has enseñado.

A lo largo de los años, Mariam había aprendido a insensibilizarse cuando su marido la despreciaba, le hacía reproches, la ridiculizaba y la reprendía. Sin embargo, no había conseguido dominar el miedo que le inspiraba. Después de tanto tiempo, seguía echándose a temblar cuando Rashid iba por ella con aquella expresión de sorna, apretando el cinturón en torno al puño, haciendo crujir el cuero, y con los ojos brillantes e inyectados en sangre. Era el miedo de la cabra a la que meten en la jaula de un tigre, cuando el tigre alza la cabeza y empieza a gruñir.

La muchacha entró en la habitación con los ojos como platos y el rostro crispado.

—Debería haber imaginado que tú la corromperías —espetó Rashid a Mariam, y probó el cinturón en su propio muslo. La hebilla tintineó con fuerza.

—¡Basta, *bas*! —exclamó la joven—. Rashid, no puedes hacer esto.

—Tú vuelve a la habitación.

La mujer siguió retrocediendo.

—¡No! ¡No lo hagas!

—¡Obedece!

El hombre volvió a levantar el cinturón, esta vez con intención de golpear a Mariam.

Entonces ocurrió algo asombroso: la muchacha se abalanzó sobre él. Lo agarró por el brazo con ambas manos y trató de obligarle a bajar la mano, pero simplemente se quedó colgando. Lo que sí consiguió fue evitar que avanzara hacia Mariam.

—¡Suéltame! —gritó Rashid.

—Tú ganas. Tú ganas. No lo hagas. ¡Por favor, no le pegues! Te lo ruego, no lo hagas.

Siguieron forcejeando así, con la chica colgada del brazo de Rashid, suplicando, y éste tratando de zafarse de ella sin apartar los ojos de Mariam, que estaba demasiado asombrada para moverse.

Al final, la mujer comprendió que esa noche no recibiría ninguna paliza. Rashid había conseguido lo que se proponía. Permaneció inmóvil durante unos instantes más, jadeando, con el brazo levantado y una fina película de sudor en la frente. Luego bajó el brazo lentamente. Aunque los pies de la muchacha tocaron el suelo, aun así no se soltó, como si no se fiara de él. Rashid tuvo que desasirse de un tirón.

—Te lo advierto —masculló, echándose el cinturón por encima del hombro—. Os lo advierto a las dos. No consentiré que me convirtáis en un *ahmaq*, un idiota, en mi propia casa.

Lanzó una última mirada asesina a Mariam y empujó a la joven para que saliera delante de él.

Cuando oyó que se cerraba la puerta de la habitación de Rashid, la mujer volvió a acostarse, se cubrió la cabeza con la almohada y esperó a que cesaran los temblores.

Tres veces se despertó Mariam esa noche. La primera fue por el estruendo de los misiles que llegaba desde el oeste, desde Karté Char. La segunda vez fue por el llanto del bebé en el piso de abajo, mientras la muchacha lo arrullaba para que callara al tiempo que agitaba la cucharilla en el biberón. Finalmente, fue la sed lo que la impulsó a levantarse.

La sala de estar se encontraba a oscuras, salvo por la franja de luz de luna que entraba por la ventana. Mariam oyó el zumbido de una mosca y distinguió la estufa de hierro forjado en un rincón, con el tubo que ascendía y luego formaba un ángulo agudo justo al llegar al techo.

De camino a la cocina, estuvo a punto de tropezar con algo. Había una forma a sus pies. Cuando sus ojos se adaptaron a la oscuridad, descubrió que eran la madre y la hija tumbadas en el suelo sobre una colcha.

La muchacha dormía de lado y roncaba. El bebé estaba despierto. Mariam encendió la lámpara de queroseno que había sobre la mesa y se agachó. A la luz de la lámpara, vio de cerca a la niña por primera vez: su mata de cabellos oscuros, los ojos de color avellana con abundantes pestañas, las mejillas sonrosadas y los labios del color de una granada madura.

Mariam tuvo la impresión de que el bebé también la examinaba a ella. La niña estaba tumbada de espaldas con la cabeza ladeada, y la miraba fijamente con una mezcla de regocijo, confusión y suspicacia. La mujer se preguntó si su cara la asustaría, pero entonces el bebé soltó unos alegres gorjeos y ella supo que el juicio le había sido favorable.

—Shh —susurró—. Despertarás a tu madre, aunque esté muerta de cansancio.

El bebé cerró la manita. Levantó el puño y lo dejó caer, dirigiéndolo torpemente hasta la boca. Sin dejar de morderse el puño, la niña sonrió, dejando escapar pequeñas burbujas de saliva relucientes.

—Fíjate. Da lástima verte, vestida como un niño. Y tan tapada, con el calor que hace. No me extraña que aún estés despierta.

Mariam apartó la manta y se horrorizó al ver que había otra debajo. Chasqueó la lengua y apartó también la segunda manta. El bebé rió con alivio y agitó las manos como un pájaro que aleteara.

—¿Mejor, *nay*?

Cuando se dispuso a incorporarse, la pequeña le agarró el meñique. Los diminutos dedos se cerraron con fuerza en torno al de Mariam. Eran suaves y cálidos, y estaban húmedos de babas.

—Gugú —dijo el bebé.

—De acuerdo, *bas*, suéltame.

La niña siguió aferrada al meñique y pataleó.

Mariam se desasió. La pequeña sonrió y soltó unos cuantos gorgoritos. Luego volvió a llevarse los nudillos a la boca.

—¿Por qué estás tan contenta, eh? ¿Por qué sonríes? No eres tan lista como dice tu madre. Tu padre es un bruto y tu madre una tonta. No sonreirías tanto si lo supieras. No, ya lo creo que no. Ahora duérmete. Vamos.

Mariam se levantó y avanzó unos cuantos pasos antes de que el bebé empezara a hacer los sonidos típicos que indicaban el inicio de una buena llantina. Volvió entonces sobre sus pasos.

—¿Qué pasa? ¿Qué quieres de mí?

El bebé esbozó una sonrisa desdentada.

Mariam suspiró. Se sentó, dejó que la pequeña le agarrara el dedo, y la contempló mientras chillaba y doblaba las piernas regordetas para patalear. La mujer se quedó sentada, observándola, hasta que la niña dejó de moverse y empezó a respirar pesadamente.

Fuera, los sinsontes cantaban alegremente y, por momentos, cuando levantaban el vuelo, Mariam veía en sus alas el reflejo azul fosforescente de la luna que brillaba entre las nubes. Y aunque tenía la boca reseca y notaba calambres en los pies, tardó un buen rato en soltarse delicadamente para levantarse.

34

Laila

De todos los placeres terrenales, el preferido de Laila era tumbarse junto a Aziza, con el rostro tan cerca del de su hija que veía cómo se dilataban y se contraían sus pupilas. Le encantaba acariciar con un dedo la tersa y delicada piel de la niña, sus nudillos, los pliegues de sus codos. A veces tumbaba a la pequeña sobre su pecho y le hablaba a la suave coronilla, susurrando cosas sobre Tariq, el padre que nunca conocería y cuyo rostro no podría ver. Laila le hablaba de su habilidad para resolver acertijos, de sus mañas y travesuras, de su risa fácil.

«Tenía unas pestañas preciosas, espesas como las tuyas. Un buen mentón, la nariz perfecta y la frente redondeada. ¡Qué guapo era tu padre, Aziza! Era perfecto. Tanto como tú.»

Pero ponía mucho cuidado en no mencionar nunca su nombre.

A veces sorprendía a Rashid observando a Aziza de un modo muy peculiar. Una noche, sentado en el suelo del dormitorio mientras se recortaba un callo del pie, preguntó con tono despreocupado:

—¿Y qué relación teníais vosotros dos?

Laila lo miró desconcertada, como si no lo entendiera.

—Laili y Maynun. Tú y el *yablenga*, el lisiado. ¿Qué relación teníais él y tú?

—Éramos amigos —contestó ella, procurando que no la delatara la voz y afanándose en preparar el biberón—. Ya lo sabes.

—No sé lo que sé. —Rashid depositó la piel cortada en el alféizar y se echó en la cama. Los muelles protestaron con un sonoro chirrido. Se despatarró y se tocó la entrepierna—. Y como… amigos, ¿hicisteis alguna vez algo que no debierais?

—¿Que no debiéramos?

Rashid sonrió con desenfado, pero Laila percibía su mirada, fría y alerta.

—Bueno, veamos. ¿Te besó alguna vez? ¿Tal vez metió la mano donde no está permitido?

Laila esbozó una mueca con expresión indignada, o al menos eso esperaba ella. Notaba los latidos del corazón en la garganta.

—Éramos como hermanos.

—¿En qué quedamos, era un amigo o un hermano?

—Las dos cosas. Él…

—¿Cuál de las dos?

—Era las dos.

—Pero los hermanos son criaturas curiosas. Sí. A veces un hermano deja que su hermana le vea la polla, y ella…

—Eso es asqueroso —replicó Laila.

—Así que no hubo nada.

—No quiero seguir hablando de esto.

Rashid ladeó la cabeza, frunció los labios y asintió.

—La gente rumoreaba, ¿sabes? Lo recuerdo. Decían todo tipo de cosas sobre vosotros dos. Pero tú afirmas que no había nada.

Laila hizo un esfuerzo para fulminarlo con la mirada.

Rashid le sostuvo la mirada durante un rato espantosamente largo, sin pestañear, hasta que a Laila se le pusieron las manos blancas de tanto apretar el biberón y estuvo a punto de perder los nervios.

La muchacha tembló de miedo pensando en lo que Rashid haría si descubría que le había estado robando. Cada semana desde el nacimiento de Aziza, le abría la cartera cuando él dormía o estaba en el excusado y cogía un billete. Algunas semanas, si la cartera no estaba muy llena, sólo cogía un billete de cinco afganis, o nada, por temor a que se diera cuenta. Cuando la cartera estaba llena, cogía uno de diez o de veinte, y una vez incluso se arriesgó a coger dos de veinte. Escondía el dinero en un bolsillo que se había hecho en el forro de su abrigo de invierno a cuadros.

Se preguntaba qué haría su marido si supiera que planeaba huir la primavera siguiente, o como máximo cuando llegara el verano. Para entonces, Laila esperaba tener mil afganis o más, y la mitad sería para el billete de autobús de Kabul a Peshawar. Empeñaría la alianza cuando llegara el momento, así como las demás joyas que le había regalado el año anterior, cuando ella era todavía la *malika* de su palacio.

—En cualquier caso —prosiguió Rashid al fin, tamborileando con los dedos sobre el estómago—, no puedes culparme. Soy tu marido, y un marido se pregunta este tipo de cosas. Pero tuvo suerte de morir, porque si estuviera aquí ahora, si le pusiera las manos encima… —Aspiró una bocanada de aire entre dientes y meneó la cabeza.

—¿No decías que no querías hablar mal de los muertos?

—Supongo que algunas personas no están lo bastante muertas —replicó él.

Dos días más tarde, Laila se despertó por la mañana y encontró una pila de ropa de bebé pulcramente doblada en la puerta del dormitorio. Había un vestido con falda de vuelo y pececitos rosas en el cuerpo; un vestido de lana azul con estampado de flores, con calcetines y guantes a juego; un pijama amarillo con lunares naranjas y unos pantalones de algodón verdes con volantes de lunares en las vueltas.

—Corre el rumor —dijo Rashid esa noche durante la cena, relamiéndose, sin prestar atención a Aziza ni fijarse en el pijama que le había puesto Laila— de que Dostum va a cambiar de bando para unirse a Hekmatyar. Massud tendrá problemas para luchar contra esos dos. Y no nos olvidemos de los hazaras. —Cogió un trozo del encurtido de berenjena que había hecho Mariam en verano—. Esperemos que sólo sea eso, un rumor. Porque si llega a ocurrir de verdad, esta guerra parecerá un pícnic en Pagman un viernes cualquiera —añadió, agitando una mano grasienta.

Más tarde, Rashid se acostó con Laila y se desahogó con mudo apremio, sin molestarse en desvestirse siquiera, limitándose a bajarse el *tumban* hasta los tobillos. Cuando terminó su frenético meneo, se apartó de ella y se quedó dormido casi al instante.

Laila salió de la habitación a hurtadillas y encontró a Mariam en la cocina sentada en cuclillas, limpiando un par de truchas. Junto a ella había una cazuela llena de arroz en remojo. La cocina olía a humo y comino, a cebollas sofritas y pescado.

Laila se sentó en un rincón y se cubrió las rodillas con el borde del vestido.

—Gracias —dijo.

Mariam no le prestó atención. Terminó de cortar la primera trucha y cogió la segunda. Con un cuchillo de sierra, recortó primero las aletas y luego le dio la vuelta para abrirle el vientre expertamente desde la cola hasta las agallas. Laila la observó mientras metía el pulgar en la boca del pez, justo por encima de la mandíbula inferior, y con un solo movimiento hacia abajo le sacaba las agallas y las entrañas.

—La ropa es preciosa.

—A mí no me servía para nada —musitó Mariam. Dejó caer el pescado sobre un periódico manchado de viscoso líquido gris y le cortó la cabeza—. Si no era para tu hija, se la habrían comido las polillas.

—¿Dónde aprendiste a limpiar así el pescado?

—Cuando era niña vivía junto a un arroyo. Solía pescar allí.

—Yo nunca he pescado.

—No es gran cosa. Se trata de esperar sobre todo.

Laila la vio cortar la trucha destripada en tres trozos.

—¿Has cosido tú la ropa?

Mariam asintió.

—¿Cuándo?

Mariam metió los trozos de trucha en un cuenco con agua.

—Cuando me quedé embarazada la primera vez. O quizá la segunda. Hace dieciocho o diecinueve años. Ha pasado mucho tiempo ya. Como decía, nunca llegaron a servirme para nada.

—Eres una *jayat* realmente buena. A lo mejor podrías enseñarme.

Mariam colocó los trozos de trucha lavados en un cuenco limpio. Con las manos goteando agua, levantó la cabeza y miró a Laila como si la viera por primera vez.

—La otra noche, cuando él... Nadie me había defendido nunca —dijo.

Laila examinó las mejillas flácidas de Mariam, los párpados cubiertos de pliegues, las profundas arrugas que rodeaban su boca. Vio esas cosas como si también ella estuviera mirando a la mujer por primera vez. Y, en esa ocasión, no vio las facciones de su rival, sino un rostro marcado por injusticias y cargas soportadas sin protestar, por un destino al que se había resignado. Si se quedaba, ¿sería así ella misma al cabo de veinte años?, se preguntó Laila.

—No podía permitírselo —adujo—. En mi casa no se hacían esas cosas.

—Ésta es tu casa ahora. Más vale que vayas acostumbrándote.

—A eso no. Ni hablar.

—Se volverá contra ti también, ¿sabes? —dijo Mariam, secándose las manos con un trapo—. Muy pronto. Y le has

247

dado una hija. Así que tu pecado es aún más imperdonable que el mío.

Laila se puso en pie.

—Sé que fuera hace fresco, pero ¿qué te parece si nosotras, pecadoras, tomamos una taza de *chai* en el patio?

—No puedo —respondió Mariam, sorprendida—. Tengo que cortar y lavar las judías.

—Te ayudaré a hacerlo por la mañana.

—Y tengo que recoger la cocina.

—Lo haremos juntas. Si no me equivoco, queda un poco de *halwa*. Está estupendo con *chai*.

Mariam dejó el paño sobre la encimera. Laila percibió cierta inquietud en la forma en que se bajaba las mangas, se ajustaba el *hiyab* y entremetía un mechón de pelo.

—Los chinos dicen que es mejor quedarse tres días sin comer que pasar un solo día sin té.

Mariam esbozó una media sonrisa.

—Es un buen dicho.

—Sí.

—Pero no puedo entretenerme mucho.

—Sólo una taza.

Se sentaron en el patio en las sillas plegables y comieron *halwa* con los dedos del mismo cuenco. Tomaron una segunda taza de té y cuando Laila preguntó a Mariam si quería una tercera, ésta aceptó. Mientras oían los disparos que resonaban en las colinas, observaron las nubes que surcaban el cielo, ocultando la luna, y las últimas luciérnagas de la temporada trazando brillantes arcos amarillos en la oscuridad. Y cuando Aziza se despertó llorando y Rashid llamó a gritos a Laila para que subiera y la hiciera callar, las dos mujeres se miraron. Fue una mirada franca, cómplice. Y con aquel fugaz intercambio sin palabras, Laila comprendió que habían dejado de ser enemigas para siempre.

35

Mariam

A partir de aquella noche, Mariam y Laila se ocuparon juntas de las tareas domésticas. Se sentaban en la cocina y amasaban el pan, cortaban las cebollas, picaban el ajo y daban trocitos de pepino a Aziza, que daba golpes con las cucharas cerca de ellas o jugaba con zanahorias. En el patio, colocaban a la niña en un moisés de mimbre, vestida con varias capas de ropa y bien abrigada con una bufanda. Las dos mujeres la vigilaban mientras hacían la colada, y sus nudillos se rozaban al frotar camisas, pantalones y pañales.

Poco a poco, Mariam se acostumbró a aquella compañía, tímida pero agradable. Aguardaba con impaciencia las tres tazas de *chai* que se tomaba con Laila en el patio y que se habían convertido en un ritual nocturno. Por la mañana, esperaba con ansia oír el sonido de las zapatillas rotas de Laila en las escaleras, cuando ésta bajaba a desayunar, y la risa aguda y cristalina de Aziza, y la visión de sus ocho dientecitos y el olor lechoso de su piel. Si Laila y Aziza dormían hasta tarde, Mariam se inquietaba. Lavaba platos que no necesitaban limpieza alguna. Arreglaba cojines en la sala de estar que ya había ahuecado antes. Quitaba el polvo a alféizares limpios. Se mantenía ocupada hasta que la joven entraba en la cocina con la niña apoyada en la cadera.

Cuando Aziza veía a Mariam por la mañana, sus ojos parecían abrirse de golpe, y empezaba a gemir y a retorcerse en los brazos de su madre. Alargaba los brazos hacia la mujer, pidiendo que la cogiera, abriendo y cerrando las manitas con apremio, y con una expresión de adoración y de temblorosa ansiedad pintada en el rostro.

—Qué impaciencia —decía Laila, soltándola para que fuera a gatas hasta Mariam—. ¡Qué impaciencia! Tranquila. *Jala* Mariam no se va a ninguna parte. Ahí tienes a tu tía. ¿La ves? Vamos, ve con ella.

En cuanto la niña se encontraba en brazos de la mujer, se metía el pulgar en la boca y enterraba el rostro en su cuello.

Mariam la mecía con el cuerpo rígido y una sonrisa entre perpleja y agradecida en los labios. Jamás la habían querido de ese modo. Jamás le habían entregado un amor tan incondicional, sin malicia alguna. Sosteniendo a Aziza, Mariam sentía deseos de llorar.

—¿Por qué se ha fijado tu corazoncito en una vieja fea como yo? —musitaba Mariam en los cabellos de Aziza—. ¿Eh? Yo no soy nada, ¿no te das cuenta? Sólo una *dehati.* ¿Qué puedo ofrecerte yo?

Pero la pequeña se limitaba a soltar unos gemidos satisfechos y a acercar aún más su cara. Y cuando lo hacía, Mariam se sentía desfallecer. Se le llenaban los ojos de lágrimas. Se le alegraba el corazón. Y se maravillaba de que, después de tantos años de soledad, hubiera hallado en aquella criatura el primer lazo auténtico y sincero en toda una vida de vínculos falsos y fracasados.

A principios del año siguiente, en enero de 1994, Dostum acabó cambiando de bando. Se unió a Gulbuddin Hekmatyar y tomó posiciones cerca de Bala Hissar, los antiguos muros de la ciudadela que se alzaba sobre la capital desde las montañas de Kó-e-Shirdawaza. Juntos dispararon contra las fuerzas de

Massud y Rabbani, que ocupaban el Ministerio de Defensa y el Palacio Presidencial. Sus respectivas artillerías intercambiaban disparos desde uno y otro lado del río Kabul. Las calles se llenaron de cadáveres, cristales y trozos de metal aplastados. Había saqueos, asesinatos y cada vez más violaciones, que se utilizaban para intimidar a los civiles y recompensar a los milicianos. Mariam oyó hablar de mujeres que se suicidaban por miedo a ser violadas, y de hombres que mataban a sus esposas o hijas, si las habían violado, apelando a su honor.

Aziza chillaba al oír el estruendo de los morteros. Para distraerla, Mariam echaba granos de arroz en el suelo y dibujaba con ellos la forma de una casa, un gallo o una estrella, y luego dejaba que las niña los esparciera. También dibujaba elefantes tal como le había enseñado Yalil, de un solo trazo, sin levantar la pluma del papel.

Rashid decía que mataban a docenas de civiles todos los días. Se bombardeaban hospitales y depósitos de suministros médicos. Se impedía la entrada a vehículos que llevaban alimentos a la ciudad, afirmaba, o los saqueaban, o les disparaban. Mariam se preguntaba si también en Herat estarían viviendo la misma situación, y de ser así, qué tal le iría al ulema Faizulá, si aún seguía vivo, y a Bibi *yo*, con todos sus hijos, nueras y nietos. Y, por supuesto, se preguntaba por Yalil. ¿Se ocultaba también, igual que ella? ¿O acaso habría huido del país con sus esposas e hijos? Mariam esperaba que estuviera a salvo en alguna parte, que hubiera logrado escapar de la masacre.

Durante una semana, los combates obligaron incluso a Rashid a permanecer en casa. Atrancó el portón, puso bombas trampa en el patio, cerró la puerta principal y formó una barricada desde el interior con el sofá. Luego se dedicó a pasear por la casa fumando, a mirar por la ventana y a limpiar su pistola, que cargaba una y otra vez. En dos ocasiones disparó a la calle con la excusa de que había visto a alguien tratando de trepar por el muro.

—Los muyahidines están obligando a combatir a los niños —dijo—. A plena luz del día, los encañonan y se los llevan de la calle. Y cuando los soldados de una milicia rival capturan a esos niños, los torturan. He oído que los electrocutan, eso se dice, y que les revientan los testículos con tenazas. Los obligan a conducirlos a su casa. Y entonces entran, matan a los padres y violan a las madres y a las hermanas.

Rashid agitó la pistola por encima de la cabeza.

—Que prueben a entrar en mi casa. ¡Seré yo quien les aplaste las pelotas! ¡Les volaré la cabeza! ¿Os dais cuenta de lo afortunadas que sois por tener a un hombre que no teme ni al propio Shaitán?

Miró al suelo y vio a Aziza a sus pies.

—¡Fuera! —le gritó, blandiendo el arma para ahuyentarla—. ¡Deja de seguirme! Y deja de mover las manos. No voy a cogerte. ¡Vete! Vete antes de que te pise.

La niña dio un respingo y volvió gateando hacia Mariam con aire desolado y confuso. Acomodada en el regazo de la mujer, se chupó el pulgar con tristeza y observó a Rashid, enfurruñada y pensativa. De vez en cuando alzaba la vista hacia su protectora, buscando su consuelo, le pareció a ella. Pero, en lo tocante a padres, ella no podía ofrecerle consuelo alguno.

Mariam sintió un gran alivio cuando los combates empezaron a remitir, sobre todo porque ya no tenían que soportar a Rashid todo el día con su mal humor, que llenaba toda la casa. Además, le había dado un susto de muerte al blandir la pistola cargada cerca de Aziza.

Un día de aquel invierno, Laila pidió a Mariam que le dejara trenzarle los cabellos.

Ella se sentó y permaneció inmóvil observando los ágiles dedos de la muchacha en el espejo y su expresión concentrada. La pequeña dormía hecha un ovillo en el suelo. Bajo el brazo sujetaba una muñeca que Mariam le había hecho: la había rellenado con judías, le había cosido un vestido con tela teñida con té y le había puesto un collar hecho de pequeños carretes de hilo vacíos ensartados en una cuerda.

Cuando Aziza soltó unos gases mientras dormía, Laila se echó a reír y Mariam se unió a sus risas. Rieron así, mirándose en el espejo, con los ojos llorosos, y fue un momento tan natural, tan espontáneo, que de repente la mujer empezó a hablarle de Yalil, de Nana y del *yinn*. La joven se quedó con las manos quietas sobre los hombros de su compañera y los ojos fijos en la imagen del espejo. Las palabras fluyeron como la sangre de una herida abierta. Mariam le habló de Bibi *yo*, del ulema Faizulá, del humillante trayecto hasta la casa de Yalil, del suicidio de Nana. Le habló de las esposas de su padre y del precipitado *nikka* con Rashid; el viaje a Kabul, los embarazos, los interminables ciclos de esperanza y decepción, y cómo Rashid la había emprendido contra ella.

Después, Laila se sentó a los pies de la mujer mayor. Con aire distraído quitó una pelusa enredada en los cabellos de su hija. Se produjo entonces un silencio.

—Yo también tengo que contarte una cosa —empezó Laila.

Esa noche Mariam no durmió. Estuvo sentada en la cama, observando la nieve que caía silenciosamente.

Las estaciones se habían sucedido unas tras otras, en Kabul habían ascendido diversos presidentes al poder y habían sido asesinados, un imperio había sido derrotado, habían terminado viejas guerras y se habían desatado otras nuevas. Pero Mariam apenas lo había notado, apenas le había importado. Había pasado aquellos años escondida en un recoveco de su propia mente, en un campo seco y estéril, ajena a deseos y lamentos, a sueños y desilusiones. Allí el futuro carecía de importancia y el pasado sólo contenía una lección: que el amor era un error dañino, y su cómplice, la esperanza, una ilusión traicionera. Y siempre que esas dos venenosas flores gemelas empezaban a brotar en la cuarteada tierra de su campo, Mariam las arrancaba de raíz. Las arrancaba y las aniquilaba antes de que pudieran crecer.

Pero sin saber cómo, en los últimos meses, Laila y Aziza —que había resultado ser también una *harami*— se habían convertido en prolongaciones de su propio ser, y sin ellas, la vida que había soportado durante tanto tiempo, de repente le parecía insufrible.

«Aziza y yo nos iremos en primavera. Ven con nosotras, Mariam.»

Los años no habían sido clementes. Pero tal vez le aguardaban otros mejores, pensó, una nueva existencia en la que hallaría las satisfacciones que, según Nana, estaban vedadas a una *harami* como ella. Dos nuevas flores habían brotado inesperadamente en su vida, y mientras Mariam contemplaba la nieve caer, imaginaba al ulema Faizulá haciendo girar las cuentas de su *tasbé*, inclinándose y susurrándole con voz trémula: «Pero es Dios quien las ha plantado, Mariam *yo*. Y es Su voluntad que las cuides. Es Su voluntad, hija mía.»

36

Laila

El día despuntaba en el horizonte, desterrando la oscuridad del cielo, aquella mañana de primavera de 1994, y Laila estaba cada vez más convencida de que Rashid lo sabía, que en cualquier momento la sacaría a rastras de la cama y le preguntaría si realmente creía que era un *jar*, un asno, incapaz de descubrirlo. Pero se oyó la llamada al *azan*, el sol matinal iluminó los tejados, cantaron los gallos, y no sucedió nada fuera de lo corriente.

Laila oía a su marido en el cuarto de baño, los golpes que daba con la cuchilla en el borde del lavabo. Luego lo oyó moviéndose por el piso de abajo, poniendo a hervir el agua para el té. Oyó el tintineo de sus llaves y luego sus pasos al cruzar el patio llevando la bicicleta de la mano.

La joven atisbó por una abertura en las cortinas de la sala de estar. Vio a Rashid alejarse pedaleando en la pequeña bicicleta con toda su corpulencia, y la luz del sol reflejándose en el manillar.

—¿Laila?

Mariam estaba en el umbral. Se notaba que tampoco ella había dormido y ella se preguntó si habría pasado la noche entre ataques de euforia y de angustia.

—Nos iremos dentro de media hora —anunció Laila.

. . .

Viajaban en el asiento posterior del taxi sin decir nada. Aziza iba sentada en el regazo de Mariam, aferrada a su muñeca y mirando con grandes ojos asombrados la ciudad que pasaba velozmente ante ella.

—*Ona!* —exclamó, señalando a un grupo de niñas que saltaban a la comba—. ¡Mayam! *Ona*.

Allá donde mirara, Laila veía a Rashid. Lo veía saliendo de barberías con ventanas del color del polvillo del carbón, de los puestos diminutos en los que vendían perdices, de los destartalados almacenes donde se amontonaban neumáticos viejos desde el suelo hasta el techo. Se hundió en el asiento.

Junto a ella, Mariam mascullaba una plegaria. La joven tenía ganas de verle la cara, pero la mujer mayor llevaba el burka, igual que ella, y sólo veía el brillo de sus ojos a través de la rejilla.

Era la primera vez en semanas que Laila salía de casa, aparte del corto trayecto de la víspera hasta la tienda de empeños, donde había dejado la alianza de boda sobre el mostrador de cristal y de donde había salido emocionada por el carácter definitivo de su acción, consciente de que ya no había vuelta atrás.

Desde el taxi, Laila observaba las consecuencias de los combates más recientes, cuyo estruendo había oído desde la casa: viviendas convertidas en ruinas de piedra y ladrillo; edificios acribillados de boquetes por los que asomaban vigas caídas; coches quemados, destrozados, volcados, a veces apilados unos encima de otros; paredes plagadas de orificios de todos los calibres; cristales rotos por doquier. Vio una comitiva fúnebre camino de una mezquita, con una anciana vestida de negro que caminaba en retaguardia mesándose los cabellos. Pasaron por delante de un cementerio lleno de tumbas hechas con piedras amontonadas y raídas banderas *shahid* ondeando al viento.

Laila pasó la mano por encima de la maleta y sujetó el suave brazo de su hija.

En la estación de autobuses de Lahore Gate, cerca de Pol Mahmud Jan, en Kabul este, había una hilera de autobuses aparcados. Hombres con turbante se afanaban en subir cajas y bultos a los tejadillos, donde afianzaban las maletas con cuerdas. Dentro de la estación, había una larga cola de hombres hasta la ventanilla de venta de billetes. También vieron mujeres con burka, charlando en grupos, rodeadas de sus bártulos, mientras acunaban a sus bebés o regañaban a sus hijos por alejarse demasiado.

Milicianos muyahidines patrullaban dentro y fuera de la estación, soltando órdenes tajantes a diestro y siniestro. Llevaban botas, *pakols* y polvorientos uniformes verdes de faena. Y todos empuñaban kalashnikovs.

Laila se sentía observada. No miraba a nadie a la cara, pero tenía la impresión de que todos lo sabían, de que contemplaban con desaprobación lo que estaban haciendo Mariam y ella.

—¿Ves a alguien? —preguntó la joven.

La mujer mayor cambió de posición a Aziza en sus brazos.

—Estoy buscando.

Aquélla sería la primera parte arriesgada de su plan, como había previsto Laila: encontrar a un hombre adecuado para que se hiciera pasar por un pariente de ellas dos. Las libertades y oportunidades de las que habían disfrutado las mujeres entre 1978 y 1992 eran cosa del pasado. Laila aún recordaba las palabras de su padre al hablar sobre aquellos años de gobierno comunista: «Ahora es un buen momento para ser mujer en Afganistán, Laila.» Desde que los muyahidines se habían hecho con el poder en abril de 1992, el país había pasado a llamarse Estado Islámico de Afganistán. Y ahora, bajo el gobierno de Rabbani, el Tribunal Supremo estaba formado sobre todo por ulemas integristas que habían sustituido los decretos de la era comunista, que otorgaban mayor libertad a las mujeres, por la *sharia*, las estrictas leyes islámicas que ordenaban a las mujeres cubrirse de pies a cabeza, les prohibían viajar sin la compañía de un pariente masculino, y castigaban el adulterio femenino con la lapidación; aun cuando la aplicación de tales leyes no pasaba de ser esporádica. «Pero las aplicarían eficazmente si no estuvieran tan ocupados matándose entre ellos, o a nosotros», había dicho Laila a Mariam.

La segunda parte arriesgada del viaje llegaría cuando se encontraran en Pakistán. Con la llegada de casi dos millones de refugiados afganos, el país vecino había cerrado sus fronteras a los afganos en enero de aquel mismo año. Laila había oído decir que sólo se admitía a los viajeros que disponían de visado. Pero la frontera era permeable, como siempre, y la joven sabía que miles de afganos seguían cruzándola gracias a los sobornos, o bien aduciendo motivos humanitarios. Y siempre se podía pagar a algún contrabandista. «Hallaremos la manera cuando lleguemos allí», había asegurado.

—¿Qué tal ése? —propuso Mariam, señalando con el mentón.

—No parece muy digno de fiar.

—¿Y ése?

—Demasiado viejo. Y viaja con dos hombres más.

Al final, la joven lo encontró sentado en un banco del parque, con una mujer velada a su lado y un niño pequeño, más o menos de la edad de Aziza, sentado en sus rodillas. Era alto y delgado, con barba, y llevaba una camisa con el cuello abierto y una modesta chaqueta gris a la que le faltaban un par de botones.

—Espera aquí —indicó la joven. Mientras se alejaba, volvió a oír a su compañera musitando una plegaria.

El hombre levantó la vista cuando Laila se acercó a él, protegiéndose los ojos con una mano.

—Perdóname, hermano, pero ¿vas a Peshawar?

—Sí —respondió él, entornando los párpados.

—Tal vez podrías ayudarnos. ¿Querrías hacernos un favor?

El hombre entregó el niño a su esposa. Luego se alejó un poco con Laila.

—¿Qué es, *hamshira*?

La joven se animó al ver que tenía la mirada dulce y la expresión bondadosa, y se dispuso a contarle la historia que había convenido con Mariam. Era una *biwa*, dijo, una viuda. Su madre, su hija y ella se habían quedado solas en Kabul. Querían ir a Peshawar, a casa de su tío.

—Y queréis venir con mi familia —concluyó el joven.

—Sé que es *zamat* para ti. Pero pareces un hermano decente y yo…

—No te preocupes, *hamshira*. Lo entiendo. No es ningún problema. Iré a comprar vuestros billetes.

—Gracias, hermano. Lo que estás haciendo es una *sawab*, una buena acción. Dios te recompensará por ello.

Laila sacó el sobre del bolsillo del burka y se lo entregó. En su interior había mil quinientos afganis, más o menos la mitad del dinero que había recogido durante un año, más lo que había obtenido por el anillo. El hombre se metió el sobre en el bolsillo del pantalón.

—Esperad aquí.

Ella lo vio entrar en la estación, de la que regresó media hora más tarde.

—Será mejor que yo os guarde los billetes —señaló—. El autobús saldrá dentro de una hora, a las once. Subiremos todos juntos. Me llamo Wakil. Si me preguntan, aunque seguro que no será así, les diré que eres mi prima.

Laila le dio sus nombres y él afirmó que los recordaría.

—No os alejéis —advirtió.

Se sentaron en el banco contiguo al de Wakil y su familia. La mañana era cálida y soleada, y en el cielo sólo había unas cuantas nubes algodonosas sobre las colinas distantes. Mariam dio a Aziza unas galletas que se había acordado de coger pese a las prisas por hacer el equipaje. También ofreció a la joven.

—La vomitaría —dijo ella, entre risas—. Estoy demasiado nerviosa.

—Yo también.

—Gracias, Mariam.

—¿Por qué?

—Por esto. Por venir con nosotras —respondió Laila—. No creo que hubiera podido hacerlo sola.

—No lo estás.

—Todo irá bien, ¿verdad?

Mariam alargó la mano para coger la de su compañera.

—El Corán dice que Alá es el este y el oeste, por lo tanto, allá donde vayas, hallarás a Alá.

—*Bov!* —exclamó Aziza, señalando un autobús—. ¡Mayam, *bov*!

—Ya lo veo, Aziza *yo* —dijo Mariam—. Eso es, *bov*. Pronto iremos las tres en un *bov*. Oh, la de cosas nuevas que vas a ver.

Laila sonrió. Al otro lado de la calle vio a un carpintero en su taller manejando la sierra, que hacía volar las astillas de madera. Vio pasar los coches con las ventanillas cubiertas de polvo y suciedad. Vio los autobuses aparcados, con el motor al ralentí, y en los costados, imágenes de pavos reales, leones, soles nacientes y espadas centelleantes.

Al calor del sol matinal, se sentía mareada y audaz. Experimentó un nuevo y fugaz ataque de euforia, y cuando un perro callejero de ojos amarillos se acercó cojeando, ella se inclinó y le acarició el lomo.

Unos minutos antes de las once, un hombre con un megáfono llamó a los pasajeros con destino a Peshawar para que subieran al autobús. Las puertas hidráulicas se abrieron con un intenso silbido. Los viajeros corrieron hacia el vehículo, adelantándose unos a otros, empujándose para ser los primeros en subir.

Wakil cogió en brazos a su hijo y dirigió una seña a Laila.

—Nos vamos —anunció ella.

Wakil caminaba delante. Cuando se acercaron, Laila vio rostros en las ventanillas, con la nariz y las manos apretadas contra el cristal. Por todas partes se oían gritos de despedida.

Un joven soldado miliciano comprobaba los billetes en la puerta del autobús.

—*Bov!* —exclamó Aziza.

Wakil entregó los billetes al soldado, que los partió por la mitad y se los devolvió. El hombre hizo subir primero a su esposa. Laila vio que Wakil y el miliciano intercambiaban una mirada. Cuando se hallaba en el primer escalón del autobús, Wakil se inclinó y murmuró algo al oído del soldado, y éste asintió.

A Laila se le cayó el alma a los pies.

—Vosotras dos, las de la niña, haceos a un lado —ordenó el militar.

Laila fingió no haber oído nada. Quiso subir los escalones del autobús, pero el miliciano la agarró por el hombro y la sacó a la fuerza de la fila.

—Tú también —gritó a Mariam—. ¡Deprisa! Estáis molestando a los demás.

—¿Qué ocurre, hermano? —preguntó Laila, capaz apenas de mover los labios—. Tenemos billete. ¿No te los ha dado mi primo?

El soldado se llevó un dedo a los labios para indicarle que se callara y dijo algo a otro soldado en voz baja. El segundo miliciano, un tipo rechoncho con una cicatriz en la mejilla derecha, asintió.

—Seguidme —exigió a Laila.

—Tenemos que subir —exclamó ella, consciente de que le temblaba la voz—. Tenemos billete. ¿Por qué hacéis esto?

261

—Vosotras no subiréis al autobús, más vale que os vayáis haciendo a la idea. Seguidme. A menos que queráis que la niña vea cómo os llevamos a rastras.

Cuando las conducían a un camión, Laila miró por encima del hombro y divisó al hijo de Wakil en la parte posterior del autobús. El niño también la vio y agitó la mano con gesto alegre.

En la comisaría de policía de Torabaz Jan las obligaron a sentarse en los extremos opuestos de un largo y atestado pasillo. En el centro había una mesa y, sentado a ella, un hombre que fumaba un cigarrillo tras otro, tecleando de vez en cuando en una máquina de escribir. De esa forma transcurrieron tres horas. Aziza se las pasó correteando entre Laila y Mariam, jugando con un clip que le dio el hombre de la mesa y comiéndose las galletas. Al final se quedó dormida en el regazo de Mariam.

Hacia las tres de la tarde, se llevaron a la joven a una sala de interrogatorios, y la mujer mayor tuvo que quedarse esperando en el pasillo con la niña.

El hombre que se sentaba a la mesa en la sala de interrogatorios rondaba la treintena y vestía ropa de civil: traje negro, corbata y mocasines negros. Lucía una barba pulcramente recortada y los cabellos cortos, y sus cejas se unían en una sola. Miraba fijamente a Laila, haciendo botar un lápiz en el borde de la mesa por el extremo de la goma.

—Sabemos que hoy has dicho ya una mentira, *hamshira* —empezó diciendo, tras carraspear y cubrirse educadamente la boca con el puño—. El joven de la estación no era tu primo. Nos lo dijo él mismo. La cuestión es si vas a contar más mentiras hoy, cosa que no te aconsejo.

—Nos dirigíamos a casa de mi tío —afirmó Laila—. Es la verdad.

El policía asintió.

—La *hamshira* del pasillo, ¿es tu madre?

—Sí.

—Tiene acento de Herat, y tú no.

—Ella se crió en Herat. Yo nací aquí, en Kabul.

—Por supuesto. ¿Y te has quedado viuda? Eso le dijiste al joven. Mis condolencias. Y ese tío, ese *kaka*, ¿dónde vive?

—En Peshawar.

—Sí, eso habías dicho. —El hombro lamió la punta del lápiz y se preparó para escribir en una hoja de papel en blanco—. Pero ¿en qué parte de Peshawar? ¿En qué barrio, por favor? Necesito el nombre de la calle y el número del distrito.

Laila trató de contener la oleada de pánico que le subía por el pecho. Nombró la única calle que conocía de Peshawar. La había oído mencionar una vez, en la fiesta que había dado su madre al entrar los muyahidines en Kabul.

—La calle Jamrud.

—Ah, sí. La del hotel Pearl Continental. Tal vez tu tío lo mencionara.

Laila vio una oportunidad y quiso aprovecharla.

—Esa calle, sí.

—Pero el hotel Pearl Continental esta en la calle Jyber.

Laila oyó el llanto de Aziza en el pasillo.

—Mi hija está asustada. ¿Puedo ir a buscarla, hermano?

—Prefiero que me llames «agente». No te preocupes, pronto volverás con ella. ¿Tienes el número de teléfono de ese tío?

—Lo tengo. Lo tenía. Bueno… —Ni siquiera el burka parecía frenar la penetrante mirada del agente—. Estoy tan nerviosa que lo he olvidado.

El agente soltó aire por la nariz. Preguntó el nombre del tío y el de su esposa. ¿Cuántos hijos tenían? ¿Cómo se llamaban? ¿En qué trabajaba? ¿Qué edad tenía? Sus preguntas no hicieron más que acrecentar el nerviosismo de Laila.

El agente dejó el lápiz sobre la mesa, enlazó los dedos y se inclinó hacia delante con la actitud de un padre a punto de reprender a un niño pequeño.

—¿Eres consciente, *hamshira*, de que es delito que una mujer huya de su casa? Lo vemos muy a menudo. Mujeres que viajan solas y afirman que se han quedado viudas. Algunas dicen la verdad, pero la mayoría no. Podrían meterte en la cárcel por huir de casa, supongo que lo entiendes, *nay*?

—Déjenos marchar, agente… —Laila leyó el nombre en la placa que llevaba en la solapa—, agente Rahman. Haga honor al significado de su nombre y muestre compasión. ¿Qué puede importar que suelte a dos simples mujeres como nosotras? ¿Qué mal habría en ello? No somos delincuentes.

—No puedo.

—Se lo suplico, por favor.

—Es la ley, *hamshira*, la *qanun* —declaró Rahman, adoptando un tono grave de suficiencia—. Es responsabilidad mía mantener el orden, ¿entiendes?

A pesar de su angustia, Laila estuvo a punto de echarse a reír. Le asombraba que el agente usara aquella palabra después de todo lo que habían hecho las facciones de muyahidines: asesinatos, saqueos, violaciones, torturas, ejecuciones, bombardeos e intercambio de miles de misiles, sin importarles cuántos inocentes murieran bajo el fuego cruzado. Orden. Laila tuvo que morderse la lengua.

—Si nos envía de vuelta —dijo lentamente—, quién sabe lo que nos hará él.

Laila percibió el esfuerzo que hizo el agente para no apartar la vista.

—Lo que un hombre haga en su casa es asunto suyo.

—Y entonces, ¿qué hay de la ley, agente Rahman? —Lágrimas de rabia acudieron a sus ojos—. ¿Estará usted allí para mantener el orden?

—Nuestra política es no interferir en los asuntos privados de las familias, *hamshira*.

—Por supuesto, claro que no. Siempre que beneficie al hombre. ¿Y acaso no es esto «un asunto privado de la familia», como dice usted? ¿No lo es?

El hombre empujó su silla hacia atrás, se levantó y se alisó la chaqueta.

—Creo que la entrevista ha terminado. Debo decir, *hamshira*, que has hecho una pobre defensa de tu caso. Muy pobre, realmente. Bien, y ahora espera fuera mientras charlo un poco con tu... con quien quiera que sea.

Laila empezó a protestar, luego chilló, y el agente tuvo que solicitar la ayuda de dos hombres más, que la sacaron a rastras de la sala.

Tras apenas unos minutos de interrogatorio, Mariam salió de la sala temblando.

—Hacía demasiadas preguntas —se lamentó—. Lo siento, Laila *yo*. No soy tan lista como tú. Hacía demasiadas preguntas y yo no sabía las respuestas. Lo siento.

—No es culpa tuya —dijo ella con voz débil—, sino mía. Todo ha sido culpa mía.

Eran más de las seis cuando el coche policial se detuvo frente a la casa. Hicieron esperar a las mujeres en el asiento de atrás, vigiladas por un soldado muyahidín que se quedó en el asiento de delante. El conductor se apeó, llamó a la puerta y habló con Rashid. Luego les hizo señas para que bajaran del coche y se acercaran.

—Bienvenidas a casa —dijo el muyahidín del coche, y encendió un cigarrillo.

—Tú —dijo Rashid a Mariam—. Espera aquí.

La mujer se sentó en el sofá sin pronunciar.

—Vosotras dos, arriba.

Agarró a Laila por el codo y la obligó a subir las escaleras a empujones. Aún llevaba los zapatos, aún no se había puesto las chancletas, no se había quitado el reloj ni la chaqueta siquiera. Laila lo imaginó una hora, o quizá unos minutos antes, corriendo de una habitación a otra, dando portazos, furioso e incrédulo, y mascullando maldiciones.

Al llegar a lo alto de la escalera, Laila se dio la vuelta.

—Ella no quería hacerlo —dijo—. Yo la he obligado. Ella no quería irse…

La joven no vio llegar el puñetazo. Estaba hablando y de repente se encontró a cuatro patas, con los ojos como platos y la cara congestionada, tratando de coger aire. Fue como si un coche lanzado a toda velocidad la hubiera golpeado justo en la boca del estómago. Se dio cuenta de que había dejado caer a Aziza y de que la niña chillaba. Trató de respirar una vez más y sólo consiguió soltar un ronco sonido estrangulado. Babeaba.

Rashid la arrastró entonces por el pelo. Laila vio que cogía a Aziza del suelo y que la niña perdía las sandalias al patalear. A la joven se le llenaron los ojos de lágrimas por el dolor, al notar que le arrancaban mechones de cabello. Vio que él abría la puerta de la habitación de Mariam de una patada y arrojaba a Aziza sobre la cama. Rashid le soltó el pelo a Laila y le asestó una patada en la nalga izquierda. Ella aulló de dolor mientras él salía y cerraba la puerta de golpe. Luego oyó que echaba la llave.

Aziza seguía berreando. Laila se quedó tirada en el suelo, encogida, jadeando. Luego consiguió ponerse a cuatro patas y gatear hasta la cama para coger a su hija.

Abajo empezó la paliza. Los sonidos que oía Laila correspondían a un procedimiento metódico, casi familiar. No oyó maldiciones, ni aullidos, ni súplicas, ni gritos de sorpresa; sólo los ruidos sordos de los golpes, de algo sólido que vapuleaba la carne repetidamente, de algo o alguien que se estrellaba contra una pared, de tela que se rasgaba. De vez en cuando, también oía unos pasos apresurados, una persecución silenciosa, muebles que se volcaban, cristales que se rompían, y luego otra vez los golpes.

Laila cogió a Aziza en brazos y notó el calor que se extendía en su regazo, cuando Aziza se le orinó encima.

Abajo, las carreras y la persecución cesaron finalmente. Sólo se oía un sonido como el de un garrote de madera sacudiendo repetidamente un pedazo de carne de buey.

Laila meció a Aziza hasta que ya no hubo más ruidos. Y cuando oyó que la puerta mosquitera de la casa se abría y se cerraba, dejó a su hija en el suelo y miró por la ventana. Vio a Rashid cruzando el patio, llevando a Mariam sujeta por el cuello. Mariam iba descalza y doblada sobre sí misma. Laila vio sangre en las manos de Rashid, en el rostro de Mariam, en sus cabellos, en el cuello y la espalda. Tenía la camisa rasgada por delante.

—Lo siento mucho, Mariam —gritó Laila al cristal.

Vio que Rashid metía a la mujer en el cobertizo de las herramientas de un empellón y entraba tras ella. Rashid salió con un martillo y varios tablones de madera. Cerró la doble puerta del cobertizo y le echó el candado. Comprobó que las puertas estaban bien aseguradas y luego rodeó el cobertizo para ir en busca de una escalera.

Minutos después, su rostro apareció en la ventana de Laila, con unos clavos en las comisuras de la boca. Estaba despeinado y tenía un trazo de sangre en la frente. Al verlo, Aziza chilló y ocultó el rostro en la axila de Laila.

Rashid empezó a clavar los tablones sobre la ventana.

La oscuridad era absoluta, impenetrable y constante, sin capas ni textura. Rashid había rellenado las grietas que quedaban entre los tablones y había colocado un objeto grande debajo de la puerta para que no entrara luz por la rendija. También había metido algo en el ojo de la cerradura.

A Laila le era imposible determinar el paso del tiempo con la vista, de modo que usó su oído bueno. *Azan* y el canto de los gallos señalaban la mañana. El ruido de cacharros en la cocina y el de la radio indicaban la noche.

El primer día, Laila y Aziza anduvieron a tientas, palpando y buscándose en la oscuridad. La joven no veía a su hija cuando lloraba, cuando se alejaba gateando.

—*Aishi* —pedía Aziza, lloriqueando—. *Aishi*.

—Pronto. —Laila intentó besar a su hija en la frente, pero la caricia acabó en la coronilla—. Pronto habrá leche. Has de tener paciencia. Sé una niña buena y paciente por *mammy*, y te daré *aishi*.

Laila le cantó unas canciones.

Sonó la llamada al *azan* por segunda vez y Rashid seguía sin darles comida, y lo que era peor, tampoco agua. Ese día empezó a hacer un calor denso y sofocante. La habitación se convirtió en una olla a presión. Laila se pasaba la lengua por los labios, pensando en el pozo, en el agua fría. Aziza no dejaba de llorar, y Laila se alarmó al descubrir que cuando trataba de secar las lágrimas de su hija, retiraba las manos secas. Le arrancó la ropa, trató de encontrar algo para abanicarla y estuvo soplando sobre ella hasta que empezó a marearse. Pronto Aziza dejó de gatear. Sólo dormitaba.

Durante ese día, Laila golpeó varias veces las paredes con los puños, gastando energías en chillar pidiendo ayuda con la esperanza de que la oyera algún vecino. Pero nadie acudió, y sus chillidos no sirvieron más que para asustar a Aziza, que empezó a llorar de nuevo con un gemido débil y ronco. Laila se deslizó hasta el suelo. Pensó en Mariam, ensangrentada y encerrada en el cobertizo con el calor que hacía, y se sintió culpable.

Por fin la joven se quedó dormida, mientras su cuerpo se cocía lentamente. Soñó que veía a Tariq en la otra acera de una calle llena de gente, bajo el toldo de una sastrería, y que echaba a correr hacia él con la niña en brazos. Estaba sentado en cuclillas y probaba los higos de una caja. «Ése es tu padre —decía Laila—. Ese hombre de ahí, ¿lo ves? Ése es tu *baba* de verdad.» Laila lo llamó por su nombre, pero el jaleo de la calle apagó su voz y Tariq no la oyó.

Laila se despertó al oír el silbido de los misiles. En alguna parte, el cielo que no podía ver se llenó de estallidos y se oyó el frenético tableteo de las ametralladoras. Cerró los ojos. Se despertó de nuevo con las fuertes pisadas de Rashid en el pasillo. La joven se arrastró hasta la puerta y la golpeó con las manos abiertas.

—Sólo un vaso, Rashid. No es para mí. Hazlo por ella. No querrás tener su muerte sobre la conciencia.

El hombre pasó de largo, pero ella siguió suplicando. Le pidió perdón, hizo promesas. Lo maldijo.

Rashid cerró la puerta de su habitación. Puso la radio.

El muecín llamó al *azan* una tercera vez. De nuevo el calor aplastante. La niña, cada vez más apática, dejó de llorar y de moverse.

Laila aplicaba el oído a la boca de su hija, temiendo en cada ocasión no oír el débil silbido de su respiración. Incluso el sencillo acto de incorporarse le causaba mareos. Se quedó dormida, tuvo sueños que luego no recordaba. Al despertar, comprobó que Aziza seguía respirando, le palpó los labios agrietados, le buscó el débil pulso en el cuello y volvió a tumbarse. Estaba convencida de que iban a sucumbir allí encerradas, pero lo que más pavor le causaba era ver morir a Aziza, que era tan pequeña y frágil. ¿Cuánto tiempo más resistiría? La pequeña se ahogaría de calor y Laila tendría que permanecer junto a su rígido cuerpecito, aguardando su propio fin. Volvió a dormirse. Se despertó. Se durmió. La línea entre el sueño y la vigilia se difuminó.

No fue el canto de los gallos ni el *azan* lo que volvió a despertarla, sino el ruido de algo pesado al ser arrastrado. Oyó la llave en la cerradura. De pronto, la habitación se llenó de luz, que la deslumbró cruelmente. Laila alzó la cabeza, esbozó una mueca de dolor y se protegió los ojos con la mano. Por entre los dedos vislumbró una silueta grande y borrosa recor-

tada sobre un rectángulo de luz. La forma se movió, se agachó, se inclinó sobre ella y le habló al oído.

—Si vuelves a intentarlo, te encontraré. Te juro por el
nombre del profeta que te encontraré. Y cuando dé contigo,
no habrá tribunal en este maldito país que me condene por
mis actos. Primero a Mariam, luego a la niña y por último a ti.
Y te obligaré a verlo todo. ¿Me has comprendido? ¡Te obligaré
a verlo!

Y tras estas palabras, abandonó la habitación, pero no
antes de patearle el costado. De resultas de ello, Laila estuvo
orinando sangre durante días.

37

Mariam
Septiembre de 1996

Dos años y medio más tarde, la mañana del 27 de septiembre, el ruido de gritos y silbidos, petardos y música despertó a Mariam, que bajó corriendo a la sala de estar. Allí encontró a Laila mirando por la ventana con Aziza a caballito sobre los hombros. La madre se dio la vuelta y sonrió.

—Han llegado los talibanes —dijo.

Mariam había oído hablar de los talibanes por primera vez hacía dos años, en octubre de 1994, un día que Rashid llegó a casa con la noticia de que habían derrotado al resto de los cabecillas militares en Kandahar y se habían hecho dueños de la ciudad. Se trataba de una fuerza guerrillera, explicó, compuesta por jóvenes pastunes cuyas familias habían huido a Pakistán durante la guerra contra los soviéticos. La mayoría de ellos habían crecido —algunos incluso habían nacido— en campos de refugiados situados en la frontera con Pakistán y en madrasas pakistaníes, donde los ulemas los habían instruido en la sharia. Su líder era un misterioso recluso analfabeto y tuerto, el ulema Omar, que, según explicó Rashid con cierto regocijo, se hacía llamar Amir-ul-Muminin, Líder de los Fieles.

—Es verdad que esos chicos carecen de *risha*, de raíces —añadió Rashid, aunque sin dirigirse a Mariam ni a Laila. Desde su fracasada huida, Mariam sabía que Rashid no establecía distinciones entre Laila y ella, que ambas eran igual de indignas para él, que las dos merecían su desconfianza, su desdén y su indiferencia. Cuando hablaba, Mariam tenía la sensación de que lo hacía consigo mismo, o acaso con una presencia invisible que, a diferencia de sus dos esposas, sí merecía escuchar sus opiniones—. Es posible que no tengan pasado —prosiguió Rashid, mirando al techo mientras fumaba—. Es posible que no sepan nada del mundo ni de la historia de este país. Sí. Comparada con ellos, hasta Mariam podría ser profesora de universidad. ¡Ja! De acuerdo. Pero mira a tu alrededor. ¿Qué ves? Cabecillas muyahidines corruptos y codiciosos, armados hasta los dientes, ricos gracias a la heroína, declarándose la yihad unos a otros y matando a todo el que pillan en su camino. Ni más ni menos. Al menos los talibanes son puros e incorruptibles. Al menos son jóvenes musulmanes decentes. *Walá*, cuando lleguen, limpiarán esta ciudad. Traerán la paz y el orden. Ya no matarán a la gente cuando salga a la calle a comprar leche. ¡Ya no se dispararán más misiles! Piénsalo.

Durante dos años, los talibanes habían avanzado hacia Kabul arrebatando ciudades a los muyahidines, y allí donde se asentaban ponían fin a la guerra entre facciones. Habían capturado al comandante Abdul Ali Mazari y lo habían ejecutado. Durante meses, habían intercambiado fuego de artillería con Ahmad Sha Massud desde las afueras de Kabul, al sur de la ciudad. Y a principios de septiembre de 1996, se habían apoderado de Jalalabad y Sarobi.

Los talibanes tenían algo que a los muyahidines les faltaba, concluyó Rashid: estaban unidos.

—Que vengan —dijo—, que pienso recibirlos con una lluvia de pétalos de rosa.

• • •

Aquel día salieron los cuatro para dar la bienvenida a su nuevo mundo, a sus nuevos líderes. Rashid las condujo de autobús en autobús, y en cada barrio en ruinas, Mariam vio a personas que surgían de entre los escombros para ocupar las calles. Vio a una anciana desdentada que desperdiciaba puñados de arroz arrojándolos a los que pasaban por su lado con una mustia sonrisa. Dos hombres se abrazaban junto a las ruinas de un edificio. Unos muchachos lanzaban cohetes desde las azoteas, llenando el cielo de silbidos y estallidos. El himno nacional que sonaba en los casetes competía con los cláxones de los coches.

—¡Mira, Mayam! —Aziza señaló un grupo de niños que corrían por Jadé Maywand. Lanzaban los puños al aire y arrastraban latas herrumbrosas atadas con cuerdas, gritando que Massud y Rabbani se habían retirado de Kabul.

Por todas partes se oían gritos: «*Alá-u-akbar!*»

Mariam vio una sábana colgada de una ventana en Jadé Maywand. En ella, alguien había pintado tres palabras en grandes letras negras: «*Zenda baad taliban!*» ¡Larga vida a los talibanes!

Mientras recorrían las calles, Mariam divisó otras pancartas colgadas de las ventanas, clavadas en las puertas, ondeando en las antenas de los coches, que proclamaban lo mismo.

Mariam, acompañada por Rashid, Laila y Aziza, vio a los talibanes por primera vez un poco más tarde, en la plaza de Pastunistán, donde se había congregado una muchedumbre. La gente estiraba el cuello, apiñada alrededor de la fuente azul del centro o encaramada a ella, ya que estaba seca. Todos trataban de ver el otro extremo de la plaza, donde se encontraba el antiguo restaurante Jyber.

Rashid aprovechó su corpulencia para abrirse paso a empujones y las condujo hasta un punto de la plaza donde había un hombre hablando por un megáfono. Cuando Aziza lo vio, soltó un chillido y ocultó el rostro en el burka de Mariam.

La voz del megáfono pertenecía a un joven delgado y barbudo que llevaba un turbante negro. Se hallaba sobre una especie de patíbulo improvisado. En la mano libre sostenía un lanzamisiles. Junto a él, dos hombres ensangrentados colgaban de cuerdas atadas a sendos postes de semáforos, con la ropa hecha jirones y los rostros hinchados de color morado.

—A ése lo conozco —dijo Mariam—, al de la izquierda.

Una joven que había delante de Mariam se dio la vuelta y dijo que era Nayibulá. El otro era su hermano. Mariam recordaba el rostro regordete de Nayibulá, con su mostacho, sonriendo desde los carteles y los escaparates de las tiendas durante la época de la dominación soviética.

Más tarde supo que los talibanes habían sacado a rastras a Nayibulá del edificio de las Naciones Unidas, cerca del palacio Darulaman, donde se había refugiado. Que lo habían torturado durante horas y que luego lo habían atado a un camión por las piernas y habían arrastrado su cadáver por las calles.

—¡Mató a muchos, muchos musulmanes! —gritaba el joven talibán a través del megáfono. Hablaba farsi con acento pastún, y luego lo repetía en pastún. Enfatizaba sus palabras señalando los cadáveres con su arma—. Todos conocen sus crímenes. Era un comunista y un *kafir*. ¡Esto es lo que hacemos con los infieles que cometen crímenes contra el islam!

Rashid sonreía con aire de suficiencia.

Aziza se echó a llorar en brazos de Mariam.

Al día siguiente, Kabul se llenó de camiones. En Jair Jana, en Shar-e-Nau, en Karté-Parwan, en Wazir Akbar Jan y Taimani, camiones Toyota rojos recorrieron las calles. En ellos viajaban hombres armados, con barba y turbante negro. Todos los camiones llevaban altavoces desde los que se lanzaban proclamas, primero en farsi y luego en pastún. El mismo mensaje se profería desde los altavoces que había en lo alto de las mezquitas y desde la radio, que ahora se conocía como La Voz de la Sharia. También se lanzaron folletos con el mismo mensaje. Mariam encontró uno en el patio.

Nuestro *watan* se conocerá a partir de ahora como Emirato Islámico de Afganistán. Éstas son las leyes que nosotros aplicaremos y vosotros obedeceréis:

Todos los ciudadanos deben rezar cinco veces al día. Si os encuentran haciendo otra cosa a la hora de rezar, seréis azotados.

Todos los hombres se dejarán crecer la barba. La longitud correcta es de al menos un puño por debajo del mentón. Quien no lo acate, será azotado.

Todos los niños llevarán turbante. Los niños de uno a seis años llevarán turbantes negros, los mayores lo llevarán blanco. Todos los niños deberán vestir ropa islámica. El cuello de la camisa se llevará abotonado.

Se prohíbe cantar.

Se prohíbe bailar.

Se prohíben los juegos de naipes, el ajedrez, los juegos de azar y las cometas.

Se prohíbe escribir libros, ver películas y pintar cuadros.

Si tenéis periquitos, seréis azotados. A los pájaros se les dará muerte.

Si robáis, se os cortará la mano por la muñeca. Si volvéis a robar, se os cortará un pie.

Si no sois musulmanes, no podéis practicar vuestra religión donde puedan veros los musulmanes. Si lo hacéis, seréis azotados y encarcelados. Si os descubren tratando de convertir a un musulmán a vuestra fe, seréis ejecutados.

Atención, mujeres:

Permaneceréis en vuestras casas. No es decente que las mujeres vaguen por las calles. Si salís, deberéis ir acompañadas de un *mahram*, un pariente masculino. Si os descubren solas en la calle, seréis azotadas y enviadas a casa.

No mostraréis el rostro bajo ninguna circunstancia. Iréis cubiertas con el burka cuando salgáis a la calle. Si no lo hacéis, seréis azotadas.

Se prohíben los cosméticos.

Se prohíben las joyas.

No llevaréis ropa seductora.

No hablaréis a menos que os dirijan la palabra.

No miraréis a los hombres a los ojos.

No reiréis en público. Si lo hacéis, seréis azotadas.

No os pintaréis las uñas. Si lo hacéis, se os cortará un dedo.

Se prohíbe a las niñas asistir a la escuela. Todas las escuelas para niñas quedan clausuradas.

Se prohíbe trabajar a las mujeres.

Si os hallan culpables de adulterio, seréis lapidadas.

Escuchad. Escuchad atentamente. Obedeced.

Alá-u-akbar.

Rashid apagó la radio. Estaban cenando en el suelo de la sala de estar, menos de una semana después de haber visto el cadáver de Nayibulá colgando de una cuerda.

—No pueden obligar a la mitad de la población a quedarse en casa sin hacer nada —dijo Laila.

—¿Por qué no? —replicó Rashid.

Por una vez, Mariam estuvo de acuerdo con él. ¿Acaso no era lo que les había pasado a ellas? ¿De qué se extrañaba Laila?

—Esto no es una aldea perdida, es Kabul. Aquí hay mujeres que practican el derecho y la medicina, que tienen puestos en el Gobierno…

Rashid sonrió.

—Has hablado como la arrogante hija de un universitario que leía poesía. Qué mundano, qué típico de los tayikos. ¿Te parece que las ideas de los talibanes son nuevas y radicales? ¿Alguna vez has salido de tu preciosa concha de Kabul, mi *gul*? ¿Te has molestado alguna vez en visitar el auténtico Afganistán, el sur, el este, la frontera tribal con Pakistán? ¿No? Pues yo sí lo he hecho. Y puedo asegurarte que en muchos lugares de este país siempre se ha vivido así, o de un modo muy similar. Claro que tú de eso no sabes nada.

—Me niego a creerlo —contestó Laila—. No pueden hablar en serio.

—Pues lo que hicieron los talibanes con Nayibulá a mí me pareció de lo más serio —dijo Rashid—. ¿No estás de acuerdo?

—¡Era un comunista! Era el jefe de la Policía Secreta.

Rashid se echó a reír y Mariam supo por qué: a los ojos de los talibanes, ser comunista y jefe de la temida KHAD sólo hacía a Nayibulá un poco más despreciable que una mujer.

38

Laila

Cuando los talibanes se pusieron manos a la obra, Laila se alegró de que *babi* no estuviera vivo para verlo. Habría sido un trauma para él.

Grupos de hombres con picos irrumpieron en el desvencijado Museo de Kabul y destrozaron las estatuas preislámicas, es decir, las que aún no habían sido objeto del pillaje de los muyahidines. Cerraron la universidad y los estudiantes tuvieron que volver a casa. Arrancaron cuadros de las paredes y los rajaron. Rompieron televisores a puntapiés. Quemaron todos los libros, excepto el Corán, y se cerraron las librerías. Los poemas de Jalili, Paywak, Ansari, Hayi Deqan, Ashraqi, Beytaab, Hafez, Yami, Nizami, Rumi, Jayyám, Beydel y los demás se convirtieron en humo.

Laila supo de hombres a los que llevaron a rastras a las mezquitas, acusándolos de haberse saltado el *namaz*. Se enteró de que el restaurante Marco Polo, cerca de la calle del Pollo, se había convertido en un centro de interrogatorios. A veces se oían gritos al otro lado de las ventanas pintadas de negro. La Patrulla de las Barbas recorría la ciudad en camiones Toyota en busca de rostros afeitados que machacar.

También clausuraron los cines. El Cinema Park, el Ariana, el Aryub. Arrasaron las salas de proyección y prendieron fuego a los rollos de película. Laila recordaba todas las veces que Tariq y ella habían frecuentado aquellas salas para ver películas indias, todas las melodramáticas historias sobre amantes separados por un trágico vuelco del destino, uno perdido en algún remoto país, el otro obligado a casarse, y los llantos, y las canciones en campos de caléndulas y el ansia de reunirse al fin. Laila recordaba que Tariq se reía porque ella lloraba al ver esas películas.

—No sé qué habrá sido del cine de mi padre —le dijo Mariam un día—. No sé si seguirá abierto. O si él seguirá siendo el dueño.

Jarabat, el antiguo barrio musical de Kabul, se redujo al silencio. Después de apalear y encarcelar a los músicos, destrozaron sus *rubabs, tamburas* y armonios. Los talibanes fueron a la tumba del cantante preferido de Tariq, Ahmad Zahir, y dispararon sobre ella.

—Hace casi veinte años que falleció —dijo Laila a Mariam—. ¿No les basta con que muriera una vez?

A Rashid los talibanes no le resultaban demasiado molestos. Sólo tenía que dejarse crecer la barba y visitar la mezquita, cosas ambas que hizo. Rashid veía a los talibanes con cierto desconcierto afectuoso y comprensivo, como podría mirar a un voluble primo dado a actuar de manera imprevisible y a ser motivo de escándalo e hilaridad.

Todos los miércoles por la noche, Rashid escuchaba La Voz de la Sharia, cuando los talibanes divulgaban los nombres de aquellos a quienes se iba a aplicar un castigo. Luego, los viernes, iba al estadio Gazi, compraba una Pepsi y contemplaba el espectáculo. En la cama, obligaba a Laila a escucharle mientras describía con un extraño júbilo las manos que había visto cortadas, las flagelaciones, los ahorcamientos, las decapitaciones.

—Hoy he visto a un hombre degollando al asesino de su hermano —explicó una noche, mientras formaba anillos de humo.

—Son unos salvajes —espetó Laila.

—¿Tú crees? —dijo Rashid—. ¿Comparados con quién? Los soviéticos mataron a un millón de personas. ¿Sabes a cuántos mataron los muyahidines en Kabul en los cuatro últimos años? A cincuenta mil. ¡Cincuenta mil! ¿No te parece sensato, en comparación, cortarles la mano a unos cuantos ladrones? Ojo por ojo, diente por diente. Está en el Corán. Además, dime una cosa. Si alguien matara a Aziza, ¿no querrías tener la oportunidad de vengarla?

Laila le lanzó una mirada de repugnancia.

—Sólo por poner un ejemplo.

—Eres igual que ellos.

—Siempre me ha extrañado el color de los ojos de Aziza, ¿a ti no? No los tiene como tú ni como yo.

Rashid se dio la vuelta en la cama para encararse con ella, y le rascó suavemente el muslo con la curva uña del dedo índice.

—Déjame que te lo explique —dijo—. Si me entrara el capricho, y no digo que eso vaya a ocurrir, aunque bien podría, estaría en mi derecho de regalar a Aziza. ¿Qué te parecería eso? O podría ir un día a los talibanes y decirles que tengo mis sospechas sobre ti. Sólo eso necesitaría. ¿A quién crees que creerían? ¿Qué crees que te harían?

—Eres despreciable —masculló Laila, apartándose de él.

—Ésas son palabras mayores —advirtió Rashid—. Ese rasgo tuyo nunca me ha gustado. Incluso cuando eras pequeña, cuando corrías por ahí con ese tullido, te creías muy lista porque leías libros y poemas. ¿De qué te sirve ahora todo eso? ¿Qué te ha librado de acabar en la calle, tu inteligencia o yo? ¿Yo soy despreciable? La mitad de las mujeres de esta ciudad matarían por tener un marido como yo. Matarían por ello.

Rashid volvió a tumbarse de espaldas y lanzó el humo del cigarrillo al techo.

—¿Te gustan las palabras grandilocuentes? Yo te daré una: perspectiva. Eso es lo que hago yo, Laila, asegurarme de que no pierdes la perspectiva.

Lo que a Laila le revolvió el estómago para el resto de la noche fue que todas y cada una de las palabras que había pronunciado Rashid eran ciertas.

Pero a la mañana siguiente y en las mañanas sucesivas siguió teniendo náuseas, que luego se incrementaron hasta convertirse en algo que desgraciadamente ya conocía bien.

Poco después, en una fría tarde nublada, Laila yacía tumbada de espaldas en el suelo de la habitación. Mariam estaba en su dormitorio, echando la siesta con Aziza.

En las manos tenía una varilla metálica: era el radio de una rueda que había arrancado con unas tenazas a una bicicleta abandonada. La había encontrado en el mismo callejón donde había besado a Tariq hacía unos años. Laila permaneció en el suelo durante largo rato, respirando entre dientes, con las piernas abiertas.

Había adorado a Aziza desde el mismo momento en que sospechó su existencia. No había sentido dudas ni incertidumbre alguna. Qué terrible era para una madre, pensó, llegar a temer que no pudiera amar a su propio hijo. Era antinatural. Y sin embargo, mientras estaba en el suelo y empuñaba el trozo de metal, se preguntó si realmente podría querer al hijo de Rashid como había venerado a la hija de Tariq.

Al final, fue incapaz de hacerlo.

No fue el miedo a desangrarse lo que le hizo soltar el trozo de metal, ni tampoco la idea de que se tratara de un acto condenable, como ciertamente sospechaba. No. Laila dejó caer la varilla porque no podía aceptar lo que tan fácilmente habían asumido los muyahidines: que a veces, en la guerra, había que segar vidas inocentes. La guerra de Laila era contra Rashid. El bebé no tenía culpa alguna. Y ya se habían producido suficientes muertes. Laila había visto sucumbir demasiados inocentes bajo el fuego cruzado de los enemigos.

39

Mariam
Septiembre de 1997

—Este centro ya no atiende a mujeres —gritó el guardia, furioso, desde lo alto de la escalera, lanzando una mirada glacial sobre la multitud congregada frente al hospital Malalai.

Un gemido de consternación recorrió la multitud.

—¡Pero si es un hospital para mujeres! —gritó una mujer detrás de Mariam, y sus palabras fueron recibidas con exclamaciones de aprobación.

Ella se cambió a Aziza de lado. Con el brazo libre sujetaba a Laila, que gemía y se apoyaba en Rashid, rodeándole el cuello con el brazo.

—Ya no —declaró el talibán.

—¡Mi mujer está de parto! —bramó un hombre corpulento—. ¿Quieres que dé a luz en la calle, hermano?

En enero de ese mismo año, Mariam había oído el anuncio de que hombres y mujeres serían tratados en centros sanitarios distintos, y que se enviaría a todo el personal femenino de los hospitales de Kabul a una única clínica central. Nadie se lo había creído y los talibanes no lo habían puesto en práctica. Hasta entonces.

—¿Y el hospital Ali Abad? —preguntó otro hombre.

El guardia negó con la cabeza.

—¿Wazir Akbar Jan?

—Sólo para hombres —declaró el guardia.

—¿Y qué se supone que debemos hacer?

—Id al Rabia Balji —respondió el guardia.

Una mujer joven se abrió paso y dijo que ya había estado allí, y que no había agua corriente, ni oxígeno, ni electricidad, ni medicamentos.

—Allí no hay nada.

—Pues es a donde tenéis que ir —indicó el guardia.

Se alzaron más quejas y gritos, se oyeron un par de insultos. Alguien arrojó una piedra.

El talibán alzó el kalashnikov y disparó varias veces al aire. Otro talibán blandió un látigo detrás de él.

La multitud se dispersó rápidamente.

La sala de espera del Rabia Balji estaba llena de mujeres con burka acompañadas de sus hijos. El aire apestaba a sudor, a cuerpos sucios, pies, orines, humo de cigarrillos y antisépticos. Bajo el lento ventilador del techo, los niños correteaban persiguiéndose, saltando por encima de las piernas estiradas de los padres, que dormitaban en el suelo.

Mariam ayudó a Laila a sentarse apoyada en una pared de la que habían caído trozos de yeso dejando desconchones con la forma de países extranjeros. Laila se mecía adelante y atrás, apretándose el vientre con las manos.

—Conseguiré que te visiten, Laila *yo*. Te lo prometo.

—Date prisa —urgió Rashid.

Ante la ventanilla de ingresos se apelotonaba una horda de mujeres que se empujaban unas a otras. Algunas sostenían a sus bebés en brazos. Otras se separaban de la masa para cargar contra la doble puerta que conducía a los consultorios. Un talibán armado les cerraba el paso y las enviaba de vuelta.

Mariam se metió entre ellas. Plantando bien los pies, arremetió contra codos, caderas y hombros de desconoci-

284

das. Alguien le dio un codazo en las costillas y ella se lo devolvió. Una mano trató desesperadamente de agarrarle la cara. Ella la apartó de un manotazo. Para impulsarse hacia delante, Mariam clavó las uñas en cuellos, brazos, codos y cabezas, y cuando una mujer le lanzó un bufido, ella se lo devolvió.

Ahora comprendía los sacrificios que hacía una madre. La decencia no era más que uno de ellos. Pensó compungida en Nana, en los sacrificios que también ella había tenido que hacer. En lugar de entregarla a una familia o arrojarla a una zanja y huir, había soportado la vergüenza de dar a luz una *harami* y había dedicado su vida a la ingrata tarea de criarla y amarla, a su manera. Y al final, Mariam había preferido a Yalil. Mientras se abría paso con insolente determinación hasta la ventanilla, Mariam deseó haber sido mejor hija. Deseó haber comprendido a la sazón lo que ahora sabía sobre la maternidad.

Se encontró de pronto ante una enfermera que iba cubierta de los pies a la cabeza con un sucio burka gris. La enfermera hablaba con una mujer joven que tenía una mancha de sangre en el burka, a la altura de la cabeza.

—Mi hija ha roto aguas y el bebé no sale —exclamó Mariam.

—¡Estoy hablando yo con ella! —gritó la joven ensangrentada—. ¡Espera tu turno!

Toda la masa de mujeres se agitaba de un lado a otro, como la hierba alta alrededor del *kolba* cuando la brisa barría el claro. Detrás de Mariam, una mujer gritaba que su hija se había caído de un árbol y se había roto el codo. Otra vociferaba que sangraba al hacer sus necesidades.

—¿Tiene fiebre? —preguntó la enfermera. Mariam tardó unos instantes en entender que hablaba con ella.

—No —contestó.

—¿Sangra?

—No.

—¿Dónde está?

Mariam señaló por encima de las demás cabezas hacia donde estaba Laila sentada con Rashid.

—La visitaremos —dijo la enfermera.

—¿Cuándo? —gritó Mariam. Alguien la había agarrado por los hombros y tiraba de ella.

—No lo sé —replicó la enfermera. Explicó que sólo tenían dos doctoras y que en ese momento ambas estaban operando.

—Tiene dolores —insistió Mariam.

—¡Y yo también! —exclamó la mujer de la cabeza ensangrentada—. ¡Espera tu turno!

Finalmente la sacaron a rastras. Los hombros y cabezas de las demás mujeres le impedían ver a la enfermera. Le llegó el olor lechoso del eructo de un bebé.

—Llévala a dar un paseo —gritó la empleada del hospital—. Y esperad.

Ya había anochecido cuando por fin las llamaron. La sala de partos tenía ocho camas, que no estaban separadas por cortinas. Unas enfermeras vestidas con burka atendían a las pacientes, entre ellas dos que estaban pariendo. A Laila le asignaron un lecho en el extremo más alejado, bajo una ventana que habían pintado de negro. Cerca había un fregadero agrietado y seco, y sobre él una cuerda tendida, de la que colgaban guantes quirúrgicos plagados de manchas. En el centro de la habitación, Mariam vio una mesa de aluminio. En la parte de arriba había una manta de color negro, la de abajo estaba vacía.

Una de las mujeres observó que Mariam miraba la mesa.

—A los bebés vivos los ponen arriba —dijo con tono cansado.

La doctora era una mujer menuda y atribulada, que se movía como un pájaro envuelta en un burka azul oscuro. Todo lo que decía tenía un tono impaciente, apremiante.

—Primer bebé. —Lo soltó así, no como una pregunta, sino como una afirmación.

—Segundo —apuntó Mariam.

Laila soltó un grito y se puso de lado. Apretó la mano de Mariam.

—¿Algún problema con el primer parto?

—No.

—¿Es usted su madre?

—Sí —dijo Mariam.

La médica sacó un instrumento metálico en forma de cono que llevaba bajo el burka. Luego levantó el de Laila y colocó la parte más ancha del instrumento sobre el vientre, aplicándose la parte estrecha a la oreja. Estuvo escuchando durante unos minutos, cambiando el aparato de lugar cada tanto.

—Ahora tengo que palpar al bebé, *hamshira*.

Se puso uno de los guantes que colgaban sujetos con pinzas sobre el fregadero. Con una mano apretó el vientre de Laila e introdujo la otra para palpar el bebé. Laila gimió. Cuando la médica terminó, le entregó el guante a una enfermera, que lo lavó y volvió a colgarlo de la cuerda.

—Su hija necesita una cesárea. ¿Sabe lo que es? Tenemos que abrirle el vientre y sacar al bebé, porque viene de nalgas.

—No entiendo —murmuró Mariam.

La doctora dijo que el bebé no estaba bien colocado y no podía salir solo.

—Y ya ha pasado demasiado tiempo. Tenemos que operarla ahora mismo.

Laila asintió con el rostro crispado por el dolor y dejó caer la cabeza hacia un lado.

—Hay algo que debo decirle —añadió la médica. Se acercó a Mariam, se inclinó hacia ella y le habló en tono más bajo y confidencial. Su voz denotaba cierto bochorno.

—¿Qué dice? —gimió Laila—. ¿Le ocurre algo malo al bebé?

—Pero ¿cómo va a soportarlo? —preguntó Mariam.

La doctora debió de detectar un tono de acusación en la pregunta, a juzgar por el cambio que se produjo en su respuesta, a la defensiva.

—¿Cree que esto es cosa mía? —replicó—. ¿Qué quiere que haga? No me dan lo que necesito. No tengo aparato de rayos X, ni de succión, ni oxígeno, ni los antibióticos más sencillos. Cuando las ONG ofrecen ayudas monetarias, los talibanes las rechazan. O desvían el dinero a los lugares donde se atiende a los hombres.

—Pero, doctora *sahib*, ¿no podría darle alguna cosa? —preguntó Mariam.

—¿Qué pasa? —volvió a gemir Laila.

—Puede comprar el medicamento usted misma, pero...

—Escríbame el nombre —dijo Mariam—. Escríbalo y yo iré a buscarlo.

La médica sacudió la cabeza con gesto cortante bajo el burka.

—No hay tiempo —afirmó—. Porque ninguna farmacia cercana lo tiene. Así que tendría que sortear el tráfico e ir de un lugar a otro, quizá hasta el otro extremo de la ciudad, con escasas probabilidades de encontrarlo. Son casi las ocho y media, así que seguramente la arrestarían por no respetar el toque de queda. Y aunque encontrara la medicina, seguramente no tendría dinero suficiente para pagarla. O tendría que pujar por el producto con otra persona igual de desesperada. No hay tiempo. Hay que sacar al bebé ahora mismo.

—¡Dígame qué está pasando! —exigió Laila, incorporándose.

La doctora respiró hondo y luego le explicó que no tenían anestesia.

—Pero si lo retrasamos, perderá al bebé.

—Entonces, hágalo —dijo. Se tumbó de nuevo y levantó las rodillas—. Ábrame y deme a mi bebé.

* * *

Dentro del viejo y sucio quirófano, Laila yacía temblando sobre una camilla mientras la doctora se lavaba las manos. Aspiraba el aire entre los dientes cada vez que la enfermera le pasaba por el vientre un paño empapado en un líquido amarillento tirando a marrón. Otra enfermera que estaba junto a la puerta no paraba de entreabrirla para echar un vistazo al exterior.

La médica se había quitado el burka y Mariam vio que tenía los cabellos plateados, los párpados caídos y pequeñas bolsas de cansancio alrededor de la boca.

—Quieren que operemos con el burka —explicó la doctora, señalando con la cabeza a la enfermera de la puerta—. Por eso tiene que vigilar. Cuando vienen, me tapo.

Lo dijo en un tono pragmático, casi indiferente, y Mariam comprendió que esa mujer ya había superado la etapa de la indignación. Vio en ella a una persona que se sabía afortunada por el mero hecho de seguir trabajando, porque era consciente de que aún podrían arrebatarle muchas más cosas.

A ambos lados de Laila, a la altura de los hombros, había dos varas metálicas verticales. La enfermera que le había desinfectado el vientre sujetó una sábana entre ambas varas con unas pinzas, formando así una cortina entre Laila y la doctora.

Mariam se colocó detrás de la cabeza de la parturienta y se inclinó hasta que sus mejillas se tocaron. Notó que a Laila le castañeteaban los dientes. Enlazaron las manos.

A través de la cortina, Mariam vio la sombra de la médica desplazándose hacia la izquierda de la futura madre y la de la enfermera hacia la derecha. Laila separó los labios todo lo que daban de sí, hasta que se formaron burbujas de saliva que reventaron sobre los dientes apretados. Al respirar se le escapaban unos pequeños y rápidos silbidos.

—Ánimo, hermanita —la alentó la médica, inclinándose sobre ella.

Laila abrió los ojos de golpe. Luego la boca. Se quedó así, temblando, con los tendones del cuello completamente tensos, estrujando los dedos de Mariam entre los suyos mientras el sudor le corría por la cara.

Ésta siempre la admiraría por lo mucho que tardó en gritar.

40

Laila
Otoño de 1999

La idea de cavar el agujero fue de Mariam. Una mañana señaló una franja de tierra detrás del cobertizo.

—Podemos hacerlo ahí —indicó—. Es un buen sitio.

Se turnaron para ir hundiendo una pala en la tierra y así abrir el hueco. No pensaban hacerlo demasiado grande ni profundo, por lo que no creyeron que fuera a costarles tanto como luego les costó. Era ya el segundo año de sequía, que causaba estragos en todo el país. El invierno anterior apenas había nevado y luego no llovió en toda la primavera. Los campesinos abandonaban sus tierras resecas, vendían sus pertenencias y vagaban de aldea en aldea en busca de agua. Se iban a Pakistán o a Irán. Se instalaban en Kabul. Pero el nivel freático también era bajo en la ciudad, y los pozos más superficiales se habían secado. Las colas para sacar agua de los pozos más profundos eran largas, y Laila y Mariam se pasaban horas enteras esperando su turno. El río Kabul, sin sus periódicas inundaciones primaverales, estaba completamente seco, convirtiéndose en un retrete público, lleno de deposiciones humanas y desperdicios.

Así que cogieron la pala y la hundieron en la tierra una y otra vez, pero, requemado por el sol, el suelo estaba duro como la roca, compacto, casi petrificado, y no cedía a sus golpes.

Mariam había cumplido cuarenta años. Tenía el pelo canoso y lo llevaba recogido en la coronilla. Bajo los párpados destacaban unas profundas ojeras oscuras. Había perdido dos incisivos. Uno se le había caído, el otro se lo había arrancado Rashid de un golpe por haber dejado caer accidentalmente a Zalmai. Tenía el rostro moreno y curtido por la cantidad de tiempo que se pasaban sentadas en el patio, bajo el sol abrasador, contemplando a Zalmai, que perseguía a su hermana Aziza.

Cuando terminaron de cavar el agujero, se quedaron mirándolo.

—Servirá —asintió Mariam.

Zalmai tenía dos años. Era un niño regordete de cabellos rizados. Tenía los ojos pequeños y castaños, y las mejillas sonrosadas, como Rashid, hiciera el tiempo que hiciera. El cabello también le nacía muy cerca de las cejas, espeso y en forma de media luna, como a su padre.

Cuando Laila estaba a solas con él, Zalmai se mostraba cariñoso, de buen humor y juguetón. Le gustaba encaramarse a los hombros de su madre y jugar al escondite en el patio, con ella y con Aziza. A veces, cuando estaba más tranquilo, le gustaba sentarse en el regazo de Laila para que le cantara. Su canción favorita era *Ulema Mohammad Yan*. Balanceaba los gordezuelos pies mientras ella le cantaba con los labios en los cabellos, y se unía a la canción al llegar al estribillo, cantando las palabras que conocía con su áspera voz:

> *Ven, vamos a Mazar, ulema Mohammad yan,*
> *a ver los campos de tulipanes, oh amado compañero.*

A Laila le encantaban los besos húmedos que plantaba Zalmai en sus mejillas, los hoyuelos de sus codos y los dedos de los pies, tan redonditos. Le encantaba hacerle cosquillas, formar túneles con cojines y almohadas para que él pasara por debajo reptando, y contemplarlo mientras dormía entre sus brazos con una manita siempre aferrada a la oreja de su madre. Se le revolvía el estómago cuando recordaba aquella tarde, cuando se tumbó en el suelo con el radio de una rueda de bicicleta entre las piernas. Había estado a punto de hacerlo, y en ese momento le parecía inconcebible que hubiera llegado a pensarlo siquiera. Su hijo era una bendición y Laila había comprobado con alivio que sus miedos no tenían fundamento, pues amaba a Zalmai con todo su corazón, tanto como a Aziza.

Pero el niño adoraba a su padre, y por eso se transformaba siempre que Rashid andaba cerca para mimarlo y consentirlo. En su presencia, el pequeño siempre tenía a punto una sonrisa insolente o una risa desafiante, y se ofendía con facilidad. Era rencoroso. Persistía en su mal comportamiento aunque su madre le regañara, una actitud completamente distinta de la que mostraba en ausencia de Rashid.

El padre lo veía todo con buenos ojos. «Un signo de inteligencia», afirmaba. Y lo mismo opinaba de las imprudencias de su hijo: cuando se tragaba las canicas y luego las expulsaba con la caca; cuando encendía cerillas; cuando masticaba los cigarrillos de Rashid.

Al nacer Zalmai, Rashid lo había instalado en la cama que compartía con Laila. Le encargó una cuna nueva e hizo que le pintaran leones y leopardos agazapados en los lados. Le compró ropa nueva, sonajeros, biberones y pañales, aunque no podían permitírselo y los viejos de Aziza aún servían. Un día llegó a casa con un móvil a pilas, que colgó sobre la cuna. Consistía en unos pequeños abejorros negros y amarillos que pendían de un girasol y se arrugaban y pitaban al apretarlos. Cuando se encendía, sonaba una melodía.

—Creía que habías dicho que el negocio no iba bien —dijo Laila.

—Tengo amigos a los que puedo pedir prestado —replicó él en tono displicente.

—¿Y cómo les devolverás el dinero?

—Las cosas ya mejorarán. Como siempre. Mira, le gusta. ¿Lo ves?

La mayoría de los días, Laila se veía privada de su hijo. Rashid se lo llevaba a la tienda, y allí lo dejaba gatear bajo la atestada mesa de trabajo, jugar con las viejas suelas de goma y los trozos de cuero sobrantes. El hombre claveteaba los clavos de hierro y hacía girar la pulidora sin perderlo de vista. Si Zalmai hacía caer un estante lleno de zapatos, le reñía con calma, esbozando una media sonrisa. Si el niño repetía la travesura, Rashid dejaba el martillo, lo sentaba sobre la mesa y le hablaba tranquilamente.

Su paciencia con Zalmai era un pozo profundo que nunca se secaba.

Por la tarde volvían a casa, el niño con la cabeza apoyada en el hombro de su padre, oliendo los dos a cola y a cuero. Sonreían como con picardía, como los que comparten un secreto, como si se hubieran pasado todo el día en la oscura tienda tramando conspiraciones, en lugar de haber estado haciendo zapatos. A Zalmai le gustaba sentarse junto a su padre durante la cena para jugar con él, mientras Mariam, Laila y Aziza depositaban los platos sobre el sofrá. Se daban golpecitos en el pecho por turnos y soltaban risitas, se lanzaban migas de pan y se hablaban al oído para que ellas no los oyeran. Si la madre les dirigía la palabra, Rashid alzaba la vista disgustado por su inoportuna intromisión. Si pedía que le dejara coger a Zalmai, o peor aún, si el niño levantaba los brazos para que ella lo cogiera, el hombre la fulminaba con la mirada.

Laila se alejaba sintiéndose dolida.

Una noche, pocas semanas después de que el pequeño cumpliera dos años, Rashid se presentó en casa con un televisor y un reproductor de vídeo. El día había sido cálido, casi agradable, pero al atardecer había refrescado y la noche se presentaba fría y sin estrellas.

Rashid colocó el televisor sobre la mesa de la sala de estar y dijo que lo había comprado en el mercado negro.

—¿Otro préstamo? —preguntó Laila.

—Es un Magnavox.

Aziza entró en la sala de estar y, al ver el aparato, corrió hacia él.

—Cuidado, Aziza *yo* —le advirtió Mariam—. No lo toques.

Aziza tenía el cabello tan claro como su madre y también había heredado sus hoyuelos en las mejillas. Se había convertido en una niña tranquila y pensativa, con un comportamiento muy maduro para sus seis años. A Laila le maravillaba la forma de hablar de su hija, su ritmo y su cadencia, sus pausas reflexivas y sus entonaciones, como una voz adulta, tan dispar con el cuerpo inmaduro que la albergaba. Era Aziza la que, con desenfadada autoridad, había tomado a su cargo la tarea de despertar a Zalmai todos los días, vestirlo, darle el desayuno y peinarlo. Era ella quien lo ponía a dormir la siesta, la que actuaba como pacificadora, siempre comedida, de su imprevisible hermano. Al lado de éste, Aziza acostumbraba menear la cabeza con un gesto exasperado de asombrosa madurez.

Aziza apretó el botón de encendido del televisor. Rashid frunció el ceño, agarró a la niña por la muñeca y le puso la mano sobre la mesa con gran brusquedad.

—Este televisor es de Zalmai —dijo.

Aziza se fue hacia Mariam y se sentó en su regazo. Las dos eran inseparables. Con el beneplácito de Laila, Mariam había empezado a enseñar versículos del Corán a la niña. Aziza recitaba ya de memoria la surá de *ijlas* y la de *fatiha*, y sabía realizar los cuatro *ruqats* de la plegaria matinal.

—Es lo único que puedo darle —había dicho Mariam a Laila—: los rezos. Son las únicas posesiones que he tenido en mi vida.

Zalmai entró en la sala de estar. Rashid contempló a su hijo con ansia, igual que la gente espera los sencillos trucos de los magos callejeros. El pequeño tiró del cable del televisor, apretó los botones, apoyó las palmas sobre la pantalla. Cuando las levantó, la huella de sus manitas desapareció del cristal. Rashid sonrió con orgullo y siguió observando al niño, que apretaba las manos contra la pantalla y las levantaba una y otra vez.

Los talibanes habían prohibido la televisión. Habían roto cintas de vídeo públicamente y luego las habían enganchado a los postes de las vallas. Las parabólicas habían acabado colgadas de las farolas. Pero Rashid dijo que el hecho de que algo estuviera prohibido no significaba que no pudiera encontrarse.

—Mañana empezaré a buscar cintas de dibujos animados —dijo—. No será difícil. En los bazares clandestinos se encuentra de todo.

—Entonces quizá podrías conseguirnos un pozo nuevo —señaló Laila, y se ganó una mirada despectiva.

Más tarde, después de otro plato de arroz blanco sin acompañamiento alguno y de privarse nuevamente del té por culpa de la sequía, Rashid se fumó un cigarrillo y comunicó a Laila su decisión.

—No —dijo ella.

Rashid puntualizó que no se lo estaba consultando.

—Me da igual.

—Espera a oír toda la historia.

Rashid explicó que había pedido dinero a más amigos de lo que les había contado hasta entonces y que la tienda ya no daba para mantenerlos a los cinco.

—No te lo había dicho antes para que no te preocuparas. Además —añadió—, te sorprendería la cantidad de dinero que consiguen.

Laila volvió a decir que no. Estaban en la sala de estar. Mariam y los niños se encontraban en la cocina. Oyó el ruido de los platos, la risa aguda de Zalmai y a Aziza diciéndole algo a Mariam en su habitual tono firme y razonable.

—Habrá otros niños como ella, más pequeños incluso —insistió Rashid—. Todo el mundo en Kabul hace lo mismo.

Laila contestó que le daba igual lo que hicieran otras personas con sus hijos.

—La tendré vigilada —añadió Rashid, que empezaba a perder la paciencia—. Es un lugar seguro. Hay una mezquita al otro lado de la calle.

—¡No permitiré que conviertas a mi hija en una mendiga! —espetó Laila.

La bofetada sonó con fuerza cuando la palma de la gruesa mano de Rashid chocó con la mejilla de Laila, volviéndole la cara. También acalló los ruidos de la cocina. Por unos instantes, la casa quedó sumida en un absoluto silencio. Luego se oyó el ruido de pasos apresurados en el pasillo y Mariam y los niños entraron en la sala de estar, mirando a uno y a otro.

Entonces Laila le asestó un puñetazo.

Era la primera vez que golpeaba a alguien, sin contar los puñetazos que había intercambiado en broma con Tariq. Pero ésos habían sido golpes flojos, con los puños abiertos, tímidamente amistosos, cómoda expresión de inquietudes que resultaban emocionantes y desconcertantes a la vez. Se los lanzaba al músculo que Tariq llamaba «deltoides» con tono enterado.

Laila observó el arco que trazó su puño al hendir el aire, y notó cómo se arrugaba la piel basta y sin afeitar de Rashid bajo sus nudillos. Se oyó un sonido como el de un saco de arroz al caer al suelo. El golpe fue fuerte. El impacto hizo que el hombre se tambaleara y reculara dos pasos.

En el otro extremo de la habitación se oyó un gemido ahogado, un chillido y un grito. Laila no sabía a quién correspondía cada sonido. En ese momento, estaba demasiado sorprendida para darse cuenta de nada o para que le importara siquiera. Simplemente, necesitaba asimilar lo que había hecho. Cuando lo consiguió, estuvo a punto de sonreír. Estuvo a punto de sonreír de oreja a oreja cuando vio con asombro que Rashid abandonaba tranquilamente la sala de estar.

De repente, a Laila le pareció que las penurias colectivas de Mariam, Aziza y ella misma, desaparecían sin más, que se evaporaban como la huella de las manos de Zalmai en la pantalla del televisor. Aunque fuera absurdo, le pareció que había valido la pena sufrir todo lo que habían sufrido para llegar a ese momento culminante, a ese acto de desafío que pondría fin a todas las humillaciones.

Laila no se percató de que Rashid había vuelto hasta que notó su mano alrededor de la garganta. Hasta que él la levantó del suelo y la lanzó contra la pared.

De cerca, el rostro despectivo de su marido parecía increíblemente grande. Reparó en lo abotargado que se estaba volviendo con la edad, y en que habían aumentado los vasos sanguíneos rotos que trazaban caminos diminutos en su nariz. Rashid no pronunció palabra. En realidad, ¿qué podía decirse, qué era necesario decir, cuando uno le metía a su mujer el cañón de una pistola en la boca?

Fueron las redadas lo que motivaron que cavaran el agujero en el patio. En ocasiones eran mensuales, a veces semanales. Últimamente, casi todos los días. Por lo general, los talibanes confiscaban cosas, pateaban algún culo y propinaban un par de golpes en la cabeza. Pero también azotaban públicamente a la gente en las palmas de las manos o las plantas de los pies.

—Con cuidado —jadeó Mariam, arrodillada al borde del agujero. Bajaron el televisor hasta el fondo, sujetando cada uno un extremo del plástico en el que lo habían envuelto—. Creo que así está bien.

Cuando terminaron de tapar el televisor, aplanaron la tierra y echaron un poco más alrededor del agujero para que no se notara tanto.

—Ya está. —Mariam suspiró, limpiándose las manos en el vestido.

Habían convenido en que desenterrarían el aparato cuando fuera más seguro, cuando los talibanes redujeran las redadas, en un mes, o dos, o seis, o quizá más.

En el sueño de Laila, Mariam y ella se encuentran detrás del cobertizo, cavando de nuevo. Pero esta vez es a Aziza a quien entierran. La respiración de la niña empaña el plástico en el que la han envuelto. Ella ve el pánico en sus ojos y la blancura de la palma de sus manos cuando empujan y golpean el plástico. La pequeña suplica. Laila no oye sus gritos. «Sólo será una temporada —le grita—. Sólo una temporada. Es por culpa de las redadas, ¿sabes, cariño? Cuando terminen las redadas, *mammy* y *jala* Mariam te sacarán de aquí. Te lo prometo, mi amor. Entonces podremos jugar. Podremos jugar todo lo que quieras.» Laila llena la pala de tierra.

Se despertó jadeando, con un regusto a tierra en la boca, cuando los primeros terrones ya caían sobre el plástico.

41

Mariam

El verano de 2000, la sequía alcanzó el tercer año consecutivo, el peor de todos.

En Hemand, Zabol, Kandahar, las aldeas se convirtieron en comunidades nómadas siempre en movimiento, en busca de agua y pastos para el ganado. Al no hallar ninguna de las dos cosas y morirse sus cabras y sus ovejas, los campesinos se fueron a Kabul. Se instalaron en la ladera del Karé-Ariana, en suburbios improvisados de chabolas en las que vivían quince o veinte personas.

También fue el verano de *Titanic*, el verano en que Mariam y Aziza rodaban enredadas por el suelo, muertas de risa, porque la niña insistía en que tenía que ser Jack.

—Calma, Aziza *yo*.

—¡Jack! Di mi nombre, *jala* Mariam. Dilo. ¡Jack!

—Tu padre se enfadará si lo despiertas.

—¡Jack! Y tú eres Rose.

Al final Mariam se rendía y acababa boca arriba, aceptando ser Rose nuevamente.

—De acuerdo, eres Jack —accedió Mariam—. Tú mueres joven y yo sobrevivo hasta llegar a anciana.

—Sí, pero yo muero siendo un héroe —apuntó Aziza—, mientras que tú, Rose, pasas tu larga y triste vida añorándome. —Se sentó a horcajadas sobre el pecho de Mariam y anunció—: ¡Ahora tenemos que besarnos!

Mariam negó con la cabeza, moviéndola de un lado a otro, y Aziza, encantada con su nuevo y escandaloso comportamiento, se reía con los labios apretados.

A veces Zalmai se acercaba despacio y contemplaba el juego. ¿Y qué era él?, preguntaba.

—Puedes ser el iceberg —decía Aziza.

Ese verano, la fiebre del *Titanic* se apoderó de Kabul. La gente traía copias ilegales de Pakistán, a veces debajo de la ropa interior. Después del toque de queda, todo el mundo cerraba las puertas, apagaba las luces, bajaba el volumen y derramaba lágrimas por Jack, Rose y el resto de los pasajeros del malhadado barco. Si había electricidad, Mariam, Laila y los niños también veían la película. Una docena de veces o más, desenterraron el televisor de detrás del cobertizo en plena noche, para mirarlo con las luces apagadas y las ventanas tapadas con unas colchas.

Los vendedores ambulantes se instalaron en el lecho seco del río Kabul. Muy pronto, en el cauce abrasado por el sol podían comprarse alfombras de *Titanic*, y también telas *Titanic*, de los rollos que mostraban en carretillas. Había desodorante *Titanic*, dentífrico *Titanic*, perfume *Titanic*, *pakora Titanic*, e incluso burkas *Titanic*. Un mendigo especialmente insistente empezó a llamarse a sí mismo «Mendigo Titanic».

Había nacido la «Ciudad Titanic».

«Es por la canción», decían.

«No, es el mar. El lujo. El barco.»

«Es el sexo», se susurraba.

«Es por Leo —decía Aziza tímidamente—. Todo es por Leo.»

—Todo el mundo quiere a Jack —dijo Laila a Mariam—. Eso es lo que pasa. Todo el mundo quiere que Jack los rescate del desastre. Pero no hay ningún Jack. No volverá, porque está muerto.

∙ ∙ ∙

Avanzado el verano, un mercader de telas se quedó dormido y olvidó apagar su cigarrillo. Sobrevivió al fuego, pero su tienda no. El incendio se propagó a la fábrica de telas contigua, a un ropavejero, a una pequeña tienda de muebles y a una panadería.

A Rashid le aseguraron más tarde que si el viento hubiera soplado del este en lugar del oeste, su tienda, que estaba en la esquina de la manzana, tal vez se habría salvado.

Lo vendieron todo.

Primero las pertenencias de Mariam, luego las de Laila. Más tarde la ropa de bebé de Aziza y los pocos juguetes que la niña había conseguido que le comprara su padre, mientras ella lo observaba todo con mirada dócil. También se vendió el reloj de Rashid, su viejo transistor, sus dos corbatas, sus zapatos y su alianza. El sofá, la mesa, la alfombra y las sillas también salieron de la casa. Zalmai tuvo un buen berrinche cuando se desprendieron del televisor.

Después del incendio, Rashid se quedaba en casa casi todos los días. Abofeteaba a Aziza. Daba puntapiés a Mariam. Tiraba cosas. Encontraba defectos a Laila: su olor, su forma de vestir, su manera de peinarse, sus dientes amarillos.

—¿Qué te ha pasado? —decía—. Me casé con una *pari* y ahora tengo que cargar con una bruja. Te estás volviendo igual que Mariam.

Lo despidieron de un local de kebabs situado junto a la plaza Hayi Yagub porque se enzarzó en una pelea con un parroquiano. El cliente se quejó de que Rashid le había lanzado el pan sobre la mesa con brusquedad. Se produjo un áspero intercambio de insultos. Él replicó que el cliente era un uzbeko con cara de mono. Uno de los dos había empuñado una pistola. El otro se había armado con un pincho de kebab. En la versión de Rashid, él blandía el pincho, pero Mariam tenía sus dudas.

Lo despidieron de un restaurante de Taimani porque los clientes se quejaban de las largas esperas. Rashid adujo que el cocinero era lento y un holgazán.

—Seguramente estabas en la parte de atrás durmiendo —observó Laila.

—No le provoques, Laila *yo* —murmuró Mariam.

—Te lo advierto, mujer —dijo él.

—O eso, o fumando.

—Te lo juro por Dios.

—No puedes evitar ser lo que eres.

En ese punto Rashid se abalanzó sobre Laila y le dio una paliza. La golpeó en el pecho, en la cabeza y en el vientre con los puños, le tiró de los pelos y la arrojó contra la pared. Aziza chillaba y tiraba de la camisa del hombre; Zalmai también gritaba y trataba de apartarlo de su madre. Él apartó a los niños, tiró a Laila al suelo y empezó a patearla. Mariam se arrojó sobre ella. Rashid siguió asestando patadas, que ahora recibía la mujer mayor, escupiendo saliva. Sus ojos tenían un brillo asesino. Siguió dando patadas hasta que se cansó.

—Te juro que un día harás que te mate, Laila —jadeó. Luego salió de la casa hecho una furia.

Cuando se acabó el dinero, el hambre se cernió sobre ellos. A Mariam le asombró la rapidez con que sus vidas empezaron a girar en torno al modo de paliar la necesidad.

El arroz hervido sin carne ni salsa se convirtió en un lujo. Se saltaban comidas con creciente y alarmante regularidad. A veces Rashid llevaba a casa una lata de sardinas y pan duro que sabía a serrín, y de vez en cuando una bolsa de manzanas robadas, a riesgo de que le cortaran una mano. En las tiendas de ultramarinos, se guardaba a hurtadillas una lata de raviolis, que luego dividía en cinco partes, la más grande de las cuales siempre se llevaba Zalmai. Comían nabos crudos con sal. Y para cenar, hojas mustias de lechuga y plátanos renegridos.

De repente, la muerte por inanición se convirtió en una clara posibilidad. Algunos decidieron no esperar más. Mariam oyó hablar de una viuda del vecindario que había molido un poco de pan seco, le había añadido veneno para ratas y se lo había dado a comer a sus siete hijos. La porción más grande se la había comido ella.

A Aziza empezaban a marcársele las costillas, tenía las mejillas hundidas y las pantorrillas cada vez más flacas, y su cara se volvió del color del té aguado. Cuando Mariam la cogía en brazos, notaba el hueso de la cadera a través de la fina piel. Zalmai se pasaba el día tumbado, con los ojos entrecerrados y sin brillo, o tirado como un trapo en el regazo de su padre. Se dormía llorando, cuando tenía fuerzas para hacerlo, pero su sueño era esporádico e irregular. Cada vez que se levantaba, Mariam veía puntitos blancos. Le daba vueltas la cabeza y tenía siempre un zumbido en los oídos. Recordaba lo que decía el ulema Faizulá sobre el hambre cada vez que empezaba el Ramadán: «Incluso el hombre al que ha mordido una serpiente puede dormir, pero no el hambriento.»

—Mis hijos van a morir —dijo Laila—. Morirán ante mis ojos.

—No —aseguró Mariam—. No lo permitiré. Todo se arreglará, Laila *yo*. Sé lo que tengo que hacer.

Un día de sol abrasador, Mariam se puso el burka y se fue con su marido al hotel Intercontinental. El billete del autobús era un lujo que ya no podían permitirse, y la mujer estaba exhausta cuando llegaron a lo alto de la empinada cuesta. Había tenido que detenerse un par de veces durante la subida, a esperar que se le pasara el mareo.

En la entrada del establecimiento, Rashid saludó y abrazó a uno de los porteros, que llevaba un traje de color burdeos y una gorra con visera. Charlaron un momento amigablemente, con la mano de Rashid en el codo del empleado. Rashid señaló a Mariam en un momento dado y ambos hombres le lanzaron una mirada fugaz. Mariam tuvo la impresión de que conocía al portero.

Mariam y Rashid se quedaron esperando mientras el portero entraba en el hotel. Desde aquella atalaya, Mariam vio el Instituto Politécnico y, más allá, el viejo distrito Jair Jana y la carretera que llevaba a Mazar. Hacia el sur, distinguió la panificadora Silo, que llevaba mucho tiempo abandonada, con su fachada de amarillo pálido plagada de boquetes producidos por los bombardeos. Más al sur aún, divisó las ruinas del palacio Darulaman, adonde Rashid la había llevado de pícnic hacía ya tantos años. El recuerdo de aquel día era una reliquia del pasado que ya no reconocía como suya.

Mariam se concentró en esos puntos de referencia, temiendo que perdería el valor si dejaba vagar sus pensamientos.

A cada rato llegaban *jeeps* y taxis a la entrada del hotel. Los porteros acudían presurosos a recibir a los pasajeros, que eran todos hombres armados, barbudos y con turbante, que se apeaban de sus vehículos con el mismo aire amenazador, seguros de sí mismos. Mariam oyó retazos de conversación antes de que cruzaran las puertas del hotel. Les oyó hablar en pastún y farsi, pero también en urdu y árabe.

—Ahí tienes a nuestros auténticos amos —murmuró Rashid—. Los islamistas pakistaníes y árabes. Los talibanes no son más que marionetas suyas. Éstos son los auténticos jugadores de la partida y Afganistán es su tablero de juego.

Rashid añadió que, según se rumoreaba, los talibanes habían permitido que esa gente estableciera por todo el país campos secretos, donde se entrenaba a hombres jóvenes que habían de convertirse en suicidas con bombas y en combatientes de la yihad.

—¿Por qué tarda tanto? —dijo Mariam.

Rashid escupió y movió el pie para echar tierra sobre el salivazo.

Una hora más tarde, Mariam y Rashid entraban en el hotel y seguían al portero. Los tacones del empleado resonaban en el embaldosado del vestíbulo, donde se disfrutaba de un agradable frescor. Mariam vio a dos hombres sentados en sendas butacas de cuero ante una mesita, con sus rifles al lado. Bebían té negro y comían *jelabi* cubiertos de sirope, con azúcar en polvo por encima. Mariam pensó en Aziza, que sentía pasión por los *jelabi*, y desvió la mirada.

El portero los condujo a una terraza. Del bolsillo se sacó un pequeño teléfono negro inalámbrico y un papelito con un número escrito. Dijo a Rashid que era el teléfono por satélite de su supervisor.

—Tenéis cinco minutos —advirtió—. Nada más.

—*Tashakor* —dijo Rashid—. No olvidaré este favor.

El hombre asintió y se fue. Rashid marcó el número y entregó el teléfono a Mariam.

Mientras ella escuchaba los ásperos timbrazos, sus pensamientos regresaron a la última vez que había visto a Yalil, de eso hacía ya trece años, en la primavera de 1987. Su padre se encontraba en la calle, frente a la casa donde vivía ella, apoyado en un bastón junto al Benz azul con matrícula de Herat que tenía una raya blanca que partía en dos el techo, el capó y el maletero. Se había pasado horas esperándola, llamándola de vez en cuando, igual que ella había gritado el nombre de él en otro tiempo, ante la puerta de su casa. Mariam había separado las cortinas una vez, sólo un poco, para mirarlo. No había sido más que un vistazo, pero le bastó para saber que había encanecido y que empezaba a encorvarse. Yalil llevaba gafas, corbata roja, como siempre, y el habitual pañuelo blanco en el bolsillo del pecho. Lo más sorprendente había sido que estaba mucho más delgado de lo que ella recordaba, que la chaqueta del traje marrón oscuro le colgaba de los hombros y los pantalones le hacían bolsas en los tobillos.

Yalil también la había visto a ella, aunque sólo fuera un instante. Sus miradas se habían cruzado brevemente por entre la abertura de las cortinas, igual que había ocurrido muchos años atrás en otra ventana parecida. Pero Mariam se había apresurado a correr de nuevo los cortinajes y se había sentado en la cama a esperar que su padre se marchara.

Pensó en la carta que Yalil había dejado finalmente en su puerta. La había guardado durante días bajo la almohada, de donde la sacaba de vez en cuando para darle vueltas entre las manos. Al final, la había roto sin abrirla.

Y después de tantos años, intentaba hablar con él por teléfono.

Mariam se arrepentía de su estúpido orgullo juvenil y deseaba haberle dejado entrar aquel día. ¿Qué daño le habría hecho sentarse con él y escuchar lo que hubiera ido a decirle? Era su padre. No había sido un buen padre, cierto, pero qué corrientes le parecían sus defectos en ese momento, qué fáciles de perdonar comparados con la maldad de Rashid, o con la brutalidad y la violencia que había visto practicar a otros hombres.

Deseó no haber destruido su carta.

La profunda voz masculina que le habló por el teléfono le informó de que se había puesto en contacto con el despacho del alcalde de Herat.

Mariam carraspeó.

—*Salam*, hermano, estoy buscando a un hombre que vive en Herat. O que vivía allí hace años. Se llama Yalil Jan. Vivía en Shar-e-Nau y era el dueño del cine. ¿Tienes alguna información sobre su paradero?

—¿Y para eso llamas al despacho del alcalde? —dijo el hombre, con irritación.

Mariam explicó que no sabía a quién más llamar.

—Perdóname, hermano. Sé que tienes cosas importantes que atender, pero se trata de una cuestión de vida o muerte.

—No lo conozco. Hace muchos años que se cerró ese cine.

—Tal vez haya alguien ahí que lo conozca, alguien…

—No hay nadie.

Mariam cerró los ojos.

—Por favor, hermano. Está en juego la vida de unos niños, unos niños pequeños.

Oyó un largo suspiro.

—Tal vez alguien de ahí…

—Está el encargado de mantenimiento. Creo que ha vivido aquí toda la vida.

—Pregúntaselo a él, por favor.

—Vuelve a llamar mañana.

—No puedo. Sólo dispongo de cinco minutos con este teléfono. No…

Mariam oyó un clic al otro lado y creyó que el hombre había colgado, pero luego oyó pasos y voces, el claxon de un coche a lo lejos, y un zumbido mecánico con chasquidos a intervalos, tal vez de un ventilador eléctrico. Mariam se pasó el teléfono al otro lado y cerró los ojos.

Recordó a Yalil sonriendo, metiéndose la mano en el bolsillo.

«—Ah. Claro. Bueno. Pues toma. No hace falta esperar…

»Un colgante con forma de hoja, del que pendían a su vez monedas pequeñas con lunas y estrellas grabadas.

»—Póntelo, Mariam *yo*.

»—¿Qué te parece?

»—Creo que pareces una reina.»

Transcurrieron unos minutos. Luego Mariam volvió a oír unos pasos, un crujido y un nuevo chasquido.

—Lo conoce.

—¿Sí?

—Eso es lo que él dice.

—¿Dónde está? —preguntó Mariam—. ¿Sabe ese hombre dónde está ahora Yalil Jan?

Hubo una pausa.

—Dice que murió hace años, en mil novecientos ochenta y siete.

A Mariam se le cayó el alma a los pies. Había pensado en esa posibilidad, por supuesto, ya que su padre debía de rondar los setenta y tantos años, pero...

En 1987.

«Entonces, es que se estaba muriendo. Había venido desde Herat para despedirse.»

Mariam se acercó al borde de la terraza. Desde allí vio la famosa piscina del hotel, ahora vacía y sucia, con agujeros de balas y azulejos rotos. Y también la deteriorada pista de tenis, con la red hecha jirones, caída en el centro de la pista como la piel mudada de una serpiente.

—Tengo que colgar —dijo la voz al otro lado del teléfono.

—Siento haberte molestado —se disculpó Mariam, llorando en silencio. Recordó a Yalil saludándola con la mano, saltando de piedra en piedra para cruzar el arroyo, con los bolsillos llenos de regalos. Evocó todas las veces que había contenido la respiración por él, para que Dios le concediera un poco más de tiempo con él—. Gracias —empezó a decir, pero el hombre ya había cortado la comunicación.

Rashid la miraba. Ella meneó la cabeza.

—Inútil —dijo Rashid, arrebatándole el teléfono de las manos—. De tal palo tal astilla.

Cuando atravesaron el vestíbulo, Rashid se acercó rápidamente a la mesita del café, ahora abandonada, y se metió en el bolsillo el último jelabi que quedaba. Al llegar a casa se lo dio a Zalmai.

42

Laila

Aziza metió sus posesiones en una bolsa de papel: la camisa de flores y su único par de calcetines, los guantes de lana disparejos, una manta vieja de color naranja con estrellas y cometas, una taza de plástico rota, un plátano y su juego de dados.

Era una fría mañana de abril de 2001, poco antes del vigésimo tercer cumpleaños de Laila. El cielo era de un gris translúcido y las ráfagas de viento frío y húmedo sacudían la puerta mosquitera sin cesar.

Habían pasado unos días desde que Laila se enteró de que Ahmad Sha Massud se había ido a Francia y había hablado en el Parlamento europeo. Luego se había trasladado al norte de Afganistán, de donde era oriundo, y desde allí dirigía la Alianza del Norte, el único grupo que seguía combatiendo a los talibanes. En Europa, había advertido a Occidente sobre los campamentos para terroristas que había en Afganistán, y había pedido el apoyo de Estados Unidos en su lucha contra los talibanes.

«Si el presidente Bush no nos ayuda —había dicho—, muy pronto esos terroristas harán daño en Estados Unidos y Europa.»

Un mes antes, Laila había oído que los talibanes habían colocado trilita en las grietas de los budas de Bamiyán y los habían hecho volar en pedazos, aduciendo que eran motivo de pecado e idolatría. Su acción había suscitado un gran clamor en el mundo entero, desde Estados Unidos hasta China. Gobiernos, historiadores y arqueólogos de todo el planeta habían escrito cartas, rogando a los talibanes que no demolieran el monumento histórico más importante de Afganistán. Pero ellos habían seguido adelante con sus planes y habían hecho detonar los explosivos colocados en el interior de los budas milenarios. Habían entonado el *Alá-u-akbar* con cada explosión, lanzando vítores cuando las estatuas perdían un brazo o una pierna en medio de una nube de polvo. Laila evocó el día que había subido hasta lo alto de los budas con *babi* y Tariq, en 1987: recordaba la brisa acariciando sus rostros iluminados por el sol, mientras contemplaban un halcón que planeaba en círculos sobre el valle. Pero la noticia de la destrucción de las efigies la había dejado indiferente. No le parecía que tuviese demasiada importancia. ¿Cómo iban a afectarla unas estatuas cuando su propia vida se estaba haciendo añicos?

Hasta que Rashid anunció que había llegado la hora de marcharse, Laila permaneció sentada en el suelo en un rincón de la sala de estar, muda, con el rostro impávido y los cabellos cayéndole sobre la cara. Por mucho aire que tratara de inhalar, le parecía que nunca alcanzaría a llenarle los pulmones.

De camino a Karté-Sé, Rashid llevó a Zalmai en brazos mientras Aziza caminaba a paso vivo, de la mano de Mariam. El viento hacía ondear el sucio pañuelo que la niña llevaba atado bajo el mentón y también su vestido. La pequeña tenía ahora una expresión más lúgubre, como si con cada paso que daba fuera dándose cuenta de que la habían engañado. Laila no había tenido valor para contarle la verdad. Le había dicho que la llevaban a un colegio especial donde los niños se quedaban a comer y dormir y no volvían a casa después de las clases. Aziza no hacía más que repetir a Laila las mismas preguntas que llevaba días formulando. ¿Los alumnos dormían en habitaciones separadas o en un único dormitorio común? ¿Haría amigos? ¿Estaba segura de que los maestros serían agradables? En más de una ocasión quiso saber cuánto tiempo tendría que quedarse allí.

Se detuvieron a dos manzanas del edificio achaparrado, semejante a un barracón.

—Zalmai y yo esperaremos aquí —dijo Rashid—. Oh, antes de que se me olvide…

Sacó un chicle del bolsillo como regalo de despedida y se lo dio a Aziza con expresión de envarada magnanimidad. Ella lo aceptó y musitó las gracias. A Laila le maravilló el buen talante de su hija, su inmensa capacidad para perdonar, y los ojos se le llenaron de lágrimas. La abrumó una gran congoja y se le encogió el corazón de dolor al pensar que esa tarde la niña no dormiría la siesta a su lado, que no notaría el leve peso de su brazo sobre el pecho, la curva de su cabeza en las costillas, su cálido aliento en el cuello y sus pies en el vientre.

Cuando Laila y Mariam se alejaron con Aziza, Zalmai empezó a gemir y a gritar: «¡Ziza! ¡Ziza!», retorciéndose y pataleando en brazos de su padre, sin dejar de llamar a su hermana hasta que el mono de un organillero que había al otro lado de la calle distrajo su atención.

Recorrieron las dos últimas manzanas las tres solas. Cuando se acercaron al edificio, Laila vio su fachada agrietada, el tejado combado, los tablones de madera clavados en las aberturas donde faltaban las ventanas y la parte superior de un columpio asomando por encima de una tapia ruinosa.

Se detuvieron frente a la puerta y Laila repitió a Aziza lo que ya le había explicado antes.

—Y si te preguntan por tu padre, ¿qué dirás?

—Que lo mataron los muyahidines —respondió la niña con expresión recelosa.

—Eso es, cariño, ¿lo entiendes?

—Sí, porque ésta es una escuela especial —añadió la pequeña.

Ahora que ya había llegado y el edificio era algo real, parecía angustiada. Le temblaba el labio inferior y sus ojos amenazaban con llenarse de lágrimas. Laila comprendió que hacía denodados esfuerzos por mostrarse valiente.

—Si decimos la verdad —prosiguió Aziza con un hilillo de voz—, no me aceptarán. Es una escuela especial. Quiero ir a casa.

—Vendré a visitarte todos los días —consiguió decir la madre—. Lo prometo.

—Yo también —aseguró Mariam—. Vendremos a verte, Aziza *yo*, y jugaremos juntas, como siempre. Sólo será por una temporada, hasta que tu padre encuentre trabajo.

—Aquí tienen comida —añadió Laila con voz entrecortada. Se alegraba de que el burka impidiera que su hija viera cómo se desmoronaba—. Aquí no pasarás hambre. Tienen arroz, pan y agua, y puede que incluso te den fruta.

—Pero tú no estarás. Y *jala* Mariam tampoco estará conmigo.

—Vendremos a verte —insistió la madre—. Todos los días. Mírame, Aziza. Vendré a verte. Soy tu madre. Vendré a verte, cueste lo que cueste.

El director del orfanato era un hombre encorvado y enjuto con un rostro de facciones agradables. Se estaba quedando calvo, lucía una barba hirsuta y tenía los ojos como guisantes. Se llamaba Zaman. Llevaba casquete y el cristal izquierdo de sus gafas estaba roto.

De camino hacia su despacho, preguntó a Laila y a Mariam por sus nombres y también el nombre y la edad de Aziza. Recorrieron pasillos tenuemente iluminados en los que vieron niños descalzos que se apartaban para dejarles paso y se quedaban mirándolas. Iban despeinados o con la cabeza afeitada. Llevaban jerséis de mangas raídas, tejanos rotos con las rodillas deshilachadas y chaquetas con parches de cinta aislante. A Laila le llegó el olor a jabón y talco, amoníaco y orines, y al creciente temor de Aziza, que había empezado a gimotear.

Laila vislumbró el patio: lleno de malas hierbas, con un columpio desvencijado, neumáticos viejos y una pelota de baloncesto deshinchada. Pasaron por delante de habitaciones sin muebles apenas y con las ventanas tapadas con plásticos. Un niño salió corriendo de una de las habitaciones y cogió a Laila por el codo, tratando de encaramarse a sus brazos. Un ayudante, que estaba limpiando lo que parecía un charco de orina, dejó la fregona y se lo llevó.

Zaman se mostraba como un amable dueño con los huérfanos. Dio palmaditas en algunas cabezas al pasar, les dijo unas palabras cordiales, les alborotó el pelo, sin ser condescendiente. Los niños recibían sus caricias con agrado, alzando la mirada hacia él, esperando su aprobación, según le pareció a Laila.

El director les indicó que pasaran a su despacho, una habitación con tan sólo tres sillas plegables y una desordenada mesa cubierta de pilas de papeles.

—Eres de Herat —dijo Zaman a Mariam—. Se te nota en el acento.

El hombre se recostó en su silla, enlazó las manos sobre el vientre y dijo que su cuñado había vivido en Herat. Incluso en esos gestos corrientes, Laila percibió cierto esfuerzo en sus movimientos. Y aunque Zaman sonreía ligeramente, Laila lo notaba inquieto y dolido, como si disimulara la decepción y el sentimiento de derrota con un barniz de buen humor.

—Trabajaba el cristal —añadió el director—. Fabricaba hermosos cisnes del color del jade verde. Al mirarlos a la luz del sol, brillaban por dentro, como si el cristal estuviera lleno de joyas diminutas. ¿Has vuelto alguna vez a Herat?

Mariam dijo que no.

—Yo soy de Kandahar. ¿Has estado alguna vez en Kandahar, *hamshira*? ¿No? Es precioso. ¡Qué jardines! ¡Y qué uvas! Oh, las uvas. Son un deleite para el paladar.

Unos cuantos niños se apiñaban en la puerta para asomarse. Zaman los echó afablemente, hablándoles en pastún.

—Por supuesto, también me encanta Herat. Ciudad de artistas y escritores, de sufíes y místicos. Ya conoces el viejo chiste: que no se puede estirar una pierna en Herat sin darle a un poeta un puntapié en el trasero.

Aziza soltó una carcajada.

Zaman fingió sorprenderse.

—Ah, vaya. Te he hecho reír, pequeña *hamshira*. Ésa suele ser la parte más difícil. Me tenías preocupado. Pensaba que tendría que cloquear como una gallina, o rebuznar como un burro. Pero ya está. Y eres encantadora.

El director llamó a un ayudante para que cuidara de la niña unos instantes. La pequeña se subió al regazo de Mariam y se aferró a ella.

—Sólo vamos a hablar, mi amor —la tranquilizó Laila—. Estaré aquí mismo. ¿De acuerdo? Estaré aquí.

—¿Por qué no salimos unos minutos, Aziza *yo*? —dijo Mariam—. Tu madre necesita hablar con este señor. Sólo será un momento. Vamos.

Cuando se quedaron solos, el director preguntó la fecha de nacimiento de Aziza, así como su historial de enfermedades y alergias. Preguntó también por el padre de la niña y Laila vivió la extraña experiencia de contar una mentira que en realidad era verdad. Zaman la escuchó con una expresión que no revelaba credulidad ni escepticismo. Afirmó que dirigía el orfanato basándose en el honor. Si una *hamshira* decía que su marido había muerto y que no podía cuidar de sus hijos, él no lo ponía en duda.

Laila se echó a llorar.

Zaman dejó a un lado el bolígrafo.

—Estoy avergonzada —dijo la mujer con voz ronca, apretando la palma de la mano contra la boca.

—Mírame, *hamshira*.

—¿Qué clase de madre abandona a su propia hija? —sollozó ella.

—Mírame.

Laila alzó la vista.

—No es culpa tuya. ¿Me oyes? No es culpa tuya. Es de esos salvajes, esos *washis*. Por su culpa siento vergüenza de ser pastún. Han deshonrado el nombre de mi pueblo. Y no eres tú sola, *hamshira*. Aquí vienen madres como tú a cada momento, a cada momento. Madres que no pueden alimentar a sus hijos porque los talibanes no les permiten trabajar para ganarse la vida. Así que no te culpes. Nadie aquí te culpa. Lo comprendo. —Se inclinó adelante—. *Hamshira*, lo comprendo.

Laila se secó los ojos con la tela del burka.

—En cuanto a este lugar… —Zaman suspiró y señaló con la mano—, ya ves que se encuentra en un estado desastroso. Siempre andamos faltos de recursos, siempre tenemos que arañar lo que podemos, improvisando. Hacemos lo que tenemos que hacer, como tú. Alá es bueno y generoso; Alá provee, y mientras Él provea, yo me encargaré de que Aziza esté vestida y alimentada. Eso puedo prometértelo.

Laila asintió.

—¿De acuerdo? —preguntó Zaman, sonriendo amistosamente—. Pero no llores, *hamshira*. Que ella no te vea llorar.

—Que Alá te bendiga —dijo Laila con voz estrangulada de emoción, secándose de nuevo los ojos—. Que Alá te bendiga, hermano.

Pero cuando llegó el momento de las despedidas, se produjo la escena que tanto temía Laila.

A la niña le entró el pánico.

Mientras caminaba de vuelta a casa, apoyada en Mariam, la madre no dejaba de oír los agudos gritos de Aziza. En su cabeza, veía las grandes manos callosas de Zaman rodeando los brazos de su hija, veía cómo tiraban de ella suavemente al principio, con más fuerza después, y finalmente con energía, para obligar a la pequeña a soltarse de ella. Veía a Aziza pataleando entre los brazos de Zaman mientras éste se la llevaba apresuradamente, y oía sus gritos como si estuviera a punto de desvanecerse de la faz de la tierra. Y también se veía a sí misma corriendo por el pasillo con la cabeza gacha y conteniendo un aullido que pugnaba por salir de su garganta.

—La huelo —le dijo a Mariam cuando llegaron a casa. Sus ojos miraban ciegamente más allá de la otra mujer, del patio y de sus muros, en dirección a las montañas, oscuras como la saliva de un fumador—. Noto su olor cuando dormía. ¿Tú no? ¿No lo hueles?

—Oh, Laila *yo*. —Mariam suspiró—. No sigas. ¿De qué sirve lamentarse? ¿De qué sirve?

Al principio, Rashid seguía la corriente a Laila y los acompañaba —a ella, a Mariam y a Zalmai— al orfanato, pero durante el camino procuraba por todos los medios que Laila viera bien su expresión dolida y lo oyera despotricar por todo lo que le estaba haciendo sufrir, por lo mucho que le dolían las piernas y la espalda y los pies con tanto ir y venir del orfanato. Quería que supiera lo mucho que le molestaba.

—Ya no soy joven —se quejaba—. Claro que a ti eso no te importa. Acabarías conmigo si te dejara salir con la tuya. Pero no, Laila, de eso nada.

Se separaban a dos manzanas del orfanato y nunca les permitía quedarse más de un cuarto de hora.

—Un minuto de más y me voy. Lo digo en serio.

Laila tenía que insistirle y suplicarle para que alargara un poco más el tiempo que le permitía pasar con Aziza. A ella y a

Mariam, que vivía la ausencia de Aziza con gran desconsuelo, aunque prefería, como siempre, sufrir calladamente a solas. Y también a Zalmai, que preguntaba por su hermana todos los días y tenía rabietas que a veces daban paso a interminables llantinas.

A veces, de camino al orfanato, Rashid se detenía y se quejaba de que le dolía la pierna. Entonces daba media vuelta y emprendía la vuelta hacia casa a largas zancadas, sin cojear lo más mínimo. O hacía chasquear la lengua y decía: «Son los pulmones, Laila. No respiro bien. Quizá mañana me encuentre mejor, o pasado mañana. Ya veremos.» Jamás se molestaba siquiera en fingir que le faltaba el aire. A menudo, cuando giraba en redondo para emprender el regreso, encendía un cigarrillo. Laila no tenía más remedio que seguirlo, temblando de resentimiento, rabia e impotencia.

Hasta que un día, Rashid anunció a Laila que ya no la acompañaría nunca más.

—Estoy demasiado cansado después de andar por la calle todo el día, buscando trabajo —afirmó.

—Entonces iré yo sola —declaró Laila—. No puedes impedírmelo, Rashid. ¿Me oyes? Ya puedes pegarme todo lo que quieras, que yo iré de todas formas.

—Haz lo que te dé la gana. Pero no conseguirás eludir a los talibanes. No vengas después con que no te lo he advertido.

—Te acompaño —dijo Mariam, pero Laila no se lo permitió.

—Tienes que quedarte en casa con Zalmai. Si nos detuvieran a las dos… No quiero que él lo vea.

Y así, súbitamente, toda la vida de Laila empezó a girar en torno a la manera de llegar hasta el orfanato. La mitad de las veces no lo conseguía. Nada más cruzar la calle, la descubrían los talibanes y la acribillaban a preguntas —«¿Cómo te llamas? ¿Adónde vas? ¿Por qué vas sola? ¿Dónde está tu *mahram*?—, antes de enviarla a casa. Si tenía suerte, le echaban una buena bronca o le daban una única patada en el trasero o simplemente la empujaban. Otras veces, topaba con una variedad de garrotes, varas, o látigos, o le daban bofetadas y puñetazos.

Un día, un joven talibán golpeó a Laila con una antena de radio. Cuando terminó, le dio un último golpe en la nuca y dijo:

—Si vuelvo a verte, te pegaré hasta sacarte de los huesos la leche que mamaste.

Ese día, Laila regresó a casa. Se tumbó boca abajo, sintiéndose como un estúpido y lastimoso animal, y bufó entre dientes mientras Mariam le aplicaba paños húmedos en la espalda y los muslos ensangrentados. Pero, por lo general, se negaba a ceder. Fingía volver a casa, pero luego tomaba una ruta distinta por callejuelas. A veces la detenían, interrogaban y reprendía dos, tres, e incluso cuatro veces en un mismo día. Entonces caían sobre ella los látigos y las antenas hendían el aire, y Laila volvía a casa trabajosamente, cubierta de sangre, sin haber visto a Aziza. Pronto se acostumbró a llevar varias prendas de ropa superpuestas, aunque hiciera calor, dos o tres jerséis bajo el burka, para amortiguar los golpes.

Sin embargo, si conseguía llegar al orfanato a pesar de los talibanes, la recompensa valía la pena. Entonces podía pasar todo el rato que quisiera con Aziza, incluso varias horas. Se sentaban en el patio, cerca del columpio, entre otros niños y madres de visita, y charlaban sobre lo que había aprendido la niña durante la semana.

Aziza decía que Kaka Zaman insistía en enseñarles algo nuevo cada jornada, que casi todos los días leían y escribían, a veces estudiaban geografía, también un poco historia o ciencias, en ocasiones sobre plantas y animales.

—Pero tenemos que echar las cortinas —le contaba la niña—, para que los talibanes no nos vean.

Kaka Zaman siempre tenía a mano agujas de tejer y ovillos de lana por si se presentaban y hacían una inspección.

—Entonces escondemos los libros y hacemos ver que tejemos.

Un día, durante una de sus visitas, Laila vio a una mujer de mediana edad con el burka echado hacia atrás, que visitaba a tres niños y una niña. Laila reconoció el rostro anguloso y las cejas gruesas, aunque la boca hundida y el pelo canoso no le eran familiares. De ella recordaba los chales, las camisas negras y la voz cortante, y que solía llevar los negros cabellos recogidos en un moño, de modo que se le veía la pelusa negra en la nuca. Se acordó de que aquella mujer prohibía a las alumnas que llevaran velo, porque afirmaba que todas las personas eran iguales y no había razón alguna para que las mujeres se cubrieran, si los hombres no lo hacían.

En un momento dado, Jala Rangmaal alzó la vista y sus miradas se cruzaron, pero Laila no detectó en los ojos de su antigua maestra ningún destello de reconocimiento.

—Hay fracturas a lo largo de la corteza terrestre —dijo Aziza—. Se llaman fallas.

Era una cálida tarde del mes de junio de 2001. Ese viernes estaban los cuatro sentados en el patio del orfanato, Laila, Zalmai, Mariam y Aziza. Rashid había cedido por una vez —cosa que casi nunca hacía— y los había acompañado. Esperaba en la calle, junto a la parada del autobús.

Había niños descalzos correteando a su alrededor, dando patadas a un balón de fútbol deshinchado, persiguiéndolo con desgana.

—Y a cada lado de las fallas, las placas de rocas forman la corteza terrestre —añadió Aziza.

Alguien le había trenzado los cabellos y se los había recogido en la coronilla. Laila pensó con envidia en la persona que se había sentado detrás de su hija para peinarla, pidiéndole que se estuviera quieta.

La niña hacía una demostración frotando una mano contra otra con las palmas hacia arriba. Zalmai la observaba con gran interés.

—¿Placas quectónicas se llaman?

—Tectónicas —la corrigió Laila. Le dolía hablar. Aún tenía la mandíbula magullada y le dolían el cuello y la espalda. Tenía los labios tumefactos y la lengua se le metía en el agujero que había dejado el incisivo inferior que le había hecho saltar Rashid dos días atrás. Antes de que sus padres murieran y su vida cambiara tan drásticamente, Laila no habría creído posible que un cuerpo humano soportara tantas palizas, con tanta violencia y regularidad, y siguiera funcionando.

—Eso. Y cuando se deslizan una cerca de la otra, chocan así, ¿lo ves, *mammy*?, y entonces se libera energía, que se transmite hasta la superficie y hace que la tierra tiemble.

—Estás aprendiendo mucho —dijo Mariam—. Ahora eres mucho más lista que tu tonta *jala*.

—Tú no eres tonta, *jala* Mariam —replicó Aziza, con una sonrisa radiante—. Y Kaka Zaman dice que a veces los movimientos de rocas se producen a mucha, mucha profundidad, y que son muy potentes y terribles allí abajo, pero que en la superficie sólo notamos un leve temblor. Sólo un leve temblor.

En la visita anterior, la charla era sobre los átomos de oxígeno de la atmósfera, que dispersaban el color azul de la luz azul del sol. «Si la tierra no tuviera atmósfera —había dicho Aziza, jadeando un poco—, el cielo no sería azul, sino negro, y el sol no sería más que una gran estrella brillante en la oscuridad.»

—¿Volverá Aziza con nosotros esta vez? —preguntó Zalmai.

—Pronto, mi amor —contestó su madre—. Pronto.

Laila vio que su hijo se alejaba con los andares de su padre: inclinado hacia delante y curvando los dedos de los pies. Zalmai se dirigió al columpio, empujó uno de los asientos vacíos y acabó sentándose en el cemento para arrancar hierbajos de una grieta.

«El agua se evapora de las hojas, *mammy*, ¿lo sabías?, igual que le ocurre a la ropa tendida. Y eso hace que el agua suba por el árbol desde la tierra y siguiendo las raíces, y luego hasta el tronco, pasando por las ramas hasta llegar a las hojas. Se llama transpiración.»

En más de una ocasión, Laila se había preguntado que harían los talibanes si descubrían las clases secretas de Kaka Zaman.

Durante sus visitas, Aziza no permitía muchos silencios. Los llenaba todos con su cháchara aguda y cantarina. Tocaba todos los temas y gesticulaba ampliamente, exhibiendo un nerviosismo que no era propio de ella. También reía de una forma distinta. No era tanto una risa, en realidad, como una rúbrica nerviosa con la que Laila sospechaba que su hija trataba de tranquilizarla.

Y también observaba otros cambios. Se había fijado en que Aziza llevaba las uñas sucias y la niña, consciente de que su madre lo había notado, se metía las manos bajo los muslos. Siempre que un niño lloraba cerca de ellas, con los mocos colgándole de la nariz, o si pasaba alguno desnudo con el pelo sucio, Aziza parpadeaba y rápidamente trataba de justificarlo. Era como una anfitriona avergonzada por su mísera casa y sus desaliñados hijos.

Al preguntarle qué tal estaba, sus respuestas eran vagas, pero alentadoras.

—Estoy bien, *jala*. Estoy bien.

—¿Te molestan los otros niños?

—No, *mammy*. Todos son buenos conmigo.

—¿Comes? ¿Duermes bien?

—Como. También duermo. Sí. Anoche comimos cordero. O fue la semana pasada.

Cuando Aziza hablaba así, Laila reconocía en ella más de un rasgo de Mariam.

La niña había empezado a tartamudear. Fue Mariam la primera en notarlo. El tartamudeo era leve, pero perceptible, y más acusado en las palabras que empezaban con te. Laila preguntó a Zaman al respecto.

—Pensaba que era de nacimiento —respondió él, frunciendo el entrecejo.

Ese viernes por la tarde, salieron del orfanato con Aziza para dar un paseo con Rashid, que esperaba en la parada del autobús. Cuando Zalmai vio a su padre, soltó un emocionado grito y se retorció con impaciencia para desasirse de los brazos de su madre. Aziza saludó a Rashid con tono envarado, pero sin hostilidad alguna.

El hombre dijo que debían darse prisa porque sólo disponía de dos horas antes de volver al trabajo. Era su primera semana como portero del Intercontinental. Desde las doce del mediodía hasta las ocho de la tarde, seis días a la semana, Rashid abría las puertas de los coches, llevaba los equipajes y pasaba la fregona si se derramaba algo. A veces, al final de la jornada, el cocinero del bufet restaurante le daba unas sobras para que se las llevara a casa, siempre que fuera discreto: albóndigas frías y aceitosas; alas de pollo fritas con la piel seca y dura; pasta rellena que se había vuelto gomosa; arroz reseco. Rashid había prometido a Laila que, en cuanto ahorrara algo de dinero, la niña podría volver a casa.

El hombre llevaba puesto el uniforme, un traje de poliéster de color rojo burdeos, camisa blanca, corbatín y gorra con visera sobre los cabellos blancos. Con él Rashid se transformaba en un hombre vulnerable, lastimosamente perplejo, casi inofensivo. Como alguien que aceptaba sin protestar las humillaciones que le deparaba la vida. Una persona patética y admirable a la vez por su docilidad.

Fueron en autobús hasta la Ciudad Titanic. Llegaron al lecho seco del río, flanqueado a ambos lados por casetas improvisadas que se aferraban a las secas orillas. Cerca del puente, mientras bajaban las escaleras, vieron a un hombre descalzo que colgaba de la cuerda de una grúa con las orejas cortadas, ahorcado. En el río, se mezclaron con el gentío de compradores que pululaban por allí, los cambistas, los aburridos trabajadores de las ONG, los vendedores de tabaco, y las mujeres con burka que mendigaban ofreciendo recetas falsas para antibióticos. Talibanes armados con látigos y mascando *naswar* patrullaban la Ciudad Titanic a la caza de risas indiscretas y rostros femeninos al descubierto.

En un quiosco de juguetes que había entre un vendedor de abrigos *pusti* y un puesto de flores artificiales, Zalmai pidió una pelota de baloncesto de goma con espirales amarillas y azules.

—Elige lo que quieras —dijo Rashid a Aziza.

La niña vaciló, petrificada por la vergüenza.

—Deprisa. Tengo que estar en el trabajo dentro de una hora.

Aziza escogió un dispensador de bolas de chicle. Para conseguir una bola había que meter una moneda, que luego se recuperaba.

Rashid enarcó las cejas cuando el vendedor le dio el precio. Se produjo entonces un regateo.

—Devuélvelo —ordenó finalmente el padre en tono belicoso, como si hubiera estado regateando con ella—. No puedo pagar las dos cosas.

La alegre fachada que animaba a la pequeña fue desmoronándose a medida que se acercaban de vuelta al orfanato. Dejó de gesticular. Su rostro se ensombreció. Ocurría todas las veces. Había llegado el turno de Laila, ayudada por Mariam, de seguir con la cháchara, reír nerviosamente, llenar los melancólicos silencios con bromas apresuradas sin ton ni son.

Más tarde, cuando Rashid los dejó en el orfanato y cogió el autobús para irse a trabajar, Laila se despidió de Aziza, que agitaba la mano y caminaba pegada a la pared del patio. Pensó en su tartamudeo y en lo que le había explicado antes su hija sobre fracturas de placas y potentes colisiones que ocurrían en las profundidades de la tierra, y en que a veces en la superficie sólo se percibía un leve temblor.

· · ·

—¡Vete! ¡Fuera! —gritó Zalmai.

—Calla —dijo Mariam—. ¿A quién le gritas?

—A ese hombre de ahí —dijo el niño, señalándolo.

Laila siguió la dirección de su mano. En efecto, había un hombre apoyado en el portón de la casa. El hombre volvió la cabeza al ver que se acercaban, bajó los brazos y avanzó unos cuantos pasos hacia ellos, cojeando.

Laila se detuvo.

Un sonido ahogado le subió por la garganta. Le fallaron las piernas. De repente Laila quería, necesitaba aferrarse a Mariam, a su brazo, su hombro, su muñeca, lo que fuera. Pero no lo hizo. No se atrevió. No osó mover un solo músculo. No se aventuró a respirar, ni a pestañear siquiera, por miedo a que el hombre no fuera más que un espejismo que titilaba a lo lejos, una frágil ilusión que se desvanecería a la menor provocación. Laila se quedó absolutamente inmóvil, mirando a Tariq, hasta que el pecho le pidió aire dolorosamente y los ojos le escocieron de no pestañear. Y milagrosamente, después de inspirar profundamente y de cerrar y abrir los ojos, descubrió que él seguía allí. Tariq seguía frente a ella.

Laila se atrevió finalmente a dar un paso hacia él. Luego otro. Y otro más. Y luego echó a correr.

43

Mariam

Zalmai estaba arriba, en la habitación de Mariam, muy nervioso. Botó la pelota de baloncesto nueva durante un buen rato, en el suelo y en las paredes. Mariam le pidió que parara, pero el niño sabía que ella no tenía autoridad alguna sobre él, de modo que siguió a lo suyo, sosteniéndole la mirada con aire desafiante. Luego jugaron durante un rato con su coche de juguete, una ambulancia con la media luna roja pintada en los costados, lanzándolo de un lado a otro de la habitación.

Antes, cuando se habían encontrado con Tariq en la puerta, Zalmai había estrechado la pelota contra su pecho y se había metido el pulgar en la boca, cosa que sólo hacía ya cuando tenía miedo. Y había mirado a Tariq con recelo.

—¿Quién es ese hombre? —preguntó a Mariam—. No me gusta.

Mariam iba a explicárselo, a decirle que Laila y él habían crecido juntos, pero el niño la interrumpió y le ordenó que le diera la vuelta a la ambulancia para que quedara mirando hacia él, y cuando ella le obedeció, dijo que quería la pelota de baloncesto otra vez.

—¿Dónde está? —preguntó—. ¿Dónde está la pelota que me ha comprado *baba ya*? ¿Dónde está? ¡La quiero! —exigió, alzando la voz, que cada vez era más aguda.

—Estaba aquí mismo —dijo Mariam.

—No —gritó él—, se ha perdido. Lo sé. ¡Sé que se ha perdido! ¿Dónde está? ¿Dónde está?

—Aquí —respondió ella, sacando la pelota de debajo del armario, donde se había metido rodando. Pero Zalmai berreaba y daba de puñetazos, gritando que no era la misma pelota, que no podía ser la misma porque su pelota se había perdido y aquélla era falsa. ¿Adónde se había ido la de verdad? ¿Adónde? ¿Adónde, adónde, adónde?

Estuvo desgañitándose hasta que Laila tuvo que subir y cogerlo en brazos para mecerlo y pasarle los dedos por los espesos cabellos rizados, y secarle las mejillas húmedas y hacer chasquear la lengua en su oreja.

Mariam esperó fuera de la habitación. Desde lo alto de la escalera, lo único que veía de Tariq eran sus largas piernas, la ortopédica y la de verdad, embutidas en pantalones de color caqui, estiradas en el suelo sin alfombra de la sala de estar. Fue entonces cuando comprendió por qué el portero del Continental le había resultado conocido el día en que había ido allí con Rashid para llamar a Yalil. El portero llevaba gorra y gafas de sol, por eso no se había dado cuenta antes. Pero Mariam cayó en la cuenta de que lo había visto nueve años atrás, lo recordaba sentado en la sala de estar, enjugándose el sudor de la frente con un pañuelo y pidiendo agua, y la asaltaron toda clase de preguntas: ¿También las pastillas de sulfamidas habían formado parte del engaño? ¿Cuál de los dos había urdido aquella mentira, aportando los detalles convincentes? ¿Y cuánto había pagado Rashid a Abdul Sharif —si ése era su nombre en realidad— para ir a su casa y destrozar a Laila con la historia de la muerte de Tariq?

44

Laila

Tariq contó que uno de los hombres con quienes compartía la celda tenía un primo al que habían azotado públicamente por pintar flamencos. Al parecer el primo sentía una afición incurable por esas aves.

—Había llenado cuadernos enteros de dibujos —explicó Tariq—. Había pintado docenas de cuadros al óleo de flamencos caminando por lagunas, tomando el sol en marismas. Y me temo que también volando hacia puestas de sol.

—Flamencos —dijo Laila y miró a Tariq, que estaba sentado con la espalda apoyada en la pared y la pierna buena doblada por la rodilla. Sentía la necesidad de volver a tocarlo, como antes frente al portón, cuando había corrido hacia él. Ahora sentía vergüenza al recordar que se había lanzado a abrazarlo y había llorado sobre su pecho, susurrando su nombre una y otra vez con voz quebrada. ¿Había actuado con demasiada vehemencia?, se preguntaba, ¿con demasiada desesperación? Tal vez. Pero no había podido evitarlo. Y ahora deseaba tocarlo otra vez para comprobar de forma fehaciente que realmente estaba allí, que no era un sueño, una aparición.

—Eso —asintió Tariq—. Flamencos.

Cuando los talibanes habían descubierto todas sus pinturas, prosiguió, se sintieron ofendidos por las largas piernas desnudas de los animales. Habían azotado al primo en las plantas de los pies hasta hacerlo sangrar y luego le habían dado a elegir: o destruía las pinturas, o las rehacía para que fueran decentes. Así que el primo había cogido el pincel y había pintado pantalones a todos y cada uno de los flamencos.

—Y ya está: flamencos islámicos —añadió Tariq.

A Laila le entraron ganas de reír, pero se contuvo. Se avergonzaba de sus dientes amarillentos, del hueco del incisivo que le faltaba, de su aspecto envejecido y sus labios hinchados. Deseó haber tenido la oportunidad de lavarse la cara, o al menos de peinarse.

—Pero al final fue el primo quien rió el último —prosiguió Tariq—. Había pintado los pantalones con acuarelas, de manera que cuando los talibanes se fueron, sólo tuvo que lavarlos. —Sonrió (Laila reparó en que también a él le faltaba un diente) y se miró las manos—. Mira tú por dónde.

Tariq llevaba un *pakol* en la cabeza, botas de excursionista y un suéter de lana negro metido por dentro de unos pantalones caqui. Esbozaba una media sonrisa al tiempo que asentía lentamente. Laila no recordaba haberle oído nunca esa frase, y también aquel gesto pensativo, juntando las yemas de los dedos sobre el regazo y asintiendo, era nuevo. Era una frase de adulto, un gesto de adulto. ¿De qué se sorprendía? Tariq era ahora un hombre de veinticinco años, de movimientos lentos y sonrisa cansada. Alto, barbudo, más delgado que en sus sueños, pero con las manos fuertes, manos de trabajador, de venas abultadas y sinuosas. Su rostro seguía siendo delgado y atractivo, pero ya no tenía la piel blanca, sino que su rostro se veía curtido, quemado por el sol, igual que el cuello. Era el rostro de un viajero al final de un largo viaje agotador. Llevaba el *pakol* echado hacia atrás y se le notaba que el pelo le empezaba a ralear. Sus ojos castaños eran más apagados de lo que recordaba, más claros, aunque quizá fuera sólo un efecto de la luz de la habitación.

Laila pensó en la madre de Tariq, en sus ademanes pausados, su inteligente sonrisa, su peluca de color violáceo. Y en su padre, con su humor sardónico y su bizqueo. Antes, en la puerta, atropelladamente y con la voz entrecortada por la emoción, Laila le había contado lo que creía que había sido de él y de sus padres, y Tariq había meneado la cabeza, negándolo todo, de modo que Laila le preguntó por ellos. Pero se arrepintió enseguida cuando vio que Tariq inclinaba la cabeza y contestaba, un poco afectado:

—Murieron.

—Lo siento mucho.

—Bueno. Sí. Yo también. Mira. —Sacó una pequeña bolsa de papel del bolsillo y se la ofreció a Laila—. Con los saludos de *Alyona*. —Dentro había un queso envuelto en plástico.

—*Alyona*. Es un bonito nombre. ¿Tu esposa? —preguntó Laila, tratando de que no le temblara la voz.

—Mi cabra. —Tariq sonreía con aire expectante, como si esperara que Laila diera algún signo de reconocimiento.

Entonces Laila lo recordó: la película soviética. Alyona era la hija del capitán, la muchacha enamorada del primer oficial. Fue el día en que Tariq, ella y Hasina vieron salir los tanques y los *jeeps* soviéticos de Kabul, el día que Tariq se puso aquel ridículo gorro ruso de piel.

—Tuve que atarla a una estaca —explicó Tariq—. Y levantar una cerca. Por los lobos. Vivo al pie de unas montañas y a medio kilómetro más o menos hay un bosque, de pinos sobre todo, con algunos abetos y cedros del Himalaya. Los lobos no suelen salir de la espesura, pero una cabra a la que le gusta corretear sin ton ni son, balando, puede atraerlos a campo abierto. Por eso levanté la cerca y la até a la estaca.

Laila le preguntó a qué montañas se refería.

—A Pir Panjal, en Pakistán —respondió él—. Vivo en un sitio que se llama Murri; es un refugio estival a una hora de Islamabad. Es montañoso y muy verde, con muchos árboles, y está muy por encima del nivel del mar, así que en verano refresca. Perfecto para los turistas.

En la época victoriana, los británicos habían levantado la ciudad cerca de su cuartel general de Rawalpindi, explicó, para que sus funcionarios y militares pudieran escapar al calor. Aún quedaban algunas reliquias de la época colonial, algún que otro salón de té, bungalós con tejado de zinc, y demás. La ciudad era pequeña y agradable. En la calle principal, llamada el Mall, había una estafeta de correos, un bazar, unos cuantos restaurantes y tiendas donde pedían precios desorbitados a los turistas por objetos de cristal pintados y alfombras tejidas a mano. Curiosamente, en el Mall, el tráfico de un solo sentido cambiaba de dirección cada semana.

—Los nativos dicen que en Irlanda también hay sitios donde el tráfico es así —explicó Tariq—. No lo sé. Pero de todas formas es un lugar agradable. Llevo una vida sencilla, pero me gusta. Me gusta vivir allí.

—Con tu cabra. Con *Alyona*.

Laila lo dijo no tanto como una broma, sino como una subrepticia manera de desviar la conversación hacia otros temas, como por ejemplo, quién más se ocupaba con él de que los lobos no se comieran a las cabras. Pero Tariq se limitó a asentir.

—Yo también siento mucho lo de tus padres —dijo.

—Te has enterado.

—Antes he hablado con unos vecinos —asintió Tariq, e hizo una pausa, que sirvió para que Laila se preguntara qué más le habrían contado—. No conozco a nadie. De los viejos tiempos, quiero decir.

—Todos se han ido. Ya no queda nadie de la gente que tú conocías.

—No reconozco Kabul.

—Ni yo tampoco —dijo Laila—. Y eso que no he salido de aquí.

· · ·

—*Mammy* tiene un nuevo amigo —dijo Zalmai después de la cena, esa misma noche, cuando Tariq ya se había ido—. Un hombre.

Rashid alzó la vista.

—¿Ah, sí?

Tariq preguntó si podía fumar.

Él y sus padres habían pasado una temporada en el campamento de refugiados de Nasir Bag, cerca de Peshawar, explicó, al tiempo que echaba la ceniza en un platito. Cuando llegaron, había ya sesenta mil afganos viviendo allí.

—Gracias a Dios, no era tan malo como otros campamentos, como el de Yalozai, por ejemplo. Supongo que fue incluso una especie de campamento modelo en la época de la guerra fría. Un sitio que los occidentales podían señalar para demostrar al mundo que no se limitaban a enviar armas a Afganistán.

Pero eso había sido durante la guerra contra los soviéticos, añadió Tariq, en la época de la yihad y del interés internacional, de las generosas aportaciones y de las visitas de Margaret Thatcher.

—Ya conoces el resto, Laila. Después de la guerra, la Unión Soviética cayó y Occidente pasó a preocuparse de otros temas. Ya no había nada que les interesara en Afganistán, de manera que dejaron de mandar dinero. Ahora Nasir Bag no es más que polvo, tiendas de campaña y cloacas abiertas. Cuando llegamos nosotros, nos entregaron un palo y pedazo de lona, y nos dijeron que con eso montáramos una tienda.

Tariq dijo que lo que más recordaba de Nasir Bag, donde había pasado un año, era el color marrón.

—Tiendas marrones. Gente marrón. Perros marrones. Gachas marrones.

Había un árbol pelado al que trepaba todos los días para sentarse a horcajadas en una rama y contemplar a los refugiados tumbados, exponiendo llagas y muñones al sol. Veía a los niños raquíticos que llevaban agua en bidones, recogían excrementos de perro para encender fuego, tallaban en madera rifles AK-47 de juguete con cuchillos embotados, y arrastraban sacos de harina de trigo, con la que nadie podía amasar un pan decente. El viento azotaba las tiendas. Hacía rodar las matas de hierba por todas partes y levantaba las cometas que se echaban a volar desde los tejados de las casuchas de adobe.

—Muchos niños murieron. De disentería, de tuberculosis, de hambre, de todo lo habido y por haber. Sobre todo de la maldita disentería. Dios mío, Laila. He visto enterrar a tantos niños… No hay nada peor que eso.

Tariq cruzó las piernas y el silencio volvió a instalarse entre ellos.

—Mi padre no sobrevivió al primer invierno —añadió él—. Murió mientras dormía. No creo que sufriera.

Ese mismo invierno, añadió, su madre enfermó gravemente de neumonía, y de hecho habría muerto de no ser por un médico del campamento que trabajaba en una camioneta convertida en clínica móvil. Su madre se pasaba la noche en vela, abrasada de fiebre y tosiendo unas flemas espesas y amarillentas. Había largas colas para ver al médico. Todo el mundo temblaba, gemía, tosía. Algunos con la mierda resbalándoles por las piernas, otros demasiado cansados, o hambrientos, o enfermos, para poder hablar.

—Pero el médico era un hombre decente. Trató a mi madre, le dio unas pastillas y le salvó la vida.

Ese mismo invierno, Tariq había atacado a un muchacho.

—Tendría unos doce o trece años —dijo, sin alterarse—. Le puse un trozo de cristal en la garganta y le robé una manta para dársela a mi madre.

Después de la enfermedad de su madre, continuó Tariq, se juró a sí mismo que no pasarían otro invierno en el campamento. Trabajaría y ahorraría dinero para instalarse en Peshawar, en un apartamento con calefacción y agua corriente. Y, en efecto, cuando llegó la primavera buscó trabajo. De vez en cuando, llegaba un camión al campamento por la mañana temprano y se llevaba a un par de docenas de chicos a un campo a quitar piedras, o a un huerto a recoger manzanas, a cambio de algo de dinero, o a veces una manta o un par de zapatos. Pero a él nunca lo querían, dijo Tariq.

—En cuanto me veían la pierna, nada.

Había otros trabajos, como cavar zanjas, construir chozas, acarrear agua, o sacar los excrementos de las letrinas a paladas. Pero los jóvenes competían con fiereza por esos trabajos, y Tariq nunca tuvo la menor oportunidad.

Hasta que un día, en otoño de 1993, conoció a un tendero.

—Me ofreció dinero por llevar una chaqueta de piel a Lahore. No era gran cosa, pero bastaría para pagar uno o dos meses de alquiler de un apartamento.

El tendero le dio un billete de autobús, añadió Tariq, y la dirección de la esquina de una calle cerca de la estación de trenes de Lahore, donde debía entregar la chaqueta a un amigo del tendero.

—Yo sabía de qué iba. Por supuesto que lo sabía —admitió Tariq—. Me advirtió que si me pillaban, estaría solo, y que recordara que él sabía dónde vivía mi madre. Pero el dinero era demasiado tentador, y el invierno estaba a punto de empezar.

—¿Hasta dónde llegaste? —preguntó Laila.

—No muy lejos —contestó él, y se echó a reír, pero como disculpándose, con expresión avergonzada—. Ni siquiera llegué a subir al autobús. Me creía inmune a todo, ¿entiendes? Como si allá arriba hubiera una especie de contable, un tipo con un lápiz en la oreja que se ocupara de estas cosas, que lo hiciera cuadrar todo, y que al verme diría: «Sí, sí, puede hacerlo, lo dejaremos pasar. Ya ha pagado lo suyo.»

El hachís, que estaba en las costuras, quedó esparcido por toda la calle cuando la policía rompió la chaqueta con un cuchillo.

Tariq volvió a reír al decir esto, con una risa temblorosa, que iba haciéndose agua, y Laila recordó que cuando de niño se reía así, siempre era para disimular la vergüenza, para restarle importancia a algún acto imprudente o escandaloso que hubiese cometido.

—Cojea —dijo Zalmai.

—¿Es quien yo creo que es? —preguntó Rashid.

—Sólo ha venido de visita —intervino Mariam.

—Tú calla —espetó Rashid, alzando un dedo amenazador, y se volvió hacia Laila—. Bueno, ¿qué te parece? Laili y Maynun reunidos de nuevo, como en los viejos tiempos. —Su rostro se volvió pétreo—. Así que le has dejado entrar. Aquí. En mi propia casa. Le has dejado entrar. Ha estado aquí con mi hijo.

—Tú me engañaste. Me mentiste —le recriminó Laila, apretando los dientes—. Hiciste que aquel hombre viniera aquí y… Sabías que me marcharía si pensaba que él seguía vivo.

—¿Y tú no me mentiste a mí? —bramó Rashid—. ¿Crees que no sabía lo de tu *harami*? ¿Me tomas por imbécil, puta?

Cuanto más hablaba Tariq, más temía Laila el momento en que callara, el silencio que sobrevendría, la señal de que le había llegado el momento de rendir cuentas, de explicar el porqué, el cómo y el cuándo, de hacer oficial lo que sin duda él ya sabía. Cada vez que Tariq hacía una pausa, Laila notaba una leve náusea. Apartó los ojos de él. Se miró las manos, el feo vello oscuro que le había salido en el dorso con el transcurso de los años.

Tariq no dijo gran cosa sobre su estancia en prisión, salvo que había aprendido a hablar urdu. Cuando Laila le preguntó, él sacudió la cabeza en un gesto de impaciencia. Mediante ese gesto, Laila vio barrotes oxidados y cuerpos sin lavar, hombres violentos y salas atestadas, techos podridos y enmohecidos. Leyó en el rostro de Tariq que había sido un lugar de humillaciones, de degradación y desesperación.

Tariq dijo que su madre trató de visitarlo después de su arresto.

—Tres veces vino. Pero no llegué a verla —se lamentó.

Tariq le escribió unas cuantas cartas, aunque no estaba muy seguro de que ella las recibiera.

—Y también te escribí a ti.

—¿En serio?

—Oh, tomos enteros —contestó él—. Incluso Rumi habría envidiado mi prolífica obra. —Entonces volvió a reír, a grandes carcajadas esta vez, como si se sorprendiera de su propia audacia y se avergonzara de lo que acababa de confesar.

Zalmai empezó a berrear en el piso de arriba.

—Como en los viejos tiempos —repitió Rashid—. Vosotros dos. Supongo que habrás dejado que te vea la cara.

—Sí —intervino Zalmai. Luego dijo a Laila—: Es verdad, *mammy*. Te he visto.

—A tu hijo no le caigo bien —comentó Tariq cuando Laila volvió a bajar.

—Lo siento —dijo ella—. No es eso. Es sólo que… Nada, no te preocupes por él. —Luego cambió de tema rápidamente, porque se sentía malvada y culpable por pensar así de Zalmai, que sólo era un niño pequeño que amaba a su padre, y cuya aversión instintiva hacia aquel desconocido era legítima y comprensible.

«Y también te escribí a ti.»

«Tomos enteros.»

«Tomos enteros.»

—¿Cuánto tiempo llevas viviendo en Murri?

—Menos de un año —contestó él.

En la cárcel se había hecho amigo de un hombre mayor, explicó, un pakistaní llamado Salim que había sido jugador de hockey. El tipo llevaba años entrando y saliendo de la cárcel, y a la sazón cumplía una condena de diez años por haber matado a un policía secreto. En todas las cárceles había un hombre como Salim, dijo Tariq. Siempre había alguien astuto y bien relacionado, que conocía el sistema a fondo y podía conseguir ciertos privilegios, del que emanaba una sensación de peligro y de oportunidad. Fue Salim quien se ocupó de que indagaran acerca de la madre de Tariq. Fue él quien se sentó a su lado y le comunicó con voz amable y paternal que su madre había muerto de frío.

Tariq pasó siete años en la cárcel pakistaní.

—Salí bastante bien parado —dijo—. Tuve suerte. Resultó que el juez que instruía mi caso tenía un hermano casado con una afgana. Tal vez por eso decidió mostrarse clemente, no sé.

Cuando cumplió su condena, al iniciarse el invierno de 2000, Salim le dio la dirección y el teléfono de su hermano, que se llamaba Sayid.

—Me contó que Sayid tenía un pequeño hotel en Murri —siguió relatando Tariq—. Era un establecimiento con veinte habitaciones y un salón comunitario, un lugar pequeño para turistas. Me indicó que le dijera que iba de su parte.

A Tariq le había gustado Murri nada más bajarse del autobús: los pinos cubiertos de nieve, el aire frío y cortante, las casitas de madera con postigos, el humo saliendo de las chimeneas.

Mientras llamaba a la puerta de Sayid, Tariq pensó que finalmente había encontrado un lugar que no sólo era completamente ajeno a la miseria que había conocido hasta entonces, sino que allí la mera idea del sufrimiento y las penurias parecía obscena, inconcebible.

—Me dije a mí mismo que era un lugar donde un hombre podía empezar de nuevo.

Sayid lo contrató como conserje y encargado de mantenimiento. Durante un mes lo tuvo a prueba, con la mitad del salario, y Tariq cumplió adecuadamente con su cometido. Mientras él hablaba, Laila imaginó a Sayid como un hombre de ojos rasgados y rostro rubicundo, de pie en la recepción de su hotel, vigilando a Tariq mientras éste cortaba leña y limpiaba la entrada de nieve. Se lo representó de pie, observando al nuevo empleado mientras éste arreglaba una tubería, tumbado bajo el fregadero. O comprobando la caja registradora por si faltaba dinero.

Su cabaña se encontraba junto al pequeño bungaló de la cocinera, prosiguió Tariq, una vieja matrona viuda llamada Adiba. Ambas viviendas estaban separadas del edificio principal del hotel por unos cuantos almendros, un banco, y una fuente de piedra en forma de pirámide, que en verano borboteaba todo el día. Laila imaginó a Tariq en su cabaña, sentado en la cama, contemplando el frondoso mundo que se extendía al otro lado de su ventana.

Al acabar el mes de prueba, Sayid empezó a pagarle el salario completo, le dijo que la comida sería gratis, le regaló un abrigo de lana y le encargó una pierna nueva. La bondad de aquel hombre lo emocionó hasta las lágrimas.

Con su primer salario completo en el bolsillo, había ido a la ciudad y había comprado la cabra.

—Es completamente blanca —dijo Tariq, sonriendo—. Algunas mañanas, cuando ha nevado durante toda la noche, al mirar por la ventana sólo se ven dos ojos y un hocico.

Laila asintió. Se produjo un nuevo silencio. Arriba, Zalmai había empezado a botar de nuevo la pelota contra la pared.

—Pensaba que habías muerto —dijo Laila.

—Lo sé. Ya me lo has dicho.

A Laila se le quebró la voz. Tuvo que carraspear, dominarse.

—El hombre que vino a traer la noticia fue tan convincente… Le creí, Tariq. Ojalá no hubiera confiado en él, pero lo hice. Y me sentía muy sola y asustada. De lo contrario, jamás habría aceptado casarme con Rashid. No habría…

—No tienes que explicarme nada —la interrumpió él en voz baja, evitando su mirada. Su tono no traslucía reproche ni recriminación alguna. No sugería en absoluto que le echara la culpa de nada.

—Sí, debo hacerlo. Porque había un motivo aún más importante para casarme con él. Algo que aún no sabes, Tariq. Tengo que contártelo.

—¿Y tú también has hablado con él? —preguntó Rashid a Zalmai.

El niño guardó silencio. Laila vio en su mirada que empezaba a vacilar, como si acabara de darse cuenta de que había revelado un secreto mucho más importante de lo que él creía.

—Te he hecho una pregunta, hijo.

Zalmai tragó saliva, sin dejar de mirar a un lado y a otro.

—Yo estaba arriba, jugando con Mariam.

—¿Y tu madre?

El pequeño miró a Laila con expresión de culpabilidad, al borde de las lágrimas.

—No pasa nada, Zalmai —lo animó Laila—. Di la verdad.

—Ella… Ella estaba abajo, hablando con ese hombre —contestó Zalmai con una vocecilla apenas audible.

—Ya veo —asintió Rashid—. Trabajo en equipo.

* * *

—Quiero conocerla —dijo él, al despedirse—. Quiero verla.

—Lo arreglaré —aseguró Laila.

—Aziza. Aziza. —Tariq sonrió, saboreando la palabra. Siempre que Rashid pronunciaba el nombre de la niña, a Laila le sonaba desagradable, casi vulgar—. Aziza. Es precioso.

—También lo es ella. Ya lo verás.

—Estaré contando los minutos.

Habían transcurrido casi diez años desde su último encuentro. Por la mente de Laila desfilaron rápidamente todas las veces que se habían encontrado en el callejón para besarse en secreto. Se preguntó qué opinaría él de su aspecto. ¿Aún la encontraba guapa? ¿O la veía envejecida, ajada, patética, como una vieja que se arrastraba temerosa por los rincones? Casi diez años. Pero, por un momento, al verse de nuevo a la luz del día con Tariq, se sentía como si todos aquellos años no hubieran pasado. La muerte de sus padres, el matrimonio con Rashid, las matanzas, los misiles, los talibanes, las palizas, el hambre, incluso sus hijos, todo se le antojaba un sueño, un extraño rodeo, un mero interludio entre la última tarde que habían estado juntos y el momento presente.

Entonces el gesto de Tariq cambió, se volvió grave. Laila conocía aquella expresión. Era idéntica a la de aquel día, siendo aún niños, cuando se había quitado la pierna ortopédica y se había abalanzado sobre Jadim. Tariq alargó la mano y le tocó el labio inferior.

—Él te ha hecho esto —declaró en tono glacial.

Al notar el tacto de su mano, Laila evocó vivamente el frenesí de aquella tarde en que habían concebido a Aziza. Recordó el aliento de Tariq en su cuello, los músculos de sus caderas flexionándose, su pecho contra sus senos, sus manos entrelazadas.

—Ojalá te hubiera llevado conmigo —dijo Tariq, en un susurro casi.

Laila tuvo que bajar la vista, tratando de contener el llanto.

—Sé que ahora estás casada y eres madre. Y yo me presento en tu puerta después de tantos años, después de todo lo ocurrido. Seguramente no es correcto, ni justo, pero he hecho un largo viaje para verte y… Oh, Laila, ojalá no te hubiera abandonado.

—No sigas —le rogó Laila con voz entrecortada.

—Debería haber insistido. Debería haberme casado contigo cuando tuve la oportunidad. ¡Qué distinto habría sido todo!

—No hables así, por favor. Es demasiado doloroso.

Él asintió, fue a dar un paso hacia ella, pero finalmente se detuvo.

—No doy nada por sentado. No pretendo trastornar tu vida, apareciendo así de la nada. Si quieres que me vaya, si prefieres que vuelva a Pakistán, dilo, Laila. En serio. Dilo y me iré. No volveré a molestarte jamás. Yo…

—¡No! —exclamó Laila, con más vehemencia de la que pretendía. Se dio cuenta de que había cogido a Tariq por el brazo, que lo aferraba. Dejó caer la mano—. No, no te vayas, Tariq. No. Por favor, quédate.

Él asintió.

—Rashid trabaja desde mediodía hasta las ocho. Ven mañana por la tarde. Te llevaré a ver a Aziza.

—No le temo, ya lo sabes.

—Lo sé. Vuelve mañana por la tarde.

—¿Y después?

—Después… No lo sé. Tengo que pensar. Esto es…

—Lo sé —intervino él—. Lo entiendo. Lo siento. Lamento muchas cosas.

—No lo sientas. Prometiste que volverías y lo has hecho.

Los ojos de Tariq se llenaron de lágrimas.

—Es agradable volver a verte, Laila.

Laila temblaba mientras él se alejaba caminando. Pensó: «Tomos enteros», y un nuevo escalofrío le recorrió el cuerpo, una sensación de tristeza y desamparo, pero también de expectación y de una esperanza temeraria.

45

Mariam

—Yo estaba arriba, jugando con Mariam —dijo Zalmai.

—¿Y tu madre?

—Ella… Ella estaba abajo, hablando con ese hombre.

—Ya veo —asintió Rashid—. Trabajo en equipo.

Mariam vio que el rostro de su marido se relajaba. Vio que se borraban los surcos de su frente. Sus ojos lanzaban destellos de recelo y suspicacia. Rashid se irguió, y durante unos breves instantes, pareció meramente pensativo, como un capitán de barco al que acabaran de informar de un motín inminente y se tomara su tiempo para sopesar su siguiente movimiento.

El hombre alzó la vista.

Mariam quiso decir algo, pero él levantó una mano.

—Demasiado tarde, Mariam —espetó, sin mirarla—. Vete arriba, hijo —ordenó a Zalmai con frialdad.

Mariam vio la alarma pintada en el rostro del niño, que los miró a los tres con nerviosismo. Sin duda presentía que, jugando al acusica, había provocado una situación muy grave, de adultos. Lanzó una mirada abatida y contrita a Mariam y luego a su madre.

—¡Vete! —exigió el padre con voz desafiante.

Rashid cogió a Zalmai por el codo y el niño se dejó conducir dócilmente.

Las dos mujeres se quedaron abajo petrificadas, con la vista clavada en el suelo, como si temieran que sólo con mirarse fueran a corroborar la certidumbre de Rashid: la convicción de que, mientras él abría puertas y acarreaba maletas de personas que ni siquiera le dedicaban una mirada, se estaba tramando una libidinosa conspiración a sus espaldas, en su propia casa, en presencia de su amado hijo. Las dos guardaron silencio. Oyeron el ruido de pasos en el pasillo de arriba, unos pesados y amenazadores, otros leves como los de un animalillo asustado. Les llegaron voces amortiguadas, una súplica chillona, una réplica cortante, una puerta que se cerraba y el ruido de la llave en la cerradura. Y finalmente, unas pisadas que volvían, más apresuradas.

Mariam vio los pies de Rashid en las escaleras. Observó que mientras bajaba se metía la llave en el bolsillo; se fijó en su cinturón con el extremo perforado firmemente envuelto en torno a los nudillos. Arrastraba la hebilla de falso latón por el suelo.

Mariam se lanzó sobre él para detenerlo, pero el hombre la empujó y pasó junto a ella como una exhalación. Sin pronunciar palabra, Rashid golpeó a Laila con el cinturón. Ocurrió todo tan rápido que Laila no tuvo tiempo de retroceder ni agacharse, ni siquiera de protegerse con el brazo. Se tocó la sien, miró la sangre y luego a su marido con asombro. Aquella expresión incrédula sólo duró un instante, y enseguida dio paso al odio.

Rashid volvió a blandir el cinturón.

Esta vez Laila se protegió con el brazo y trató de agarrar el cinto, pero falló, y él volvió a golpearla. La mujer consiguió atraparlo brevemente antes de que Rashid se lo arrebatara de un tirón para azotarla de nuevo. Ella echó a correr por la habitación al tiempo que Mariam empezaba a gritar atropelladamente y a suplicar a Rashid, que perseguía a Laila y le cerraba el paso sin dejar de vapulearla. En un momento dado, Laila lo esquivó y consiguió asestarle un puñetazo en la oreja, con lo que sólo consiguió que Rashid escupiera una maldición y la persiguiera aún con más saña. La atrapó, la estampó contra la pared para azotarla con el cinturón una y otra vez. La hebilla se clavó en su pecho, sus hombros, sus brazos alzados, sus dedos, haciendo brotar la sangre.

Mariam perdió la cuenta de las veces que oyó restallar el cinto, de las palabras de súplica que gritó a Rashid, de las vueltas que dio en torno a la mezcla incoherente de dientes, puños y cinturón, antes de distinguir unos dedos que se clavaban en el rostro de Rashid, unas uñas desiguales que se hundían en sus flácidos carrillos y le tiraban del pelo y le arañaban la frente, antes de darse cuenta, con sorpresa y deleite a la vez, de que esos dedos eran suyos.

El hombre soltó a Laila y se volvió hacia ella. Al principio, la miraba sin verla, luego entornó los párpados y la examinó con interés. Su expresión varió del asombro a la sorpresa, luego a la reprobación, la decepción incluso, y siguió así unos instantes.

Mariam recordó la primera vez que había visto los ojos de Rashid, bajo el velo nupcial, en presencia de Yalil, cuando sus miradas se habían cruzado en el espejo, indiferente la de él, dócil la suya, sumisa, casi como disculpándose.

Disculpándose.

Mariam vio ahora en esos mismos ojos que había sido una estúpida.

¿Acaso había sido una esposa infiel?, se preguntó. ¿Una esposa ingrata? ¿Había sido su comportamiento deshonroso? ¿Vulgar? ¿Qué daño había hecho ella voluntariamente a ese hombre para granjearse su maldad, sus continuos ataques, el placer con que la atormentaba? ¿Acaso no había cuidado de él cuando estaba enfermo? ¿No había agasajado a sus amigos, y había atendido la casa con diligencia?

¿Acaso no había entregado su juventud a ese hombre?

¿Había merecido alguna vez, en justicia, su crueldad?

El cinturón produjo un chasquido sordo cuando Rashid lo dejó caer y fue a por ella. Algunas cosas, decía ese ruido, debían hacerse con las manos desnudas.

Pero justo cuando Rashid se le echaba encima, Mariam vio a Laila detrás de él cogiendo algo del suelo. Vio la mano de Laila alzándose por encima de su cabeza y cayendo luego hasta estrellarse contra un lado de la cara de Rashid. Un cristal se hizo añicos. Los restos del vaso cayeron al suelo. Laila tenía las manos ensangrentadas, y también manaba sangre de la herida abierta en la mejilla del hombre, sangre que le bajaba por el cuello hasta la camisa. Él se dio la vuelta, enseñando los dientes con fiereza y echando chispas por los ojos.

Rashid y Laila fueron a parar al suelo, retorciéndose y pegándose. El hombre acabó encima de ella con las manos en torno a su cuello.

Mariam le arañó, le golpeó en el pecho, se arrojó sobre él. Trató de separarle los dedos del cuello de Laila. Los mordió. Pero esas garras seguían apretando con fuerza y Mariam comprendió que esa vez no iba a detenerse ante nada.

Pretendía estrangular a Laila, y nada ni nadie podría impedirlo.

La mujer mayor se apartó y salió de la estancia. Oyó un golpeteo en el piso de arriba y comprendió que Zalmai aporreaba la puerta cerrada con sus manos diminutas. Mariam corrió por el pasillo y cruzó el patio en un vuelo.

Una vez en el cobertizo, Mariam cogió la pala.

Rashid no advirtió que ella volvía a entrar en la sala de estar. Seguía encima de Laila con mirada de loco y apretándole el cuello. El rostro de la mujer se estaba amoratando y tenía los ojos en blanco. Mariam comprendió que había dejado de debatirse. «Va a matarla —se dijo—. Está decidido a matarla.» Y ella no podía, no pensaba permitir que lo hiciera. En veintisiete años de matrimonio, era mucho lo que Rashid le había arrebatado. No iba a dejar que también le quitara a Laila.

Mariam afianzó los pies y aferró con fuerza el mango de la pala. La levantó. Dijo el nombre de Rashid: quería que él lo viera todo.

346

—Rashid.

El hombre levantó la vista.

Ella blandió la pala.

Lo golpeó en la sien. El impacto hizo que soltara a Laila.

Rashid se tocó la cabeza. Miró la sangre que le manchaba la yema de los dedos. Observó a Mariam. A ella le pareció que la expresión de su marido se suavizaba. Le dio la impresión de que algo había cambiado entre los dos, que quizá con el golpe había conseguido literalmente meterle algo de sentido común en la cabeza. Tal vez él también descubría algo en su rostro, pensó Mariam, algo que le hacía vacilar. Acaso apreciaba algún indicio de la abnegación, el sacrificio y el esfuerzo que había supuesto para ella vivir con él tantos años, vivir con su actitud condescendiente y su violencia, con sus reproches y su mezquindad. ¿Era respeto lo que Mariam detectaba en sus ojos? ¿Arrepentimiento?

Pero luego Rashid torció los labios en una sonrisa desdeñosa y ella comprendió la futilidad, tal vez incluso la irresponsabilidad de dejar la tarea inconclusa. Si permitía que se levantara, ¿cuánto tiempo tardaría ese hombre en sacar la llave del bolsillo y subir a por la pistola que guardaba en la habitación donde había encerrado a Zalmai? Si Mariam hubiera tenido la certeza de que él se habría contentado con dispararle sólo a ella, de que existía la posibilidad de que no matara a Laila, tal vez habría soltado la pala. Pero los ojos de Rashid sólo transmitían la determinación de matarlas a las dos.

De modo que Mariam alzó la pala lo más alto que pudo, arqueándose hasta que le tocó la parte baja de la espalda. La hizo girar para que el extremo afilado quedara vertical y, al hacerlo, se le ocurrió que aquélla era la primera vez que decidía por sí misma el rumbo de su propia vida.

Y entonces descargó el golpe. En esta ocasión, puso el alma en ello.

46

Laila

Laila vio un rostro encima de ella, todo dientes y tabaco y ojos desorbitados. También vislumbró vagamente a Mariam, como una presencia detrás de la cara, que iba dejando caer una lluvia de puñetazos. Sobre ellos tres había el techo, y fue el techo lo que atrajo a Laila, las oscuras manchas de moho que se extendían de parte a parte como tinta vertida sobre un vestido, y la grieta en el yeso que era una sonrisa imperturbable o un ceño, dependiendo del lado de la habitación desde donde se mirara. Laila pensó en todas las veces que había atado un trapo a una escoba y había limpiado las telarañas de aquel techo, y en las tres veces que Mariam y ella lo habían pintado de blanco. La grieta ya no era una sonrisa, sino una mueca lasciva y burlona. Y retrocedía. El techo se alejaba, subía, huía de ella en dirección a una penumbra borrosa. En la oscuridad, el rostro de Rashid era como una mancha solar.

Breves estallidos de luz cegaron sus ojos, como estrellas plateadas que explotaran junto a ella. En la luz vio extrañas formas geométricas, gusanos, objetos con forma de huevo que se movían arriba y abajo y de lado a lado, fundiéndose unos con otros, separándose, transformándose en otra cosa antes de desvanecerse, dando paso a la negrura.

Captó unas voces apagadas y distantes.

Ante sus ojos cerrados brillaron y se apagaron los rostros de sus hijos. El de Aziza, alerta y preocupado, sabio, reservado. El de Zalmai, observando a su padre con temblorosa ansiedad.

Así pues, todo terminaría así, pensó Laila. Qué final tan lamentable.

Pero entonces la oscuridad empezó a aclararse. Tuvo la sensación de que subía, de que la levantaban del suelo. El techo ocupó lentamente su sitio, recuperó su tamaño habitual, y Laila distinguió de nuevo la grieta, que era la misma sonrisa sosa de siempre.

La estaban zarandeando. «¿Estás bien? Contesta, ¿te encuentras bien?» Mariam inclinaba sobre Laila su rostro lleno de preocupación, cubierto de arañazos.

Laila intentó respirar y su propio aliento le quemó la garganta. Probó de nuevo. Aún le quemó más, y no sólo la garganta, sino también el pecho. Y luego empezó a toser y a resollar. Jadeaba. Sin embargo, respiraba de nuevo. Oía un pitido en el oído bueno.

Rashid fue lo primero que vio al levantarse. Estaba tumbado de espaldas, con la mirada perdida, boquiabierto y con expresión impávida. Unos espumarajos levemente rosados le resbalaban por la mejilla. Tenía la entrepierna mojada. Laila se fijó en su frente.

Luego vio la pala y soltó un gemido.

—Oh —murmuró con voz trémula, apenas capaz de hablar—. Oh, Mariam.

Laila se paseaba de un lado a otro gimiendo y dando fuertes palmadas. Mariam permanecía sentada cerca de Rashid con las manos en el regazo, tranquila e inmóvil, sin decir nada durante un largo rato.

Laila tenía la boca seca y balbuceaba sin dejar de temblar como una hoja. Hacía esfuerzos para no mirar a Rashid, el rictus de su boca, sus ojos abiertos, la sangre que se iba coagulando en la clavícula.

Atardecía, y las sombras empezaron a alargarse. En la penumbra, el rostro de Mariam se veía delgado y consumido, pero no parecía alterada ni asustada, sino meramente pensativa, tan absorta que no prestó atención a una mosca que se le posó en la barbilla. Se limitaba a estar allí sentada, proyectando el labio inferior hacia delante, como siempre que se quedaba ensimismada en sus pensamientos.

—Siéntate, Laila *yo* —dijo finalmente.

La mujer más joven obedeció.

—Tenemos que sacarlo de aquí. Zalmai no puede ver esto.

Mariam sacó la llave del dormitorio del bolsillo de Rashid antes de envolverlo en una sábana. Laila lo cogió por las corvas y aquélla lo agarró por debajo de las axilas. Trataron de levantarlo, pero pesaba demasiado y al final tuvieron que llevarlo a rastras. Cuando se disponían a salir al patio, el pie de Rashid se enganchó en el marco de la puerta y se le dobló la pierna hacia un lado. Tuvieron que retroceder e intentarlo de nuevo; justo en ese momento se oyó un golpe sordo en el piso de arriba y a Laila le fallaron las piernas. Soltó a Rashid y se desplomó, sollozando y temblando, y Mariam tuvo que plantarse ante ella con los brazos en jarras y decirle que tenía que dominarse, que lo hecho, hecho estaba.

Al cabo de un rato, Laila se levantó, se secó las lágrimas, y las dos juntas sacaron al hombre al patio sin más incidentes. Lo llevaron al cobertizo de las herramientas y allí lo dejaron, detrás de la mesa de trabajo, sobre la que había una sierra, clavos, un cincel, un martillo y un bloque cilíndrico de madera que Rashid tenía previsto utilizar para tallarle algo a Zalmai, pero lo había ido dejando.

Luego volvieron a la casa. Mariam se lavó las manos, se las pasó por el pelo, respiró hondo y dejó escapar el aire.

—Ahora deja que te cure a ti. Estás llena de heridas, Laila *yo*.

Mariam dijo que necesitaba consultar con la almohada para aclarar las ideas y trazar un plan concreto.

—Existe un modo de solucionar esto —aseguró—; sólo hay que encontrarlo.

—¡Tenemos que huir! No podemos quedarnos aquí —dijo Laila con voz ronca. De repente pensó en el sonido que debía de haber hecho la pala al golpear la cabeza de Rashid, y se dobló por la cintura con la sensación de la bilis que le subía a la garganta.

Mariam aguardó pacientemente a que Laila se recuperara. Luego la obligó a tumbarse con la cabeza apoyada en su regazo y, mientras le acariciaba el pelo, le dijo que no se preocupara, que todo se arreglaría. Le prometió que se irían todos: ella, Laila, los niños, y también Tariq. Abandonarían aquella casa y aquella ciudad implacable. Saldrían de aquel destrozado país, prosiguió Mariam, sin dejar de acariciar los cabellos de Laila, para irse a algún lugar remoto y seguro donde nadie los encontrara, donde pudieran renegar de su pasado y hallar refugio.

—Algún lugar con árboles —añadió—. Sí, con muchos árboles.

Vivirían en una casita a las afueras de alguna ciudad de la que nunca hubieran oído hablar, continuó Mariam, o en una aldea remota de callejuelas estrechas y sin asfaltar, pero bordeadas de toda clase de plantas y arbustos. Habría un sendero que conduciría a un prado donde jugarían los niños, o quizá un camino de grava que los llevaría hasta un lago azul de aguas cristalinas, lleno de truchas y con juncos asomando a la superficie. Tendrían ovejas y gallinas, y amasarían el pan juntas y enseñarían a leer a los niños. Forjarían juntos una vida nueva, pacífica y solitaria, y se librarían de la pesada carga que durante tanto tiempo habían tenido que soportar, y obtendrían toda la felicidad y la sencilla prosperidad que merecían.

Laila musitó palabras de aliento. Sabía que en esta nueva vida no faltarían las dificultades, pero serían dificultades placenteras, de las que causaban orgullo y se apreciaban como una vieja reliquia de familia. La dulce voz maternal de Mariam siguió hablando y procurándole cierto consuelo. «Existe un modo de solucionar esto», había afirmado, o sea que a la mañana siguiente Mariam le contaría lo que debían hacer y lo harían, y quizá a esa misma hora habrían emprendido ya el camino hacia su nueva vida, llena de abundantes posibilidades, alegrías y dificultades. Laila agradecía que Mariam se hiciera cargo de todo sin alterarse, con lucidez, que fuera capaz de pensar por las dos. Porque ella estaba muerta de miedo, nerviosa, hecha un lío.

—Ahora deberías ir a ver a tu hijo —dijo Mariam, levantándose. En su rostro, Laila vio la expresión más acongojada que había visto jamás en un ser humano.

Laila encontró a Zalmai a oscuras, acurrucado en el lado de la cama donde dormía Rashid. Se deslizó bajo las sábanas y echó la manta por encima de ambos.

—¿Estás dormido?

—Todavía no puedo ponerme a dormir —respondió él, sin darse la vuelta—. *Baba yan* no ha rezado las oraciones *Babalu* conmigo.

—¿Qué te parece si hoy las rezamos tú y yo juntos?

—Tú no sabes hacerlo como él.

Laila apretó el hombro de su hijo. Le dio un beso en la nuca.

—Puedo intentarlo.

—¿Dónde está *baba yan*?

—*Baba yan* se ha ido —contestó Laila, notando de nuevo un nudo en la garganta.

Ahí estaba: había pronunciado por primera vez la gran mentira condenatoria. ¿Cuántas veces más tendría que soltar esa misma falsedad?, se preguntó Laila con abatimiento. ¿Cuántas veces más tendría que engañar a su hijo? Recordó el júbilo con que Zalmai acudía corriendo cuando Rashid regresaba a casa, y a éste levantándolo por los codos para girar con él una y otra vez hasta que las piernas del niño se levantaban en el aire, y luego los dos se echaban a reír cuando Zalmai caminaba tambaleándose, mareado como un borracho. Recordó sus ruidosos juegos, sus risas bullangueras, sus miradas de complicidad.

La vergüenza y el dolor por su hijo se abatieron sobre Laila como una mortaja.

—¿Adónde ha ido?

—No lo sé, mi amor.

¿Cuándo volvería? ¿Le traería un regalo *baba yan* cuando regresara?

Finalmente, rezaron juntos. Veintiún *Bismalá-e-rahman-e-rahims*, uno por cada articulación de siete dedos. Laila vio a su hijo juntar las manos frente a la cara y soplar sobre ellas, y colocárselas luego con el dorso sobre la frente y hacer un movimiento de rechazo, al tiempo que susurraba: «*Babalu*, vete, no vengas a Zalmai, no quiero saber nada de ti. *Babalu*, vete.» Para terminar, dijeron tres veces *Alá-u-akbar*. Más tarde, en medio de la noche, a Laila la sobresaltó una voz apagada: «¿Se ha ido *baba yan* por mi culpa? ¿Por lo que he dicho del hombre que estaba abajo contigo?»

Laila se inclinó sobre él con intención de tranquilizarlo, de asegurarle que él no había hecho nada malo, que no tenía nada que ver con él. Pero Zalmai ya se había quedado dormido, y su pecho bajaba y subía al ritmo de la respiración.

• • •

Cuando Laila se acostó, estaba aturdida, ofuscada. Era incapaz de razonar. Sin embargo, al despertarse con la llamada del muecín a la oración de la mañana, había recobrado la lucidez.

Se sentó en la cama y estuvo un rato contemplando a Zalmai, que dormía con la barbilla apoyada en un puño. Laila imaginó a Mariam entrando en la habitación a hurtadillas durante la noche, mientras el pequeño y ella dormían, para observarlos mientras consideraba posibles planes.

Laila se levantó. Le costó un gran esfuerzo ponerse en pie. Le dolía todo el cuerpo. En el cuello, los hombros, la espalda, los brazos y los muslos tenía las heridas causadas por la hebilla del cinturón de Rashid. Salió de la habitación silenciosamente, haciendo muecas de dolor.

La habitación de Mariam estaba sumida en una penumbra un poco más que gris, del tipo que Laila siempre había asociado con gallos cacareando y gotas de rocío en la hierba. La mujer estaba sentada en un rincón, sobre una estera de rezo, de cara a la ventana. Laila se agachó despacio para sentarse delante de ella.

—Deberías ir a ver a Aziza esta mañana —observó Mariam.

—Sé lo que piensas hacer.

—No vayas a pie. Coge el autobús, así pasarás desapercibida. Los taxis son demasiado llamativos. Si coges uno tú sola seguro que te detienen.

—Anoche me prometiste que…

Laila no pudo terminar la frase. Los árboles, el lago, la aldea sin nombre. Comprendió que todo era una ilusión vana, una bonita mentira para apaciguarla, el consuelo que se arrulla a un niño afligido.

—Lo decía en serio —la interrumpió Mariam—. Lo decía en serio para ti, Laila *yo*.

—No quiero nada si no es contigo —gimió ella.

La mujer mayor esbozó una sonrisa lánguida.

—Quiero que sea tal como dijiste para todos, Mariam —replicó la joven—. Para mí, para ti y los niños. Tariq tiene una casa en Pakistán. Podemos ocultarnos allí durante un tiempo, esperar a que se olvide todo...

—Eso no va a ser posible —replicó la otra en tono paciente, como hablaría una madre con un niño con buenas intenciones, pero equivocado.

—Nos cuidaremos la una a la otra —dijo Laila atropelladamente, con los ojos llenos de lágrimas—. Como tú dijiste. No. Yo cuidaré de ti, para variar.

—Oh, Laila *yo*.

La mujer más joven se lanzó a una atropellada perorata. Trató de negociar haciendo promesas. Ella se encargaría de todas las tareas de la casa, dijo, y también de cocinar.

—Tú no tendrás que hacer nada nunca más. Tú descansarás, dormirás hasta tarde, tendrás tu jardín. Todo lo que quieras me lo podrás pedir y yo te lo iré a buscar. Pero no hagas esto, Mariam. No me dejes. No le rompas el corazón a Aziza.

—Cortan manos por robar pan. ¿Qué crees que harán cuando encuentren a un marido muerto y dos esposas desaparecidas?

—No se enterará nadie. No nos encontrarán.

—Sí, tarde o temprano nos encontrarán. Son como sabuesos. —Mariam hablaba en voz baja, en tono admonitorio, haciendo que las promesas de Laila parecieran fantásticas, falsas, insensatas.

—Mariam, por favor.

—Y cuando nos encontraran, te considerarían tan culpable como a mí. Y a Tariq también. No permitiré que viváis los dos huyendo siempre como fugitivos. ¿Qué les ocurriría a tus hijos si os cogieran?

A Laila le escocían los ojos rebosantes de lágrimas.

—¿Quién se ocuparía de ellos entonces? ¿Los talibanes? Piensa como una madre, Laila *yo*. Piensa como una madre. Es lo que yo hago.

—No puedo.

—Pues no te queda más remedio.

—No es justo —gimió Laila.

—Sí lo es. Ven aquí. Ven a tumbarte aquí.

Laila gateó hasta ella y apoyó la cabeza sobre su regazo. Recordó todas las tardes que habían pasado juntas, trenzándose los cabellos la una a la otra, y a Mariam escuchando pacientemente sus pensamientos al azar y sus historias corrientes con aire agradecido, con la expresión de una persona a la que se ha concedido un privilegio único y codiciado.

—Es justo —afirmó Mariam—. He matado a nuestro marido. He privado de su padre a tu hijo. No es correcto que huya. No puedo. Aunque no nos cogieran nunca, yo no podría… —Le temblaron los labios—. Jamás escaparía del dolor de tu hijo. ¿Cómo iba a mirarlo a la cara? ¿Cómo iba a atreverme a mirarlo a la cara, Laila *yo*?

Mariam jugueteó con un mechón de pelo de su compañera, le desenredó un terco rizo.

—Para mí, todo acaba aquí. No anhelo nada más. Todo lo que deseaba de niña tú me lo has dado ya. Tú y tus hijos me habéis hecho muy feliz. Todo está bien, Laila *yo*. No te preocupes ni te entristezcas.

La joven no halló ninguna réplica razonable a las palabras de Mariam. Aun así, continuó divagando de forma tan incoherente como infantil sobre los árboles frutales que plantarían y las gallinas que tendrían. Siguió hablando de casitas en lugares sin nombre, y de paseos a lagos rebosantes de truchas. Y al final, cuando se quedó sin palabras, descubrió que en cambio seguía teniendo lágrimas, y no le quedó más remedio que rendirse y llorar como una niña abrumada por la lógica aplastante de un adulto. Se encogió y enterró la cara una última vez en el agradable y cálido regazo de Mariam.

· · ·

A media mañana, la mujer mayor metió pan e higos secos para la comida de Zalmai, y también unos cuantos higos y galletas con forma de animales para Aziza. Luego le entregó la bolsa a Laila.

—Dale un beso a la niña de mi parte —pidió—. Dile que es la *nur* de mis ojos y la sultana de mi corazón. ¿Lo harás?

Laila asintió con los labios apretados.

—Coge el autobús, como te he dicho, y no levantes la cabeza.

—¿Cuándo volveré a verte, Mariam? Quiero verte antes de declarar. Yo les contaré cómo ha ocurrido todo. Les explicaré que no ha sido culpa tuya, que te viste obligada. Lo comprenderán, Mariam, ¿verdad? Lo comprenderán.

Ella la miró con ternura.

Se agachó luego para mirar a Zalmai a la cara. El niño llevaba una camiseta roja, pantalones caqui raídos y unas botas de vaquero de segunda mano que le había comprado Rashid en Mandaii. Aferraba la pelota de baloncesto con ambas manos. La mujer le dio un beso en la mejilla.

—Ahora tienes que ser muy fuerte y muy bueno —advirtió—. Trata bien a tu madre. —Le cogió la cara con las manos. Él quiso soltarse, pero Mariam lo sujetó—. Lo siento mucho, Zalmai *yo*. Créeme, siento mucho todo tu dolor y tu tristeza.

Madre e hijo enfilaron la calle cogidos de la mano. Justo antes de volver la esquina, Laila miró hacia atrás y vio a Mariam en el portón de la casa: llevaba un pañuelo blanco sobre la cabeza, una chaqueta de lana azul oscuro abrochada y pantalones de algodón blancos. Un mechón de pelo gris le caía sobre la frente. La luz del sol le iluminaba el rostro y los hombros. La mujer agitó la mano con gesto afable.

Laila y Zalmai volvieron la esquina. Jamás volvieron a ver a Mariam.

47

Mariam

De vuelta en el *kolba*, al parecer, después de tantos años.

La cárcel para mujeres de Walayat era un edificio gris de planta cuadrada en Shar-e-Nau, cerca de la calle del Pollo. Se hallaba en el centro de un complejo más grande que albergaba a presos varones. Una puerta con candado separaba a Mariam y a las demás mujeres de los hombres que las rodeaban. Mariam contó cinco celdas ocupadas. Eran calabozos desnudos, de paredes sucias y desconchadas, con ventanucos que daban a un patio. Las ventanas tenían barrotes, pero las puertas de las celdas no se cerraban con llave y las mujeres eran libres de salir al patio cuando quisieran. Tampoco tenían cristales, ni cortinas, lo cual significaba que los talibanes que las custodiaban y vagaban por el patio podían ver el interior de las celdas sin problemas. Algunas de las mujeres se quejaban de que los guardias se paraban a fumar junto a las ventanas para lanzar miradas lascivas al interior, con ojos brillantes y sonrisa de lobo, y que se susurraban bromas indecentes unos a otros. Por ello, la mayoría de las mujeres llevaban el burka todo el día, y sólo se lo quitaban con la puesta de sol, cuando se cerraba el portón principal y los guardias ocupaban sus puestos.

Por la noche, no había luz en la celda que Mariam compartía con otras cinco mujeres y cuatro niños. Las noches que había luz eléctrica, aupaban hasta el techo a Nagma, una joven menuda de pecho plano y negros rizos. En el techo había un cable pelado. Con las manos desnudas, Nagma enrollaba el cable en torno a la base de la bombilla para encenderla.

Las letrinas eran del tamaño de un armario con el suelo de cemento agrietado. Había un pequeño agujero rectangular en el suelo, siempre lleno de moscas, en cuyo fondo se acumulaban las heces.

En el centro de la cárcel había un patio rectangular a cielo abierto, y en medio del patio, un aljibe. Éste carecía de desagüe, por lo que el lugar se convertía a menudo en un pantano y el agua sabía a podrido. Las cuerdas de ropa se cruzaban unas con otras, cargadas de calcetines y pañales lavados a mano. Allí recibían las presas a sus visitas; allí hervían el arroz que les llevaban las familias, puesto que la cárcel no les proporcionaba comida. El patio era también el lugar de recreo de los más pequeños. Según habían contado a Mariam, muchos de los niños habían nacido en Walayat y jamás habían visto el mundo que había extramuros. La mujer los observaba cuando correteaban, persiguiéndose unos a otros, haciendo saltar el barro con sus pies descalzos. Corrían por el patio todo el día, enzarzados en alegres juegos, sin prestar atención al hedor a heces y a orina que impregnaba todo Walayat y sus propios cuerpos, sin preocuparse por los guardias talibanes, hasta que uno de ellos les pegaba.

Mariam no recibía visitas. Era lo primero y lo único que había preguntado a los funcionarios talibanes de la cárcel. Nada de visitas.

Ninguna de las presas que compartían celda con Mariam había sido condenada por un delito de sangre; todas estaban allí por el delito corriente de «huir de casa». En consecuencia, Mariam adquirió cierta notoriedad entre ellas, se convirtió en una especie de celebridad. Las mujeres la miraban con expresión reverente, casi sobrecogida. Le ofrecían sus mantas. Competían por compartir con ella su comida.

La más entusiasta era Nagma, que andaba siempre colgándose de su brazo y la seguía allá donde fuera. Era de esa clase de personas a las que se entretenía hablando de desgracias, fueran propias o ajenas. Contó a Mariam que su padre la había prometido a un sastre treinta años mayor que ella.

«Huele a *gó* y tiene menos dientes que dedos», afirmó Nagma del sastre.

Nagma había intentado huir a Gardez con un joven del que se había enamorado, el hijo de un ulema. Pero en cuanto salieron de Kabul, los atraparon y los enviaron de vuelta. Al hijo del ulema lo azotaron hasta que se arrepintió y declaró que Nagma lo había seducido con sus encantos femeninos. Dijo que ella le había lanzado un hechizo y prometió que a partir de entonces dedicaría su vida al estudio del Corán. Al hijo del ulema lo soltaron. A Nagma la condenaron a cinco años de cárcel.

Pero era mejor así, dijo ella, porque su padre había jurado que el día que la soltaran le rebanaría el cuello con un cuchillo.

Escuchando a Nagma, Mariam recordó el tenue brillo de las estrellas y los jirones de nubes rosadas sobre las cumbres de Safif-kó, aquellos montes lejanos en el tiempo en que Nana le había dicho: «Como la aguja de una brújula apunta siempre al norte, así el dedo acusador de un hombre encuentra siempre a una mujer. Siempre. Recuérdalo, Mariam.»

El juicio de Mariam se había celebrado la semana anterior. No hubo abogados, ni audiencia pública, ni presentación o recusación de pruebas, ni apelaciones. La acusada renunció a su derecho de pedir testigos. El proceso entero no duró ni un cuarto de hora.

El jurado lo presidía el juez que se sentaba en el centro, un talibán de aspecto frágil. Estaba muy demacrado y tenía la piel amarillenta y curtida, y llevaba una rizada barba rojiza. Sus gruesas gafas delataban lo amarillo que tenía el blanco de los ojos. El cuello parecía demasiado delgado para sostener el intrincado turbante que le envolvía la cabeza.

—¿Confiesas haberlo hecho, *hamshira*? —preguntó de nuevo con voz cansada.

—Sí —respondió Mariam.

El hombre asintió. O tal vez no. Era difícil decirlo, porque le temblaban mucho las manos y la cabeza, y Mariam evocó el temblor del ulema Faizulá. Para beber el té, no cogía él la taza. Hacía una seña al hombre de hombros fornidos que tenía a su izquierda, que respetuosamente se la acercaba a los labios. Después, el talibán cerraba los ojos amablemente, en un elegante y mudo gesto de gratitud.

Mariam se sentía desarmada ante él. Cuando hablaba, lo hacía con un deje de astucia y ternura a la vez. Su sonrisa era paciente. No la miraba con desprecio. No se dirigía a ella en tono despectivo ni acusador, sino de disculpa.

—¿Entiendes de verdad lo que dices? —preguntó el talibán de rostro huesudo que se sentaba a la derecha del juez. Era el más joven de los tres. Hablaba deprisa y con arrogante suficiencia. Le había irritado que Mariam no supiera hablar pastún. A ella le dio la impresión de que era de esa clase de jóvenes pendencieros que disfrutaban mandando, que veían delitos por todas partes, como si tuvieran el derecho inalienable a juzgarlo todo.

—Lo entiendo —asintió Mariam.

—Lo dudo —dijo el joven talibán—. Dios nos ha hecho distintos a los hombres y las mujeres. Nuestros cerebros son distintos. Vosotras no sois capaces de pensar igual que nosotros. Los médicos occidentales y su ciencia lo han demostrado. Por eso nos basta con el testimonio de un varón, pero en cambio exigimos el de dos mujeres.

—Admito que lo hice yo, hermano —declaró Mariam—, pero, si no, él la habría matado. La estaba estrangulando.

—Eso dices tú. Pero las mujeres andan siempre jurando toda clase de cosas.

—Es la verdad.

—¿Tienes testigos, aparte de tu *ambag*?

—No —respondió Mariam.

—Pues entonces. —El talibán levantó las manos y soltó una risita.

Fue el talibán enfermo el que habló después.

—Mi médico vive en Peshawar —dijo—. Es un agradable joven pakistaní. Fui a verlo hace un mes, y también la semana pasada. Le dije: «Dime la verdad, amigo», y él me contestó: «Tres meses, ulema *sahib*, seis como máximo; está en manos de Alá, por supuesto.»

Dirigió una discreta seña al hombre fornido de su izquierda y tomó un sorbo de té cuando éste le acercó la taza a los labios. Luego se secó la boca con el dorso de su trémula mano.

—No me asusta dejar esta vida que mi único hijo abandonó hace cinco años, esta vida que insiste en que suframos hasta el límite de nuestras fuerzas. No, creo que me despediré con alegría cuando llegue el momento.

»Lo único que temo, *hamshira*, es el día en que Alá me llame a Su presencia y me pregunte: "¿Por qué no cumpliste con mis mandamientos, ulema? ¿Por qué no obedeciste mis leyes?" ¿Cómo voy a justificarme ante Él, *hamshira*? ¿Qué podré alegar en mi defensa por no haber puesto en práctica Sus mandamientos? Lo único que puedo hacer, lo único que podemos hacer todos nosotros durante el tiempo que nos es concedido vivir, es obedecer las leyes que Él nos ha dado. Cuanto más se acerca mi fin, *hamshira*, cuanto más se acerca el día del juicio, más resuelto estoy a hacer cumplir Su palabra. Por doloroso que me resulte.

El juez cambió de posición sobre su cojín y esbozó una mueca de dolor.

—Te creo cuando dices que tu marido era un hombre de mal genio —prosiguió, lanzando a Mariam una mirada severa y compasiva a la vez, a través de sus gafas—. Pero no puedo por menos que sorprenderme ante la brutalidad de tu acción, *hamshira*. Me preocupa lo que has hecho; me preocupa que su pequeño hijo llorara por él en el piso de arriba mientras tú lo matabas.

»Estoy cansado y me muero, pero quiero ser clemente. Deseo perdonarte. Sin embargo, cuando Alá me llame y me diga: "Pero no te correspondía a ti perdonar, ulema", ¿qué le diré?

Sus compañeros asintieron y lo miraron con admiración.

—Algo me dice que no eres una mala mujer, *hamshira*. No obstante, has cometido un acto malvado. Y debes pagar por lo que has hecho. La sharia es clara a ese respecto. Dice que debo enviarte a donde pronto iré yo también. ¿Lo entiendes, *hamshira*?

Mariam se miró las manos y asintió.

—Que Alá te perdone.

Antes de que se la llevaran, entregaron un documento a Mariam y le indicaron que firmara bajo su declaración y la sentencia del ulema. Ante la mirada de los tres talibanes, Mariam escribió su nombre —la *mim*, la *ré*, la *yá* y la *mim*—, recordando la última vez que había firmado un documento, veintisiete años atrás, en la mesa de Yalil, en presencia de otro ulema.

Mariam pasó diez días en prisión. Se sentaba en la celda, junto a la ventana, y observaba la vida carcelaria que transcurría en el patio. Cuando soplaban los vientos estivales, observaba los trozos de papel que volaban trazando frenéticos movimientos, llevados violentamente de un lado a otro muy por encima de los muros de la prisión. Observaba cómo el viento levantaba nubes de polvo, convirtiéndolas en remolinos que arrasaban el patio. Todos —guardias, presas, niños, Mariam—, se tapaban la cara con el brazo, pero no había manera de escapar del polvo. Conseguía entrar en los oídos y en la nariz, por entre las pestañas y los pliegues de la piel, incluso entre los dientes. Los vientos no amainaban hasta al anochecer. Y entonces, si soplaba una brisa nocturna, lo hacía muy tímidamente, como desagravio por los excesos de su hermano diurno.

El último día de Mariam en Walayat, Nagma le dio una mandarina. Se la puso en la palma de la mano y le hizo cerrar los dedos. Luego rompió a llorar.

—Eres la mejor amiga que he tenido —dijo.

Mariam se pasó el resto del día junto a la ventana con barrotes, observando a las presas del patio. Alguien cocinaba y hasta ella llegó una ráfaga de aire caliente y el olor del comino. Mariam vio a los niños jugando a la gallinita ciega. Las niñas pequeñas cantaban una canción infantil que Mariam había oído también en su infancia, recordaba que Yalil se la cantaba a ella cuando estaban sentados en una roca del arroyo, pescando:

Lili lili para pájaros la pila
en un sendero de la villa,
Minnow se posó en el borde y bebió,
resbaló y en el agua se hundió.

Mariam tuvo sueños inconexos esa última noche. Soñó con guijarros, once en total, bien amontonados. Soñó con Yalil joven otra vez, con su encantadora sonrisa, su hoyuelo en la barbilla, las manchas de sudor y la chaqueta echada sobre el hombro, que llegaba por fin para llevarse a su hija a dar una vuelta en su reluciente Buick Roadmaster negro. Soñó con el ulema Faizulá, que pasaba las cuentas de su rosario mientras paseaba con ella a orillas del arroyo, y sus sombras gemelas se deslizaban sobre el agua y sobre las orillas cubiertas de hierba y salpicadas de lirios silvestres de color azul lavanda, que en su sueño olían a clavo. Soñó con Nana, que estaba en la puerta del *kolba*, llamándola para cenar, con voz amortiguada por la distancia, mientras Mariam jugaba en la fresca hierba de todas las tonalidades de verde, donde pululaban las hormigas, correteaban los escarabajos y brincaban los saltamontes. Soñó con el chirrido de una carretilla que subía trabajosamente por un sendero polvoriento. Soñó con el sonido de cencerros, y con ovejas balando en una colina.

De camino al estadio Gazi, Mariam iba dando botes en la parte posterior del camión que esquivaba los baches mientras las ruedas lanzaban piedrecillas del pavimento. Con tanto salto, le dolía la rabadilla. Un joven talibán armado viajaba sentado delante de ella, mirándola.

Mariam se preguntó si ese joven de aspecto amigable, ojos brillantes y hundidos y facciones finas, que tamborileaba en el costado del camión con un sucio dedo índice, se ocuparía de hacerlo.

—¿Tienes hambre, madre? —preguntó el joven.

Mariam negó con la cabeza.

—Tengo un panecillo. Está bueno. Puedes comértelo si tienes hambre. No me importa.

—No. *Tashakor*, hermano.

Él asintió y la observó con expresión benevolente.

—¿Tienes miedo, madre?

A Mariam se le formó un nudo en la garganta. Contestó la verdad con voz trémula.

—Sí. Tengo mucho miedo.

—Yo tengo en la cabeza una imagen de mi padre —dijo él—. No lo recuerdo apenas. Sé que trabajaba reparando bicicletas. Pero no recuerdo cómo se movía, ¿entiendes?, cómo se reía o el sonido de su voz. —El joven desvió la mirada y luego volvió a posarla en Mariam—. Mi madre siempre decía que era el hombre más valiente que había conocido. Igual que un león, aseguraba. Pero también me contó que la mañana que los comunistas se lo llevaron, lloraba como un niño. Te lo digo para que veas que es normal estar asustado. No te avergüences por ello, madre.

Mariam lloró un poco por primera vez ese día.

Miles de ojos la taladraban. En las atestadas tribunas descubiertas, todos estiraban el cuello para verla mejor. Hacían chasquear la lengua. Un murmullo recorrió el estadio cuando ayudaron a Mariam a bajar del camión. Ella imaginó el movimiento de las cabezas cuando se anunció su delito por el altavoz, pero no alzó la vista para comprobar si ese gesto expresaba desaprobación o caridad, reproche o piedad. Mariam permaneció ciega a cuanto la rodeaba.

Antes, en su celda, había temido hacer el ridículo, ofrecer un espectáculo patético, llorando y suplicando. Había tenido miedo de que le diera por chillar o vomitar, o incluso orinarse encima. Se había estremecido al pensar que, en sus últimos momentos, podía traicionarla el instinto animal o las necesidades corporales. Pero cuando la hicieron descender del camión, las piernas no se le doblaron. No hizo aspavientos con los brazos. No tuvieron que llevarla a rastras. Y cuando notó que sus fuerzas flaqueaban, pensó en Zalmai, a quien había arrebatado el amor de su vida, de manera que su futuro había quedado marcado por la tristeza de la desaparición de su padre. Entonces el paso de Mariam se afianzó y caminó sin protestar.

Un hombre armado se acercó a ella y le ordenó que se dirigiera a la portería del gol sur. Mariam percibió la tensión de la multitud expectante. No levantó la cabeza. Siguió con la mirada fija en el suelo, en su sombra y en la de su verdugo, que avanzaba detrás de ella.

Aunque había disfrutado de algunos momentos hermosos, Mariam sabía que en general la vida no se había mostrado amable con ella. Pese a ello, mientras recorría los últimos veinte pasos, no pudo contener el anhelo de seguir viviendo. Deseó ver a Laila de nuevo, oír su risa cantarina, sentarse con ella una vez más para tomar *chai* y comer *halwa* bajo un cielo estrellado. La entristecía no ver crecer a Aziza, no poder admirar a la hermosa joven en la que se convertiría, no poder pintarle las manos con alheña ni arrojar caramelos *noqul* el día de su boda. Nunca jugaría con los hijos de Aziza. ¡Cuánto le habría gustado llegar a vieja y jugar con esos niños!

Cuando estuvo cerca del poste, el hombre que avanzaba tras ella le indicó que se detuviera. Mariam obedeció. Por la rejilla del burka, vio la sombra de sus brazos alzando la sombra de su kalashnikov.

Mariam deseaba muchas cosas en aquellos momentos finales. Sin embargo, cuando cerró los ojos, ya no pensó en lamentarse, sino que se sintió invadida por una sensación de paz completa. Recordó las circunstancias de su nacimiento, como hija *harami* de una vulgar aldeana, un ser no deseado, un lamentable y triste accidente. Una mala hierba. Sin embargo, abandonaba este mundo como una mujer que había amado y había sido correspondida. Lo abandonaba como amiga, compañera y protectora. Como madre. Como una persona importante, al fin. No. No era tan malo, pensó, morir de esa manera. No era tan malo. Era el fin legítimo para una vida de origen ilegítimo.

Los pensamientos finales de Mariam fueron unas palabras del Corán, que musitó para sí.

«Él ha creado el cielo y la tierra con la verdad; Él hace que la noche se cierna sobre el día y que el día venza a la noche; Él ha creado el sol y la luna, supeditados el uno al otro, ambos sucediéndose tras el período que tienen asignado: porque sin duda Él es el Todopoderoso, Él es el que todo lo perdona.»

—Arrodíllate —le ordenó el talibán.

«¡Oh, Señor! Perdóname y apiádate de mí, pues Tú eres Misericordioso.»

—Arrodíllate aquí, *hamshira*. Y agacha la cabeza.

Mariam obedeció por última vez.

Cuarta Parte

48

Tariq tiene migrañas.

Algunas noches, Laila se despierta y lo encuentra sentado al borde de la cama, meciéndose, con la camiseta por encima de la cabeza. Las migrañas empezaron en Nasir Bag, dice, y empeoraron en prisión. A veces le producen náuseas, le dejan un ojo ciego. Dice que se siente como si le horadaran la sien con un cuchillo de carnicero, lo retorcieran lentamente en el cerebro y luego asomara por el otro lado.

—Cuando empiezan, incluso noto el regusto del metal.

A veces Laila le aplica un paño húmedo en la frente y eso lo alivia un poco. Las pequeñas píldoras blancas que le recetó el médico de Sayid también ayudan. Pese a todo ello, algunas noches Tariq no puede hacer más que sujetarse la cabeza y gemir, con los ojos enrojecidos y moqueando. Cuando él sufre así, Laila se sienta a su lado, le frota la nuca, le toma la mano y nota el frío metal de su alianza.

Se casaron el día de su llegada a Murri. Sayid pareció aliviado cuando Tariq se lo dijo. Le habría incomodado tener que abordar el delicado tema de tener una pareja viviendo en su hotel sin estar casada.

Sayid no es en absoluto como Laila lo había imaginado, rubicundo y con los ojillos como guisantes. Tiene un mostacho canoso que se atusa hasta que los extremos se levantan formando una punta, y largos cabellos grises que se peina hacia atrás. Es un hombre de hablar pausado, cortés, con un lenguaje mesurado y elegantes movimientos.

Fue Sayid quien llamó a un amigo y a un ulema para el *nikka*, quien se llevó al novio aparte y le dio dinero. Tariq no quería aceptarlo, pero él insistió. Tariq fue entonces al Mall y volvió con dos sencillas alianzas. Se casaron por la noche, cuando los niños ya se habían acostado.

En el espejo, bajo el velo verde que el ulema les echó sobre la cabeza, los ojos de Laila se encontraron con los de Tariq. No hubo lágrimas, ni sonrisas de boda, ni se susurraron juramentos de amor eterno. En silencio, ella contempló su imagen en el espejo, los rostros avejentados, observó las bolsas y arrugas que marcaban aquellas caras flácidas, juveniles en otro tiempo. El novio abrió la boca y se dispuso a decir algo, pero justo entonces alguien apartó el velo y Laila se quedó sin saber qué era ello.

Esa noche, se acostaron como marido y mujer, mientras los niños roncaban en sendos catres, a los pies de su cama. Laila recordaba la facilidad con que, de jóvenes, Tariq y ella llenaban los espacios con palabras, el torrente de frases atropelladas con que siempre se interrumpían mutuamente, la manera de tirarse del cuello de la ropa para dar énfasis a sus argumentos, la risa fácil, la avidez por deleitar al otro. Muchas cosas habían ocurrido desde aquellos días de la infancia, mucho era lo que debían decirse. Pero esa primera noche, la enormidad de todo aquello la dejó sin palabras. Esa noche, le bastó con estar junto a él. Le bastó con saber que estaba allí, notar el calor de su cuerpo, y acostarse a su lado con las cabezas tocándose y la mano derecha de él enlazada con su mano izquierda.

En plena noche, cuando Laila se despertó con sed, descubrió que sus manos seguían enlazadas, con la misma fuerza y ansiedad con que los niños aferran la cuerda de un globo.

• • •

A Laila le gustan las frías mañanas brumosas de Murri y sus crepúsculos deslumbrantes, y el oscuro brillo del cielo por la noche: el verde de los pinos y el suave tono marrón de las ardillas que corretean por los gruesos troncos de los árboles; los súbitos aguaceros que empujan a los compradores del Mall a salir corriendo en busca de algún toldo para resguardarse. Le agradan las tiendas de recuerdos y los hoteles para turistas, aunque los nativos se quejan porque no dejan de construirse edificios nuevos y aducen que la expansión de las infraestructuras está devorando la belleza natural de Murri. Laila no acaba de entender que la gente proteste por que se construyan edificios. En Kabul, sería motivo de celebración.

Celebra tener un cuarto de baño, no un excusado fuera de la casa, sino un cuarto de baño de verdad, con cisterna para el váter, ducha, y lavabo con dos grifos que le permiten obtener, con un simple giro de muñeca, agua caliente o fría. Le encanta que la despierten los balidos de *Alyona* por la mañana, y el inofensivo refunfuño de la cocinera, Adiba, que obra maravillas en la cocina.

A veces, mientras Laila observa a Tariq durmiendo y sus hijos murmuran y se mueven en sueños, se le forma un nudo en la garganta de pura gratitud, y las lágrimas afluyen a sus ojos.

Todas las mañanas, sigue a su esposo de habitación en habitación. Él lleva un juego de llaves atado al cinturón y una botella de limpiador de cristales colgando de una presilla de los tejanos. Ella acarrea un cubo lleno de trapos, desinfectante, escobilla para el váter y cera para muebles. Aziza los acompaña con la fregona en una mano y la muñeca rellena de judías que le hizo Mariam en la otra. Zalmai va tras ellos a regañadientes, siempre rezagado.

Laila pasa el aspirador, hace la cama y limpia el polvo. Mientras, Tariq limpia el lavabo y la bañera, frota el váter con la escobilla y friega el suelo de linóleo. En los estantes dispone toallas limpias, diminutos botes de champú y pastillas de jabón con olor a almendras. La niña ha reclamado para sí la tarea de limpiar las ventanas. La muñeca nunca anda lejos de donde ella trabaja.

Unos cuantos días después del *nikka*, Laila contó a su hija que Tariq era su verdadero padre.

Es extraño, piensa la mujer, casi perturbador, lo que ocurre entre Tariq y Aziza. La niña termina las frases que empieza su padre, y viceversa. Le tiende objetos que necesita antes de que él los pida. Se intercambian sonrisas de complicidad en la mesa, como si no fueran casi desconocidos, sino compañeros que se hubieran reencontrado tras una larga separación.

Aziza se había mirado las manos pensativamente al recibir la noticia.

—Me gusta —dijo, después de una pausa.

—Él te quiere.

—¿Te lo ha dicho?

—No hace falta, hija.

—Cuéntame el resto, *mammy*. Cuéntamelo para que yo lo sepa.

Y ella se lo refirió todo.

—Tu padre es un buen hombre. Es el mejor hombre que he conocido.

—¿Y si se va? —preguntó la niña.

—Nunca se irá. Mírame, Aziza. Tu padre no nos hará daño y no se irá nunca.

El alivio que Laila vio en la cara de su hija le partió el corazón.

Tariq ha comprado a Zalmai un caballo balancín, le ha construido un carrito. Un compañero de prisión le enseñó a hacer animales de papel, y el hombre ha cortado y doblado infinidad de hojas para convertirlas en leones y canguros, en caballos y aves de vistosos plumajes. Pero Zalmai rechaza sus obsequios sin miramientos, a veces con malevolencia.

—¡Eres un asno! —grita—. ¡No quiero tus juguetes!

—¡Zalmai! —exclama Laila.

—No pasa nada —dice Tariq—. Laila, no importa. Déjalo.

—¡Tú no eres mi *baba yan*! ¡Mi auténtico *baba yan* está de viaje, y cuando vuelva te dará una paliza! ¡Y no podrás salir corriendo porque él tiene dos piernas y tú sólo una!

Por la noche, Laila aprieta la mano de Zalmai contra su pecho y recita las plegarias *Babalu* con él. Cuando su hijo le pregunta, repite la mentira, le dice que *baba yan* se ha ido y que no sabe cuándo volverá. Aborrece esta tarea, se aborrece a sí misma por engañar así a un niño. Sin embargo, sabe que se verá obligada a contar esa vergonzosa falsedad una y otra vez. Porque Zalmai preguntará, al saltar del columpio al suelo, al despertar después de una siesta. Y más tarde, cuando tenga edad suficiente para atarse los cordones de los zapatos e ir solo al colegio, tendrá que volver a contarle la mentira.

Laila sabe que las preguntas se acabarán un día. Lentamente, Zalmai ya no querrá saber por qué su padre lo ha abandonado. Ya no le parecerá divisarlo de repente, parado en un semáforo, ni lo confundirá con uno de los viejos encorvados que ve por la calle o que se sientan en las terrazas de las casas de té. Y un día, caminando a orillas de un río sinuoso, o contemplando un campo cubierto por un manto de nieve, Zalmai se dará cuenta de que la desaparición de su padre ya no es una herida abierta. Que se ha convertido en algo completamente distinto, algo más borroso e indiferente. Como un cuento popular. Algo que lo dejara perplejo.

La mujer es feliz en Murri. Pero su felicidad no es fácil. Su felicidad tiene un precio.

En sus días libres, Tariq lleva a Laila y los niños al Mall, donde hay tiendas que venden baratijas y una iglesia anglicana construida a mediados del siglo XIX. Compra kebabs de *chapli* picante a los vendedores ambulantes. Luego pasean entre la muchedumbre de nativos, de europeos con sus teléfonos móviles y cámaras digitales, y de gente del Punyab que acude a Murri para escapar del calor de las llanuras.

De vez en cuando, cogen el autobús que los lleva a Kashmir Point. Desde allí, Tariq les muestra el valle del río Yhelum, las lomas pobladas de pinos y las colinas boscosas, donde dice que aún es posible ver monos saltando de rama en rama. También van a Nathia Gali, a treinta kilómetros de Murri, una zona llena de arces, donde Tariq coge a Laila de la mano mientras pasean por la avenida arbolada en dirección a la Casa del Gobernador. Visitan el antiguo cementerio británico, o suben en taxi a la cima de un cerro para disfrutar de la vista del verde valle envuelto en su mortaja de niebla.

A veces, durante estas excursiones, cuando pasan por el escaparate de una tienda, Laila ve su imagen reflejada. Marido, mujer, hija, hijo. Sabe que a ojos de los desconocidos deben de parecer una familia normal, libre de secretos, mentiras y pesares.

Aziza tiene pesadillas de las que se despierta chillando. Laila ha de tumbarse con ella en su catre, enjugarle las lágrimas con la manga y tranquilizarla hasta que vuelve a dormirse.

Laila tiene sus propios sueños. En ellos siempre se encuentra de nuevo en la casa de Kabul, caminando por el pasillo, subiendo las escaleras. Está sola, pero detrás de la puerta oye el rítmico siseo de una plancha, de sábanas que se sacuden y luego se doblan. A veces oye a una mujer tarareando una vieja canción de Herat. Pero cuando entra en la habitación, descubre que está vacía. No hay nadie allí.

Estos sueños dejan a Laila muy alterada. Se despierta bañada en sudor, con los ojos llorosos. Se siente desgarrada. Todas las veces se siente desgarrada.

49

Un domingo de septiembre, Laila está acostando a Zalmai, que tiene un resfriado, para que haga la siesta, cuando Tariq irrumpe en el bungaló.

—¿Te has enterado? —dice, un poco jadeante—. Lo han matado. A Ahmad Sha Massud. Está muerto.

—¿Qué?

Tariq le cuenta lo que sabe desde el umbral.

—Dicen que concedió una entrevista a dos periodistas que afirmaban ser belgas oriundos de Marruecos. Mientras hablaban, detonaron una bomba que llevaban oculta en la cámara. El artefacto mató a Massud y a uno de los periodistas. Al otro le dispararon cuando trataba de huir. Por lo visto los periodistas eran hombres de Al Qaeda.

Laila piensa en el póster que su madre había colgado en la pared de su dormitorio. En él aparecía Massud inclinado hacia delante, enarcando una ceja y con expresión concentrada, como si escuchara a alguien respetuosamente. Recuerda lo agradecida que estaba su madre porque Massud había rezado una oración junto a la tumba de sus hijos, y cómo se lo había contado a todo el mundo. Incluso después de que estallara la guerra entre la facción de Massud y las otras, su madre se había negado a censurarlo. «Es un buen hombre —decía—. Sólo busca la paz. Quiere reconstruir Afganistán. Pero los demás no lo dejan. Simplemente no quieren que lo haga.»

Para su madre, incluso al final, incluso después de que todo se hubiera ido al traste y Kabul estuviera en ruinas, Massud seguía siendo el León de Panyshir.

Ella no es tan indulgente. El violento fin de Massud no le causa alegría, pero recuerda demasiado bien los barrios arrasados, los cadáveres que se sacaban de debajo de los escombros, las manos y los pies infantiles que se encontraban en las azoteas o las ramas altas de algún árbol días después del funeral. Evoca con excesiva claridad la expresión de su madre momentos antes de que cayera el cohete, y por mucho que ha tratado de olvidarlo, recuerda el torso decapitado de su padre aterrizando cerca de ella, con el puente estampado en su camiseta asomando por entre la densa humareda y la sangre.

—Se le va a hacer un funeral —dice Tariq—. Estoy convencido. Seguramente en Rawalpindi. Será digno de verse.

Zalmai, que casi se había dormido, se incorpora, frotándose los ojos con los puños.

Dos días más tarde, están limpiando una habitación cuando oyen un gran alboroto. Tariq deja caer la fregona y sale corriendo. Laila lo sigue.

El ruido procede del vestíbulo del hotel. A la derecha de la recepción hay un salón con varias sillas y dos sofás tapizados de ante beige. En el rincón se encuentra un televisor, frente a los sofás, y Sayid, el portero y varios huéspedes se han congregado en torno a él.

Laila y Tariq se abren paso.

Han sintonizado la BBC. En la pantalla aparece un edificio, una torre, de cuyas plantas superiores se eleva una enorme columna de humo negro. Tariq dice algo a Sayid, y mientras éste le responde, por la esquina de la pantalla surge un avión que se estrella contra la torre contigua y estalla en una bola de fuego que empequeñece cualquier otra que Laila haya podido ver. De la multitud apiñada en el vestíbulo surge un grito colectivo.

En menos de dos horas las dos torres se desploman.

Pronto todas las cadenas de televisión hablan sobre Afganistán, los talibanes y Osama bin Laden.

—¿Has oído lo que decían los talibanes sobre Bin Laden? —pregunta Tariq.

Aziza está sentada en la cama frente a él, observando el tablero con aire pensativo. Tariq le ha enseñado a jugar al ajedrez. La pequeña frunce el ceño y se da golpecitos en el labio inferior, imitando el lenguaje corporal de su padre cuando está decidiendo su siguiente movimiento.

Zalmai se encuentra un poco mejor del resfriado. Duerme, y Laila le frota el pecho con Vicks.

—Lo he oído —asiente.

Los talibanes han anunciado que no entregarán a Bin Laden porque es un *mehman*, un huésped, al que han dado refugio en Afganistán, y que va en contra del código ético *Pashtunwali* entregar a un huésped. Tariq ríe amargamente y Laila comprende que le repugna que tergiversen así una honorable tradición pastún, que falseen de tal forma las costumbres de su pueblo.

Unos cuantos días después del ataque, Laila y Tariq están de nuevo en el vestíbulo del hotel. En la pantalla del televisor, habla George W. Bush. A su espalda hay una gran bandera americana. En cierto momento, se le quiebra la voz y Laila cree que va a echarse a llorar.

Sayid, que sabe inglés, les explica que Bush acaba de declarar la guerra.

—¿Contra quién? —pregunta Tariq.

—Contra tu país, para empezar.

—Puede que no sea tan malo —dice él.

Acaban de hacer el amor. Tariq está tumbado junto a ella con la cabeza apoyada en su pecho y el brazo rodeándole el vientre. Las primeras veces que lo intentaban, tenían problemas. Él no hacía más que disculparse y Laila no hacía más que tranquilizarlo. Aún tienen problemas, pero no son físicos, sino logísticos. La casita que comparten con los niños es pequeña. Los pequeños duermen en catres, justo al lado, de modo que el matrimonio no disfruta de mucha intimidad. La mayoría de las veces, Laila y Tariq hacen el amor en silencio, con pasión muda, controlada, completamente vestidos bajo la manta por si los interrumpen los niños. Siempre se preocupan por el ruido de las sábanas y el crujido de los muelles. Pero ella sobrelleva de buen grado todos esos temores, con tal de estar junto a Tariq. Cuando hacen el amor, Laila se siente apoyada, protegida. Se disipan sus temores de que esa nueva vida sea sólo una bendición temporal, de que pronto se haga nuevamente pedazos. Desaparece el miedo a la separación.

—¿A qué te refieres? —pregunta.

—A lo que ocurre en Afganistán. Tal vez no resulte tan malo, después de todo.

En su tierra vuelven a caer las bombas, esta vez americanas. Todos los días Laila ve imágenes de guerra en la televisión, mientras cambia las sábanas y pasa la aspiradora. Los americanos han armado a los cabecillas militares una vez más y han conseguido ayuda de la OTAN para expulsar a los talibanes y encontrar a Bin Laden.

Pero las palabras de Tariq hieren a Laila, y le aparta la cabeza del pecho bruscamente.

—¿Que no será tan malo? ¿La muerte de mujeres, niños y ancianos? ¿La destrucción de sus hogares, de nuevo? ¿Que no será tan malo?

—Shhh. Despertarás a los niños.

—¿Cómo puedes decir eso después del supuesto error de Karam? —le espeta ella—. ¡Un centenar de inocentes! ¡Tú mismo viste los cadáveres!

—No —aduce Tariq. Se incorpora, apoyándose en un codo, y mira a Laila—. Me has entendido mal. Lo que quería decir…

380

—Tú no sabes lo que es —insiste Laila. Se percata de que está alzando la voz, de que están teniendo su primera riña conyugal—. Tú te fuiste cuando los muyahidines empezaron a luchar entre ellos, ¿recuerdas? Yo me quedé. Yo conozco la guerra. Perdí a mis padres por culpa de la guerra. Mis padres, Tariq. ¿Y ahora tengo que oírte decir que la guerra no es tan mala?

—Lo siento, Laila. Lo siento. —Tariq le toma la cara entre las manos—. Tienes razón. Perdóname. Lo que quería decir es que al final de la guerra quizá haya una esperanza, que quizá por primera vez en mucho tiempo…

—No quiero seguir hablando de esto —lo interrumpe Laila, sorprendida por cómo ha arremetido contra su marido.

Sabe que no ha sido justa con él —¿acaso la guerra no se llevó también a sus padres?—, y su encendida reacción empieza ya a apagarse. Tariq sigue hablando dulcemente, y cuando intenta atraerla hacia sí, ella se lo permite. Tariq le besa la mano y luego la frente, sin hallar resistencia. Laila sabe que seguramente tiene razón. Sabe a qué se refería. Tal vez todo esto sea necesario. Tal vez sea cierto que habrá una esperanza cuando las bombas de Bush dejen de caer. Pero no puede decirlo en voz alta, porque la tragedia de sus padres se está repitiendo para otras personas en Afganistán, porque algún niño desprevenido que volvía a casa acaba de quedarse huérfano por culpa de un misil, igual que le ocurrió a ella. No, Laila no puede expresarlo en voz alta. Es difícil alegrarse de eso. Le parece hipócrita, perverso.

Esa noche Zalmai se despierta tosiendo. Antes de que Laila pueda moverse, Tariq se levanta. Se coloca la prótesis, se acerca al niño y lo toma en brazos. Desde la cama, Laila observa la forma de Tariq moviéndose en la oscuridad, meciendo al pequeño. Ve el contorno de la cabeza de Zalmai sobre su hombro, las manos del niño enlazadas en el cuello de Tariq y los piececitos colgando junto a su cadera.

Cuando el niño vuelve a la cama, ninguno de los dos dice nada. Laila le toca la cara. Él tiene las mejillas húmedas.

50

La vida en Murri transcurre cómoda y tranquila para Laila. El trabajo no es pesado, y en los días libres, Tariq y ella llevan a los niños a montar en el telesilla hasta lo alto de la colina Patriata, o a Pindi Point, desde donde se divisa Islamabad y, los días especialmente despejados, incluso el centro de Rawalpindi. Allí, extienden una manta sobre la hierba, comen bocadillos de albóndigas con pepinos y beben ginger ale frío.

Es una buena vida, se dice Laila, por la que ha de estar agradecida. Es, de hecho, la clase de vida con la que soñaba cuando padecía los peores momentos con Rashid. Todos los días Laila se lo recuerda a sí misma.

Una cálida noche de julio de 2002, Tariq y ella están tumbados en la cama, hablando en voz baja sobre todos los cambios que se han producido en Afganistán. Han sido muchos. Las fuerzas de la coalición han expulsado a los talibanes de todas las ciudades importantes, obligándolos a cruzar la frontera con Pakistán y a refugiarse en las montañas del sur y el este de Afganistán. Se ha enviado a Kabul la ISAF, una fuerza internacional de pacificación. El país tiene ahora un presidente interino, Hamid Karzai.

Laila decide que ha llegado el momento de decírselo a Tariq.

Hace un año, no habría vacilado en dar un brazo por salir de Kabul. Pero en los últimos meses ha empezado a echar de menos la ciudad de su infancia. Añora el bullicio del bazar Shor, los jardines de Babur, la voz de los aguadores que acarrean sus pellejos de piel de cabra. Se acuerda de los vendedores de ropa de la calle del Pollo y sus regateos, y los vendedores ambulantes de melones de Karté Parwan.

Pero no es sólo la nostalgia del hogar lo que le trae el recuerdo de Kabul. Es la inquietud lo que la consume. Oye decir que se están construyendo escuelas, se están reparando las carreteras, que las mujeres vuelven al trabajo, y a pesar de que su vida en Murri es muy agradable y de que se siente muy agradecida por ella, le parece... insuficiente. Intrascendente. Peor aún, desperdiciada. Últimamente, ha empezado a oír la voz de *babi* resonando en su cabeza. «Puedes llegar a ser lo que tú quieras, Laila —dice—. Lo sé. Y también sé que, cuando esta guerra termine, Afganistán te necesitará.»

Laila oye asimismo la voz de *mammy*, recuerda aquella frase suya tan significativa: «Quiero ver el sueño de mis hijos convertido en realidad. Quiero estar aquí cuando eso ocurra, cuando Afganistán sea libre, porque así también mis hijos lo verán. Yo seré sus ojos.» Ahora Laila desea regresar a Kabul por sus padres, para que ellos lo vean a través de sus ojos.

Pero sobre todo, lo que mueve a Laila es el recuerdo de Mariam. ¿Para esto murió?, se pregunta. ¿Se sacrificó para que Laila fuera camarera de un hotel en un país extranjero? Tal vez a Mariam no le importaría mientras ella y los niños fueran felices y estuvieran a salvo, pero a Laila sí que le importa. De repente, le importa muchísimo.

—Quiero volver —dice.

Tariq se incorpora en la cama y la mira.

Laila se sorprende de nuevo de lo atractivo que es, de la curva perfecta de su frente, de los esbeltos músculos de sus brazos, de sus ojos reflexivos e inteligentes. Ha transcurrido un año y todavía hay ocasiones en las que Laila apenas puede creer que hayan vuelto a encontrarse, que él esté realmente a su lado, que sea su marido.

—¿Volver? ¿A Kabul?

—Sólo si tú también lo deseas.

—¿No eres feliz aquí? Pareces contenta. Los niños también.

Laila se incorpora. Tariq se mueve para hacerle sitio.

—Soy feliz —afirma Laila—. Por supuesto que sí. Pero… ¿adónde nos conducirá esto, Tariq? ¿Cuánto tiempo nos quedaremos? Éste no es nuestro hogar. Nuestro hogar está en Kabul, y allí están ocurriendo muchas cosas buenas. Me gustaría formar parte de todo eso, hacer algo, contribuir. ¿Lo entiendes?

Él asiente despacio.

—¿Es eso lo que quieres, pues? ¿Estás convencida?

—Sí, estoy segura. Pero hay algo más. Siento que he de volver. Ya no me parece bien seguir aquí.

Tariq se contempla las manos y luego vuelve a mirarla.

—Pero sólo si tú también lo deseas, sólo así —repite Laila.

Su marido sonríe. Se borran las arrugas de su frente y, por un momento, vuelve a ser el Tariq de antaño, el que no padecía migrañas y que en una ocasión había dicho que en Siberia los mocos se helaban antes de caer al suelo. Tal vez son imaginaciones suyas, pero Laila diría que últimamente cada vez son más frecuentes esas reapariciones del antiguo Tariq.

—¿Yo? —replica él—. Te seguiría al fin del mundo, Laila.

Ella lo atrae hacia sí y lo besa en los labios. Tiene la impresión de que jamás lo ha amado tanto como en ese momento.

—Gracias —murmura, con la frente apoyada en la de Tariq.

—Regresemos a casa.

—Pero primero, quiero ir a Herat —añade ella.

—¿A Herat?

Laila se explica.

Los niños necesitan que los tranquilicen, cada uno a su manera. Laila tiene que sentarse junto a una alterada Aziza, que aún sufre pesadillas, que se echó a llorar del susto hace una semana, cuando alguien disparó al aire en una celebración de boda cercana. La madre tiene que explicar a la niña que, cuando regresen a Kabul, los talibanes ya no estarán allí, que no habrá combates, y que no la enviarán de vuelta al orfanato.

—Viviremos todos juntos. Tu padre, Zalmai y yo, y tú también, Aziza. Nunca más tendrás que separarte de mí, te lo prometo. —Laila sonríe a su hija—. Hasta el día que tú quieras, claro está. Cuando te enamores de algún joven y quieras casarte con él.

El día que abandonan Murri, Zalmai está inconsolable. Se aferra al cuello de *Alyona* y se niega a soltarla.

—No consigo separarlo de ella, *mammy* —se lamenta Aziza.

—Zalmai, no podemos llevar una cabra en el autobús —vuelve a explicarle Laila.

Pero el niño sigue agarrándola, hasta que Tariq se arrodilla a su lado y le promete que en Kabul le comprará una cabra igualita que *Alyona*.

Hay lágrimas también en la despedida de Sayid. Para darles buena suerte, Sayid sujeta el Corán en el umbral para que Tariq, Laila y los niños lo besen tres veces, y luego lo sostiene en alto para que pasen por debajo. Sayid ayuda a Tariq a cargar las dos maletas en el portaequipajes del coche y luego los acompaña a la estación, donde se queda agitando la mano cuando el autobús se aleja con un petardeo.

Laila se recuesta en el asiento y observa la figura de Sayid, cada vez más lejana, por la ventanilla posterior. En su cabeza resuena una vocecita que expresa sus dudas y recelos. Se pregunta si no estarán cometiendo una locura al abandonar la seguridad de Murri para volver al país donde han perecido sus padres y hermanos, y donde el humo de las bombas apenas se ha disipado.

Y luego, de los oscuros recovecos de su memoria, surge el recuerdo de dos versos, la oda de despedida de *babi* dedicada a Kabul:

Eran incontables las lunas que brillaban sobre sus azoteas,
o los mil soles espléndidos que se ocultaban tras sus muros.

Laila parpadea para contener las lágrimas. Kabul los aguarda. Los necesita. Al volver a casa, están haciendo lo correcto.

Pero primero tiene por delante una última despedida.

Las guerras de Afganistán han destruido las carreteras que conectan Kabul, Herat y Kandahar. Ahora la forma más sencilla de llegar a Herat es a través de Mashad, en Irán. Laila y su familia pasan la noche en un hotel de esa ciudad iraní, y por la mañana se suben a otro autobús.

Mashad es una ciudad llena de gente, ruidosa. Laila contempla los parques, mezquitas y restaurantes *chelo kebab* que el autobús va dejando atrás. Cuando pasan por delante del santuario consagrado al imán Reza, el octavo imán chií, Laila estira el cuello para ver mejor los azulejos relucientes, los minaretes, la magnífica cúpula dorada, todo ello cuidado con esmero y amor. Piensa entonces en los budas de su país, convertidos ahora en polvo que el viento lleva por el valle Bamiyán.

El viaje en autobús hasta la frontera dura casi diez horas. El terreno se vuelve más desolado, más árido, a medida que se acercan a Afganistán. Poco antes de cruzar, pasan junto a un campamento de refugiados afganos. Para Laila, no es más que un borrón de polvo amarillo, tiendas negras y alguna que otra estructura hecha de chapas de acero. Ella alarga la mano para apretar la de Tariq.

. . .

En Herat, la mayoría de las calles están asfaltadas y flanquea-
das de pinos fragantes. Hay parques municipales, bibliotecas
en construcción, jardines bien cuidados y edificios recién
pintados. Los semáforos funcionan, y lo que más sorprende a
Laila es que haya luz eléctrica de forma regular. Ha oído decir
que el cabecilla militar de Herat, Ismail Jan, un señor feudal,
ha ayudado a reconstruir la ciudad con las considerables ta-
sas aduaneras que recauda en la frontera con Irán, dinero que
Kabul afirma que no le pertenece a él, sino al Gobierno central. La voz del taxista que los lleva al hotel Muwaffaq tiene
un tono reverente y temeroso cuando pronuncia el nombre
de Ismail Jan.

La estancia de dos noches en el Muwaffaq les costará casi
una quinta parte de sus ahorros, pero el viaje desde Mashad
ha sido largo y pesado, y los niños están agotados. Cuando
Tariq recoge la llave en recepción, el anciano que les atiende le
comenta que el Muwaffaq es muy popular entre los periodistas y los trabajadores de las ONG.

—Bin Laden durmió aquí una noche —alardea.

La habitación tiene dos camas y cuarto de baño con
agua corriente fría. En la pared, entre las dos camas, cuelga
un retrato del poeta Jaya Abdulá Ansary. Desde la ventana se ve una calle muy transitada y un parque con senderos
de ladrillos de color pastel, bordeados de espesos macizos de
flores. Los niños se han acostumbrado a ver la televisión y
sufren un desengaño al ver que en la habitación no hay aparato. De todas formas, se duermen enseguida. También los
mayores caen rendidos al poco rato. Laila duerme profundamente en brazos de Tariq. Sólo se despierta una vez durante la noche a causa de un sueño que luego no puede
recordar.

. . .

A la mañana siguiente, después de desayunar té, pan recién hecho, mermelada de membrillo y huevos pasados por agua, Tariq va en busca de un taxi para Laila.

—¿Estás segura de que no quieres que te acompañe? —pregunta, llevando a Aziza de la mano. Zalmai no le da la mano, pero está pegado a él, con un hombro apoyado en su cadera.

—Sí.

—Me preocupa.

—No pasará nada —lo tranquiliza Laila—. Te lo prometo. Lleva a los niños a un bazar. Cómprales algo.

Zalmai se echa a llorar al ver que el taxi se aleja, y cuando Laila vuelve la cabeza, lo ve alzando los brazos para que Tariq lo coja. Zalmai está empezando a aceptar a su nuevo padre, y para Laila es un alivio, pero también le parte el corazón.

—No eres de Herat —dice el taxista.

Los negros cabellos le llegan hasta los hombros —Laila ha comprobado que es una forma de desafío habitual hacia los expulsados talibanes—, y tiene una cicatriz que le corta el lado derecho del bigote. En el parabrisas lleva una foto pegada. Es de una muchacha con las mejillas sonrosadas y el pelo recogido en dos trenzas.

Laila le dice que ha estado viviendo en Pakistán durante un año, pero que ahora regresa a Kabul.

—A Dé Mazang.

Por la ventanilla, Laila ve herreros que sueldan asas de latón a sus correspondientes jarras, y fabricantes de sillas de montar que extienden cueros de animales para que se sequen al sol.

—¿Hace mucho que vives aquí, hermano? —pregunta.

—Oh, toda la vida. Nací aquí. Lo he visto todo. ¿Recuerdas el alzamiento?

Laila asiente, pero él lo explica de todos modos.

—Fue en marzo de mil novecientos setenta y nueve, unos nueve meses antes de que nos invadieran los soviéticos. Unos cuantos heratíes furiosos mataron a unos asesores soviéticos, así que éstos enviaron tanques y helicópteros a machacarnos. Estuvieron bombardeando la ciudad durante tres días, *hamshira*. Derribaron edificios, destruyeron uno de los minaretes, mataron a miles de personas. Miles. Yo perdí a dos hermanas durante esos tres días. La pequeña sólo tenía doce años. —El taxista da unos golpecitos sobre la foto del parabrisas—. Es ella.

—Lo siento —dice Laila, y le parece casi increíble que la vida de todos los afganos esté marcada por la muerte y un sufrimiento inimaginable. Y, sin embargo, también ve que la gente encuentra el modo de sobrevivir y seguir adelante. Laila piensa en su propia existencia y en todo lo que le ha ocurrido, y le asombra que también ella haya sobrevivido, que siga en este mundo, sentada en un taxi, escuchando la historia de ese hombre.

La aldea de Gul Daman consta de unas cuantas casas cercadas por tapias y rodeadas de *kolbas* hechos de paja y adobe. Laila ve mujeres de rostro curtido por el sol cocinando a la puerta de los *kolbas*, con el rostro sudoroso por el vapor que desprenden las grandes ollas negras colocadas sobre fogatas. Las mulas comen en los pesebres. Los niños que perseguían a las gallinas acaban corriendo detrás del taxi. Laila ve hombres que empujan carretillas llenas de piedras y que se detienen a observar el paso del taxi. El conductor gira al llegar a un cementerio con un deteriorado mausoleo en el centro y explica a Laila que ahí yace un sufí de la aldea.

También hay un molino de viento. Tres niños pequeños juegan con el barro a la sombra de sus inmóviles aspas oxidadas. El taxista se detiene junto a ellos y saca la cabeza por la ventanilla. El niño que parece mayor le contesta, señalando una casa de más adelante. El taxista le da las gracias y vuelve a emprender la marcha.

Aparca frente a una casa de una planta rodeada por una tapia. Laila ve la copa de las higueras que asoman sobre el muro, con algunas ramas colgando por encima.

—No tardaré —le dice al taxista.

Le abre la puerta un hombre de mediana edad, bajo, delgado y de cabellos rojizos. En la barba tiene dos mechones grises paralelos. Lleva un *chapan* sobre el *pirhan-tumban*. Se saludan.

—¿Es ésta la casa del ulema Faizulá? —pregunta Laila.

—Sí. Yo soy su hijo Hamza. ¿Qué puedo hacer por ti, *hamshiré*?

—He venido por una vieja amiga de tu padre, Mariam.

El hombre parpadea con expresión perpleja.

—Mariam...

—La hija de Yalil Jan.

Hamza vuelve a parpadear. Luego se lleva la mano a la mejilla y su rostro se ilumina con una sonrisa que pone al descubierto una dentadura en la que faltan piezas y otras están podridas.

—¡Oh! —exclama, alargando el sonido como si dejara escapar el aire—. ¡Mariam! ¿Eres su hija? ¿Está...? —El hombre estira el cuello para mirar detrás de Laila, buscando a Mariam con emoción—. ¿Está aquí? ¡Hace tanto tiempo! ¿Ha venido Mariam?

—Lo siento: ha muerto.

La sonrisa se borra del rostro de Hamza.

Así se quedan los dos, inmóviles en la puerta, Hamza mirando al suelo. Se oye el rebuzno de un burro.

—Pasa —dice Hamza, abriendo la puerta de par en par—. Por favor, entra.

· · ·

Se sientan en el suelo de una habitación escasamente amueblada. Hay una alfombra típica de Herat, cojines bordados con cuentas y una foto enmarcada de La Meca colgada de la pared. Se sientan junto a la ventana abierta, a ambos lados de un rectángulo de luz. Laila oye voces femeninas que susurran en otra habitación. Un niño descalzo deposita en el suelo una bandeja con té verde y turrón *gaaz* de pistachos. Hamza lo señala con la cabeza.

—Mi hijo.

El niño se va sin decir nada.

—Cuéntame —indica el hombre en tono cansado.

Laila se lo relata todo. Tarda más de lo que pensaba. Hacia el final de la historia, tiene que esforzarse para no perder la compostura. Aunque ha pasado un año, sigue resultándole muy doloroso hablar de Mariam.

Cuando termina, Hamza guarda silencio durante un buen rato. Lentamente hacer girar la taza de té en el plato, primero hacia un lado, luego hacia el otro.

—Mi padre, que en paz descanse, la quería mucho —dice finalmente—. Fue él quien le cantó el *azan* en el oído cuando nació. La visitaba todas las semanas sin falta. A veces me llevaba con él. Era su tutor, sí, pero también su amigo. Mi padre era un hombre muy caritativo. Se le partió el corazón cuando Yalil Jan la dio en matrimonio.

—Siento mucho la muerte de tu padre. Que Alá perdone sus pecados.

Hamza agradece sus palabras con una inclinación de cabeza.

—Murió siendo muy anciano. De hecho, sobrevivió a Yalil Jan. Lo enterramos en el cementerio de la aldea, no lejos de donde descansa la madre de Mariam. Mi padre era un hombre muy bueno, que merecía el paraíso.

Laila bebe un poco de té.

—¿Puedo preguntarte una cosa? —dice luego.

—Por supuesto.

—¿Podrías mostrarme dónde vivía Mariam? —dice Laila—. ¿Podrías llevarme hasta allí?

El taxista acepta esperar un poco más.

Hamza y Laila salen de la aldea y bajan por la carretera que conecta Gul Daman con Herat. Al cabo de unos quince minutos, Hamza señala una angosta abertura en la alta hierba que bordea la carretera.

—Se va por ahí —dice—. Hay un sendero.

El camino es agreste, tortuoso, y apenas se intuye entre la vegetación y la maleza. Mientras Laila avanza con Hamza por la sinuosa vereda, la alta hierba agitada por el viento le azota las pantorrillas. A ambos lados crecen las flores silvestres que se inclinan a merced de la brisa, algunas altas y con pétalos redondos, otras bajas y con las hojas en forma de abanico, en un caleidoscopio de colores. Aquí y allá, asoman los ranúnculos por entre pequeños arbustos. Laila oye el chillido de las golondrinas en el cielo y el canto de las cigarras a sus pies.

EL sendero se prolonga durante más de doscientos metros hasta que el suelo se nivela y llegan a un terreno más llano. Allí se detienen para recobrar el aliento. Laila se seca la frente con la manga y espanta una nube de mosquitos que vuelan delante de su cara. Desde allí se divisa el contorno de las montañas sobre la línea del horizonte, unos cuantos álamos y diversos arbustos silvestres cuyo nombre desconoce.

—Antes por aquí pasaba un arroyo —comenta Hamza, jadeando un poco—. Pero hace mucho que se secó.

El hombre le indica que cruce el lecho seco y que siga caminando en dirección a las montañas.

—Yo te espero aquí —dice, sentándose en una piedra, bajo un álamo—. Ve tú.

—Yo no…

—No te preocupes. Tómate tu tiempo. Ve, *hamshiré*.

Laila le da las gracias. Cruza el cauce, saltando de piedra en piedra, entre botellas de refrescos rotas, latas oxidadas y un recipiente metálico con tapa de zinc, cubierto de moho y semienterrado.

Toma el camino en dirección a las montañas, en dirección a los sauces que divisa a lo lejos, con sus largas y lánguidas ramas mecidas por las ráfagas de viento. El corazón le palpita con fuerza en el pecho. Ve que los sauces están dispuestos tal como le había contado Mariam, en círculo y con un claro en el centro. Laila aprieta el paso, casi echa a correr. Mira por encima del hombro y ve que Hamza no es más que una figura diminuta y que su *chapan* ha quedado reducido a una mancha de color sobre el fondo pardo de las cortezas de los árboles. Tropieza con una piedra y está a punto de caer, pero recupera el equilibrio. Recorre deprisa el resto del camino, subiéndose las perneras de los pantalones. Cuando llega a los sauces está sin aliento.

El *kolba* sigue allí.

Al acercarse, Laila ve que la única ventana carece de cristal y que la puerta ha desaparecido. Mariam le había descrito un gallinero, un *tandur* y también un excusado de madera, pero ella no los ve por ninguna parte. Se detiene ante la entrada. Oye el zumbido de las moscas en el interior del *kolba*.

Para pasar, tiene que esquivar una gran telaraña que se agita, temblorosa. Dentro reina la penumbra y Laila tiene que esperar unos instantes para que sus ojos se adapten. Entonces ve que el espacio es aún más pequeño de lo que había imaginado. Del suelo de madera sólo queda una única tabla podrida y astillada; supone que el resto lo habrá arrancado alguien para hacer leña. Ahora el suelo está cubierto por una alfombra de hojas secas, botellas rotas, envoltorios de chicles, viejas colillas amarillentas y setas. Pero sobre todo hay hierbajos, algunos raquíticos, mientras que otros crecen con descaro hasta mitad de pared.

Quince años, piensa Laila. Quince años en este lugar.

Laila se sienta con la espalda apoyada en la pared. Oye el silbido del viento entre los sauces. En el techo hay más telarañas. Alguien ha pintado algo en la pared con un spray, pero la mayor parte se ha borrado y Laila no consigue descifrarlo. Luego se da cuenta de que está escrito en ruso. Hay un nido vacío en un rincón y un murciélago colgando boca abajo en otro, justo donde la pared se junta con el techo.

Laila cierra los ojos y permanece inmóvil.

En Pakistán, a veces le resultaba difícil recordar los detalles del rostro de Mariam. Había veces en que sus facciones se le escapaban, igual que ocurre con una palabra esquiva que no acaba de venir a la memoria. Pero aquí, en este lugar, resulta fácil ver la imagen de Mariam: el suave brillo de su mirada, el largo mentón, la piel áspera de su cuello, la sonrisa con los labios apretados. Aquí Laila puede volver a apoyar la mejilla en su cálido regazo, nota el balanceo de Mariam mientras ésta le recita versículos del Corán, y cómo la vibración de las palabras recorre el cuerpo de la mujer y se transmite a sus oídos a través de las rodillas.

De repente, los hierbajos empiezan a desaparecer, como si algo tirara de las raíces bajo la tierra. Bajan y bajan hasta que el suelo engulle hasta la última hoja espinosa. Las telarañas se deshacen mágicamente. El nido se desmonta, las ramitas se sueltan una por una y salen volando del *kolba* girando sobre sí mismas. Un borrador invisible elimina la pintada rusa de la pared.

Las tablas del suelo han vuelto a su sitio. Laila ve ahora un par de catres, una mesa de madera, dos sillas, una estufa de hierro forjado en el rincón, estantes en las paredes, y en ellos cacharros de barro, una tetera renegrida, tazas y cucharitas. Oye las gallinas que cacarean en el corral y el rumor distante del agua del arroyo.

La niña Mariam está sentada a la mesa, haciendo una muñeca a la luz de una lámpara de aceite. Tararea una melodía. Tiene el cutis terso e inmaculado, los cabellos limpios y peinados hacia atrás. Conserva todos los dientes.

Laila contempla a la pequeña, que cose mechones de hilo en la cabeza de su muñeca. En unos cuantos años, la niña se habrá convertido en una mujer que no exigirá grandes cosas de la vida, que jamás supondrá una carga para nadie, que jamás revelará que también ella tiene penas y decepciones, y sueños que han sido ridiculizados. Será una mujer resistente, fuerte como una roca en un río, sin quejarse, sin que las aguas turbulentas consigan enturbiar su gentileza, sino meramente conferirle forma. Laila descubre algo en los ojos de esta niña, algo muy profundo que ni Rashid ni los talibanes conseguirán quebrar. Algo tan duro y resistente como un bloque de piedra caliza. Algo que, al final, será su perdición y la salvación de Laila.

La pequeña levanta la cabeza. Deja la muñeca sobre la mesa. Sonríe.

«¿Laila *yo*?»

Laila abre los ojos de pronto. Suelta una exclamación ahogada y salta hacia delante como un resorte. Asusta al murciélago, cuyas alas, al volar de un lado a otro del *kolba*, asemejan las hojas de un libro. Finalmente el animal sale volando por la ventana.

Laila se pone en pie y se sacude las hojas secas de los pantalones. Sale del *kolba*. Fuera, la luz ha cambiado un poco. Sopla el viento, ondulando la hierba y arrancando sonidos de las ramas de los sauces.

Antes de abandonar el claro, Laila echa una última mirada al *kolba* donde Mariam durmió, comió, soñó y contuvo el aliento mientras esperaba a Yalil. Sobre las paredes combadas, los sauces proyectan sombras huidizas que varían con cada ráfaga de viento. Un cuervo se ha posado sobre el tejado plano. Picotea alguna cosa, grazna, levanta el vuelo.

—Adiós, Mariam.

Y después, sin darse cuenta de que está llorando, Laila echa a correr.

Encuentra a Hamza sentado aún en la piedra. Él se levanta al verla llegar.

—Volvamos —dice. Luego añade—: Tengo que darte una cosa.

Laila espera a Hamza en el jardín, junto a la puerta. El niño que les ha servido el té antes la contempla desde debajo de una higuera, con una gallina entre las manos. Laila divisa dos rostros, de una vieja y una joven con *yihabs*, observándola recatadamente desde una ventana.

La puerta de la casa se abre y sale el dueño con una caja, que entrega a Laila.

—Yalil Jan le dio esto a mi padre un mes antes de morir —explica—, y le rogó que lo conservara hasta que Mariam viniera a buscarlo. Mi padre lo tuvo durante dos años. Luego, justo antes de fallecer, me lo dio a mí y me pidió que lo guardara. Pero ella… ya sabes, nunca vino.

Laila observa la pequeña caja ovalada de hojalata. Parece una vieja caja de chocolatinas. Es de color verde oliva, y tiene descoloridas volutas doradas alrededor de la tapa con bisagras. Los lados están un poco oxidados y tiene dos pequeñas melladuras por delante, en el borde de la tapa. Laila intenta levantar la tapa, pero el cierre no cede.

—¿Qué hay dentro? —pregunta.

Hamza le pone una llave en la palma de la mano.

—Mi padre nunca la abrió. Y yo tampoco. Supongo que era voluntad de Alá que la abrieras tú.

Laila regresa al hotel. Tariq y los niños aún no han llegado.

Ella se sienta en la cama con la caja sobre las rodillas. Por una parte, piensa en dejarla tal como está para conservar así el secreto de Yalil. Pero al final la curiosidad es más poderosa. Mete la llave en el cierre. Tras alguna que otra sacudida, finalmente consigue abrirlo.

En el interior, encuentra tres cosas: un sobre, un saquito de arpillera y una cinta de vídeo.

Laila saca la película y baja a la recepción. El anciano recepcionista que les dio la bienvenida la víspera le indica que en el hotel hay un único reproductor de vídeo, en la suite principal. La habitación está desocupada en ese momento, y el recepcionista accede a acompañarla, dejando la recepción a cargo de un joven con bigote y traje, que habla por un teléfono móvil.

El anciano conduce a Laila hasta el segundo piso y luego hasta la puerta del final de un largo pasillo. Abre la puerta con llave y hace pasar a Laila. El televisor está en el rincón. Laila no ve nada más.

Enciende el aparato y también el reproductor de vídeo. Mete la cinta y pulsa el botón correspondiente. Durante unos instantes no se ve nada, y Laila empieza a preguntarse por qué Yalil se molestaría en entregar una cinta virgen a Mariam. Pero entonces se oye una melodía y empiezan a aparecer imágenes en la pantalla.

Laila frunce el ceño. Sigue mirando la cinta durante un par de minutos. Luego detiene la reproducción, aprieta el botón de avance rápido y vuelve a ponerlo en marcha. Las imágenes corresponden a lo mismo.

El anciano la mira socarronamente.

La película es *Pinocho*, de Walt Disney. Laila no entiende nada.

Tariq y los niños vuelven al hotel poco después de las seis. Aziza corre hacia su madre y le enseña los pendientes que le ha comprado su padre, de plata y con una mariposa esmaltada. Zalmai lleva en la mano un delfín hinchable que suena cuando se le aprieta el hocico.

—¿Cómo estás? —pregunta Tariq, rodeando a Laila con el brazo.

—Bien. Luego te cuento.

Se dirigen a un restaurante de kebabs, no lejos del hotel. Es un local pequeño, con pegajosos manteles de plástico, ruidoso y lleno de humo. Pero el cordero es tierno y el pan está caliente. Después dan un paseo. En un quiosco de la calle, Tariq compra helado de agua de rosas para los niños y se lo comen sentados en un banco, con las montañas a su espalda, recortadas sobre el rojo escarlata del atardecer. El aire, cálido, está perfumado con la fragancia de los cedros.

Laila ha abierto la carta en la habitación después de ver la cinta de vídeo en la suite. La carta estaba escrita a mano con tinta azul, en una papel amarillo pautado.

Decía así:

13 de mayo de 1987

Mi querida Mariam:

Rezo para que goces de buena salud cuando recibas esta carta.

Como ya sabes, fui a Kabul hace un mes para hablar contigo, pero tú no quisiste recibirme. Fue una decepción, pero no te culpo de nada. Yo en tu lugar tal vez habría hecho lo mismo. Perdí el privilegio de tu cortesía hace mucho tiempo, y de eso sólo yo tengo la culpa. Pero si estás leyendo estas líneas, es que también leíste la carta que deje en tu puerta. La leíste y has ido a ver al ulema Faizulá, tal como te pedía en ella. Te agradezco que lo hayas hecho, Mariam yo. Te agradezco que me concedas esta oportunidad de decirte unas palabras.

¿Por dónde empiezo?

Tu padre ha conocido mucho dolor desde que nos vimos por última vez, Mariam yo. A tu madrastra Afsun la mataron la primera jornada del alzamiento de 1979. Una bala perdida acabó con tu hermana Nilufar ese mismo día. Aún puedo ver a mi pequeña Nilufar haciendo el pino para impresionar a los invitados. Tu hermano Farhad se unió a la yihad en 1980. Los soviéticos lo mataron en 1982 a las afueras de Helmand. No llegué a ver su cadáver. No sé si has tenido hijos, Mariam *yo*, pero si los tienes, ruego a Alá que los proteja y te ahorre el sufrimiento que yo he padecido. Aún sueño con ellos. Aún sueño con mis hijos muertos.

También sueño contigo, Mariam *yo*. Te echo de menos. Echo de menos el sonido de tu voz, tu risa. Echo de menos leerte en voz alta, y todas las veces que pescamos juntos. ¿Recuerdas cuando pescábamos juntos? Fuiste una buena hija, Mariam *yo*, y no puedo pensar en ti sin sentir vergüenza y arrepentimiento. Arrepentimiento… Cuando se trata de ti, Mariam *yo*, me asalta en oleadas. Me arrepiento de no haberte recibido el día que viniste a Herat. Me arrepiento de no haberte abierto la puerta y haberte invitado a entrar. Me arrepiento de no haberte reconocido como hija mía, de haber permitido que vivieras en ese lugar durante tantos años. ¿Y por qué? ¿Por el miedo a desprestigiarme? ¿A mancillar mi supuesto buen nombre? Qué poco me importa todo eso después de todas las pérdidas y las cosas terribles que he visto en esta maldita guerra. Pero ahora ya es demasiado tarde, por supuesto. Tal vez sea ése el castigo reservado a los duros de corazón: comprenderlo todo cuando ya nada se puede hacer. Ahora sólo puedo decirte que fuiste una buena hija, Mariam yo, y que jamás te merecí. Ahora sólo puedo pedirte que me perdones. Así pues, perdóname, Mariam yo. Perdóname. Perdóname. Perdóname.

No soy el hombre próspero que conocías. Los comunistas confiscaron gran parte de mis tierras y también todos mis negocios. Pero sería una mezquindad que me quejara, porque Alá, por razones que no alcanzo a comprender, ha seguido bendiciéndome con mucho más de lo que tiene la mayoría de la gente. Desde que volví de Kabul, he conseguido vender las pocas tierras que me quedaban. Con esta carta te dejo tu parte de la herencia. Está lejos de ser una fortuna, pero es algo. Es algo. (También verás que me he tomado la libertad de cambiar el dinero en dólares. Supongo que es lo más seguro. Sólo Alá sabe qué destino aguarda a nuestra moneda, en estos difíciles momentos.)

Espero que no pienses que pretendo comprar tu perdón, porque sé bien que tu perdón no puede comprarse. Simplemente te hago entrega, aunque sea con retraso, de lo que siempre te ha pertenecido por ley. No fui un buen padre para ti en vida. Tal vez pueda serlo tras mi muerte.

Ah, la muerte. No te cansaré con detalles, pero mi momento está ya muy cerca. Tengo el corazón débil, dicen los médicos. Una forma adecuada de morir, creo, para un hombre débil.

Mariam *yo*, me atrevo, me atrevo a esperar que, después de haber leído esto, serás más caritativa conmigo de lo que yo he sido contigo. Que se te ablandará el corazón y vendrás a ver a tu padre. Que llamarás a mi puerta un día y me concederás la oportunidad de abrirte esta vez, de darte la bienvenida, de abrazarte, hija mía, como debería haber hecho ese día, hace tantos años. Es una esperanza tan débil como mi corazón. Soy consciente. Pero seguiré esperando. Esperaré oír tu llamada. Mantendré la esperanza.

Que Alá te conceda una vida larga y próspera, hija mía. Que Alá te conceda muchos hijos saludables y hermosos. Que encuentres la felicidad, la paz y la aceptación que yo no te ofrecí. Te dejo en las manos amantes de Alá.

Tu indigno padre,

Yalil

Esa noche, cuando regresan al hotel, después de que los niños hayan jugado un rato y se hayan acostado, Laila le habla de la carta a Tariq. Le muestra el dinero de la bolsa de arpillera. Cuando se echa a llorar, su esposo la besa en la cara y la estrecha entre sus brazos.

51

Abril de 2003

La sequía ha llegado a su fin. Nevó por fin el invierno pasado, y la nieve llegaba hasta la rodilla. Y ahora lleva varios días lloviendo. El río Kabul de nuevo lleva agua. Las crecidas primaverales han barrido Ciudad Titanic.

Ahora las calles están embarradas. Los zapatos rechinan. Los coches se quedan atascados. Los burros avanzan trabajosamente con su carga de manzanas, salpicando barro al pisar los charcos. Pero nadie se queja del lodo, ni se lamenta de la desaparición de Ciudad Titanic. «Necesitamos que Kabul vuelva a ser verde», dice la gente.

Ayer, Laila vio a los niños jugando a pesar del aguacero, saltando en los charcos del patio, bajo el cielo plomizo. Los miraba desde la ventana de la cocina de la pequeña casa de dos habitaciones que han alquilado en Dé Mazang. En el patio crecen un granado y arbustos de eglantina. Tariq ha encalado los muros y ha construido un columpio y un tobogán para los niños, y un pequeño cercado para la nueva cabra de Zalmai. Laila se fijó en las gotas que se deslizaban por el cuero cabelludo de su hijo: ha querido afeitarse la cabeza, igual que Tariq, que ahora se encarga de rezar las oraciones *Babalu* con él. La lluvia empapaba los largos cabellos de Aziza, convirtiéndolos en tirabuzones mojados que salpicaban a su hermano cuando ella movía la cabeza.

Zalmai está a punto de cumplir seis años. La niña tiene diez: celebraron su cumpleaños la semana pasada. La llevaron al Cinema Park, donde por fin se proyectó *Titanic* abiertamente para el público de Kabul.

—Vamos, niños, o llegaremos tarde —grita Laila, mientras mete el almuerzo de sus hijos en una bolsa de papel.

Son las ocho de la mañana. Laila se ha levantado a las cinco. Como siempre, Aziza la ha despertado para el *namaz*. Ella sabe que las oraciones son una manera de recordar a Mariam, es la forma que tiene la pequeña de mantener el recuerdo de su *jala*, antes de que el tiempo todo lo borre, antes de que la arranque del jardín de su memoria, como si se tratara de un hierbajo.

Después del *namaz*, Laila ha vuelto a acostarse, y estaba profundamente dormida cuando se ha ido Tariq, aunque recuerda vagamente que le ha dado un beso en la mejilla. Él ha encontrado trabajo en una ONG francesa que proporciona prótesis a gente que ha perdido alguna extremidad por culpa de las minas antipersona.

Zalmai entra corriendo en la cocina detrás de Aziza.

—¿Lleváis los cuadernos? ¿Los lápices? ¿Los libros?

—Sí, aquí dentro —asegura la niña, mostrando la mochila. Una vez más, Laila comprueba que ya no tartamudea tanto.

—Pues vamos.

Laila sale de casa con sus hijos y cierra la puerta. La mañana es fría, pero hoy no llueve. El cielo está despejado y no hay nubes en el horizonte. Los tres se dirigen a la parada del autobús cogidos de la mano. Las calles son ya un hervidero, con un intenso tráfico de *rickshaws*, taxis, camiones de las Naciones Unidas, autobuses y *jeeps* de la ISAF. Los comerciantes abren las puertas de sus negocios con ojos somnolientos. Tras las pilas de chicles y paquetes de cigarrillos están sentados ya los vendedores ambulantes. Ya las viudas ocupan sus esquinas para pedir limosna.

A Laila le resulta extraño vivir de nuevo en Kabul. La ciudad ha cambiado. Ahora ve todos los días a gente que planta árboles o pinta casas viejas, y a otros que acarrean ladrillos para levantar nuevos hogares. Se cavan pozos y alcantarillas. En los alféizares de las ventanas hay flores plantadas en casquillos de antiguos misiles muyahidines; flores misil, las llaman en Kabul. Hace poco, Tariq llevó a toda la familia a los jardines de Babur, que se están arreglando. Por primera vez en años, Laila oye música en las esquinas de la capital, *rubabs* y tablas, *dutars*, armonios y *tamburas*, y las viejas canciones de Ahmad Zahir.

La mujer desearía que sus padres estuvieran vivos para ver estos cambios. Pero el arrepentimiento de Kabul llega demasiado tarde, como la carta de Yalil.

Laila y los niños están a punto de cruzar la calle en dirección a la parada de autobús, cuando de repente un Land Cruiser negro con los cristales ahumados pasa por delante a toda velocidad. El coche da un volantazo y la esquiva por muy poco, pero salpica a los niños de agua sucia. Con el corazón en un puño, la madre tira bruscamente de los niños para que suban a la acera.

Laila siente como una herida en el corazón que se haya permitido volver a Kabul a los cabecillas militares, que los asesinos de sus padres vivan en casas lujosas con jardines tapiados, que los hayan nombrado ministros de esto y de lo otro, que viajen impunemente en vehículos blindados por los barrios que ellos mismos arrasaron. Es una puñalada.

Pero Laila ha decidido que no se dejará llevar por el resentimiento. Mariam no lo querría. «¿Para qué? —habría dicho, con una sonrisa inocente y sabia a la vez—. ¿De qué sirve, Laila *yo*?» Así pues, se ha resignado a seguir adelante por su propio bien, por el bien de Tariq y el de los niños. Y por Mariam, que sigue visitándola en sueños, que nunca se aleja demasiado de sus pensamientos. Ella sigue adelante. Porque sabe que no puede hacer otra cosa. Eso y tener esperanza.

Zaman se encuentra en la línea de tiros libres con las rodillas flexionadas, haciendo botar una pelota de baloncesto. Está entrenando a un grupo de chicos que llevan camisetas iguales y forman un semicírculo en la cancha. Divisa a Laila, sujeta la pelota bajo el brazo y saluda con la mano. Les dice algo a los chicos, que saludan a su vez, gritando: «*Salam moalim sahib!*»

Laila les devuelve el gesto.

El patio del orfanato tiene ahora una hilera de manzanos jóvenes plantados a lo largo del muro que da al este. Laila proyecta plantar otra fila a lo largo de la pared que da al sur en cuanto la hayan reconstruido. Hay columpios nuevos y estructuras de barras para jugar.

Laila vuelve a entrar en el edificio por la puerta mosquitera.

Han pintado el orfanato, tanto las paredes de dentro como la fachada. Tariq y Zaman han reparado todas las goteras, han enyesado los muros, han puesto cristales en las ventanas y han alfombrado las habitaciones donde duermen y juegan los niños. El invierno pasado, Laila compró unas cuantas camas para los dormitorios infantiles, y también almohadas, y mantas de lana. Además hizo que instalaran estufas de hierro forjado.

El mes pasado, uno de los periódicos de Kabul, el *Anis*, ofreció un artículo sobre la reforma del orfanato. También publicó una foto de Zaman, Tariq, Laila y uno de los ayudantes, colocados en fila detrás de los niños. Cuando la mujer vio el artículo, pensó en sus amigas de la infancia, Giti y Hasina, y recordó lo que solía decir esta última: «Cuando cumplamos los veinte, Giti y yo habremos parido ya cuatro o cinco niños cada una. Pero tú, Laila, harás que dos tontas como nosotras nos sintamos orgullosas de ti. Serás alguien. Sé que un día cogeré un periódico y encontraré tu foto en primera plana.» La foto no había salido en primera plana, pero ahí estaba, de todas formas, tal como Hasina había vaticinado.

Laila dobla al llegar al mismo pasillo donde, hace dos años, Mariam y ella habían dejado a Aziza a cargo de Zaman. Recuerda a la perfección que entonces tuvieron que soltar los dedos de Aziza a viva fuerza, porque se aferraba a su muñeca. Recuerda que corrió por ese mismo pasillo, conteniendo un aullido, y a Mariam gritando su nombre y a Aziza chillando de pánico.

Ahora las paredes están cubiertas de pósters de dinosaurios y de personajes de dibujos animados, de los budas de Bamiyán y de diferentes muestras de las obras artísticas de los huérfanos. En muchos de los dibujos aparecen tanques que derriban chozas y hombres empuñando AK-47, o tiendas de campamentos de refugiados, o escenas de la yihad.

Laila vuelve a doblar cuando llega al extremo del pasillo y ve a los niños que la esperan en la puerta del aula. La reciben con sus pañuelos, sus cráneos afeitados con casquete, sus figuras menudas y delgadas, la belleza de sus sencillas ropas.

Al ver llegar a Laila, los niños salen disparados hacia ella a todo correr, y se arremolinan a su alrededor. Quieren saludarla todos a la vez con sus agudas voces, y le dan palmadas, le tironean de la ropa, se aferran a ella y se empujan unos a otros en su afán por encaramarse a sus brazos. Elevan las manitas, tratando de llamar su atención. Algunos la llaman «madre». Laila no los corrige.

Esta mañana le cuesta un poco calmarlos para que formen la fila y entren en el aula. Fueron Tariq y Zaman los que prepararon la clase, tirando el tabique que separaba dos habitaciones contiguas. El suelo aún está muy agrietado y le faltan algunas baldosas. Por el momento, lo han tapado con una lona, pero Tariq ha prometido poner muy pronto un pavimento nuevo y alfombras.

Sobre el dintel hay clavado un panel rectangular que Zaman ha lijado y ha pintado de un blanco resplandeciente. En él ha escrito cuatro versos con un pincel. Laila sabe que es su respuesta a los que se quejan porque no llega el dinero prometido, porque la reconstrucción va demasiado lenta, porque hay corrupción, porque los talibanes se están reagrupando y temen que regresen con ansias de venganza, y que el mundo vuelva a olvidar a Afganistán. Los versos pertenecen a uno de sus *gazals* preferidos de Hafez:

José volverá a Canaán, no sufráis;
las chozas se convertirán en rosales, no sufráis.
Si llega una inundación para sumergirlo todo,
Noé será vuestro guía en el ojo del huracán, no sufráis.

Laila entra en la clase pasando bajo el cartel. Los niños se sientan, abren los cuadernos y parlotean. Aziza habla con una niña de la fila de al lado. Un avión de papel vuela por el aula, trazando un arco. Alguien lo devuelve.

—Abrid los libros de farsi, niños —indica Laila, depositando sobre su mesa los libros que lleva.

Se dirige a la ventana sin cortinas en medio del susurro de las hojas de los cuadernos. A través del cristal ve a los niños de la cancha de baloncesto puestos en fila para practicar el tiro libre. Más allá, el sol sale sobre las montañas y sus rayos se reflejan en el borde metálico del aro de baloncesto, en la cadena de los columpios de neumáticos, en el silbato que cuelga del cuello de Zaman, en sus gafas nuevas. Laila aprieta las palmas contra el vidrio. Cierra los ojos. Deja que el sol le bañe las mejillas, los párpados, la frente.

Cuando llegaron a Kabul, a Laila le angustiaba no saber dónde habían enterrado a Mariam los talibanes. Deseaba visitar su tumba, sentarse allí un rato y dejar unas flores. Pero ahora comprende que no importa. Mariam nunca está muy lejos de ella. Se encuentra allí, entre esas paredes repintadas, en los árboles que han plantado, en las mantas que abrigan a los niños, en las almohadas, los libros y los lápices. Está en la risa de los pequeños, en los versos que recita Aziza y en las oraciones que musita cuando se inclina hacia occidente. Pero, sobre todo, se halla en el corazón de Laila, donde brilla con el esplendor de mil soles.

Se da cuenta de que alguien la llama. Da media vuelta e instintivamente ladea la cabeza para levantar un poco la oreja buena. Es Aziza.

—¿*Mammy*? ¿Te encuentras bien?

El aula se ha quedado en silencio. Los niños la observan.

Ella está a punto de responder, cuando de repente se queda sin aliento. Rápidamente se lleva las manos al lugar donde ha notado un movimiento. Espera, pero ya no nota nada más.

—¿*Mammy*?

—Sí, mi amor. —Sonríe—. Me encuentro bien. Sí, muy bien.

Mientras se encamina a su mesa, Laila piensa en el juego de los nombres que repitieron anoche durante la cena. Se ha convertido en un ritual desde que Laila comunicó la noticia a Tariq y los niños. Y ahora participan todos, cada uno defendiendo su elección. A Tariq le gusta Mohammad. Zalmai, que ha visto el vídeo de *Superman* recientemente, no entiende por qué a un niño afgano no se le puede llamar Clark. Aziza hace campaña por Amán. Laila preferiría Omar.

Pero el juego sólo sirve para nombres de varón. Porque, si nace una niña, Laila ya sabe cómo va a llamarse.

Epílogo

Desde hace casi tres décadas, la crisis de los refugiados de Afganistán ha sido una de las más graves del planeta. Guerra, hambre, anarquía y opresión obligaron a millones de personas —como los personajes de Tariq y su familia en esta historia— a abandonar sus hogares y huir de Afganistán para establecerse en el vecino Pakistán e Irán. En el punto álgido de este éxodo, ocho millones de afganos vivían en el extranjero como refugiados. Hoy en día, quedan más de dos millones de refugiados afganos en Pakistán.

Desde 2002, casi cinco millones de refugiados han regresado a sus hogares con la ayuda del ACNUR. En septiembre de 2007 visité a algunos de los que habían regresado al norte de Afganistán. Conocí a familias que subsistían con menos de un dólar al día. Pasaban inviernos enteros encerrados en agujeros que cavaban en la tierra. Visité aldeas donde las familias perdían normalmente de diez a quince niños por culpa de los rigores tanto del invierno como del verano. Las personas a las que conocí bebían agua de ríos fangosos y morían de enfermedades fácilmente evitables. Vivían en refugios precarios y no tenían acceso a instalaciones sanitarias, escuelas, comida o empleo. Quedé completamente deshecho.

La Fundación Khaled Hosseini fue la consecuencia de aquel viaje que cambió mi vida. Con esta fundación esperamos realizar una contribución significativa y duradera. En 2009, la fundación colaboró con el ACNUR y financió la construcción de casas de acogida para 71 familias sin hogar en el nordeste de Afganistán, y se están proyectando nuevas casas de acogida para refugiados que han regresado al país y carecen de hogar. Nuestros fondos servirán para financiar especialmente aquellos proyectos que beneficien a los refugiados y a las mujeres y los niños, dos grupos que han sufrido más que ningún otro en un Afganistán devastado y que constituyen la columna vertebral del futuro del país.

Afganistán necesita una ingente labor de reconstrucción, y aliviar el sufrimiento humano de sus habitantes es una tarea de dimensiones hercúleas. Si desea saber más sobre su situación o sobre la Fundación Khaled Hosseini, visite www.khaledhosseinifoundation.org.

Gracias.

Khaled Hosseini

Agradecimientos

Una pequeña aclaración antes de dar las gracias. La aldea de Gul Daman, hasta donde yo sé, es un lugar ficticio. Quienes conozcan la ciudad de Herat se darán cuenta de que me he tomado ciertas pequeñas libertades en las descripciones. Por último, el título de esta novela procede de un poema compuesto por Saeb-e-Tabrizi, un poeta persa del siglo XVII. Los que hayan leído el poema original en farsi advertirán sin duda que la traducción al inglés del verso que contiene el título de esta novela no es literal. Sin embargo, es la traducción generalmente aceptada, de la doctora Josephine Davis, y yo la encuentro conmovedora. Se lo agradezco.

Querría dar las gracias a Qayum Sarwar, Hekmat Sadat, Elyse Hathaway, Rosemary Stasek, Lawrence Quill y Halima Jazmin Quill por su apoyo y su ayuda.

Gracias muy especialmente a mi padre, *baba*, por leer este manuscrito, por su información y, como siempre, por su amor y su apoyo. Y a mi madre, cuyo espíritu abnegado y benevolente está presente en todo el libro. Tú eres mi razón de ser, madre *yo*. Gracias a mis cuñados por su generosidad y sus muchas bondades. También estoy en deuda con el resto de mi maravillosa familia, todos y cada uno de sus miembros.

Deseo dar las gracias a mi agente, Elaine Koster, por mantener su fe en mí, a Jody Hotchkiss (¡Adelante!), a David Grossman, a Helen Heller y al infatigable Chandler Crawford. Estoy muy agradecido a toda la plantilla de Riverhead Books. Quiero dar las gracias especialmente a Susan Petersen Kennedy y a Geoffrey Kloske por la confianza que han demostrado en esta historia. Mi sincero agradecimiento también a Marilyn Ducksworth, Mih-Ho Cha, Catharine Lynch, Craig D. Burke, Leslie Schwartz, Honi Werner y Wendy Pearl. Gracias especialmente a mi avezado corrector, Tony Davis, al que no se le escapa nada, y finalmente, a mi talentosa editora, Sarah McGrath, por su paciencia, previsión y orientación.

Finalmente, gracias, Roya: por leer esta novela una y otra vez, por capear mis pequeñas crisis de confianza (y un par de las grandes), por no dudar de mí jamás. Este libro no existiría sin ti. Te quiero.